Dan König

Der General des letzten Bataillons

Band I – Sonderelbe Jasmin

Roman

1. Auflage 26. August 2014

Wolf 8
88430 Ellwangen

Tel. +49 (0) 7568 29 89 98 2
Fax: +49 (0) 7568 29 89 98 1

http://www.all-stern-verlag.com/
info@all-stern-verlag.com

Satz/Umbruch: All-Stern-Verlag

Umschlaggestaltung: Irene Repp

Lektorat: Kirsten Harig

ISBN 978-3-9815662-2-2

„Wie die Väter einst gestritten,
was sie trugen und erlitten,
sagt euch der Geschichte Buch.
Lasst sie nicht zuschanden werden,
was der Väter Kraft auf Erden
einst begann, vollbringt es ihr.“

Jens Seidel

Inhalt

Vorwort

Sehr geehrter Leser,
wir schreiben das Jahr 2014 n. Chr. und befinden uns mitten in einem stürmischen Umbruch aller von uns als gesichert gedachten Werte in Gesellschaft, Geschichte und Wissenschaft. So verwundert es nicht, dass genau in dieser für uns alle so bewegenden Zeit Mauern eingerissen und Bretter vorm Kopf abgerissen werden, die uns bisher im Bewusstseinsprozess behinderten. Die Wahrheit drängt zum Licht, durchbricht die Dunkelheit und zeigt sich in ihrer bedingungslosen Klarheit. Sie genügt sich selbst, denn sie ist wie eine unzerstörbare Pflanze, die auch unter Schuttbergen von Lügen zum Licht strebt, wenn es an der Zeit ist. Dann bricht sie mit Macht durch und niemand kann sie aufhalten.

Der erste Band der Romanreihe „Der General des letzten Bataillons" nimmt uns in bewegender Weise mit auf eine Zeitreise, in eine tragische Zeit für Deutschland, und gibt Einblicke in Geschehnisse, die bis in unsere Tage nach dem Willen der „Siegermächte" für alle Ewigkeit unter dem Schleier des Vergessens verborgen bleiben sollen. Der Autor Dan König beleuchtet auf beeindruckende und spannende Art und Weise die Hintergründe um Dr. Ing. Hans Kammler, dem deutschen Architekten und Leiter von Bau- und Rüstungsprojekten im Deutschen Reich, SS-Generalmajor und Brigadeführer der Waffen–SS. Quasi durch einen Zeittunnel ermöglicht er uns Einblicke in die außergewöhnliche Persönlichkeit des Generals und in die Zwänge jener Zeit, die es zu meistern galt. Mit jeder gelesenen Seite des Romans wird das unter dem Schleier des Vergessens liegende Schicksal Deutschlands hautnah nachvollziehbar und somit erfahrbar, es macht betroffen und nachdenklich. Einmal mit dem Lesen des Romans begonnen, ist ein Weglegen des Buches fast unmöglich, denn an der Seite des Generals wird für den Lesenden die jüngere deutsche Geschichte lebendig.

Als Generalmajor der Waffen–SS befindet sich Dr. Ing. Hans Kammler im Jahr 1943 auf der Suche nach Menschen mit außergewöhnlichen Fähigkeiten, um sie für seine Geheimprojekte zu gewinnen. Deutschland befindet sich mitten im Zweiten Weltkrieg, die Kämpfe sind mit voller Wucht im Gange, die Wehrmacht an der Ostfront ist schwer beschädigt worden und befindet sich auf dem Rückzug. General Hans Kammler besucht das Militärgefängnis in Anklam. Dort rekrutiert er den frisch von der Ostfront eingetroffenen und umstrittenen Oberfeldwebel Erich van Berckh, der über die außergewöhnliche Fähigkeit der Hellsichtigkeit verfügt. Immer wieder gelingt es van Berckh, sein wahres Potential im Dienste des Generals unter Beweis zu stellen.

Insider der geschichtlichen Materie werden im Roman immer wieder auf interessante Begebenheiten stoßen, die in engem Bezug zur deutschen Hochtechnologie stehen, gepaart mit tatsächlichen Örtlichkeiten, die im Dritten Reich tatsächlich existierten. So fragt man sich am Ende des ersten Bandes der Romanreihe bang, ob die Geschichte im Frühjahr 1945 mit dem bis heute nicht geklärten Verschwinden des Generals der Waffen–SS, Dr. Ing. Hans Kammler, endet oder ob Dan König überraschende Hinweise geben wird, die bis in die Neuzeit reichen. Auch das Schweigen der „Siegermächte" zum Verbleib des Generals lässt erahnen, dass das letzte Wort zur deutschen Geschichte noch nicht gesprochen ist. Welche Grenzen der deutsche Forschergeist in jener Zeit bereits überschritt, wird im Roman lebendig erlebbar. Der tiefgründige Leser wird sich fragen, ob die Möglichkeit von Zeitreisen, die Existenz von „Parallelwelten", das „UFO-Geheimnis" und noch vieles mehr in jener Zeit erkannt und realisiert wurden. Hatte die Zukunft den General und das letzte Bataillon bereits eingeholt?

Verschmelzen aus diesem Grunde in unserer Zeit Gegenwart, Vergangenheit und Zukunft auf so eigenwillige Art und Weise miteinander? Artefakte aus der Vergangenheit sprechen hier eine deutliche Sprache und lassen die starke Vermutung aufkommen, dass in der Zeit des Deutschen Reichs unter der Führung von Dr. Hans Kammler Entwicklungen vorangetrieben wurden, die genau dazu befähigten, in der Zeit zu reisen.

Verlassen Sie die Zeitschleife 2014 und folgen Sie Dan König durch den Zeittunnel, um an der Seite von General Kammler das Ringen um den Schutz und schließlich die Befreiung Deutschlands aus schicksalhaften

Zeiten lebendig zu erleben. Willkommen in der Vergangenheit unserer Zukunft!

„Jede Vermutung, die nicht auf den ersten Blick verrückt erscheint, ist aussichtslos."

Freeman Dyson,
Professor für Theoretische Physik, Princeton

Ellwangen, August 2014
Reiner Elmar Feistle und Sigrun Donner

Ausblick

Der Roman basiert auf wahren historischen Begebenheiten und findet seine Fortsetzung in weiteren Bänden.

In Angliederung an die erfolgreiche Buchreihe „Steine der Macht“ des österreichischen Autors „Stan Wolf“ beschreibt die Romanreihe „Der General des letzten Bataillons“ die Geschichte des bis heute verschwunden gebliebenen SS-Obergruppenführer Dr. Hans Kammler und klärt das Mysterium der sagenumwobenen Alpenfestung, die von den Alliierten gesucht, jedoch nie gefunden wurde.

Die Suche der Alliierten ab 1945 nach General Kammler, dem zuletzt drittmächtigsten Soldaten des deutschen Reiches, kann zurückblickend als „tatsächlich nicht stattgefunden“ betrachtet werden. Über den angeblichen Tod General Kammlers gibt es vier verschiedene Versionen, von denen jedoch keine offiziell bestätigt werden kann. Bestätigt ist nur, dass sich der General mit einer fünfhundert Mann starken Truppe - bestehend aus Soldaten, Fachkräften und Wissenschaftlern - im Frühjahr 1945 in das unterirdische Bauprojekt SIII [1] im thüringischen Jonastal zurückgezogen hatte. Die anrückende dritte amerikanische Armee des General Patton sowie eine englische Spezialeinheit drangen zielstrebig zum Jonastal vor und riegelten die Zugänge hermetisch ab.

Für den General und seine Männer schien es kein Entkommen zu geben. Es kam zu Verhandlungen zwischen den Amerikanern und Unterhändlern der eingekesselten SS. Als Verhandlungsmasse diente der SS unter anderem die Drohung, eine mit einem Atomsprengkopf bestückte Rakete gegen New York abzuschießen. Es wurde daraufhin eine dreitägige Waffenruhe ausgehandelt. Nach Ablauf des Moratoriums drangen amerikanische Kräf-

[1] Bauprojekt SIII: Sonderbauvorhaben III, geheimes Tunnelbauprojekt bei Ohrdruf/Thüringen, Deckname „Olga“. Gebaut wurde eine unterirdisches Führerhauptquartier und Nebenanlagen mit riesigen Ausmaßen.

te in das Jonastal ein. Die Soldaten der SS, sowie umfangreiches Material und Fahrzeuge waren jedoch nicht mehr dort. Den im Bereich SIII konzentrierten SS-Spezialisten war es mit Hilfe eines Zeitreisenden, der sich als Beauftragter einer außerirdischen Zivilisation vom Planeten Sirius vorstellte, gelungen, die Zeit zu manipulieren. Durch einen temporär errichteten Zeit-Tunnel gelingt es, das letzte Bataillon in die verborgene Alpenfestung im Untersberg bei Salzburg zu verbringen. Dort war unter dem Einsatz neuartiger Maschinen, die mit außerirdischer Technologie von den Technikern Kammlers konstruiert wurden, eine unterirdische Kaserne in das Bergmassiv gebaut worden.

Seit langen Zeiten ist der Untersberg ein aldebaranischer Stützpunkt auf dem Planeten Erde, von wo aus Missionen und Beobachtungen geführt werden. Anlässlich der zurückliegenden Kontaktaufnahmen der Außerirdischen in den zurückliegenden Jahrhunderten, die von den Bewohnern um den Untersberg als „Bergmännlein" bezeichnet wurden, entstanden eine Vielzahl von Märchen, die in ihren Inhalten stets wiederkehrende Aussagen und Ermahnungen an die Bevölkerung enthalten.

Die Aldebaraner solidarisieren sich in den Kriegsjahren des zweiten Weltkriegs über irdische Mittelsleute mit dem Deutschen Reich zur Bekämpfung dunkler Feindmächte im Universum und auf der Erde. Hierzu stellen sie Pläne zum Nachbau außerirdischer Hochtechnologie zur Verfügung.

Nach dem Einrücken in den Untersberg nimmt General Kammler Verbindung mit den Alliierten auf und erklärt, dass der Krieg noch nicht beendet ist. Zwar hatte 1945 die Luftwaffe, die Marine und das Heer kapituliert, jedoch nicht die SS, welche organisatorisch keiner der drei Teilstreitkräfte unterstand, selbstständig kämpfte und auch einer eigenen Führung unterstand.

Durch das Ausnutzen von natürlichen Zeitschwellen im Untersberg bei Salzburg, wo die Zeit bis zu dem Faktor 300 langsamer abläuft und von wo aus auch intraplanetarische Reisen bis hin nach Neuschwabenland gemacht werden können, werden innerhalb kurzer Zeit in verborgenen Werken Flugscheiben mit unkonventionellen Antrieben produziert, die innerhalb von Minuten von Pol zu Pol fliegen können.

Durch das Erscheinen dieser Flugscheiben, auch über den Hauptstädten der Alliierten, demonstriert das fortbestehende Deutsche Reich seine Handlungsfähigkeit, nimmt die Kampfhandlungen vorläufig aber nicht wieder auf.

Durch viele Begebenheiten und erklärende Gespräche erkennt General Kammler Zusammenhänge energetischer Art. Er beschäftigt sich daraufhin mit „kosmischen Gesetzmäßigkeiten" und erkennt deren Wahrheitsgehalt. Daher bemüht er sich darum, auch seine Persönlichkeit an die neuen Erkenntnisse anzupassen, was dazu führt, dass sich seine Denk- und Handlungsweise dramatisch verändert. Weitere Unterstützung bei diesem metamorphischen Prozess erhält Kammler dabei von seinem hellseherisch begabten Adjutanten Ernst van Berckh und der aurasichtigen Stabshelferin Jana Schmidt.

Aus diesem Grund hat er seit dem Waffenstillstand bislang offene Kampfhandlungen - außer zur Selbstverteidigung - gegen die Alliierten vermieden, obwohl er dazu militärisch bestens gerüstet ist. Schließlich wurden die stets als Gerücht gehandelten „Wunderwaffen" bis zur Perfektion entwickelt und sind mit ihrer Schlagkraft sämtlichen Waffen der Alliierten überlegen, die dem nichts Vergleichbares entgegenzusetzen haben.

So bereitet sich das Deutsche Reich auf den Tag X vor, an dem es wieder an die Öffentlichkeit tritt. Die Anzeichen dafür, dass sich dieser Tag nähert, mehren sich....

Kapitel 1

Der Besuch im Militärgefängnis

Die Anreise von Peenemünde nach Berlin schien sich länger als geplant hinzuziehen, da kurz nach Anklam die Schienenstrecke nach einem in der Nacht erfolgten Bomberangriff beschädigt worden war. Die Reparaturarbeiten waren schon unmittelbar nach dem Angriff aufgenommen worden und wurden in größter Eile durchgeführt. Jedoch musste noch eine Wartezeit von zwei Stunden überbrückt werden, was mit Kreide auf der Informationstafel des Bahnhofes in Anklam vermerkt war. Die drei uniformierten Reisenden nahmen diese Verzögerung gelassen hin und hatten den Zug verlassen, um sich in der Stadt ein wenig umzusehen.

In dem typisch norddeutschen Städtchen bot sich in den Kriegstagen im September 1943 eine seltene Gelegenheit, um in dieser Zwangspause einmal entspannt durch die dortigen Geschäfte zu laufen und sich nach dem einen oder anderen nützlichen Artikel umzusehen. Für den Fall, dass er etwas entdecken sollte, was seiner Frau Jutta oder den Kindern gefallen könnte, war Hans Kammler sogar dazu bereit, auch für etwas weniger nützliche Dinge die Geldbörse zu öffnen. Er hatte sich einst vorgenommen, jede Gelegenheit zu nutzen, um seiner Familie eine kleine Freude zu machen. Was blieb ihm da anderes übrig, als jedes Mal, wenn er - manchmal erst nach Wochen - nach Hause kam, ein paar kleine Geschenke mitzubringen? Oft kam es vor, dass er für mehrere Wochen nicht nach Hause kam, wenn er im Reich unterwegs war, um die von ihm betreuten Bauprojekte zu besichtigen, welche den Decknamen „Sonderelbe Jasmin" trugen. Wenn er bei seiner Ankunft zu Hause seinen beiden Jungs und den beiden Mädels immer etwas Interessantes zum Spielen mitbrachte, oder auch die eine oder andere seltene Leckerei, dann freuten sich die Kleinen, und er selbst konnte damit sein Gewissen ein wenig kompensieren. Gerne wäre er als Familienvater öfter bei seiner Familie gewesen. Er wusste, welche Leistung seine Frau Jutta jeden Tag für die Familie erbringen musste und nahm sich vor, auch seiner lieben Gattin ein Mitbringsel zu besorgen. Mit seinem Dienstgrad als Generalmajor und Brigadeführer der Waffen-SS und mit seinen beruflichen Erfolgen konnte er zu Hause niemanden von seiner Familie nachhaltig beeindrucken. Dort wollte er schließlich nur der geliebte Ehemann und Vater sein. Dafür waren die Geschenke gedacht - um den Lieben daheim zu zeigen, dass man auch in der Ferne an sie denkt.

Sich selbst brauchte Hans Kammler nicht zu beschenken. Er war genügsam und mit sich selbst rundherum zufrieden. Seine bisherige Karriere war makellos und schnell voran geschritten. Er hatte es in relativ kurzer Zeit schon weit gebracht und dennoch brannte der Ehrgeiz in ihm, weil er wusste, dass er in der Lage war, die an ihn gestellten Anforderungen und Erwartungen mit seiner durchsetzungsstarken Persönlichkeit ohne größere Anstrengungen jederzeit zu bewerkstelligen. Dies gab ihm ein großes Selbstvertrauen.

Er hatte in den Monaten nach seinem Eintritt in die NSDAP [2], im März 1932, seine Doktorarbeit geschrieben und war dann als promovierter Bauingenieur in den Staatsdienst eingetreten. Als hoffnungsvoller Mitarbeiter im Amt für Agrarpolitik war er bereits kurz nach seiner Anstellung zum Abteilungsleiter berufen worden und trat daraufhin auch im Range eines Unteroffiziers in die SS ein. Ihm war schnell bewusst geworden, dass nach der Machtübernahme durch Hitler der Weg nach „oben" über die Partei und zudem über die SS-Zugehörigkeit geebnet war. Außerdem entsprach er als blonder und athletischer Arier genau dem propagierten Vorzeigesoldaten. Mit Disziplin und Gehorsam hatte er keine Probleme, denn diese Tugenden waren ihm bereits seitens seiner preußischen Adelsfamilie in die Wiege gelegt worden. Er war jedoch nicht nur aus Gründen des schnellen Vorwärtskommens in die Partei beziehungsweise in die SS eingetreten. Nein, seine bisherige Weltanschauung orientierte sich an der des Führers. Dessen Absichten, die er bislang aus der Wochenschau und dem Rundfunk kannte, ließen sich mit seinem eigenen Weltbild und mit seinem moralischen Wertvorstellungen durchaus in Einklang bringen. Dass sich Deutschland nun in einem Weltkrieg befand, war nach seinen Informationen, die vorwiegend aus den Reden des Führers stammten, keinesfalls geplant gewesen. Deutschland war in diese Kriege gedrängt worden und nun war er

---

[2] NSDAP: Nationalsozialistische Arbeiterpartei, die ab 1933 unter ihrem Anführer, Adolf Hitler, die alleinige Macht im Deutschen Reich erlangte und ausbaute. Die Machtergreifung der NSDAP und die Ernennung Adolf Hitlers zum deutschen Reichskanzler erfolgte mit demokratischen Mitteln.

selbst, Hans Kammler, zu einem der wichtigsten Soldaten im Reich geworden, wenn es darum ging, den zu erwartenden Endsieg zu erlangen. Diesen Umständen sah sich Hans Kammler ganz und gar verpflichtet, und aus dieser Verpflichtung heraus war er aufs Äußerste entschlossen, seinem Auftrag für Führer und Reich gerecht zu werden. Dass der Endsieg mit den zur Verfügung stehenden Mitteln der Wehrmacht, der Marine und vor allem der Luftwaffe herbeigeführt werden konnte, war nach all dem, was Kammler in diversen Besprechungen mit Generälen, hohen Funktionsträgern, Vertretern der Rüstungsindustrie - und nicht zuletzt durch sein persönliches Empfinden - in den Denkprozess seiner Meinungsbildung einfließen ließ, durchaus möglich.

Natürlich hatten starke, alliierte Mächte das Reich in die Zange genommen, die von allen Seiten langsam, aber immer bedrohlicher näher zu kommen schienen. Jedoch könnte das Reich den Vormarsch dieser Mächte sicherlich schnell zum Erliegen bringen, wenn es gelänge, den feindlichen Kräften technisch überlegene Waffen entgegenzusetzen. Außerdem musste die bereits vorhandene Kriegsproduktion in ihrer Leistungsfähigkeit aufrechterhalten werden, was die feindlichen Kräfte mit permanenten Luftangriffen auf kriegswichtige Rüstungsbetriebe zu verhindern versuchten.

Noch war die Lage jetzt im August 1943 im Reich nicht ausgesprochen tragisch. Im Gegenteil, die Erfolgsmeldungen, die der „Völkische Beobachter" täglich unters Volk brachte und die von der Propaganda der anderen Medien pausenlos bestätigt wurden, riefen im Volk die Meinung hervor, dass Deutschland unbesiegbar ist, seit langer Zeit aufrecht gehalten. Wie viel logistischer Aufwand zur Aufrechterhaltung des Endsiegszenarios noch hinzukommen sollte, das wusste kaum ein anderer besser als er selbst, und diese Anstrengungen sollten in den nächsten Tagen auch in der anlassbezogenen Besprechung im von Albert Speer geführten Reichsministerium für Rüstung und Kriegsproduktion besprochen werden.

Als Geheimnisträger der wohl bedeutendsten Beschlüsse der nationalsozialistischen Führungsebene redete er niemals über dienstliche Angelegenheiten außerhalb eines festgelegten Personenkreises, der eng ausgelegt war. Selbst seine Mitarbeiter im „Baubüro Dr. Ing. Kammler", das seinen Stammsitz in Berlin-Grünewald hatte, bekamen nur die Informationen, die sie zur Erfüllung ihrer Einzelaufträge benötigten. Kammler hatte die Belegschaft unterschriftlich auf Verschwiegenheit - auch untereinander - verpflichtet. Er hatte ihnen keine bestimmten Konsequenzen für den Fall des Geheimbruchs angekündigt. Doch war allen Mitarbeitern klar, dass es im Falle einer diesbezüglichen Disziplinierung weitaus unkomfortablere Dienstposten im Großdeutschen Reich in den Grenzen von 1943 gab, als eine Bürotätigkeit am Dienstsitz eines SS-Brigadeführers und Generalmajors der Waffen-SS.

Geradezu dem Zeitpunkt, als Kammler und seine beiden Begleiter SS-Hauptscharführer Knecht und SS-Untersturmführer [3] Kobitzki noch auf dem Bahnhofsvorplatz ihre Uhren verglichen, fuhr ein Kübelwagen, gefolgt von einem mit Plane gedeckten Lastwagen, auf den Bahnhofsvorplatz ein. Der Beifahrer, ein Feldwebel, stieg aus und grüßte mit einem freundlichen „Heil Hitler, Herr Brigadeführer". Kammler grüßte freundlich zurück und wollte sich zuerst nach einer geeigneten Einkaufsmöglichkeit für Mitbringsel erkundigen. Doch dann kam ihm spontan eine andere Idee.

„Ihr gehört doch zum Militärgefängnis?", fragte er den Feldwebel.

„Da liegen Sie richtig", antwortete dieser und fügte hinzu, nachdem er sich eine Zigarette angesteckt hatte: „Und heute erwarten wir wieder einige Neuzugänge, denen wir wieder mal die Flötentöne beibringen müssen". Mit diesen Worten zog ein hämisches Grinsen über sein Gesicht, und die Fratze, die sich dabei zeigte, ließ vermuten, dass bei diesem Herr wohl kaum unendliche Geduld in der Diskussion mit Gefangenen zu erwarten war. „Bin mal gespannt, wie lange wir heute wieder auf den Transport warten müssen", raunte er. „Letztens haben die Tommies [4] auf der Bahnlinie aus Richtung Hamburg mit ihren Bomben wieder ein paar Gleise verbogen und wir haben hier stundenlang umsonst gewartet. Gekommen sind sie dann erst einen Tag später."

Nach diesen Worten des Soldaten hatte der General sofort seine bisherige Planung abgeändert und wusste genau, was er jetzt tun würde. Er hatte einen Plan.

„Wie viele Gefangene erwarten Sie denn heute, Feldwebel?", fragte er den Kommandoführer.

---

[3] SS – Untersturmführer: (kurz: Ustuf; Ansprache: Untersturmführer) war im Deutschen Reich der niedrigste Offiziersrang der Schutzstaffel (SS), der vergleichbar mit dem heutigen Leutnant wäre.

[4] Tommies: Umgangssprachliche Bezeichnung der deutschen Landser für englische Soldaten.

„Es werden wohl wieder zwischen zehn und fünfzehn sein, Genaueres kann die Gefängnisleitung sagen."

Kammler lächelte ein wenig und wandte sich dann an den Feldwebel. „Dann machen wir jetzt Folgendes. Während Sie und Ihre Männer auf den Gefangenenwaggon warten, werde ich mir Ihren Kübelwagen für die Fahrt zum Militärgefängnis nehmen und mich dort vom Fahrer absetzen lassen. Ich werde nicht allzu lange für ein Gespräch mit dem Anstaltsleiter benötigen. Der Fahrer wartet derweilen beim Gefängnis, und wenn der Gefangenentransport doch vor meiner Rückkehr eintreffen sollte, dann finden Sie sicherlich noch einen Platz auf dem Lkw."

Kammler nickte dem Feldwebel noch einmal freundlich zu und stieg dann, ohne sich um eine weitere Reaktion des verdutzten Soldaten zu kümmern, auf den Beifahrersitz des Kübelwagens, schaute dem ebenfalls leicht verdutzten Fahrer mit freundlichem Blick ins Gesicht.

„Dann mal los!" Während der Fahrer den Motor startete und den ersten Gang einlegte, hob Kammler noch einmal den Arm. „Wenn Sie was Schönes finden, was als Geschenk taugen kann, dann kaufen Sie es! Legen Sie das Geld aus, wir regeln das dann später!", rief er Kobitzki zu.

Kobitzki hob dann ebenfalls den Arm und nickte, während sich der Kübelwagen in Bewegung setzte. Es war nicht das erste Mal, dass er für Kammler Geschenke besorgen musste, weil den General dienstliche Angelegenheiten davon abhielten, diese selbst zu besorgen. Kobitzki tat Kammler gerne diesen Gefallen, da er bei dieser Gelegenheit bestimmt auch etwas Nettes für seine kleine Nichte finden würde.

Die Fahrt zum Wehrmachtsgefängnis dauerte nur wenige Minuten, bis der Kübelwagen vor das Einlasstor des trutzigen Gebäudes rollte, das ein wenig an eine mittelalterliche Festung erinnerte. Durch zwei Tore, welche die Funktion einer Schleuse hatten, gelangte das Fahrzeug auf den Innenhof des Gefängnisses. Kammler war ein wenig erstaunt darüber, dass es so verdächtig ruhig in dem Gefängnis war, es zeigten sich kaum Anzeichen von Geschäftigkeit. Als er seinen Blick nach oben über die vergitterten Zellenfenster gleiten ließ, entdeckte er niemanden, der sich mit neugierigen Blicken für den einfahrenden Kübelwagen und seine Insassen interessierte.

„Die meisten sind bei der Arbeit", sagte der Fahrer nun, dem nicht entgangen war, dass Kammler einen leicht verwunderten Eindruck machte. „Sie sind bei den Arado-Werken drüben und erst vorgestern ging ein

Schwung in Richtung Ostfront, um dort ihre Karriere fortzusetzen", sagte der junge Unteroffizier, dessen Unterton ebenfalls darauf schließen ließ, was er für ein Verhältnis zu den Gefangenen pflegte. „Dann bringe ich Sie mal zum Kommandanten, Hauptmann Heyden."

Kammler folgte ihm Richtung Torwache, wo Kammler von seinem Fahrer kurz vorgestellt wurde. Sofort telefonierte der Wachhabende mit dem Vorzimmer des Kommandanten und kündigte den Besuch an.

„Ich glaube, Sie können sich in Ihren Bereitschaftsraum zurückziehen, falls Sie von Ihrem Gefangenentransport am Bahnhof angefordert werden sollten", sagte Kammler zu dem Fahrer, als er erkannte, dass ein Wachsoldat im Begriff war, ihm mit einem großen Schlüsselbund in der Hand die Türen zu öffnen. Der Wachsoldat hatte eigens für den Gang zum Kommandanten seine Uniformjacke angezogen.

Während sie vom Treppenhaus den Flur entlang zum Dienstzimmer des Kommandanten gingen, erkannte Kammler rege Geschäftigkeit in den Büros. Auf Transportwagen stapelten sich Korrespondenz und Akten, durch den Gang hallte das Geklapper von mindestens drei Schreibmaschinen aus verschiedenen Büros und vermischte sich mit den Schritten der Männer, die durch den kahlen Gang hallten. Als sie das Vorzimmer des Kommandanten erreichten, stand Hauptmann Heyden, der ebenfalls seine Uniformjacke angezogen hatte, bereits in der Tür seines Dienstzimmers. Die beiden Männer begrüßten sich mit dem obligatorischen „Heil Hitler", ohne allerdings dabei die Hacken zusammenzuschlagen, sondern sie gaben sich einfach dabei die Hand.

Heyden, ein stämmiger Offizier Mitte fünfzig, schien ein wenig überrascht über den nicht angekündigten Besuch Kammlers zu sein, der wohl kaum etwas mit Dienstaufsicht, beziehungsweise mit der Amtsführung Heydens zu tun hatte. So bat Heyden seinen Gast in sein Dienstzimmer und bot ihm den Platz vor seinem Schreibtisch an, während er selbst hinter seinem Schreibtisch stehen blieb.

„Gestatten Sie mir, dass ich noch ein wenig stehen bleibe", sagte der Gefängnisleiter, „es ist gewiss nicht aus Unhöflichkeit, aber heute plagt es mich wieder. Ich hab's ja auch nicht besser als die Landser draußen. Die haben die Partisanen am Arsch, bei mir sind es die Hämorrhoiden. Dieses ewige Herumsitzen macht mich noch ganz mürbe", klagte er.

Kammler lächelte milde, und da sich die beiden noch nicht persönlich kannten, wollte sich Kammler dem Gefängnisleiter erst einmal vorstellen.

„Nun, Herr Heyden, Sie werden sich bestimmt fragen, was der Anlass meines Besuches ist. Es ist so, dass ich unter anderem dem Reichsführer SS direkt unterstellt bin, der mich zur Durchführung meiner Aufgaben mit Sondervollmachten ausgestattet hat. Meine Aufgabengebiete, die ich aus verständlichen Gründen nicht detailliert darlegen kann, umfassen auch die Verlagerung kriegswichtiger Produktionen in geschützte Standorte sowie deren Erschaffung. Eine besondere Priorität besitzt auch die Weiterentwicklung der Vergeltungswaffen, die Sie ja bereits kennen, sowie Waffensysteme, von denen Sie noch nichts gehört haben dürften und vorerst auch nicht hören dürfen."

Heyden nickte verständnisvoll und bot Kammler wortlos eine Zigarre an, indem er ihm eine geöffnete Zigarrenkiste entgegenhielt. Kammler nahm eine Zigarre heraus und legte sie vor sich auf den Tisch. Während sich Heyden seine Zigarre anzündete, fuhr Kammler fort.

„Bei dem Angriff auf Peenemünde habe ich einige Techniker verloren, einige sind verwundet oder infolge des Verlustes von Angehörigen derzeit geschockt und bis auf weiteres nicht einsetzbar. Die Fremdarbeiter, die beim Luftangriff auf die Lager umgekommen sind, waren gut eingearbeitet und sind ebenfalls schwer zu ersetzen. Wir sind derzeit am überlegen, ob wir das Lager überhaupt wieder in der ursprünglichen Form aufbauen und in Betrieb nehmen, oder ob wir die Lager gleich neu an geschützten Orten installieren. Ich bin nun heute zu Ihnen gekommen, um über Personal zu sprechen."

Heyden beugte sich über den Schreibtisch und legte Kammler demonstrativ eine Packung Streichhölzer neben seine Zigarre. Dann lehnte er sich an die Wand zurück und nahm eine entspannte Haltung ein. Das war es also, was sein Gast von ihm wollte. Er sollte noch mehr Personal zur Verfügung stellen.

Heyden zog noch einmal an seiner Zigarre, und bevor er den Rauch vollständig aus sich heraus geblasen hatte, fing er an zu reden. „Bei den Angriffen in den letzten Tagen auf Peenemünde haben wir mindestens siebzig Häftlinge verloren, die dort im Lager Trassenmoor untergebracht waren. Möglicherweise sind während des Luftangriffs auch einige geflüchtet. Wir haben noch keine genauen Zahlen vorliegen, da noch kein ausführlicher

Bericht über die Identifizierung der Opfer vorliegt. Ich warte daher jeden Tag auf diesen Bericht und hatte deswegen schon mit Oberst Dornberger in Peenemünde telefoniert. Er hatte mich schon auf die Anforderung neuer Arbeitskräfte vorbereitet. Ich verwies ihn einstweilen auf die zu erwartende Verfügung zur Ersatzstellung durch Gauleiter Hildebrandt. Sie haben sicher Verständnis dafür, dass ich mich hinsichtlich der Gestellung von Arbeitskräften an den Dienstweg halten muss und von daher keine eigenmächtigen Zusagen über Personalzuweisungen machen kann."

„Natürlich, dafür habe ich vollstes Verständnis", antwortete Kammler, der mittlerweile in der einen Hand seine Zigarre hielt und in der anderen Hand die Packung Streichhölzer. „Mir sind die Vorschriften durchaus geläufig, weshalb Sie natürlich aus Ihrer Sicht völlig Recht haben. Aber Sie können sich bestimmt meinen Einfluss auf die Entscheidungen Ihrer Vorgesetzten und deren Ansprüche vorstellen. Auch geht es mir nicht darum, eine möglichst große Anzahl von Arbeitern zu erhalten, mir geht es vor allem um qualifiziertes Personal mit besonderen Kenntnissen oder Fähigkeiten. Leute, deren bestimmte persönliche Fähigkeiten nicht unbedingt handwerklicher Art sein müssen."

„Verstehe", sagte Heyden und stieß dabei mit spitzem Mund eine Schwade Rauch aus, wobei er die Zigarre vor sein Gesicht hob und sich genau die Asche anschaute. Er schien innerlich abzuwägen, ob er sie nun abstreifen sollte oder noch damit warten soll. „Unsere zuverlässigsten und am besten ausgebildeten Häftlinge sind und waren in Peenemünde und im örtlichen Flugzeugwerk Arado eingesetzt. Haben Sie eine Vorstellung davon, was an diesen Produktionsstätten passiert, wenn dort die besten Leute abgezogen werden? Wer soll denn dort die ganzen Polen, Tschechen, Russen, Franzosen und sonstiges Volk anleiten und beaufsichtigen? Die warten dort doch nur darauf, dass sie in einem unbeobachteten Moment etwas sabotieren können. Ich kann mir nicht vorstellen, dass man Ihnen von dort Leute abziehen wird."

Kammler hatte zwischenzeitlich Streichhölzer und Zigarre wieder vor sich auf den Schreibtisch gelegt und schaute den Gefängniskommandanten an, dem er noch nicht abschließend vermittelt hatte, um welche Kapazitäten es ihm ging. Er hatte soeben vernommen, dass aus dem laufenden Betrieb keine Fachkräfte zu erwarten waren, aber das war auch nicht sein unbedingtes Anliegen. Kammler war auf der Suche nach Leuten mit besonderen, ja außergewöhnlichen Fähigkeiten. Er dachte dabei an solche Leute, die er in der ihm ebenfalls unterstellten „Denkfabrik" in Pilsen beschäftigt hatte. Dort waren unter der Leitung von Kammler über einhundert Wissenschaftler damit beschäftigt, völlig neuartige Projekte auf dem Gebiet der Navigation, der Optik, der Elektrotechnik, der Chemie, der Energieerzeugung und der Antriebstechnik voranzutreiben und arbeiteten dabei Hand in Hand. Diese „Denkfabrik" war ein geheimes Projekt der SS und den Skoda-Werken angegliedert.

Kammlers Interesse richtete sich auf Menschen mit intuitiven Fähigkeiten, die nicht unbedingt aus einem technischen Beruf kommen mussten, sondern es sollten Leute sein wie zum Beispiel dieser Schauberger, ein österreichischer Eigenbrötler und Querdenker, der mit seinen eigenwilligen Konstruktionen schon öfters die studierte Fachwelt in Erstaunen versetzt hatte, obwohl er von Beruf ein Förster war und nicht studiert hatte. Kammler war sich sicher, dass es im Reich und in der Wehrmacht sicher noch mehr solcher verkannter Genies gab, die es sich zu suchen lohnte. Er dachte dabei auch an seinen insgeheimen Rivalen Wernher von Braun, dessen unerschütterlicher Glaube an das bisher nicht Machbare doch zu respektablen Ergebnissen in Form der A3- und A4-Raketen [5] führte. Reichspropagandaminister Göbbels erwartete die zum Endsieg führenden Wunderwaffen, um sie für Propagandazwecke zu verwenden und damit den Durchhaltewillen in der Bevölkerung aufrecht halten zu können.

Kammler war sich sicher, dass seine Suche nach begnadeten Tüftlern und Visionären von Erfolg gekrönt sein würde, er musste nur an den richtigen Stellen danach suchen. Hierfür benötigte er Leute wie den Gefängniskommandanten, denn bei ihm liefen die Fäden zusammen. Über seinen Schreibtisch gingen sämtliche Personalakten der eingelieferten Häftlinge. Kammler musste daher das Wohlwollen des Gefängnisleiters erlangen, denn schließlich bedeutete ja das Anliegen Kammlers einen gewissen Mehraufwand für den Gefängnischef. Also musste Kammler ihn nun entsprechend motivieren, denn im ganzen Reich waren die bekannten Forscher und Ingenieure bereits in die Entwicklung kriegswichtiger Produkte

---

[5] A3- und A4-Raketen: Die A3-Rakete (Aggregat 3) war eine deutsche Versuchsrakete und Vorläufer der hieraus entwickelten A4 Rakete, welche später als V 2 (Vergeltungswaffe 2) bekannt wurde.

eingebunden und galten an ihren Arbeitsstellen in Industrie und Forschung als unabkömmlich. Kammler musste zur Personalgewinnung für seine Projekte nun eben auch neue Wege beschreiten.

„Ich verstehe Ihre Argumente, mein lieber Heyden“, sagte Kammler, der sich nun auf seinem Stuhl zurück gelehnt hatte. „Schauen Sie doch einmal, wie weit es die deutschen Ingenieure bis heute gebracht haben. Wir haben neuartige Materialien, wie zum Beispiel den synthetischen Kautschuk, wir produzieren Treibstoffe aus Kohle, wir haben die modernste Nachrichtentechnik und wir sind auf dem Weg dazu, uns Stück für Stück immer mehr unabhängig von Lieferungen fremder Ölquellen zu machen. Ich kann Ihnen nicht sagen, wie lange es noch dauern wird, aber die Energiefrage werden wir in der nächsten Zeit lösen. Ich kann nur nicht sagen wann. Was ich Ihnen jedoch genau sagen kann, das ist die Tatsache, dass die Entwicklungen, die uns den Endsieg bringen werden, allesamt Erfindungen sein werden, die von deutschen Wissenschaftlern hervorgebracht werden. Unsere Errungenschaften werden der Welt zeigen, dass das, was der Feind uns entgegenhält, bestenfalls Produkte aus jüdischen Universitätsbastelstuben sind. Der Feind macht sich zwar heute in seiner Propaganda lustig über uns, weil wir zum Beispiel den Juden Einstein haben ziehen lassen, der sicherlich eine gewisse Geistesgröße ist, aber heute wohl für den Feind arbeitet. Wir brauchen solche Leute wie Einstein nicht und er wäre uns schon von sich aus nicht nützlich gewesen. Oder kennen Sie eine Erfindung von ihm, von der heute die Amerikaner profitieren? Wer schickt denn heute Raketen zum Feind? Die Westmächte oder das Reich? Davon, dass unsere U-Boote die Schiffe ihrer Marine nacheinander absaufen lassen, möchte ich gleich gar nicht reden.

Schauen Sie Heyden, es geht darum, dass wir heute in allen Schichten und Ständen der Deutschen Leute mit Potential suchen, dieses erkennen und zum Nutze des Reichs fördern. Denken Sie an den Führer, der aus dem Nichts kam und der am Anfang seines Kampfes vielfach verkannt wurde. Wir können es uns heute nicht leisten, dass wir geistige Kapazitäten nicht erkennen und daher nicht fördern und somit ungenutzt brach liegen lassen. Für diese Suche brauchen wir Männer an Schlüsselpositionen, Männer wie Sie einer sind. Sie können die Männer, die ich suche, durch Studium ihrer Personalakte herausfinden. Was diesen Männern dann geboten werden kann, ist sicherlich besser als die Aussicht, sie zur Mithilfe in einer Industrieproduktion zu verpflichten."

Heyden nickte mit dem Kopf und vermittelte Kammler den Eindruck, dass er verstanden hatte, was dieser von ihm erwartete. Er hatte scheinbar verstanden und fasste alles noch einmal zusammen.

„Ich werde also veranlassen, dass ein geeigneter Offizier sich die Personalakte eines neu eingelieferten Häftlings vornimmt und nach Veranlagungen überprüft, die sich nicht mit seinem ausgeübten Beruf in Einklang bringen und daher gewisse erwünschte Neigungen erkennen lassen. Ich kann allerdings keine Gewähr dafür leisten, dass diese von Ihnen beschriebenen Veranlagungen auch deutlich in den Personalakten der eingelieferten Soldaten niedergeschrieben sind. Ich kann Ihnen auch nicht versprechen, ob wir Ihnen jemals Erfolg versprechende Soldaten herausfiltern können. Aber vielleicht sollte ich unseren Gefängnispfarrer Liesenhoff von Ihrem Ansinnen unterrichten, der weiß von manchen seiner Schäfchen mehr als in den Akten steht."

„Machen Sie sich mal keine unnötigen Gedanken, mein lieber Heyden. Ich erwarte nicht die Gestellung ganzer Kompanien von Ihnen. Wenn Sie mir auch nur einen einzigen brauchbaren Visionär vermitteln, kann das schon genügen, wenn es der Richtige ist. Denken Sie bitte beim Studium der Personalakten daran, dass die akademische Vorbildung nicht im Vordergrund stehen muss. Es ist wichtiger, was der Mann bisher getan hat und zu was er fähig erscheint. Ich danke Ihnen schon mal für Ihre unkomplizierte Mithilfe und werde dafür sorgen, dass Sie stets meine aktuelle Feldpostnummer bekommen. Natürlich gilt die Vereinbarung nur zwischen uns beiden. Andere Stellen werden mit den von mir gesuchten Personen ohnehin nichts anfangen zu wissen."

Mit diesen Worten erhob sich Kammler und griff nach seiner auf dem Nebentisch abgelegten Schirmmütze, auf welcher der Totenkopf prangte. Der Zeitpunkt, den er mit Kobitzki und Knecht am Bahnhof vereinbart hatte, rückte näher. Außerdem würde der Zug nicht auf sie warten.

Hauptmann Heyden kam nun hinter seinem Schreibtisch hervor. Er machte einen konzentrierten Eindruck und reichte Kammler zum Abschied die Hand.

„Ich werde Sie umgehend informieren, wenn ich einen Kandidaten für Sie habe. Stellen Sie sich aber darauf ein, dass es sich dann aber mit hoher

Wahrscheinlichkeit um einen Fahnenflüchtigen, einen Gehorsamsverweigerer, einen Selbstverstümmler, einen Saboteur oder sonstigen Stinkstiefel handelt. Sollte der Mann jedoch einem schwerwiegenden Gerichtsverfahren entgegensehen, dann kann ich Ihnen jetzt bereits sagen, dass solche Fälle vorn vorneherein nicht für irgendwelche Bewährungsmaßnahmen abgestellt werden. Dies dürfte Ihnen klar sein und ich kann mir auch nicht vorstellen, dass sie an einem Mörder oder einem Notzüchtler Interesse hätten. Ich werde Ihnen gegebenenfalls eine Nachricht zukommen lassen, und dann können Sie sich auch telefonisch weitere Informationen über den Delinquenten einholen und entscheiden, ob sie ihn haben wollen. Solange es sich um einzelne Häftlinge handelt, sehe ich keine Hindernisse dafür, dass es seitens des Wehrmachtskommandos Einwände geben wird. Außerdem rechne ich damit, dass die meisten Ihrer Probanden ohnehin bald wieder bei uns angeliefert werden."

Kammler, der mit seiner Schirmmütze in der Hand vor Heyden stand, war sich gegen Ende seines Besuches nicht mehr sicher, wie ernst Heyden sein Ersuchen nahm und wie er damit umgehen würde, sobald er zur Tür hinaus gegangen wäre.

„Ich möchte noch sagen, dass ich an Gewalttätern keinerlei Interesse habe, die dürften an der Ostfront ein Betätigungsfeld finden, wo sie sich austoben können. Aber ich glaube, dass Sie in deren Akten auch nicht die Hinweise finden werden über die wir gesprochen haben", sagte Kammler beim Hinauslaufen und schaute dabei Hauptmann Heyden an, als er vom Dienstzimmer des Hauptmanns zurück in das vorgelagerte Geschäftszimmer ging und dabei prompt gegen einen Transportwagen lief, den ein junger Soldat gerade vom Flur in den Dienstraum schob. Die auf dem Transportwagen aufgestapelten Akten fielen zu Boden und die einzelnen Aktenblätter lagen vor den Füssen der Soldaten.

Kammler, der sich nur durch Abstützen auf dem Transportwagen vor einem Sturz bewahren konnte, fand als erster die Fassung wieder. Er kam dem Gefängnisleiter zuvor, der gerade tief Luft holte und möglicherweise gerade die Schimpfwörter in seinem Kopf sortierte, mit denen er wohl gleich den verdatterten Stabsgefreiten überziehen wollte, der ihn mit aufgerissenen Augen anstarrte.

„Das war dann wohl mein Fehler", entschuldigte sich Kammler, „ich habe nicht geschaut, als der junge Kamerad mit dem Wagen durch die Tür kam", und bückte sich, um die Akten wieder einzusammeln, wobei ihm der Bote half. Plötzlich verharrte Kammler kniend mit einer Akte in der Hand, in der er zu blättern begann.

„Das sind die Personalakten der gerade eingelieferten neuen Häftlinge", sagte der junge Soldat. „Normalerweise kommen sie immer ein bis zwei Tage vor den Häftlingen an, weil die Post üblicherweise schneller transportiert wird als die Gefangenen. Aber durch blockierte Gleise kam es zu Verzögerungen, und das hat dann dazu geführt, dass heute die Post in einem Bahntransport nur zehn Minuten vor dem Gefangenentransport eingetroffen ist."

„Es wird wohl so gewesen sein, dass beide Züge wegen derselben Blockade ins Hintertreffen kamen und beide die Reparatur der Bombenschäden abwarten mussten", sagte Heyden.

„Ja, das kommt mir bekannt vor, denn aus demselben Grund bin ich heute bei Ihnen hier eingefallen", entgegnete Kammler in scherzhaftem Ton. Noch immer hielt er die Akte in den Händen, die er von Boden aufgehoben hatte. „Schauen Sie doch mal, wen wir hier haben. Einen Oberfeldwebel, der als Kompanieführer an der Ostfront eingesetzt war", stellte Kammler fest.

„Ach, ist er nun gekommen?", reagierte Heyden erstaunt. „Auf den habe ich schon seit einer Woche gewartet. Er wurde mir vom Wehrmachtskommando persönlich angekündigt. Er hatte wohl mächtigen Ärger mit seinem Vorgesetzten. Als ein verantwortlicher Kompanieführer der 306. Infanterie-Division soll er an der Ostfront bei Kursk Befehle nicht befolgt, sondern seinen eigenen Kopf durchgesetzt haben. Der Vorgang wurde dann Generalmajor Köhler gemeldet, der seine Disziplinierung anordnete. Deshalb wird er eine Zeit lang bei uns untergebracht."

Kammler hatte zwischenzeitlich die Akte des Soldaten, die auf den Namen Ernst van Berckh lautete, weiter durchgeblättert und schaute Heyden ungläubig an.

„Ich habe selbst noch nie an der Font gekämpft, mein Werdegang war bislang akademischer Natur", sagte Kammler. „Auch kenne ich mich mit den Gepflogenheiten der Disziplinierung und der militärischen Gerichtsbarkeit nur wenig aus. Ich muss den Vorgang daher mit Logik und Verstand bewerten, was mir zugegebenermaßen immer schwerer fällt, je mehr ich aus der Personalakte erfahre. Aber Ihnen, als Fachmann auf diesem

Gebiet, dürfte es nicht schwer fallen, mir die Zusammenhänge verständlich zu machen. Wir reden also über einen verdienten Unteroffizier, der sich seit einigen Monaten mit einer kämpfenden Truppe an der Ostfront bewährt hat und der nach der Verwundung seines Kompaniechefs dessen Funktion übertragen bekam. Er besitzt bereits das Eiserne Kreuz erster Klasse, wurde mit dem Kriegsverdienstkreuz erster Klasse ausgezeichnet, trägt das Sturmabzeichen und Panzervernichtungsabzeichen jeweils in Gold, natürlich auch die Ostmedaille und ist Anwärter auf die Nahkampfspange, ebenfalls in Gold. Dass er obendrein noch das Deutsche Kreuz in Gold verliehen bekommt, dürfte wohl eine reine Formsache sein. Genau dieser Mann gerät in die Ungnade seines Vorgesetzten, der ihn nicht etwa seiner Funktion enthob und ihm stattdessen in ein Himmelfahrtskommando an der Ostfront steckte, sondern die Disziplinierung in einem Militärgefängnis anordnete. Es liegt nicht einmal eine ausreichend formulierte Anklage gegen diesen Mann vor. Nun, Herr Heyden?"

Heyden war zwischenzeitlich wieder in sein angegliedertes Dienstzimmer gegangen und hatte sich die im Aschenbecher erloschene Zigarre ein weiteres Mal angezündet. Kammler trat nun ebenfalls wieder ein und schloss die Tür hinter sich.

„Ich kenne Köhler, den General der 306. ID [6] von früher. Wir besuchten gemeinsam Lehrgänge an der Offiziersschule. Van Berckh hatte einen Angriffsbefehl nicht beachtet, den ein Offizier aus Köhlers Stab ausgearbeitet hatte. Der Angriffsbefehl war Köhler vorgelegt, genehmigt und abgezeichnet worden. Van Berckh hatte den geplanten Vorstoß grundlegend missachtet. Er hatte seine Kompanie weder in den vorgesehenen Bereitstellungsraum gebracht, noch hatte er sich an den vorgegebenen Angriffszeitpunkt gehalten, noch hatte er die für den Angriff benötigten schweren Waffen in einen einsatzbereiten Zustand versetzt.

Es folgte dann, dass er seine Aufstellung über seinen Funker dem Stab übermittelte. Die merkten natürlich sofort, dass van Berckh weit vom Plan abgewichen war und wollten ihn in die vorgesehene Position beordern. Offenbar endete die Verbindung zum Stab damit, dass van Berckh das

[6] 306. ID: Die 306. Infanterie-Division der Wehrmacht kämpfte ab Dezember 1942 an der Ostfront, beteiligt an der Schlacht um Stalingrad.

Mikrofon des Funkers an sich nahm und dann mit den Worten „Ich kann Sie nicht mehr aufnehmen“ die Verbindung beendete.“

„Das ist doch ein eindeutiger Fall von Befehlsverweigerung“, meinte daraufhin Kammler, der dabei die Schultern hochzog und seine Arme gerade vor seinem Körper ausstreckte, wobei seine Handflächen nach oben zeigten.

„Gewiss, so sehe ich das ebenfalls. Außerdem ist die Angelegenheit minutiös dokumentiert und die ganze Kompanie hat es nebst dem versammelten Stab bis hoch zu General Köhler mitbekommen“, pflichtete Hauptmann Heyden bei.

„Dann scheint der Fall ja klar zu sein und ich frage mich, warum dieser van Berckh dann hier eine Art Sanatoriumsaufenthalt bekommen soll und scheinbar nicht einmal eine Anklage.“ Kammler erschien nun leicht erregt zu sein.

„Nun ja, bislang kennen Sie nur den einen Teil der Geschichte. Am besten, Sie setzen sich hin, denn jetzt wird die Geschichte interessant“, sagte Heyden, der seine linke Gesichtshälfte hochgezogen hatte, wodurch sich sein Auge zu einem Schlitz verengte, durch den er Kammler mit verschwörerischem Blick fixierte.

„Der Soldat van Berckh ist ein Unikat, sein Name an der Ostfront ein Begriff unter den Landsern. Irgendwie hat der Kerl mehr Leben als eine Katze. Was der schon alles überstanden hat, ist mit Glück allein nicht zu erklären. Die von van Berckh geführte Kompanie war nicht die einzige Einheit, die in den besagten Angriff gegen die Russen miteinbezogen war. Weitere vier Kompanien hielten sich an den Angriffsplan und eröffneten planmäßig das Feuer. Dann begann das Desaster. Die Russen hatten wohl geahnt, aus welcher Richtung unser Angriff zu erwarten war und hatten ihre Geschütze vorab schon auf die Bereitstellungsräume der einzelnen Kompanien ausgerichtet. Kurz nachdem die erste Haubitze in Richtung der Russen gefeuert hatte, feuerte der Iwan mit einem Granatenhagel zurück, mit dem niemand gerechnet hatte. Unsere drei Kompanien, die das Feuer eröffnet hatten wurden durch den Gegenangriff zu fünfzig Prozent vernichtet. Es hat keine Stunde gedauert, bis von deutscher Seite kein Schuss mehr fiel. Dann erfolgte der Vorstoß der Russen. Sie kamen direkt über die Senke im Gelände herüber, wo sich van Berckh mit seiner Kompanie hätte aufstellen sollen.“

„Und wo hatte sich van Berckh mit seinen Männern aufgehalten?", fragte Kammler erstaunt. Er hatte nun die Zigarre wieder in der Hand, die er zu Beginn seines Besuches mehr aus Freundlichkeit angenommen hatte, als dass er bis dahin Lust verspürte, diese zu rauchen.

„Die Einheit von van Berckh war für den motorisierten Vorstoß und zu Fuß vorgesehen. Das Gelände in Vorstoßrichtung war aber anscheinend schlecht zu befahren. Das Kampfziel - irgendein Dorf - lag nur wenige hundert Meter weit entfernt. Entgegen der Planung hatte van Berckh jedoch nur leichte Bewaffnung mitgeführt. Als die Russen ihr Feuerwerk abhielten, hat er sich mit seinen Männern verschanzt und gewartet, bis der Iwan zum Gegenangriff angerückt ist. Als die Russen dann ihre Panzer über die besagte Senke vorausschickten, ließ er sie ein ganzes Stück weit an seiner Einheit, die auf beiden Seiten der Balka entlang in Stellung lag, vorbeiziehen. Als die Balka dann mit den heranrückenden Russen gefüllt war, begann er mit seinem Angriff. Mit Panzerfäusten wurden die vordersten Russenpanzer zum Stillstand gebracht, was den Vormarsch stoppte. Schnell waren die nachrückenden Kräfte eingekesselt und die Russen völlig überrascht worden. Die Russen waren so von den Socken, dass sie schnell die Aussichtslosigkeit ihrer Lage erkannten und sich ergeben mussten. Van Berckhs Kompanie hätte die Russen aus ihren Stellungen allesamt niedermachen können, ohne dass van Berckh dabei auch nur einen einzigen Mann verloren hätte. Wie mir berichtet wurde, seien jedoch nur vereinzelte Schüsse gefallen und das waren Warnschüsse von van Berckhs Leuten. Van Berckh hat an die dreihundert Russen hops genommen und natürlich einiges an Waffen erbeutet. Darunter auch sieben russische T34-Panzer."

„Das ist ja mal ein ganz starkes Stück!", sagte Kammler in langsam gesprochenen Worten. Er hatte sich nun die Zigarre angezündet und saß mit übereinander geschlagenen Beinen auf seinem Stuhl.

„Das ist aber noch nicht alles", fuhr Heyden fort. „Die Sache wird noch verzwickter, wenn ich Ihnen über die Beteiligten berichte. In der Kompanie von van Berckh dient ein junger Neffe von Köhler, der die Sache natürlich ebenfalls unbeschadet überstanden hat, weshalb Köhler dem Oberfeldwebel van Berckh sicherlich sehr dankbar sein dürfte. Ein weiterer Beteiligter in dem Spiel ist der Stabsoffizier, der die Angriffspläne ausgearbeitet hatte, Oberleutnant Egbert Hohldinger. Van Berckh war ihm nach der missglückten Angriffsaktion beinahe an den Hals gegangen, als ihn Hohldinger wegen des Nichtbefolgens des Angriffsbefehls vor den Führungsstab zitiert hatte. Das muss ein Riesengeschrei gegeben haben. Hohldinger thematisierte die Befehlsverweigerung, während ihm van Berckh eine dilettantische Angriffsvorbereitung vorwarf.

Nun war es auf der einen Seite so, dass Hohldinger bekanntermaßen einen guten Kontakt zu Generalfeldmarschall Erich von Mahnstein pflegte, mit dem er verwandt ist. Andererseits war van Berckh einer der besten Männer, den General Köhler in seiner kämpfenden Truppe hatte. Außerdem stand die von van Berckh befehligte Einheit felsenfest hinter ihrem Kompaniechef, und Strafmaßnahmen gegen diesen Mann, der seine Truppe bislang erfolgreich und mit auffallend wenig Verlusten durch die vorangegangenen Schlachten geführt hatte, hätten sich wohl negativ auf die Kampfmoral der Einheit ausgewirkt, wo van Berckh einen Heldenstatus hat.

Köhler konnte aus disziplinarischen Gründen das Verhalten van Berckhs nicht kommentarlos übergehen, weshalb er ihm eine, wenn auch eher symbolische, Strafe zukommen lassen musste, um sich nicht zuletzt selbst angreifbar zu machen. Er hatte van Berckh zugesichert, dass er nach Beendigung seines Disziplinarverfahrens wieder in seine bisherige Funktion übernommen würde und er könne jedoch nicht mit Sicherheit davon ausgehen, dass man ihm das Deutsche Kreuz in Gold verleihen würde, obwohl die formellen Voraussetzungen aus seiner Sicht dafür erfüllt wären.

Mit der goldenen Nahkampfspange wird er jedoch rechnen können, denn die Voraussetzungen dafür sind dokumentiert. Wäre er Guderian bereits über den Weg gelaufen, dann hätte er sie ihm bestimmt schon an die Brust geheftet. Die Führung seiner Kompanie wurde einstweilen von Oberleutnant Hohldinger übernommen."

„Na prima“, sagte Kammler auf diesen Vortrag des Kommandanten hin. „Da scheint sich dieser Hohldinger ja ein schönes Eigentor geschossen zu haben.“

Heyden lachte und schlussfolgerte daraufhin in Anspielung auf den Oberleutnant schelmisch: „Das passiert eben, wenn die „Dinger“, die mancher auf dem Hals trägt, „hohl“ sind.“

Kammler war erheitert und konterte. „Der Mensch braucht nach seiner Geburt ungefähr zwei Jahre, bis er sprechen lernt. Es dauert aber um ein vielfaches länger, bis der Mensch lernt, wann die Zeit gekommen ist, einfach mal den Mund zu halten."

Heyden pflichtete Kammler umgehend mit erhobenem Zeigerfinger bei.

„Wie wahr, wie wahr, mein lieber Kammler. Wenn alle diese Weisheit beherzigen würden, dann würde es viel weniger Streit und Ärger geben. Allerdings hätten wir es dann auch ein ganzes Stück schwerer, die Gescheiten von den Dummen zu trennen", sagte er und lachte dabei herzlich.

Nun war das Eis zwischen den beiden hochrangigen Soldaten endgültig gebrochen. Kammler schaute auf seine Uhr.

„Noch vierzig Minuten, bis die Bahnstrecke wieder freigegeben wird. Langsam muss ich ans Aufbrechen denken. So interessant mein Besuch bei Ihnen auch ist, ich habe in Berlin zu tun."

„Sie haben es deswegen eilig? Moment, das haben wir gleich." Heyden griff zum Telefon, wählte eine dreistellige Nummer und hielt sich den Hörer an das Ohr, während er Kammler mit zuversichtlichem Blick und spitz geformten Mund zunickte.

„Hallo, hier Hauptmann Heyden. Ich wollte mal nachfragen, bis wann die Reparaturarbeiten der in Richtung Süden gehenden Gleise beendet sein werden...Verstehe...Und wie lange wird das Ihrer Einschätzung nach dauern? Verstehe... Dann informieren Sie bitte zwei SS-Leute, die in einer guten halben Stunde am Bahnsteig warten, darüber, dass sich die Abfahrt verzögern wird. Die Männer sollen in Bahnhofsnähe etwas essen gehen. Weisen Sie den Lokführer bitte an, dass er zehn Minuten vor der Abfahrt zwei Pfeifsignale abgibt, damit die Fahrgäste sich darauf einstellen können. Sie gewährleisten mir, dass der Zug nicht eher den Bahnhof verlässt, bis sich die SS-Leute mit dem General, der gerade bei mir ist, im Wehrmachtsabteil befinden. Heil Hitler!"

Heyden legte den Telefonhörer wieder auf. „Was ist mit Ihnen, Kammler? Haben Sie nicht auch so langsam Hunger? Sie haben ja mitbekommen, dass sich die Abfahrt länger als geplant verzögert. Bei dieser Gelegenheit können Sie sich einmal davon überzeugen, dass das Essen im Gefängnis vielleicht doch besser schmeckt, als es sein Ruf erahnen lässt."

„Gerne", stimmte Kammler zu. „Wer weiß, wann sich die nächste Gelegenheit für eine warme Mahlzeit ergibt und was uns auf der weiteren Reise noch erwartet. Da nehme ich Ihre Einladung doch gerne an."

„Und zur Feier des Tages holen wir uns den Helden von der Ostfront mit an den Tisch. Er wird wohl gerade dabei sein, seine persönlichen Gegenstände in der Asservatenkammer abzugeben und seine Anstaltstracht in der Kleiderkammer empfangen. Was halten Sie davon?"

„Eine ausgezeichnete Idee. Lassen Sie uns den Burschen mal anschauen", stimmte Kammler sofort zu.

Heyden ging daraufhin zur Verbindungstür zum Geschäftszimmer, öffnete diese und gab Anweisung, den Neuankömmling van Berckh umgehend zu seinem Dienstzimmer bringen zu lassen. Weiterhin ließ der die Anstaltsküche darüber in Kenntnis setzen, dass er in zehn Minuten mit zwei Gästen essen möchte.

Es dauerte keine fünf Minuten, bis ein Wachsoldat mit einem Soldaten in Uniform im Geschäftszimmer vorstellig wurde. Kammler hatte sich währenddessen weiter in van Berckhs Personalakte eingelesen.

„Sie hatten den Häftling Berckh zur Vorführung angefordert, Herr Hauptmann. Hier ist er", sprach der Wachsoldat und trat einen Schritt zur Seite.

Der hinter ihm stehende Soldat trat einen Schritt näher und stellte sich formell vor. „Oberfeldwebel Ernst van Berckh von der 306. Infanterie-Division meldet sich zum Rapport."

„Seien Sie gegrüßt, Herr van Berckh. Hauptmann Heyden, ich bin der Leiter dieses Gefängnisses und habe mich gerade mit Generalmajor Kammler über ihr Husarenstück an der Ostfront unterhalten. War ja ein dicker Hund, den sie dort abgeliefert haben."

Kammler reichte dem Oberfeldwebel die Hand. „Bisher kenne ich nur Ihre Personalakte. Aber es freut mich, dass ich Sie heute persönlich begrüßen darf", sagte er zu dem etwa vierzigjährigen Soldaten in grauer Felduniform.

„Danke, die Freude ist ganz meinerseits", sagte der Soldat ruhig und in freundlichem Ton. „Was gibt mir die Ehre, bei Ihnen vorsprechen zu dürfen?"

„Nun", sprach der Kommandant, „ich kann Ihren dienstlichen Status bisweilen noch nicht eindeutig einordnen. Sie sind wegen eines Disziplinarvergehens der Haftanstalt überstellt worden. Ihre Personalakte hat uns erreicht. Jedoch fehlt bislang ein Bericht, in dem weder begründet steht, was Ihnen vorgeworfen wird, noch habe ich Hinweise darauf, dass ihr Fall von der Militärgerichtsbarkeit bearbeitet wird. Ich werde mich jedoch um Aufklärung bemühen und rechne andererseits damit, dass mir die fehlenden Berichte jeden Tag nachgeliefert werden können. Aus diesem Gesichtspunkt heraus werde ich Ihnen bis auf weiteres den Status eines Gastes zuteilen, der jedoch unter Hausarrest steht. Das ist zwar weder Fisch noch Fleisch, und auch aus meiner Sicht auch rechtlich nicht definiert, doch es wird einstweilen wohl keine andere Lösung geben."

„Dann hoffe ich, dass ich Ihre Gastfreundschaft nicht allzu lange in Anspruch nehmen muss und Ihnen bis dahin nicht zur Last falle", konterte van Berckh leicht süffisant, jedoch keinesfalls unhöflich.

Heyden schien keine Vorbehalte gegen Ernst van Berckh zu haben, der ihm trotz seines weitaus niedrigeren Dienstgrades und seines jüngeren Alters auf Augenhöhe aber dennoch respektvoll entgegen trat.

„Und da Sie nun mein Gast sind, darf ich Sie und General Kammler gemeinsam zu Tisch bitten. Sie werden sicher hungrig sein. Wir werden bereits von der Küche erwartet. Einverstanden?"

In dem Moment, als Heyden die Einladung ausgesprochen hatte, ging ein Strahlen über das Gesicht des Ernst van Berckh.

„Seit Monaten habe ich mich auf einen deftigen Schweinebraten mit Rotkraut und einer deftigen Soße über die Knödel gefreut", frohlockte er, wobei er mit den Augen an die Decke schaute und dabei tief durch die Nase einatmete und sich beide Hände an das Herz legte, als ob er soeben an einem vor ihm kredenzten Teller mit Schweinebraten gerochen hätte.

Die drei Männer verließen das Dienstzimmer und liefen den Gang in Richtung der Gefängnisküche Der Gefängnisleiter kommentierte dabei van Berckhs kulinarische Vorfreude.

„Heute haben wir Kohlsuppe mit Kartoffeln auf dem Speiseplan, was Sie sicherlich am Geruch schon erkannt haben. Von dem Schweinebraten dürfen Sie von daher noch eine Weile träumen. Aber wie heißt es ja so schön: Die Vorfreude ist bekanntlich die schönste Freude."

Auf dem Weg zur Küche erklärte der Gefängnisleiter seinen Gästen, in welcher Weise mehrere Häftlingsgruppen zur Produktion landwirtschaftlicher Erzeugnisse in der Region eingebunden waren. Häftlinge, die nicht unter Fluchtverdacht standen, wurden mehreren Bauern in der Region zur Mithilfe auf deren Gehöften und Feldern zur Verfügung gestellt. Während der Erntezeit kam es sogar vor, dass einzelne Gruppen direkt auf dem Bauernhof Quartier bezogen, soweit es die räumlichen Begebenheiten zuließen. Weitere Arbeitsgruppen wurden täglich morgens mit Lastwagen zu ihrem Einsatzort gefahren oder sie begaben sich zu Fuß dort hin, wenn der Marsch in einer Zeit von bis zu fünfundvierzig Minuten an den Bestimmungsort führte.

Der Einsatz der Häftlingskolonnen bedeutete für die Bauern in der Region eine große Entlastung. Es war bisher zu keinen ernst zu nehmenden Zwischenfällen oder Fluchtversuchen gekommen, denn die bewaffneten Wachsoldaten hatten die Order, Fluchtversuche mit allen Mitteln zu verhindern. Für die Unterstützung der Bauern wurden im Gegenzug die verschiedensten landwirtschaftlichen Erzeugnisse an das Militärgefängnis geliefert, das damit einen großen Teil seines Lebensmittelbedarfs zur Verpflegung der Gefangenen abdecken konnte.

Während Gefangene, die für die Arbeit im Arado-Zweigwerk jeden Morgen in Marschformation durch Anklam geführt und in der dortigen Kantine der Flugzeugfabrik verpflegt wurden, wurden die Arbeiter auf den Feldern von der Gefängnisküche versorgt. Hierzu wurde zur Mittagszeit das Essen in großen Töpfen und Warmhaltebehältern per Lastwagen auf das Feld gefahren und von dort in die Essgeschirre der Soldaten ausgegeben. An Getränken wurde Tee und Wasser angeboten, manchmal auch Kaffee. Beschwerden über die Verpflegung in der Haftanstalt waren dem Leiter nur in wenigen Einzelfällen zu Ohren gekommen.

Die täglichen Essensrationen waren bezüglich ihres Kaloriengehalts genau auf die Tätigkeit der Soldaten berechnet. Damit war auch klar, dass Häftlinge, die aus verschiedenen Gründen nicht zu Hilfsarbeiten herangezogen wurden oder schlicht die Arbeit verweigerten, entsprechend reduzierte Rationen zugeteilt bekamen. Bei der Zuteilung der Essensrationen wurde keine Rücksicht darauf genommen, ob der Empfänger von schmächtiger Statur oder ein schwergewichtiger Hüne war. Wem seine Ration nicht ausreichte, der musste zusehen, dass er beim Küchenpersonal, das jedoch nicht nur aus Häftlingen bestand, gut angesehen war und dadurch auf einen Zuschlag bei der Essensausgabe hoffen durfte.

Zu besonderen Anlässen, wie zum Beispiel an Weihnachten, gab es sogar Zigarren oder Zigaretten, die dann innerhalb der Gefangenen hoch gehandelt wurden. Es gab jedoch kaum Tauschobjekte im Gefängnis, die man dagegen hätte eintauschen können. Da es für die Gefangenen keinerlei

Alkohol gab, außer vielleicht mal einen Schnaps bei einem wohlgesonnenen Bauern, ergab sich oftmals nur der Umstand, dass ein Raucher bei einem Nichtraucher für das Überlassen seiner Tabakwaren in der Schuld stand und ihm dafür bei Gelegenheit einen anderen Gefallen tun musste.

Neben der Küche befand sich das Speisezimmer für das Anstaltspersonal. Durch die Durchreiche in die Großküche sahen die drei Soldaten, dass in der Küche noch emsig gearbeitet wurde, obwohl der Uhrzeit nach die Essensausgabe an die Gefangenen schon beendet sein musste.

Als der Küchenchef die wartenden Gäste stehen sah, begab er sich zur Theke und begrüßte den Gefängnisleiter und seine Gäste.

„Mahlzeit, Herr Heyden. Wir haben heute reichhaltige Auswahl. Die neuen Aspiranten, die vor zwei Wochen ihre Ausbildung zum Feldkoch angetreten haben, haben heute gelernt, wie ein Schwein fachgerecht zerlegt und zubereitet wird."

Heyden zeigte sich erstaunt. „Na, dann erklären Sie mir mal, wo denn ein Feldkoch an der Front auf eine gut abgehangene halbe Sau zurückgreifen kann?", fragte er mit leichtem Unverständnis.

Den Koch schien die Frage des Gefängnisleiters zu amüsieren, weshalb er ihn mit seiner Antwort auf die Schippe nahm. Offenbar schien der Gefängnisleiter mit seinem Koch ein entspanntes Verhältnis zu pflegen, was wohl der Grund dafür war, dass der Koch es sich herausnahm, seinen Vorgesetzten in väterlichem Ton zu lehrmeistern.

„Natürlich haben Sie Recht, Herr Heyden. Es kommen nur selten Kühltransporte mit Schweinehälften an der Ostfront an. Aber stellen Sie sich mal vor, unsere Landser kommen an einem russischen Dorf vorbei, in dem die zurückgedrängten Bolschewiken in der Eile doch glatt ein paar Schweinchen im Stall zurückgelassen haben. Es wäre schließlich die reinste Verschwendung, wenn die armen Schweinchen in ihrem Stall verhungern müssten, weil die Russen bei ihrer Flucht gleich die Dorfbewohner mitgenommen haben, um sie vor den bösen, bösen Deutschen in Sicherheit zu bringen."

Den Hauptmann schien die sarkastische Antwort ebenfalls zu amüsieren und er spielte das Spiel des Kochs mit. „Wenn es an der Ostfront keine Bahngleise gibt, auf die sie die Schweine binden können, wie bekommen sie die Schweine dann dort in zwei Teile? Mit einer MG-Salve ?", fragte er spitzbübisch den Koch.

„Sie werden es nicht glauben, aber wenn ich den Berichten von der Ostfront glauben schenken darf, haben sich dort bislang immer ein oder mehrere Kameraden gefunden, welche das Schwein zur Stecke brachten. Auch hat sich scheinbar immer eine Axt gefunden, um das Viech zu halbieren. Aber ab diesem Arbeitsschritt fallen die Schweinehälften dann in den Zuständigkeitsbereich des Feldkoch-Kommandos. Was dann in einem solchen Fall zu veranlassen ist, haben wir heute in einer Praxisanwendung geübt. Bauer Martens hat vorgestern geschlachtet und die halbe Sau gestiftet. Ich denke, unser heutiges Ergebnis des Ausbildungsabschnitts kann sich sehen und schmecken lassen. Wir haben auch ein leckeres Sößchen dazu gemacht. Dazu anstatt der Kohlsuppe gedünsteten Weißkohl und Pellkartoffeln. Sie haben die Wahl."

„In diesem Fall möchte ich gerne probieren, auf was sich die Kameraden an der Front freuen dürfen", sprach der Gefängnisleiter. Generalmajor Kammler und Oberfeldwebel van Berckh entschieden sich ebenfalls für das Angebot mit dem Schweinebraten und wenige Minuten später saßen die Männer vor üppig gefüllten Tellern und ließen es sich schmecken.

Während der Mahlzeit sprach Hans Kammler den Frontsoldaten van Berckh auf den Fronteinsatz an, weswegen er von seiner Einheit abgezogen wurde. „Ich habe von Herrn Heyden die Umstände gehört, weswegen Sie nun hier sind, und mir sind dazu einige Fragen gekommen, auf die ich mir keinen Reim machen kann", begann Kammler das Gespräch.

„Wenn das kein Verhör werden soll, dann dürfen Sie mich gerne fragen", antwortete van Berckh, der sein Essen sichtlich genoss.

„Als Ihnen der Angriffsbefehl unterbreitet wurde, warum haben Sie ihn dann nicht befolgt, beziehungsweise warum haben Sie beim Führungsstab nicht irgendwelche Bedenken angebracht, sofern Sie mit dem geplanten Ablauf des Angriffs nicht einverstanden waren? Es müsste Ihnen doch klar gewesen sein, dass es Ärger geben wird, wenn es sich später heraus stellt, dass Sie eigenmächtig gehandelt haben."

Van Berckh nickte, während er sich noch einen Bissen des schmackhaften Schweinebratens in den Mund steckte und dann antwortete. „Es war nicht der erste Angriffsplan, der von Oberleutnant Hohldinger erstellt wurde und bei dem unsere Kompanie am Sturmangriff beteiligt war. Die Angriffe waren auch größtenteils erfolgreich. Ich möchte auch nicht behaupten, dass der betreffende Angriffsplan schlecht ausgearbeitet war, denn das war er nicht. Aber der Plan hat einfach nicht gepasst. Als er mir dargelegt wurde, sträubte sich in mir alles. Ich wusste, dass der Plan schief gehen wurde. Jedoch hatte ich keine taktischen Argumente, mit denen ich den Führungsstab möglicherweise hätte umstimmen können. Militärisch gesehen war der Angriffsplan ja soweit in Ordnung."

Während van Berckh erzählte, sahen ihn Kammler und Heyden verständnislos an, wobei sie mit dem Besteck in den Händen innehielten.

Kammler fragte interessiert weiter. „Der Angriffsplan war also gut ausgearbeitet, Sie fanden keinen vernünftigen Grund ihn beim Führungsstab zu beanstanden und haben dann ausschließlich aus Ihrem Gefühl heraus den Angriffsbefehlt missachtet?"

„Ja, genau so war das, Herr Generalmajor. Es war auch nicht das erste Mal, dass ich im Rahmen eines Angriffs von den Vorgaben abwich. Ich hatte dafür auch immer eine plausible Erklärung und außerdem gab mir der Erfolg immer Recht. Nur in diesem Fall musste ich eben so heftig die „Notbremse" ziehen, dass seitens der Führung nicht mehr darüber hinweg gesehen werden konnte."

Kammler zog die Schultern hoch. „Und wenn Sie sich präzise an den Angriffsplan gehalten hätten, dann wären Sie nun möglicherweise tot", entgegnete er.

„Sie sagen es, und genau das wollte ich mir und meinen Kameraden eben ersparen. Außerdem hat die Vorhersehung mir noch einige leckere Schweinebraten in Aussicht gestellt", sprach der Oberfeldwebel mit einem spitzbübischen Gesichtsausdruck.

Kammlers Miene war weniger erheitert, denn er zeigte einen ernsten Gesichtsausdruck, der auch nicht ausschloss, dass ihn van Berckh mit seiner flapsigen Antwort verärgert haben könnte. Kammler schien sich diesbezüglich jedoch unter Kontrolle zu haben und wollte das entspannte Verhältnis zu den abgeschlagenen Frontsoldaten nicht mit einer aus den unterschiedlichen Dienstgraden resultierenden Strenge eines Generalmajors gegenüber einem einfachen Unteroffizier behaften.

Van Berckh hatte das Wort „Vorhersehung" benutzt. Genau dieses Wort hatte er schon des Öfteren aus dem Mund des Führers gehört und es hatte ihn fasziniert. Dieses Wort „Vorhersehung" ließ ihn innerlich erbeben. Für Kammler gab es kein anderes Wort, das mehr mit dem Aufstieg des Führers und der Erschaffung des Dritten Reiches verbunden war als das Wort

„Vorhersehung". Auch die unerwartet leicht errungenen Siege der ersten Kriegsjahre waren untrennbar mit diesem Wort verbunden, das der Führer in allen seinen großen Reden verwendete. Außerdem sei es von der Vorhersehung wohl so bestimmt gewesen, dass der Führer damals im großen Krieg an der Westfront von einem Engländer nicht erschossen wurde, obwohl er diesem wehrlos gegenüber stand, sondern dass ihn dieser entkommen ließ.

Es war Kammler wohl bekannt, dass die obersten Reichsführer sich von Astrologen und Astrologinnen beraten ließen, um zu erfahren, was die Vorsehung an zukünftigen Ereignissen bereithielt. Kammler selbst hatte sich noch nicht eingehend mit der Astrologie und dem damit verbundenen Wissen beschäftigt. Sein bisheriger Lebensweg hatte keine Gelegenheit dazu geboten. Als promovierter Ingenieur verließ sich Hans Kammler dann doch lieber auf berechenbare und wissenschaftlich belegte Fakten, anstatt sich mit okkulten Mutmaßungen zu beschäftigen, bei denen letztendlich nie bewiesen werden konnte, ob es sich um Berechnung, Vorhersehung, Zufall, Manipulation oder um Scharlatanerie handeln würde. Welchen Stellenwert die Astrologie im Reich mittlerweile hatte, konnte Kammler unter anderem durch den Umstand abschätzten, dass der Führer ein Gesetz verabschiedete, wonach vorgeschrieben war, dass bei einer Geburt eines Kindes auch die genaue Uhrzeit festzuhalten und in der standesamtlichen Urkunde zu dokumentieren ist. Kammler erinnerte sich, dass er seinerzeit darüber im „Völkischen Beobachter" darüber gelesen hatte, und erinnerte sich noch an den damaligen Kommentar, in dem es geheißen hatte, dass es noch Barbarenvölker gäbe, die nicht einmal den Geburtsmonat, geschweige denn das Geburtsjahr festhalten. So war es im Reich nun möglich, die astrologischen Konstellationen einer Person genau zu berechnen, und es soll sogar dazu gekommen sein, dass für Personalentscheidungen in höhere Ämter astrologische Auswertungen den letztendlichen Ausschlag gegeben haben.

Van Berckh hatte Kammler jedoch keinen Hinweis darauf geliefert, dass er Astrologe sei. Ob er ihn diesbezüglich befragen sollte? Kammler war sich unschlüssig und versuchte nun mit weiteren Fragen die Person Ernst van Berckh weiter zu ergründen.

„In Ihrer Personalakte hatte ich gelesen, dass Sie im Sanitätsdienst eingesetzt wurden und dann aber in die kämpfende Truppe wechselten. War das freiwillig oder hatten Sie dort auch ihre eigenen Pläne durchgezogen? Oder können Sie etwa kein Blut sehen?" Kammler war gespannt, wie der Frontsoldat auf diese Frage antworten würde, ob er sich vielleicht davon provozieren ließ und er ihn damit aus der Reserve locken könnte, damit er diesen Soldaten endlich einordnen könnte. Denn bisher gab ihm dieser Mann ein Rätsel nach dem anderen auf.

Ernst van Berckh wurde nun ebenfalls ernst. Kammlers Fragen hatten ihn wie Pfeile getroffen. Es war van Berckh anzusehen, wie er sich sammelte, um dem Generalmajor der Waffen-SS eine umfassende Antwort zu geben, um diesem Hinterland-Patrioten klarzumachen, dass an der Front gekämpft, gelitten und gestorben wird, und dass all dies nichts mit Planungen am grünen Tisch oder gar einem Schachspiel zu tun hatte.

Van Berckh hatte seinen Teller leer gegessen, wischte sich mit einer Serviette aus grobem Papier den Mund ab, legte diese danach mit dem Besteck auf den leer gegessenen Teller, schob diesen von sich zur Tischmitte hin weg und atmete tief ein. Dann schaute er zuerst Kammler und dann Heyden für einen Moment lang tief in die Augen, bevor er ausatmete und seinen Blick auf den Tisch senkte. Nach einigen Sekunden, in denen man eine Stecknadel hätte fallen hören, begann van Berckh zu sprechen.

„Schon als Dreijähriger war ich beim Töten dabei. Es waren Schweine, die ich damals als kleiner Junge zuvor noch gefüttert hatte. Ein Schwein wurde dann am selben Tag noch in die Schlachtküche geführt, wohin ich nicht mit durfte. Erst als die Sau in zwei Hälften am Haken hing, habe ich sie wieder gesehen. Ihr letztes Schreien hatte ich jedoch gehört. Ich habe dann zugesehen, wie Würste gemacht wurden und mir war auch klar, dass das Blut, das an manchen Stellen noch am Boden zu sehen war und mit dem die Wurstmasse in dem großen Zuber angerührt wurde, das Blut des Schweins war. Ich habe dann für einige Zeit keine Wurst und kein Fleisch gegessen.

Dann, während des großen Krieges, habe ich als junger Mann an einer Sanitätsausbildung teilgenommen. Es begann gleich mit der Praxisausbildung. Von der Westfront kamen täglich Transporte mit Verwundeten an. Ich habe damals unzählige Verbände gewechselt und schlimme Verletzungen gesehen, bei denen ich mich fragen musste, wie jener Mann überhaupt noch am Leben sein konnte. Viele Verwundete erzählten mir auch, wie es zu ihrer Verwundung gekommen war. Manch einer schimpfte darüber, dass er Kanonenfutter in sinnloser Mission oder auf verlorenem Posten war. Als ich dann beim Feldzug gegen die Polen meinen Dienst im Sanitätsdienst tat und dabei erkannte, dass viele Kameraden nur deswegen verwundet wurden, weil sie direkt ins Verderben geführt wurden, da wurde ich nachdenklich. Es wurde mir dann klar, dass die beste Sanitätsleistung diejenige ist, die dafür sorgt, dass der Soldat erst gar nicht verletzt wird. Ich beschloss daher, diese Erkenntnis bei kämpfenden Einheiten durchzusetzen und war in den letzten beiden Jahren damit erfolgreich. Ich führe keine Statistik, aber ich hatte mit der von mir geführten Kompanie bislang nur minimale Verluste im Vergleich zu Einheiten, die an vergleichbaren Aktionen beteiligt waren. Aber nun ist der Krieg an der Ostfront für mich ja beendet."

Auch Kammler und Heyden schauten während des Vortrags des Ernst van Berckh nun starr auf den Tisch vor ihnen. Heyden ergriff nach einigen Sekunden des Schweigens als Erster wieder das Wort.

„Na ja, van Berckh. Wir wollen Sie nicht ewig hier behalten und die Aussichten, dass die bei Zeiten wieder zu Ihrer Truppe kommen, stehen möglicherweise gut. Außerdem wird sich Oberleutnant Hohldinger wieder an seine Stabsarbeit zurücksehnen und Ihnen gerne wieder Ihren Posten frei machen."

Van Berckh schüttelte jedoch nur den Kopf. „Ich werde weder die Ostfront noch Hohldinger wiedersehen. Die Vorsehung hat anderes mit mir vor. Sonst wäre ich nicht hierhergekommen. Auch wenn es mich nicht nach hier drängte."

Da war es wieder gefallen. Er hatte es wieder ausgesprochen, dieses Wort „Vorsehung". In Generalmajor Kammler wuchsen die Anspannung und die Neugier. Bereits im Büro des Gefängnisleiters hatte Kammler aufgehorcht, als der Hauptmann von der spektakulären Aktion des Oberfeldwebel van Berckh erzählte. Jetzt, als er van Berckh persönlich begegnet war, kam er immer mehr zu der Überzeugung, dass van Berckh kein Draufgänger oder einfach nur ein tollkühner Glückspilz war. Nein, van Berckh schien zu wissen was er tut, und sein Wesen strahlte eine unübersehbare innere Ruhe und Zuversicht aus, die Kammler zu ergründen versuchte.

Es war keinesfalls so, dass Kammler van Berckh unkritisch beobachtete. Er hatte schon des Öfteren von Menschen mit besonderen Fähigkeiten gehört und wusste, dass derartig begabte Personen durchaus Einfluss bis in die obersten Ebenen der Reichsführung hatten, wo man sich die vermeintlich übersinnlichen Fähigkeiten zu Nutzen machte. Zwar kannte Kammler keinerlei Entscheidungen der obersten Reichsführung, die auf die direkte Beratung solcher Medien zurückzuführen waren, jedoch kannte er die Namen Helena Petrovna Blavatsky, auf welche der Führer offenbar vertraute und den ehemaligen SS-Angehörigen Karl Maria Wiligut, der ebenfalls einen hohen Einfluss auf den Reichsführer SS hatte. Kammler selbst hatte keine Erfahrung mit derartigen Visionären und Hellsehern. Jedoch, wenn Sie für Entscheidungen des Führers und seines direkten Vorgesetzten Himmler offenbar eine wichtige Bedeutung hatten, dann wäre es denkbar, dass solch begabte Person auch für ihn und seine Projekte eine hilfreiche Rolle spielen könnte. Kammler war sich in Bezug auf Ernst van Berckh nicht sicher und wusste in der Situation auch nicht, wie er van Berckh weiter prüfen könnte.

Aus der Küche wurde zum Nachtisch Apfelkompott gereicht. Heyden genoss den Nachtisch sichtlich, was van Berckh nicht entging.

„Eure Nahrungsmittel sollen eure Heilmittel und eure Heilmittel sollen eure Nahrungsmittel sein, sagte einst Paracelsus", zitierte er. Van Berckh hatte seinen Blick zu Heyden gerichtet, der sich dadurch auch angesprochen fühlte und einen ratlosen Blick zu Kammler hinüber warf.

„Wie kommen Sie denn jetzt da drauf? Stimmt etwas mit dem Essen nicht?", fragte Heyden etwas verunsichert.

Van Berckh zog etwas die Stirn hoch und versuchte zu erklären: „Wissen Sie, wenn jemand vollkommen gesund ist, dann darf er essen, was er möchte, und es wird ihm nicht schaden, sofern er das richtige Maß findet. Wenn aber jemand ein Leiden hat, so sollte er die Wahl seiner Lebensmittel mit Bedacht wählen, denn manches, was andere bedenkenlos essen, sollte derjenige besser meiden."

Heyden verstand nun gar nichts mehr und schaute van Berckh fragend und beinahe vorwurfsvoll an.

Van Berckh war sich bewusst, dass er auf Grund seiner Andeutungen nun auch Ross und Reiter benennen musste, um seine Reputation vor den beiden hochrangigen Soldaten nicht zu verspielen. Er wusste, dass er sich seit seinem Zitat auf einer riskanten Gratwanderung befand und musste nun einen diplomatischen Ausweg finden, um Heyden eine schlüssige Erklärung für die Botschaft zukommen zu lassen, die seinem losen Mundwerk entsprungen war. Da sich van Berckhs Botschaft auf ein eher intimes

Leiden des Hauptmanns bezog, war ihm bewusst, dass er den Gefängnisleiter nicht in der Sprache beraten konnte, die er einem Frontkameraden angedeihen ließ. Er musste es ihm deshalb so diplomatisch und so schonend erklären, wie es ihm eben möglich war.

„Wissen Sie, Herr Hauptmann, es gibt Leiden, die einfach mit der Art der ausgeübten Tätigkeit zu tun haben, mit denen ein Soldat für das Reich kämpft. Danach richtet sich auch sein Gefährdungsrisiko für bestimmte Leiden. Demnach hat ein Frontsoldat ein erhöhtes Risiko, an einer Schwermetallvergiftung zu leiden, die ihm ein nicht legitimierter Kriegsteilnehmer in Form eines 7,65er Projektils zugefügt hat. Dadurch geht unter den Landsern auch der Spruch um, dass man lieber in der Schreibstube Hämorrhoiden züchten möchte, als dauernd diese Partisanen am Arsch zu haben."

Heyden hatte verstanden und lächelte halb gequält, halb verstört. Kammler hingegen starrte van Berckh mit entsetztem Blick an. Er kannte van Berckh noch keine Stunde und hatte ohnehin erst am heutigen Tag von ihm gehört. Aber den Eindruck, den er von diesem Mann in der kurzen Zeit gewonnen hatte, wurde immer eindeutiger. Dieser Mann war zwar ein gewöhnlicher Soldat, aber nach Kammlers bisheriger Erkenntnis war dieser Ernst van Berckh ein außergewöhnlicher Mensch mit außergewöhnlichen Fähigkeiten. Es war für Kammler daher beschlossene Sache: Wenn er seinen Besuch im Militärgefängnis in Anklam bald beenden würde, dann würde van Berckh ihn auf seiner weiteren Reise begleiten. Dass dies auf Grund der geltenden Bestimmungen nicht ohne weiteres möglich war, ohne zuvor bürokratische Hindernisse zu beseitigen, war Kammler klar. Schließlich war van Berckh Angehöriger der Wehrmacht und nicht wie Kammler bei der SS. Außerdem musste die Überstellung von Hauptmann Heyden genehmigt werden, was möglicherweise dessen Kompetenzen überstieg. Auch gegenüber dem Militärgericht und nicht zuletzt der entsendenden Division an der Front müsste Heyden gegebenenfalls den Verbleib des mutmaßlichen Häftlings erklären.

Gerade, als sich Kammler eine Strategie überlegte, wie er dem Gefängnisleiter sein Einverständnis dafür abringen könnte, um van Berckh in seine Obhut nehmen zu können, kam eilig der Fahrer des Kübelwagens in den Speiseraum.

„Herr Generalmajor, der Zug ist in Kürze abfahrbereit, Ihre Begleiter warten bereits am Bahnhof auf Sie."

Jetzt musste es schnell gehen, Zeit für lange Verhandlungen gab es nicht. Kammler verwarf daher seine bisherige Strategie und handelte.

„Van Berckh, holen Sie ihr Gepäck. Sie haben drei Minuten Zeit. Ich erwarte Sie an der Torwache."

Van Berckh nickte wortlos und war sofort verschwunden. Hauptmann Heyden stand mit aufgesperrten Augen und offenem Mund, durch den er hörbar tief einatmete, vor Kammler, der ihn erst gar nicht zu Wort kommen ließ.

„Sie entschuldigen, Herr Heyden, dass ich Sie so überfahre, aber meine soeben getroffene Entscheidung ist von kriegswichtiger Bedeutung und ich versichere Ihnen, dass sie im Bedarfsfall von höchster Stelle bestätigt werden wird. Oberfeldwebel van Berckhs vorgesehener Verwendungszweck bei der SS ist geheim und wird daher nicht weiter besprochen. Das können Sie in Ihren Bericht wörtlich so aufnehmen. Sie wissen, wie Sie mich erreichen. An dieselbe Feldpostnummer können Sie Schriftstücke an van Berckh schicken. Ich kann nicht ausschließen, dass Sie van Berckh in drei Tagen, in drei Wochen oder drei Monaten zurück überstellt bekommen. Ich werden Ihnen ein Schreiben aufsetzen, in dem ich die Übernahme des Gefangenen bestätige. Das Schreiben wird sie in ungefähr einer Woche erreichen. Da ich aber nicht ausschließen kann, dass van Berckh schneller wieder hinter Gittern ist als meine Bestätigung auf Ihrem Schreibtisch, schlage ich vor, dass sie eine Woche lang einfach die Füße stillhalten. Vorher wird ohnehin niemand etwas von van Berckh hören wollen. Im Übrigen übernehme ich die volle Verantwortung für van Berckhs Stellungswechsel."

Heyden starrte Kammler immer noch an und er musste erst schlucken, bis er wieder die Sprache fand. „Sie wissen aber, dass ich van Berckh unter den gegebenen Umständen nicht einmal in ein Arbeitskommando abstellen darf?", presste Heyden hervor.

„Ich danke Ihnen für Ihre Unterstützung, Herr Heyden. Bitte denken Sie an unsere Abmachung wegen der Durchsicht der neu angelieferten Häftlinge und beobachten Sie in dieser Hinsicht auch die bereits einsitzenden Gefangenen. Sie haben ja gesehen, wie ich mir eine Selektion der Gefangenen am Objekt vorstelle."

Kammler schaute auf seine Armbanduhr, schüttelte dem Hauptmann die Hand, brachte ein zackiges „Heil Hitler“ hervor und noch bevor der nun völlig verdutzte Gefängnisleiter den Arm zur Erwiderung hochheben konnte, hatte sich Kammler umgedreht und war auf dem Weg Richtung Torwache, wo van Berckh bereits mit seinem Rucksack auf ihn wartete.

Der Fahrer des Kübelwagens wartete bereits im Fahrzeug mit laufendem Motor und nach kurzer Fahrt stiegen die Männer am Bahnhof aus, wo die bereits unter Volldampf stehende Lokomotive darauf wartete, den Zug aus dem Bahnhof zu fahren. Unmittelbar nachdem die drei Männer das Wehrmachtsabteil bestiegen hatten, gab der Stationsvorsteher dem Lokführer das Zeichen zur Abfahrt und der Zug setzte sich dampfend und schnaufend in Bewegung.

Hauptscharführer Knecht und Untersturmführer Kobitzki belegten ein eigenes, mit Schlafplätzen ausgestattetes Abteil und nutzten die Fahrt, um sich auszuruhen. Niemand wusste, was der Tag noch alles bringen würde und wann sie wieder die nächste Gelegenheit für ein Schläfchen haben würden. Sie waren als Assistenten des Generals mit den von ihm übertragenen Aufgaben oftmals stark beansprucht und kannten seine hohen Erwartungen, denen es gerecht zu werden galt. Es war ihnen bewusst, dass es ein Privileg war, so nahe an einem der obersten Funktionsträger des Reichs dienen zu dürfen, und es war ebenso klar, dass der General nicht lange zögern würde, sie durch Nachfolger zu ersetzen, wenn er mit ihren Leistungen nicht zufrieden war. Auf der anderen Seite stand ihnen eine weitere Karriere innerhalb der SS offen, wenn sie sich über längere Zeit in ihrer Funktion bewährten. Die beiden Adjutanten arbeiteten gut miteinander zusammen und standen in keiner Konkurrenz zueinander.

Auch Oberfeldwebel van Berckh hatte sich ein eigenes Abteil genommen. Dort machte er es sich bequem und betrachtete entspannt die vorbei ziehenden Landschaften. Nach einer halben Stunde erschien Hauptscharführer Knecht an seinem Abteil und teilt ihm mit, dass der General ihn sprechen möchte.

Als van Berckh vor dem Abteil des Generals stand, winkte ihn dieser herein, während er die vor sich auf dem Schreibtisch ausgebreiteten Akten und Pläne beiseite räumte.

„Nehmen Sie Platz, Oberfeldwebel“, sagte Kammler und lehnte sich zurück. „Wie Sie ja bereits mitbekommen haben, sind Sie für die nächsten

Tage mein Gast. Ich weiß zwar noch nicht genau wie ich Sie verwenden werde, aber es wird Gelegenheiten geben, wo Sie sich nützlich machen können. Wir werden sehen, was sich die nächsten Tage ergibt und ich gehe davon aus, dass Sie als erfahrener Frontsoldat auch Beiträge zu Fachfragen liefern können, welche zur einen oder anderen Abrundung helfen können. Sie können nun wieder in Ihr Abteil zurückgehen. Achten Sie bitte darauf, dass Sie sich in der Öffentlichkeit stets bei Kobitzki und Knecht aufhalten. Wenn Sie sonst in eine Kontrolle geraten, wird man Sie möglicherweise festnehmen. Schließlich haben Sie keinen Urlaubsschein oder sonstige Passierberechtigung und gehören offiziell immer noch zu Ihrer Einheit an der Ostfront."

„Was glauben Sie denn, Herr General, was ich für Sie tun kann?", fragte daraufhin van Berckh.

„Ich habe die Vermutung, dass Sie möglicherweise „das Gras wachsen" hören. Ich kann es nicht genau beschreiben, aber Ihre bisherigen Erlebnisse sind so ungewöhnlich, dass ich mich frage, was dahinter steckt, dass Sie so unverschämtes Glück und auch entsprechenden Erfolg bei Einsätzen haben, bei denen jeder andere bereits mehrfach über den Jordan gegangen wäre." Mit diesen Worten hatte der General seine Motivation offen gelegt, warum er den Frontsoldaten unter Beobachtung nahm.

Van Berckh rutschte etwas unruhig auf der stoffbespannten Bank umher. Es schien ihm etwas unangenehm zu sein, wie ihn der General beschrieben hatte, obwohl er ihm damit keineswegs etwas Anrüchiges unterstellt hatte. Es war viel mehr der Umstand, dass van Berckh verstanden hatte, wie ihn der General mit seinem scharfen Verstand und seiner ausgezeichneten Beobachtungsgabe einzuordnen vermochte. Damit hatte van Berckh nicht gerechnet und sah sich ein Stück weit enttarnt.

Um den General nicht zu verstimmen, entschied sich van Berckh dazu, die von Kammler beschriebenen Umstände zu erklären und damit ein großes Stück von sich preiszugeben.

„Wissen Sie, Herr General, ich halte mich selbst nicht für besonders ungewöhnlich. Seit meiner Kindheit habe ich die Gabe, dass ich bevorstehende Begebenheiten oftmals vor deren tatsächlichem Eintritt spüre. Das mag merkwürdig klingen, mir wurde diese Eigenschaft erst nach meinem Schulanfang bewusst, als ich feststellte, dass meine Klassenkameraden nicht über diese Fähigkeit verfügten. Ich konnte es damals nicht verstehen, warum sie beim Klettern von Bäumen fielen oder vom Fahrrad stürzten. Als ich diese Vorgänge damals beobachtete, war für mich in den meisten Fällen klar, dass gleich was passieren wird. Aber die Jungs passten nicht auf und dann passierte es halt immer wieder. Ich war dann immer derjenige, der mit der Verbandstasche zur Stelle war und die Wunden versorgte. So war es auch kein Wunder, dass ich bereits in der Hitlerjugend erste Kenntnisse im Sanitätsdienst erlernte.

Mir selbst sind nie derartige Unfälle passiert. Ich spürte immer, wenn was quer lief und es gefährlich wurde. Dann habe ich eben immer sehr aufgepasst, war vorsichtiger und dadurch kam es auch zu keinen Unfällen. Andererseits konnte ich etwa bei Wettfahrten mit dem Kajak oder auf dem Fahrrad immer bis an die Grenzen des Machbaren gehen. Selbst wenn es richtig gefährlich wurde, musste ich nicht zurückstecken, denn wenn die Gefahr bestanden hätte, dass mir was passiert, hätte ich es rechtzeitig gespürt und mich dann gebremst."

Während van Berckh erzählte, schaute ihn Kammler mit leicht zusammengekniffenen Augen an. Immer noch zurückgelehnt und nach außen gelassen wirkend, triumphierte der General innerlich. Er hatte den richtigen Riecher gehabt, als er sich in Anklam dazu entschied, diesen Frontsoldaten genauer zu betrachten. Jetzt wollte er sehen, was er noch über ihn erfahren würde. Allerdings war Kammler nicht so recht klar, ob van Berckh ihm die Wahrheit gesagt hatte. Er hatte keine Möglichkeit, seine Aussagen nachzuvollziehen. Aber alleine die Fronterlebnisse des Soldaten sprachen für sich und waren auch soweit belegbar, und da der Soldat einen ehrlichen Eindruck auf Kammler machte, gab es keinen Grund, ihn in seinen Aussagen anzuzweifeln. Jetzt wollte er sehen, was er noch über ihn erfahren würde.

„Woher stammen Sie?", fragte der General.

„Ich bin in der Nähe von Köln aufgewachsen. Mein Großvater stammt aus den Niederlanden und hatte damals in Köln meine Großmutter kennengelernt. Mein Vater fiel 1918 im großen Krieg an der Westfront. Ich habe noch einen jüngeren Bruder und eine Schwester. Sie kümmern sich um die Mutter. Ich war lange nicht mehr bei ihr. Mit meiner Frau wohne ich seit unserer Hochzeit vor dreizehn Jahren in Köln. Bei einem Luftangriff der Engländer, Ende Mai letzten Jahres, wurde unser Haus völlig zerstört, meine Frau verschüttet. Ein Kamerad aus meiner Nachbarschaft, der ebenfalls meiner Kompanie angehört, bekam damals einen Brief von seiner Frau, weshalb ich es erfahren habe. Sie hatte es geschrieben und ich habe seither nichts mehr von meiner Familie gehört. Der ganze Straßenzug wurde bei dem Luftangriff dem Erdboden gleich gemacht, da gab es keine Hoffnung mehr für meine Frau und die anderen Verschütteten. Seitdem bin ich heimatlos. Selbst wenn ich Fronturlaub habe, zieht es mich nicht mehr nach Köln zurück. Dort gibt es nichts mehr, das auf mich wartet, und ich möchte mir auch schlimme Anblicke ersparen und besser alles so in Erinnerung behalten, wie es damals vor dem Krieg war."

Hans Kammler hatte sich diese Schilderung nachdenklich angehört und hatte dabei auch unwillkürlich an seine Frau und die Kinder gedacht, die ebenfalls jeden Tag einem Luftangriff ausgesetzt sein könnten.

„Und was machen Sie beruflich?", fragte der General weiter.

„Ich habe Drucker gelernt und dann für einige Zeit in einem Verlag gearbeitet. Nebenbei habe ich dann öfters in der Wagnerei meines Großvaters ausgeholfen und mir dabei Kenntnisse im Bereich der Holzbearbeitung angeeignet. Außerdem hatten wir auch eine Hufschmiede, weshalb ich auch mit Pferden umgehen kann. Schmieden kann ich natürlich auch."

Der General nickte zufrieden. Ein versierter Handwerker kam ihm allemal gelegener als ein Buchhalter oder Beamter der Reichspost. Somit entließ er van Berckh.

„Welcher Verwendung Sie einstweilen zugeführt werden, wird sich in Berlin ergeben. Kamerad Kobitzki wird mit Ihnen in Berlin in die Kleiderkammer gehen, wo sie eine frische Uniform und eine Unterkunft zugewiesen bekommen. Sie waren lange an der Front und würden sicherlich gerne mal wieder einen trinken gehen. Ich ermahne Sie aber vorsorglich zur Zurückhaltung und werde Kobitzki und Knecht ebenfalls darauf hinweisen, ohne die Sie eh keinen Schritt in der Öffentlichkeit machen werden. Sie können sich nun zurückziehen."

Nach diesen Worten begab sich der Unteroffizier in sein Abteil und machte es sich auf der Liege bequem. Es sollte eine ungestörte Bahnfahrt bis in die Reichshauptstadt werden.

Kapitel 2

Ankunft in Berlin

Langsam rollte der Fernzug der Reichsbahn in den Berliner Hauptbahnhof ein und kam mit quietschenden Bremsen langsam am Bahnsteig zum Stillstand. Mit einem leicht erstaunten Lächeln schaute Hans Kammler aus dem geöffneten Fenster des eigens für ihn reservierten Abteils des Wehrmachtwaggons, als er die beiden bereits wartenden Ordonnanzsoldaten [7] erblickte, die offenbar schon vorher ganz genau wussten, an welcher Stelle der Wehrmachtswaggon halten würde. Die beiden Wartenden hatten wohl schon ausreichend Erfahrung in der Abholung hoher Offiziere und waren scheinbar überhaupt nicht darüber erstaunt, dass der Wehrmachtswaggon des ungefähr achtzig Meter langen Zugs genau auf ihrer Höhe zum Stillstand kam.

Oberfeldwebel van Berckh stand bereits an der Tür und öffnete den Waggon. Er nahm keine Notiz von den Ordonnanzsoldaten, die ihn in seiner abgerissenen Uniform argwöhnisch, aber nur kurz musterten, bevor sie den Wehrmachtswaggon betraten. Mit wenigen strammen Schritten waren die beiden in das Abteil gekommen und grüßten mit einem zackigen „Heil Hitler, Herr Brigadeführer!"

Kammler und seine beiden Begleiter, SS-Hauptscharführer Knecht und SS-Untersturmführer Kobitzki, grüßten sofort zurück, wenn auch nicht ganz so zackig und eloquent wie die beiden Berliner Kameraden. Schließlich waren die Reisenden bereits morgens um vier Uhr dreißig aufgestanden und hatten sich von Trassenmoor nach Peenemünde begeben. Dort stand um fünf Uhr dreißig ein Güterzug abfahrbereit, der eine Woche zuvor Material an die Heeresversuchsanstalt angeliefert hatte und für die Rückfahrt im dortigen Werk unter anderem Raketenbauteile geladen hatte,

---

[7] Ordonnanzsoldaten: Ordonnanzoffiziere unterstützen ihren Befehlshaber vor allem bei der Erledigung alltäglicher Aufgaben wie Schriftverkehr oder Vorbereitung und Durchführung repräsentativer oder protokollarischer Aufgaben. Ihr Aufgabenbereich entspricht daher in gewisser Weise dem eines persönlichen Referenten im zivilen Bereich.

die für den Weitertransport zu Firmen der „Herman-Göring-Werke" transportiert werden sollten, um sie dort zur Serienreife weiter zu entwickeln. Außerdem befand sich in den Waggons eine Menge Schrott, der bei Versuchen angefallen war. Auch dieser Schrott unterlag der Geheimhaltung und musste von SS-Soldaten bis zu seiner Ablieferung in den Hüttenwerken begleitet werden.

Bereits zur Erprobung fertig montierte Raketen vom Typ A4 und Fieseler Fi 103 waren bei dem britischen Bomberangriff vor zwei Tagen unbeschädigt geblieben, da sich der Angriff der Royal Air Force auf die Entwicklungsanlagen im „Werk Ost" und hauptsächlich auf die Häftlingsunterkünfte Trassenheide und die Wohnsiedlung in Karlshagen bezogen hatten. Der Angriff hatte über siebenhundert Menschen getötet. Hauptsächlich waren es Häftlinge gewesen, aber durch den Angriff auf die Wohnquartiere in Karlshagen wurden auch viele qualifizierte Forscher getötet, die nur schwer zu ersetzen waren. Kammler und seine engsten Mitarbeiter waren zu Beginn der Angriffe, die mehrere Stunden dauerten, noch bei einer Besprechung auf dem Versuchsgelände und überstanden die Angriffe in einem sicheren Bunker.

Als Sonderbeauftragter für Baufragen hatte sich Kammler mit seinen Leuten in Peenemünde aufgehalten, um die Bedingungen für eine Verlagerung der Produktion der A4-Raketen in unterirdische Fertigungsanlagen festzulegen. Auch ging es um die Abschätzung des dafür nötigen Bedarfs an Arbeitskräften, die sich zu einem großen Teil aus KL-Häftlingen rekrutieren sollte, was der Leiter der HVA [8], Major Dornberger, bisher nur in einem begrenzten Maße befürwortet hatte. Doch jetzt ging es darum, einerseits die Fertigungsproduktion zu steigern und sie andererseits gegen feindliche Angriffe nachhaltig zu schützen. Schließlich hatten die Engländer bislang schon empfindlich zu spüren zu bekommen, welch verheerende Zerstörungen die A4 bisher angerichtet hatte, und sie konnten sich wohl nun auch ausmalen, was passieren würde, wenn es den Deutschen gelingen würde, die Anzahl der abgefeuerten Raketen und deren Zielgenauig-

[8] HVA: Heeresversuchsanstalt in Peenemünde auf der Insel Usedom. Auf den dortigen Raketenstartplätzen wurde u.a. die erste Großrakete Aggregat 4 entwickelt und getestet. Nach zerstörerischen Fliegerangriffen, durch die Engländer, wurden wichtige Bestandteile der HVA an sichere Orte, vorwiegend unterirdisch, ins Reichsgebiet verlagert. Mit dieser U-Verlagerung wurde Generalmajor Kammler beauftragt.

keit nachhaltig zu steigern. Deshalb war für die Zukunft mit weiteren Angriffen der Westmächte auf die Raketenproduktion und auch auf deren Entwicklungsanstalt zu rechnen. Nach dem Fliegerangriff hatten Kammler und seine Mitarbeiter bei der Bestandsaufnahme geholfen und notierten die entstandenen Schäden für den umgehenden Lagebericht an Reichsminister Speer, dessen Aufgabe es war, dem Führer einen detaillierten Bericht über die entstandenen Schäden und die voraussichtliche Dauer der Wiederherstellung vorzulegen.

Es war bereits im Januar gewesen, als der Reichsminister für Rüstung und Kriegsproduktion, Albert Speer, für das A4-Raketenprogramm eine totalgeschützte Fertigung angewiesen hatte. Nach dem fatalen Luftangriff war Kammler sofort klar, dass die englischen Aufklärer sich bereits ein genaues Bild über die von der Heeresversuchsanstalt ihnen zugefügten Schäden gemacht hatten. Schon am Morgen des 18. August hatte eine britische Lancaster das Gebiet überflogen und es war klar, dass die Engländer von nun an nur darauf warteten, bis die zerstörten Anlagen wieder aufgebaut waren, um sie ein weiteres Mal zu bombardieren. Was lag also näher als die Engländer in dem Glauben zu lassen, sie hätten die HVA Peenemünde vernichtend getroffen?

Wenn man die auf den von den Engländern auf ihren Luftbildern am deutlichsten erkennbaren Zerstörungen, wie z.B. den Prüfstand für die Raketentriebwerke, den sogenannten „Öfen", einfach in seinen Trümmern liegenlassen würde und ihn an einem weit entfernten, sicheren Ort neu aufbauen würde, dann bestünde die Wahrscheinlichkeit, dass es geraume Zeit dauern würde, bis die Engländer dahinter kommen würden, wenn sie es jemals überhaupt herausfinden sollten. Im Rahmen der bevorstehenden Untertage-Verlagerung (UV) würde es keinen Sinn machen, die Anlage in Peenemünde noch weiter auszubauen und noch besser zu befestigen. Kammler hatte da andere Pläne und die würde er sicherlich bei der nächsten Besprechung im Reichsministerium auch in die Diskussion mit einbringen. Er konnte sich auch bis zu einem bestimmten Grad vorstellen, wie der Führer auf die Umstände reagieren wird, wenn Reichsminister Speer bei seinem Rapport im Führerhauptquartier „Wolfsschanze" die bestehenden Fakten und Möglichkeiten darlegen wird. Der Angriff auf die Heeresversuchsanstalt in Peenemünde könnte der Anlass dafür sein, dass die Untertage-Verlagerung von Fertigungsanlagen massiv vorangetrieben werden könnte. Kammler war sich auch darüber bewusst, dass er höchstwahrscheinlich eine Ausweitung seines Kompetenzbereichs zu erwarten hatte. Mit seinem Vorgesetzten, Reichsführer SS Heinrich Himmler, hatte er schon vor einiger Zeit besprochen, dass bestimmte Prozesse schneller und reibungsloser ablaufen würden, wenn die Entwicklung und Produktion der A4-Raketen sowie die Erstellung hierzu notwendiger geschützter Bauwerke unter alleiniger SS-Regie stattfinden würde.

Am Bahnhof trennten sich die Männer. Während General Kammler und sein Adjutant Knecht mit den beiden Ordonnanzsoldaten zum Baubüro Kammlers fuhren, begaben sich Untersturmführer Kobitzki und Oberfeldwebel van Berckh mit der Straßenbahn in Richtung der SS-Kaserne Lichterfelde. Dort konnten sie uniformiert und ohne weitere Kontrolle geradewegs an den Wachen vorbei in die Kaserne marschieren, den Rucksack jeweils geschultert. Kobitzki kannte sich gut in der Kaserne aus, da er dort schon einige Lehrgänge absolviert hatte.

Geradewegs führte er Oberfeldwebel van Berckh in die Schreibstube, um ihnen vom dortigen Spieß, dem Innendienstleiter, jeweils eine Stube zuweisen zu lassen. Die Frage, ob überhaupt Platz für unangemeldete Gäste in der Kaserne vorhanden war, stellte sich nicht, da alle verfügbaren Kräfte irgendwo im erweiterten Reichsgebiet im Einsatz waren und der Kasernenbetrieb daher eher unregelmäßig ablief. Die Zuteilung der Stuben lief unkompliziert ab. Der Spieß notierte lediglich die Namen der beiden Soldaten, ihre voraussichtliche Bleibedauer und nannte ihnen die Nummern der Stuben im zweiten Stock des Gebäudes. Bettwäsche war in der Kleiderkammer zu empfangen, wo die beiden Soldaten, die sich umgehend auf den Weg dort hin machten, telefonisch angekündigt wurden.

Die Kleiderkammer befand sich im Untergeschoss, wo ein älterer Soldat in einem grauen Arbeitskittel bereits hinter seiner Ausgabetheke auf sie wartete.

„Guten Tag, die Herren, was braucht ihr denn?“, begrüßte er Kobitzki und van Berckh.

„Als erstes brauchen wir Bettwäsche und dann müssen wir den Kameraden einkleiden“, erklärte Kobitzki.

„Na wenn's weiter nichts ist, das machen wir doch mit links“, scherzte der Ausrüstungsverwalter und ging mit hinkendem Gang hinter seine Lagerregale und kam kurz darauf mit frischer Bettwäsche zurück, die er einigermaßen gelangweilt auf dem Tresen ablegte. „Wer soll denn nun eingekleidet werden?“, fragte er dann etwas unschlüssig, während er abwechselnd Kobitzki in seiner SS-Uniform und van Berckh in seiner Wehrmachtsuniform anschaute.

„Ich sagte doch, der Kamerad muss neu eingekleidet werden“, entgegnete Kobitzki.

Die Miene des Ausrüstungsverwalters signalisierte Aufhellung, als der die Augenbrauen hoch zog und ein Lächeln aufsetzte. „Ah, verstehe! Der Kamerad ist von der Wehrmacht in die SS gewechselt, jetzt ist mir das klar."

Kobitzki und van Berckh lächelten und nickten dabei dem Ausrüstungsverwalter verständnisvoll zu.

„Ja, jetzt ist mir das klar“, sagte dieser und bat van Berckh um sein Soldbuch.

Ernst van Berckh war jedoch nicht in Besitz seines Soldbuches. Es war ihm bei seiner Ingewahrsamnahme an der Ostfront abgenommen worden und zusammen mit seiner Personalakte nach Anklam geschickt worden. Er hatte es seither nicht mehr ausgehändigt bekommen und wusste nicht, wo es sich befand. Verlegen begann van Berckh die Taschen seiner Uniform zu durchsuchen, als wenn er die Hoffnung gehabt hätte, das Soldbuch wie durch ein Wunder zu finden.

„Hier bitte, das Soldbuch", sagte der Untersturmführer und legte Kobitzki plötzlich - zur völligen Überraschung van Berckhs - dessen Soldbuch auf den Tresen. Bevor der Ausrüstungsverwalter es jedoch greifen konnte, nahm Kobitzki es wieder in die Hand.

„Sehen Sie, wir haben alles dabei. Ich schlage Ihnen gleich mal die Seite auf, wo sie die ausgegebenen Kleidungsstücke eintragen können“, sagte er.

Untersturmführer Kobitzki war sich eindeutig darüber klar, dass es nur mit einer Methode der Überrumpelung möglich war, den Ausrüstungsverwalter soweit zu kriegen, dass dieser van Berckh zwei Garnituren der gewünschten Bekleidung aushändigen würde.

Kobitzki war kein einfacher Soldat, der sich nach oben gedient hatte, sondern war als begabter Funktechniker als Seiteneinsteiger in die SS eingetreten, wo er in Peenemünde zunächst unter Wernher von Braun an Funkimpulssteuerungen für die A4-Raketen arbeitete und dann in die Arbeitsgruppe unter Führung von Brigadeführer Kammler wechselte. Dieser beauftragte ihn zunächst mit Fragen der Fernkommunikation innerhalb der geplanten unterirdischen Fertigungsanlagen für Rüstungsprodukte. Als Kobitzki diese Aufgabenstellung binnen weniger Tage gelöst hatte und hierzu auch neuartige Bauteile entwickelt hatte, ordnete ihn sein unmittelbarer Vorgesetzter Hans Kammler in eine geheime Forschungsabteilung nach Pilsen ab, wo die innovativsten Forscher, die das Reich zu bieten hatte, an besonderen technischen Aufgabenstellungen forschten. Dort, in dieser den Skoda-Werken angegliederten Denkfabrik, sollte sich Untersturmführer Kobitzki mit anderen Wissenschaftlern austauschen und sein Talent wie auch sein Wissen in die Entwicklung der dort entstehenden Prototypen mit einfließen lassen.

Da Untersturmführer Kobitzki seine militärische Grundausbildung nur oberflächlich angediehen wurde, nahm es dieser auch mit der militärisch bürokratischen Genauigkeit nicht übermäßig ernst. Als Angehöriger einer wissenschaftlichen Elite war er es gewohnt, dass das notwendige Material ohne langes Nachfragen zur Verfügung gestellt wurde, sofern es grundsätzlich verfügbar war. Es war ihm daher zu einem gewissen Grad unverständlich, wie der Ausrüstungsverwalter so penibel genau darauf erpicht war, die Vorschriften einzuhalten. Kobitzki schien zu spüren, was passieren würde, wenn der Ausgabeverwalter anfangen würde, die Unvereinbarkeit der Angaben im Soldbuch mit der Ausgabe einer SS-Uniform zu bemerken.

Der Ausgabeverwalter hielt das Soldbuch in den Händen und fing an zu blättern. Dabei zog er seine Unterlippe hoch und fing während des Blätterns an, mit seinem schräg gehaltenen Kopf anerkennend zu nicken. Man sah im an, dass er solch ein ausgefülltes ein Soldbuch noch nicht in den Händen gehalten hatte. Es waren nicht die im Soldbuch vermerkten Einträge über ausgegebene Bekleidungsstücke oder Waffen, die ihm Respekt abnötigten. Es waren auch nicht die darin vermerkten Impfungen oder Verwundungen, nicht die leere Seite der Zahnarztbehandlungen, oder die leeren Seiten der Soldauszahlungen. Es waren die auf Seite 22 vermerkten Auszeichnungen, die van Berckh erhalten hatte und die Einträge über seine überstandenen Einsätze seit Kriegsbeginn. Noch nie hatte er ein Soldbuch in der Hand gehabt, das mit einem Beiblatt „Seite 22 a" versehen war, auf dem Einsätze vermerkt waren, die auf Seite 22 keinen Platz mehr gefunden hatten.

„So, und nun sind Sie also in die SS übergetreten", murmelte der Ausgabeverwalter ehrfurchtsvoll, während er weiter in dem Soldbuch blätterte. Noch bevor Ernst van Berckh etwas sagen konnte, ergriff Sturmscharführer Kobitzki das Wort.

„Genau so ist es. Oberfeldwebel van Berckh wird heute Abend in einer kleinen Zeremonie feierlich in die SS aufgenommen. Die erforderlichen Bescheinigungen und Genehmigungen liegen bereits im Büro des Reichsführers SS, und wir wollen, dass unser neuer Kamerad anlässlich seiner Übernahme eine einwandfrei sitzende Uniform erhält."

Der Ausgabeverwalter schien von Kobitzkis Vortrag zunächst überzeugt. Dann aber setzte sich wieder der Bürokrat in ihm durch.

„Ich verstehe nicht, warum Sie beiden wegen der Aufnahme eines einzelnen Soldaten so einen Aufwand machen. Das habe ich noch nie so erlebt. Bisher habe ich erlebt, dass sogar Truppenteile zu uns in die SS gewechselt sind, aber einzelne Soldaten? Das ist schon ein wenig ungewöhnlich und ich möchte auch auf keine Köpenickade hereinfallen, das verstehen Sie sicherlich. Das Gespött der Division wäre mir sicher, von den disziplinarrechtlichen Folgen mal ganz abgesehen."

Der Verwalter der Kleiderkammer nahm es mit seiner Aufgabe sehr genau und jede weitere Diskussion mit ihm hätte unweigerlich zu einem Disput geführt, den Kobitzki nicht hätte für sich entscheiden können. Oberfeldwebel van Berckh hatte sich derweilen aus dem Gespräch herausgehalten, als Untersturmführer Kobitzki sein vermeintlich letztes Ass aus dem Ärmel zog, um den Kammerverwalter zufriedenzustellen.

„Wenn ich Sie nicht von der Dringlichkeit der Sache überzeugen kann und Ihnen in der Kürze der Zeit nicht die erforderlichen Bescheinigungen vorlegen kann, würden Sie dann auf Weisung des SS-Reichsministeriums unser Anliegen erfüllen?", fragte er den störrischen Kammerverwalter.

„Ja, wenn die Weisung auf dem Dienstweg erfolgt, dann ist die Herausgabe der Ausstattung durch meine Vorgesetzten als bewilligt zu betrachten und ich kann dies in meinen Ausgabebüchern so vermerken und abzeichnen lassen", erwiderte dieser.

„Wir werden uns in Kürze wiedersehen, einstweilen veranlassen wir das eben Besprochene", sagte Kobitzki und die beiden Männer begaben sich in die Schreibstube, wo sich das nächste Telefon befand.

„Ich muss kurz telefonieren", sagte Untersturmführer Kobitzki beim grußlosen Betreten der Schreibstube und hatte bereits den Telefonhörer in der Hand, während er den beiden an Schreibmaschinen arbeitenden Soldaten keinerlei Beachtung schenkte. Schnell hatte er über die Telefonzentrale eine Verbindung in das Büro von General Kammler hergestellt und schilderte dem Brigadeführer in kurzen Sätzen die Umstände und beendete kurz darauf das Telefonat mit den Worten „Verstanden, wir warten solange."

„Lassen Sie uns etwas Essen gehen", winkte Untersturmführer Kobitzki Oberfeldwebel van Berckh herbei, der es sich auf einer Bank vor dem Gebäude einstweilen gemütlich gemacht hatte.

Sie gingen in den Speisesaal, wo eine Putzfrau gerade den Boden wischte und nahmen einige Stühle von einem Tisch, welche die Putzfrau wohl dort hochgestellt hatte.

„Die Küche ist aber zu", schnarrte die Putzfrau den beiden Soldaten entgegen, während sie sich sofort wieder ihrer Putzarbeit widmete und die am Tisch sitzenden Männer ignorierte.

Kobitzki und van Berckh sahen sich für einige Sekunden an und es bedurfte keiner Worte, um zu erkennen, was der andere in diesem Moment dachte. Sie waren sich nonverbal einig geworden. Oberfeldwebel van Berckh nickte Kobitzki kurz zu und drehte sich dann kurz nach der Putzfrau um, die sich gerade nach ihrem Blecheimer bückte. Die Männer setzten sich und hörten kurz darauf hinter sich, dass die Putzfrau den Speisesaal in Richtung Toiletten verließ. In diesem Moment nickte van Berckh seinem Begleiter zu, stand auf und begab sich in die Küche, aus der kurz darauf typische Geräusche hallten, die darauf schließen ließen, dass van Berckh mit Tellern und Töpfen zugange war.

Es dauerte keine zwei Minuten und van Berckh kehrte mit einem kleinen Topf zurück, auf den er Teller, Besteck und einen kleinen Korb mit Brot gestapelt hatte.

„Es ist zwar nicht mehr ganz warm, aber wenn wir dem Küchenchef erst ein ärztliches Gutachten darüber vorlegen müssten, dass wir tatsächlich Hunger haben, dann ist der Eintopf bis dahin vermutlich eingetrocknet", sagte er mit einem sarkastischen Unterton, in Anspielung auf den bürokratischen Verwalter der Kleiderkammer.

Nachdem sich die Männer gesättigt hatten, brachte van Berckh das Geschirr zurück, während Kobitzki wieder aufstuhlte. Kurze Zeit später, als es sich die Männer wieder auf der Bank vor dem Gebäude bequem gemacht hatten, hörten sie das Telefon aus der im Hochparterre gelegenen Schreibstube klingeln. Als sie gerade dorthin aufblickten, sahen sie, wie der telefonierende Soldat plötzlich von seinem Stuhl aufstand und eine Haltung einnahm, als stünde der Führer persönlich vor ihm.

„Jawohl...ich versichere Ihnen umgehend...das machen wir gerne...zu Befehl...", hörten die Männer ihn sagen und schauten immer noch interessiert in seine Richtung, als der Soldat sich bereits wieder hingesetzt hatte und abermals telefonierte.

Als sie Wortfetzen hörten wie „ja, ich sage es Ihnen doch...das kann ich auch nicht ändern...dann rufen Sie ihn doch selber an...natürlich...von ganz oben...das braucht Sie gar nicht zu kümmern…", schauten sich die Männer grinsend an und zogen kurz die Schultern hoch.

Der Soldat trat nun an das Fenster der Schreibstube. „Van Berckh? Sind Sie das?", fragte der Soldat, woraufhin ihm dieser kurz zuwinkte. „Runter zur Kleiderkammer, Sie werden erwartet."

Bereits als sie die Kleiderkammer betraten, hatte der Verwalter einen Teil des Ausstattungssolls auf dem Tresen gestapelt und man konnte ihn an den Geräuschen zwischen den Regalen erahnen. Wortlos kam er noch dreimal und legte Ausrüstungsgegenstände und Uniformteile auf den Tresen und machte anschließend Eintragungen in seine Ausgabelisten.

„Das Soldbuch brauch ich noch mal", sagte er in leicht gedemütigtem Ton und machte seine Eintragungen darin, bevor er es wieder wortlos van Berckh übergab. „Sie brauchen es nicht anzuprobieren, alles in Ihrer Größe. Können Sie mir glauben, ich habe das Auge dafür…Fertig, Sie können gehen. Was mit Ihrer Wehrmachtsausrüstung geschieht, geht mich nichts an. Annehmen tue ich sie jedenfalls nicht."

Gemeinsam trugen die Männer die Sachen nach draußen, und als sie beim Verlassen der Kammer noch einmal zurücksahen, war der Verwalter in seinem grauen Arbeitsmantel wieder hinter den Regalen verschwunden.

„Der ist wohl eingeschnappt", bemerkte Kobitzki mit einem süffisanten Lächeln.

Vor der Bank unterhalb der Schreibstube legten die Männer die Ausrüstungs- und Uniformteile ab und besprachen den weiteren Tagesablauf. Der

Soldat in der Schreibstube stand am Fenster und schaute die beiden Männer kommentarlos an, als ihm Untersturmführer Kobitzki zurief:

„Wir räumen nun den Spind des Kameraden ein und brauchen nachher jemanden, der uns auf den Kurfürstendamm fährt."

Verständnislos starrte der Soldat aus seinem Fenster und machte dabei einen leicht gereizten Eindruck.

„Den Herren ist sicherlich bekannt, dass die Strampe [9] in Uniform kostenlos genutzt werden darf, ja?! Wir sind hier kein Droschkenunternehmen!", entgegnete der Soldat.

„Kann ich Ihnen versichern, dass wir aus wichtigem Grund gefahren werden müssen, oder brauchen Sie die Bestätigung von höherer Stelle?", fragte der Untersturmführer den Soldaten in gleichem Tonfall.

Der Soldat fixierte Kobitzki nun sekundenlang mit ernstem Blick und presste dabei die Lippen zusammen. Dann hob er kurz den Zeigefinger und verschwand, um nach einigen Augenblicken wieder am Fenster zu erscheinen.

„Ist einer der Herren des Fahrens eines Kübelwagens mächtig?", fragte er mit aristokratischer Arroganz.

„Fahren können wir beide, aber mit einem Chauffeur hätten Sie den Wagen viel schneller zurück", antwortete Kobitzki.

„Wir haben mehr Autos als fähige Fahrer hier, oder glauben Sie, dass die Kameraden hier alle mit dem Auto an die Ostfront gefahren sind?", belehrte ihn der Soldat.

Kobitzki zog die Schultern hoch und machte eine winkende Bewegung mit der Hand, woraufhin der Soldat ihm die Schlüssel zuwarf. Fahrzeugpapiere und ein Fahrauftrag waren bei der SS anscheinend nicht von Nöten. Wer sollte sie auch anhalten und kontrollieren? Kobitzki war zufrieden, er hatte heute alles erreicht was er sich vorgenommen hatte.

Oberfeldwebel van Berckh hingegen war erstaunt darüber, weshalb er nun unerwartet eine SS-Uniform erhalten hatte. Er wertete dies jedoch als positives Zeichen und war sich sicher, dass er bei seinem nächsten Treffen mit General Kammler mehr über die Hintergründe erfahren würde. Möglicherweise würde Untersturmführer Kobitzki bereits jetzt schon mehr darüber wissen, hatte ihn aber von sich aus nicht darüber informiert. Es

---

[9] Strampe: Umgangssprachlicher Begriff für Straßenbahn.

machte den Anschein, dass Kobitzki auch nichts Näheres wusste oder seinem Vorgesetzten nicht vorgreifen wollte und daher weitere Erklärungen für sich behielt, weshalb ihn van Berckh auch nicht näher dazu befragen wollte.

Nicht nur aus diesen Gründen trug van Berckh weiterhin seine Wehrmachtsuniform, denn er hatte zwar nun die schwarze SS-Uniform in seinem Spind, jedoch besaß er keine offizielle Berechtigung, diese zu tragen. Schließlich war er formell noch Angehöriger der Wehrmacht. Wann und unter welchen Umständen sich das ändern sollte, würden die nächsten Tage zeigen.

Kapitel 3

Im Reichsministerium für Rüstung und Kriegsproduktion

Entschlossenen Schrittes und mit konzentrierter Miene betrat SS-Brigadeführer Dr. Ing. Hans Kammler, gefolgt von SS-Hauptscharführer Knecht, das Reichsministerium für Rüstung und Kriegsproduktion. Heute würden sich sein Aufgabenbereich und damit auch sein Einfluss auf den weiteren Kriegsverlauf möglicherweise deutlich erweitern. Er hatte sich für diesen Tag gut vorbereitet und war fest dazu entschlossen, seine bereits in der Vergangenheit unterbreiteten Vorschläge zur Verlagerung der gesicherten Fertigung von Raketenteile für die A4-Geräte nun endgültig durchzusetzen.

Der Angriff der Engländer auf Peenemünde bestätigte seinen Plan, auch die Forschungsanlagen zur Entwicklung neuartiger Antriebe und neuer Waffensysteme unterirdisch und damit für den Gegner unangreifbar zu verlagern. Schon im letzten Jahr hatte der Führer Maßnahmen für diese verstärkte U-Verlagerung angeordnet, jedoch war es damals schwierig gewesen, die Forschungsarbeit in Peenemünde aufrechtzuerhalten und gleichzeitig dafür notwendige Fachkräfte für die Einrichtung neuer Anlagen, weitab von Peenemünde, dort abzuziehen.

Genau hier begann die Problematik, die immer wieder zu Spannungen zwischen Kammler und Wernher von Braun führten. Während von Braun mit den FI 103 und ersten A4-Raketen bereits bewiesen hatte, dass er wirkungsvolle Waffen zum Einsatz gegen England entwickeln konnte, waren die geheim gehaltenen Entwicklungen Kammlers im Bereich der rohstoffunabhängigen Energieerzeugung und die Entwicklung ebenso unabhängiger Antriebe noch in keinem vorzeigefähigen Stadium angelangt. Zwar erhielt Kammler vom Direktor der Heeresversuchsanstalt Peenemünde, Oberst Dornberger, oftmals Rückendeckung, wenn es um Zuteilung von Fachkräften ging, jedoch hatte der Führer bereits im letzten Jahr anlässlich eines Vortrages von Dornberger und von Braun im Führerhauptquartier

Wolfsschanze verfügt, dass der Fertigung der A4-Rakete die höchste Dringlichkeitsstufe erteilt wurde. Mit dieser Rückendeckung, die zugleich ein kriegswichtiger Befehl von oberster Stelle war, befand sich Wernher von Braun klar im Vorteil gegenüber Kammler, der seinerseits darauf brannte, ebenfalls schnellstmöglich handfeste Ergebnisse der unter seiner Oberaufsicht in Pilsen laufenden Forschungen präsentieren zu können. Kammler war sich aber im Klaren darüber, dass er diesen Forschungsbereich gegenüber Wernher von Braun nicht zu sehr in seiner Bedeutung thematisieren durfte und er besser beraten wäre, diesen geheimen Forschungszweig gegenüber von Braun erst gar nicht anzusprechen. Schließlich bestand die Gefahr, dass dies bei von Braun personelle Begehrlichkeiten wecken könnte und er möglicherweise versuchen würde, Ingenieure aus dieser Denkfabrik in Pilsen für seine Aufgaben zu beanspruchen.

Oberst Dornberger, der wie Kammler einstmals ebenfalls Mitglied der geheimen Vril-Gesellschaft war und der ebenfalls von der Erforschung und Nutzbarmachung der kosmischen Urkraft, der Vril-Kraft, überzeugt war, hatte Kammler bereits davor gewarnt, dieses Thema in Gegenwart von Wernher von Braun anzusprechen, denn dieser könnte sofort dazu übergehen, Kammler vor versammelter Mannschaft unbequeme Fragen zu stellen, auf die er den versammelten Laien keine überzeugende Antwort geben könnte. Schließlich war Kammler auch kein ausgewiesener Spezialist in Sachen Energiefragen. Wenn sich in diesem Wissenschaftsbereich jedoch handfeste Ergebnisse ergeben sollten, die er für seine Zwecke nutzen könnte, dann wollte er jedoch auf jeden Fall als einer der Ersten darüber erfahren. Nachdem der Führer sich jedoch kritisch gegenüber dieser Vereinigung geäußert hatte und zudem keine geheimen Gesellschaften duldete, die nicht seinem Einfluss unterlagen, war Kammler daraufhin auf Distanz zu dieser Gesellschaft gegangen, um nicht damit in Verbindung gebracht zu werden. Kammler war darauf bedacht, nur belegbar Erfolg versprechende Projekte anzusprechen, denn von Braun würde diesbezügliche Unwägbarkeiten möglicherweise eiskalt ausnutzen und zweifelhafte Projekte zu seinen eigenen Gunsten als wenig bedeutungslos herabwürdigen und anschließend die Personalfrage stellen.

Unter diesem Vorzeichen stellte sich Kammler für den heutigen Tag ganz in die Sache der geschützten Raketenfertigung. Mit seinem Vorgesetzten, dem Reichsführer SS Heinrich Himmler, hatte er sich bereits am Vortag hinsichtlich der heute zu vertretenden SS-Interessen im Rüstungsrat abgesprochen. Bereits in der Vergangenheit war Kammler von Reichsminister Speers mit Baufragen zur unterirdischen Verlagerung der Jagdflieger-Produktion betraut worden und war als Sonderbeauftragter für Baufragen zur A4-Fertigung für weitere derartige Aufgaben bestens prädestiniert.

Die Besprechung verlief so, wie es sich Dr. Kammler gewünscht hatte. Es war nicht einmal nötig, mit Hilfe der von Hauptscharführer Knecht in zwei dicken Aktentaschen mitgeschleppten Pläne und Ausarbeitungen eine weitergehende Überzeugungsarbeit zu leisten. Über Zuständigkeiten musste nun ebenfalls nicht mehr verhandelt werden. Eher ging es um Zeitpläne und darum, die für die einzelnen Bereiche zuständigen Mitarbeiter zu benennen und dafür zu sorgen, deren Aufgabengebiete festzulegen und sie darin einzuweisen. Ein angestrebtes Ziel war es, eine schnelle und reibungslose Zusammenarbeit zwischen den einzelnen Dienststellen zu erreichen, um auch unnötiges Kompetenzgerangel und damit verbundene Verzögerungen zu vermeiden. Die schnelle Errichtung von mehreren unterirdischen Sonderbauten innerhalb kürzester Zeit war für Dr. Kammler in den nunmehr benötigten Dimensionen ein bisher beispielloses Unterfangen. Es war daher sein oberstes Anliegen, sich alle hierfür notwendigen personellen und materiellen Ressourcen zu sichern, die er nur kriegen konnte.

Da bereits feststand, dass Kammler als verantwortlicher Leiter der A4-Fertigung über die nun erforderliche Vollmachten für die U-Verlagerung verfügte, hatte er, was die Zuteilung von Arbeitskräften und Materialanforderungen anbelangte, weitgehend freie Hand. Die bürokratischen Hemmnisse, die in der Vergangenheit die Fertigung und Begründung von langwierigen Anträgen und Überzeugungsarbeit bedeutete, waren nun beseitigt. Dies bedeutete auch, dass die Vorhaben nun deutlich schneller als in der Vergangenheit realisiert werden konnten, was in Anbetracht der militärischen Lage, in der sich das Reich befand, auch dringend angebracht war. Der Umstand, dass der U-Verlagerung von höchster Stelle eine hohe Priorität eingeräumt wurde, war für die dafür nötige Zuteilung von Baustoffen, Arbeitsmitteln und Arbeitskräften von wichtiger Bedeutung, denn die Ressourcen wurden auch von kriegswichtigen Betrieben in Menge und Anzahl dermaßen gefordert, dass eine staatliche Abwägung der Ansprüche und eine regulierte Zuteilung unabdingbar waren. Die Besprechung des Rüstungsrates endete erst am Abend. Kammler und sein Adjutant Knecht waren den ganzen Tag über hochkonzentriert gewesen und Knecht hatte die Aufgabe gehabt, ein Protokoll der Vereinbarungen anzufertigen, was ihn zeitweise aufs Höchste gefordert hatte, als die Rüstungsräte oftmals heftig durcheinander diskutierten.

Durch die ihm übertragenen neuen Aufgaben. sah sich General Kammler nun auch gezwungen, seinen Mitarbeiterstab personell weiter aufzustocken. Daher beschloss er unter anderem, seinen Adjutanten, Hauptscharführer Knecht, mit weiteren Aufgaben zu betrauen. Knecht war in seinem Bereich eingearbeitet, hatte die von Kammler gestellten Aufgaben bestens bewältigt und konnte nun bald selbstständig einen eigenen Arbeitsbereich in Kammlers Stab übernehmen und ihm unterstellte Mitarbeiter führen. Dazu musste Knecht allerdings auch von anderen Aufgaben entbunden werden, die nun ein anderer übernehmen musste. Dr. Kammler wusste auch bereits, wen er damit betrauen würde.

Der nächste Arbeitstag begann früh im Baubüro des Dr. Ing. Kammler. Bereits um halb neun hatte er eine Besprechung mit seinen Architekten, denen er die Anforderungen für eine unterirdische Fabrik zur Fertigung von Raketenteilen mitteilte. Die Architekten sollten bis zum Nachmittag um sechzehn Uhr die Anforderungen überarbeiten und hierzu weitere Anregungen ausarbeiten. Weiterhin sollten dann bei der nächsten Besprechung Berechnungen für erforderliche Materialaufwendungen für die einzelnen Bauabschnitte besprochen werden und hierzu in ein Lastenbuch eingetragen werden. Hierzu erteilte Dr. Kammler die Vorgabe, dass davon auszugehen sei, dass die Errichtung der Bauwerke voraussichtlich in einem Bergmassiv stattfindet. Die Architekten waren sichtbar erstaunt, als ihnen von ihrem Vorgesetzten die Anforderungen der zu erschaffenden Fertigungsbunker geschildert wurden und den Herren die geplante Dimension des gesamten Anlagenkomplexes deutlich wurde.

Wo sich die neuen Anlagen befinden würden, wollte Kammler seinen Mitarbeitern nicht sagen. Denn dies war für die Erfüllung ihrer Aufgaben nicht erforderlich und unterlag außerdem strengster Geheimhaltung. Lediglich die geologischen Eigenheiten des Errichtungsortes wurden bekannt gegeben. Dem General selbst war jedoch bereits klar, wo die A4 Rakete und andere Rüstungsgüter produziert werden sollte. Letztendlich oblag jedoch die Zuständigkeit für die Auswahl des Ortes der Bauten dem Reichsführer SS, der hierfür bereits als Generalbevollmächtigter vom Führer ernannt worden war. Als sein engster Berater in Baufragen durfte sich Kammler jedoch sicher sein, dass sein Vorgesetzter Himmler seinen begründeten Vorschlägen folgen würde. Daher gab es für Kammler auch keinen Anlass zum Ersinnen alternativer Vorschläge, ohne von vorgesetzter Stelle ausdrücklich dazu aufgefordert zu werden. Vielmehr richtete sich Dr. Kammlers Konzentration auf die vor ihm liegenden fiskalischen Fragen. Außerdem musste er für die in Thüringen zu errichtenden Großprojekte schnellstmöglich die entsprechenden Verbindungen zu den, für seine Ansprüche maßgeblichen Funktionären herstellen.

Noch bevor er als Architekt auch nur annähernd die etwaigen Anforderungen für Personal und Arbeitskräfte abschätzen konnte, war ihm bewusst, dass es sich um eine derart große Anzahl - in der Größenordnung von mehreren tausend Bauarbeitern und entsprechend viel Funktionspersonal aus SS und zivilen Kräften - handeln muss, für deren Transport, Unterbringung und Versorgung schon frühestmöglich eine Infrastruktur geschaffen und bereits ab heute jeder Tag hierfür genutzt werden musste, um die Bauarbeiten so schnell es eben nur geht aufnehmen zu können. Der Gauleiter von Thüringen, Fritz Sauckel, war Dr. Kammler zwar noch nicht persönlich bekannt, jedoch als Gebietsbevollmächtigter für Thüringen sein wichtigster Ansprechpartner. In den nächsten Tagen würden im Baubüro des Dr. Ing. Kammler sämtliche Mitarbeiter bis aufs Äußerste gefordert werden, da die Anforderungen für Material und Personal für das gesamte Projekt errechnet und bei den zuständigen Stellen angefordert werden mussten. Als nüchternem Techniker war es Hans Kammler relativ gleichgültig, unter welchen Umständen und Entbehrungen das von ihm anforderte Material sowie das notwendige Personal seinen Projekten zugeteilt würde.

Alles war ihm recht, wenn es der Erfüllung oder Förderung seiner Aufgaben für das Reich und seiner eigenen ehrgeizigen Ziele dienlich war.

Kapitel 4

Eintritt in die SS

In seinem Arbeitskalender hatte sich General Kammler für den heutigen Tag eine Notiz darüber gemacht, dass die mit Hauptmann Heyden abgesprochene Wochenfrist abgelaufen war, in der auf eine Entscheidung gewartet werden sollte, wie das soldatische Schicksal des Ernst van Berckh nach Maßgabe von dessen Disziplinarvorgesetzten weiter zu verlaufen habe.

Da sich Hauptmann Heyden seinerseits nicht gemeldet hatte, ließ sich Kammler über die Telefonvermittlung eine Verbindung ins Militärgefängnis Anklam herstellen, die ihm bereits nach einer Minute zur Verfügung stand.

Er war mit Geschäftszimmer der Strafanstalt verbunden, wo er die Auskunft erhielt, dass der Gefängnisleiter derzeit auf Inspektion außer Haus wäre, es zu der Akte „Ernst van Berckh“ keine Neuigkeiten gäbe und möglicherweise auf absehbare Zeit wohl auch keine neuen Bescheide zu erwarten wären, denn die ursprüngliche Einheit des Soldaten sei an der Ostfront zerschlagen worden und die Überlebenden seien in einer anderen Einheit aufgegangen. Mehr wisse man derzeit nicht.

Der General bedankte sich für die Auskunft und ließ dem Gefängnisleiter ausrichten, dass Oberfeldwebel van Berckh in der SS Verwendung gefunden habe. Dann beendete er das Gespräch in der Hoffnung, dass diesbezüglich keine Rückfragen aus Anklam kommen würden, andernfalls müsste er die Übernahme des van Berckh nachträglich von seinem Vorgesetzten Himmler absegnen lassen, was ihm jedoch die wenigsten Sorgen bereitete. Schließlich wusste Kammler über den Reichsführer SS, dass dieser mit seiner okkult und mystisch angehauchten Weltanschauung durchaus seine Zustimmung dazu geben würde, wenn es darum ginge, einen mit möglicherweise übersinnlichen Fähigkeiten versehenen Mitstreiter in der SS zu begrüßen. Jedoch war es Kammler auf jeden Fall angenehmer, wenn der Fall des Oberfeldwebels van Berckh niemals auf höherer Ebene zum Gesprächsthema werden würde. Besonders für den Fall, dass sich die von

General Kammler vermuteten Fähigkeiten des Oberfeldwebel als tatsächlich vorhanden und für Kammlers Zwecke förderlich erweisen sollten. Denn sonst würde er Gefahr laufen, dass der Reichsleiter SS den Soldaten für seine eigenen Zwecke anfordern und einsetzen würde, was Kammler ihm dann wohl kaum hätte verweigern können.

Die notwendigen Formulare zur Aufnahme des Ernst van Berckh hatte General Kammler bereits vorbereiten lassen und ein persönliches Empfehlungsschreiben dazu verfasst. Ein Großteil der Übernahmevoraussetzungen in die Waffen-SS, wie zum Beispiel der Ariernachweis [10], ärztliche Untersuchungen, überobligatorische Auszeichnungen über Kampferfahrung im Feld ergaben sich unter anderem aus dem Wehrpass des Oberfeldwebels. Die Dokumente waren bereits auf dem Weg zu General Pohl, dem Leiter des Wirtschaftsverwaltungshauptamtes, der von Kammler bereits mündlich über den Fall des Ernst van Berckh unterrichtet worden war und bereits seine Zustimmung signalisiert hatte. Als Aufgabenbereich hatte General Kammler den Arbeitsbereich „zur besonderen Verwendung" (z.b.V.) in seiner persönlichen Umgebung vorgesehen.

Für den Oberfeldwebel van Berckh war „SS-Oberscharführer" als SS-Dienstgrad vorgesehen, was im Vergleich zur Wehrmacht dem Dienstgrad eines Feldwebels entsprach. Angesichts seiner heldenhaften Taten und des Umstandes, dass van Berckh durchaus das Deutsche Kreuz zustehen würde, was aber auf Grund der fehlenden Berichte seiner Fronteinheit nicht belegt werden konnte, wäre auch eine Übernahme als „SS-Hauptscharführer", dem nächst höheren Dienstgrad, denkbar gewesen. Es bestand jedoch keine große Hoffnung, dass diese Berichte auch später jemals eintreffen würden. Angesichts der Gesamtumstände konnte sich van Berckh jedoch durchaus glücklich schätzen, dass er im Hinblick auf die zurückliegenden Vorfälle an der Ostfront nun durchaus weich zu fallen schien und in General Kammler einen Förderer hatte, der ihm einen großen Vertrauensvorschuss zu geben schien, den es zu rechtfertigen galt. Andererseits war klar, dass, wenn van Berckh seinen mächtigen Vorgesetzten enttäuschen würde, der Weg vom Ministerium in der Reichshauptstadt bis

---

[10] Ariernachweis: Mit Ariernachweis oder Arierschein mussten im dritten Reich bestimmte Personengruppen (Beamte, Juristen, öffentlicher Dienst, Ärzte, Wissenschaftler an Universitäten und Hochschulen) nachweisen, dass sie „rein arischer Abstammung" sind, oder einer „arischen Volksgemeinschaft" entstammen.

hin zurück zur Ostfront ein relativ kurzer sein konnte. Oberfeldwebel van Berckh war es in der Zwischenzeit gestattet worden, die Uniform der Waffen- SS zu tragen, allerdings ohne Dienstgradabzeichen im Kragenspiegel. Schließlich stand seine offizielle Aufnahme noch aus, wenngleich diese auch absehbar war.

Die Tagesabläufe des z.b.V. van Berckh waren von verschiedenen Tätigkeiten gekennzeichnet, seine Aufträge erhielt er stets aus dem Umfeld des Generals und seiner Adjutanten Knecht und Kobitzki. Meistens handelte es sich um Botenfahrten und Beschaffungen für das Baubüro, aber auch um private Einkäufe für die dort Beschäftigten, damit diese möglichst unbeschwert ihrer oftmals bis in die Nacht dauernden Arbeit nachkommen konnten und nicht den unabdingbaren Ritualen des Alltagslebens hinterher hecheln mussten, wenn dies auch durch jemand anderes erledigt werden konnte.

Die Ansprüche, die ihr Vorgesetzter Kammler an sein Personal stellte, waren hoch und wurden auch als selbstverständlich erachtet. Ein Lob des Generals gab es so gut wie nie und zeigte sich höchstens dadurch, wenn Kammler beim Durchsehen der Arbeitsergebnisse öfters mal mit dem Kopf nickte und dabei keine Rückfragen stellte.

Ernst van Berckh war mit seinem Aufgabenbereich keineswegs unglücklich, denn verglichen mit seinem Dienst an der Ostfront fühlte er sich in Berlin wie in einem Paradies, in dem Milch und Honig flossen. Auch der Umstand, dass er Tag und Nacht für den General zur Verfügung stehen musste, betrachtete er als keine Einschränkung, denn seine Einsätze als Chauffeur des Generals waren immerhin durchaus planbarer als feindliche Angriffe der Russen, damals im tiefsten Baltikum.

Durch seine Nähe zum General lernte van Berckh mit seiner schnellen Auffassungsgabe, wie gut Kammler seine einzelnen Aufgaben und Termine organisierte, und Aufgaben, deren eigenhändige Erledigung nicht erforderlich war, sofort nach unten an Hauptscharführer Knecht oder Untersturmführer Kobitzki delegierte, die ihrerseits oftmals erhebliche Mühe hatten, diese Aufgaben zeitgerecht zu erfüllen, um dem General innerhalb der stets von ihm gesetzten Frist ein Ergebnis oder zumindest einen Zwischenstand mitteilen zu können.

Die Tätigkeit als z.b.V. hatte jedoch auch ihre Vorzüge für Ernst van Berckh. Da er bei seinen Beschaffungen und Einkäufen kaum Zeitvorgaben nachkommen musste, konnte er sich bei seinen Tätigkeiten in den meisten Fällen Zeit lassen und hatte oftmals die Muße, sich auf eine Unterhaltung einzulassen, wenn er auf Kameraden traf, die auf Heimaturlaub waren. So nutzte van Berckh jede Gelegenheit, um sich die neuesten Informationen zum Kriegsverlauf zu holen.

Die Bilder, welche von der Propaganda zur Kriegsberichterstattung in der Wochenschau wöchentlich präsentiert wurden, entsprachen oftmals nicht den Aussagen der Soldaten, die frisch von der Front kamen. Demnach gewann van Berckh den Eindruck, dass die Lage an der Ostfront immer noch wesentlich dramatischer war, als sie der deutschen Bevölkerung in den Medien präsentiert wurde.

Auch ergaben sich des Öfteren Kontakte mit der Damenwelt für Ernst van Berckh, der sich selbst nicht sicher sein konnte, welchen Familienstand er denn nun hatte. War er noch verheiratet, oder war er verwitwet? Er wusste, dass er dies in den Wirren des Krieges wohl kaum abschließend klären konnte. Für ihn war seine Frau nach wie vor so in Erinnerung, wie er sie zuletzt gesehen hatte, als er nach seinem letzten Fronturlaub wieder von ihr gehen musste. Dieses Bild wollte er auch aufrechterhalten und er fürchtete sich davor, Nachforschungen anzustellen, deren Ergebnisse möglicherweise eine schreckliche Gewissheit hätten erbringen können. Er strebte daher auch keine neue Beziehung zu einem weiblichen Wesen an, sondern verdrängte bewusst alle Gedanken und Sehnsüchte auf diesem Gebiet. Sicherlich würde der Krieg eines Tages vorbei sein und sich dann alles aufklären. Es würde wieder so etwas wie Normalität einkehren und dazu würden auch eine Beziehung und die Familie gehören. Doch davon waren die vorliegenden Umstände weit entfernt, zumal der General einen länger andauernden Ortswechsel bereits angekündigt hatte.

Van Berckh hatte auch schon einen bestimmten Verdacht, wohin es gehen sollte und was der Anlass dazu war. Es war ihm nicht entgangen, dass sich die Planungen zur Verlagerung der Rüstungsstätten in unterirdische Areale auf ein Gebiet in Thüringen bezogen. Wohl nicht ohne Grund tauchten verstärkt bestimmte Ortsnamen wie Weimar, Erfurt und Arnstadt auf Briefen auf, die von ihm transportiert wurden. Außerdem war ihm eine Liste von Firmen aufgefallen, die allesamt zur Baubranche gehörten und die alle ihren Sitz im Raum Thüringen hatten.

Natürlich unterlagen alle Informationen der absoluten Geheimhaltung und es wurde auch nicht über Örtlichkeiten gesprochen. Jedoch hatte van Berckh bereits gehörte Tarnbegriffe der neu zu errichtenden Objekte, wie „S III“ oder „Olga“, intuitiv der Region in Thüringen zugeordnet.

Bei einer Besprechung, zu der er General Kammler in Ministerium der Reichspost gefahren hatte, erfuhr van Berckh während seiner Wartezeit in einem zunächst belanglosen Gespräch mit einem geschwätzigen Postsekretär, dass Ingenieure des Reichspostministerium bereits an einem Modell für ein neues Vermittlungsamt arbeiten würden, welches die bereits vorhandenen in Größe und Leistungsfähigkeit deutlich übertreffen würde. Als van Berckh danach fragte, wo denn dieses Vermittlungsamt errichtet werden würde, gab ihm der Postsekretär, der in Gegenwart einer SS-Uniform wohl seine Verschwiegenheitspflicht gänzlich vergaß, den Hinweis, dass die Infrastruktur hinsichtlich der für das Vermittlungsamt erforderlichen Leitungskapazitäten derzeit speziell im Raum Thüringen ausgebaut würden.

Es war ein sonniger Morgen im September des Jahres 1943, als Ernst van Berckh vor das Wohnhaus des Generals fuhr, um diesen zur anberaumten Frühbesprechung im Ministerium abzuholen.

„Guten Morgen, Herr Brigadeführer“, begrüßte van Berckh den General, der seine Aktentasche auf den Rücksitz des offenen Kraftwagen warf und auf dem Beifahrersitz Platz nahm.

„Guten Morgen, van Berckh, wer hat Ihnen denn diesen Wagen zugeteilt?“, fragte Kammler, der an diesem Morgen einen entspannten und ausgeglichenen Eindruck machte.

„Wissen Sie, der Wagen ist eigentlich für Obergruppenführer [11] Pohl reserviert, aber der braucht ihn momentan nicht und ist ohnehin ab morgen auf einer Dienstreise und kann ihn nicht nutzen. Da dachte ich mir, dass es für Sie doch komfortabler wäre, in einem neuen Horch gefahren zu werden statt in einem klapprigen Kübelwagen. Der Schirrmeister [12] war damit einverstanden, als ich ihm sagte, dass ich den Wagen einfahren würde, damit

[11] Obergruppenfüher: SS-Obergruppenführer und General der Waffen-SS

[12] Schirrmeister: Der Schirrmeister ist im militärischen Bereich für die Verwaltung, Wartung und Instandsetzung des Fuhrparks einer jeweiligen Einheit zuständig.

ihn Obergruppenführer Pohl dann bei Bedarf gleich richtig rannehmen kann, wenn er seine erste Inspektion hinter sich hat", erklärte van Berckh dem General.

„Ja, da haben Sie eine gute Entscheidung getroffen, van Berckh", bemerkte der General, „ich hätte Sie ohnehin heute damit beauftragt, einen Reisewagen zu organisieren, denn wir werden übermorgen ebenfalls eine Dienstreise unternehmen, von der ich noch nicht sagen kann, wie lange sie dauern wird. Wir werden heute Vormittag noch einen gemeinsamen Termin bei Obergruppenführer Pohl wahrnehmen, denn Ihrer Aufnahme in die SS steht nun nichts mehr entgegen. Ich denke, dass der Termin gegen elf Uhr stattfinden wird, also sehen Sie zu, dass Sie jederzeit im Hause erreichbar sind."

Während General Kammler mit seinen mitarbeitenden Bauzeichnern und Techniker eine Besprechung abhielt, begann van Berckh unmittelbar mit den Reisevorbereitungen. Der General hatte zwar noch kein Reiseziel genannt, jedoch war klar, dass die Reise mit zwei Kraftwagen durchgeführt werden sollte. Anscheinend bestand keine geeignete Zugverbindung zum Reiseziel, oder der General hatte Bedenken, dass eine Zugreise das Risiko eines alliierten Fliegerangriffs beinhaltete oder es durch zerbombte Schienen wieder zu Verzögerungen kommen könnte.

Natürlich kam für eine Reise kein Kübelwagen in Frage, denn dieser bot wegen der mitzunehmenden Gepäckstücke und Akten deutlich zu wenig Platz für vier Personen. Daher meldete van Berckh dem Schirrmeister, dass der Horch in nächster Zeit für die Dienstreise benötigt würde und die Erstinspektion des Wagens auf den morgigen Tag vorzuziehen sei. Sollte Obergruppenführer Pohl vor ihnen von seiner Dienstreise wieder zurückkehren, so würde ihm der Schirrmeister sicherlich einen anderen adäquaten Dienstwagen bereitstellen. Der Schirrmeister schien von dieser Regelung nicht sonderlich begeistert zu sein, wagte es aber auch nicht, General Kammlers Unmut heraufzubeschwören, wenn der diesem den Gebrauch eines derzeit nicht benötigten Dienstwagens verwehren sollte.

Während sich die Diskussion zwischen dem Schirrmeister und Ernst van Berckh in den letzten Zügen befand, erschien der General in der Tür und sagte zu van Berckh: „Wir werden erwartet, kommen Sie mit." Daraufhin begaben sich die beiden Männer zur Stube des Amtsleiters Pohl. Dieser sah die beiden sofort durch die offenstehende Verbindungstür, als diese sein Vorzimmer betraten, und winkte sie zu sich.

Nach einer kurzen Begrüßung nahm SS-Obergruppenführer die Aufnahme Ernst van Berckhs in die SS vor, indem er ihm die Formel zur Vereidigung auf den Führer abnahm, wobei van Berckh den von Pohl vorgegebenen Text „Ich schwöre Dir, Adolf Hitler, als Führer und Kanzler des Deutschen Reiches, Treue und Tapferkeit. Ich gelobe Dir und den von Dir bestimmten Vorgesetzten Gehorsam bis in den Tod, so wahr mir Gott helfe." Weiterhin musste van Berckh den Sippeneid leisten, was ihm unter anderem eine Heirat mit einer Frau nichtarischer Abstammung untersagte. Dann wurde ihm der Ehrendolch der Waffen-SS überreicht und mit der Aushändigung der Ernennungsurkunde zum SS-Oberscharführer war die Aufnahmezeremonie unspektakulär und ohne feierlichen Charakter vollzogen.

„Ihren neuen Dienstausweis können Sie im Geschäftszimmer abholen, Ihren Wehrpass ebenfalls." Obergruppenführer Pohl verabschiedete die beiden Männer, wobei ihm General Kammler noch kurz darauf hinwies, dass er seinen Dienstwagen für eine Reise beanspruchen würde, was Pohl mit einer abwinkenden Handbewegung und den Worten „Ist schon recht" freundlich quittierte.

Mit seiner Ernennungsurkunde in der Jackentasche machte sich van Berckh an diesem Tag relativ früh auf den Weg in die Kaserne, um dort noch das Horch 901 Cabriolet zur Inspektion zu geben, damit der Wagen für die Reise am übernächsten Tag reisefertig gemacht werden konnte. Von General Kammler hatte er zwischenzeitlich erfahren, dass die Reise zunächst nach Böhmen gehen und insgesamt mehrere Tage dauern sollte.

In der Kleiderkammer der Kaserne traf er wieder auf den ihm bereits bekannten Kammerverwalter, der in seinem grauen Arbeitskittel an diesem Tag besonders mürrisch und unmotiviert wirkte.

„Was darf's denn heute sein?", fragte er gelangweilt, während van Berckh einen Stapel Uniformteile auf dem Tresen ablegte.

„Ich brauch einen neuen Satz Kragenspiegel und Abzeichen", entgegnete van Berckh gut gelaunt, „der General will sich nicht länger von einem einfachen Schützen chauffieren lassen."

„Na ich hätte da so einiges im Angebot. Vom Oberschützen bis zum Standartenjunker hab ich heute Dienstgradabzeichen zu Sonderkonditionen“, feixte der Kammerverwalter.

„Danke für das Angebot, aber das ist dem General nicht vornehm genug“, feixte van Berckh zurück.

Er zog seine Ernennungsurkunde heraus, legte sie auf den Tresen und ließ sie den Kammerverwalter anschauen. Dann zog van Berckh eine Packung Zigaretten aus der Tasche, warf sie mehrmals vor dem Kammerverwalter in die Luft und fing sie immer wieder auf. Dann fragte er diesen, wie lange es dauern würde, bis die Kragenspiegel auf seine Uniformjacken genäht sein würden.

„Das könnte durchaus flott gehen“, entgegnete der Kammerverwalter, der van Berckhs Wurfspiel gebannt zuschaute und scheinbar fasziniert davon war, wie es van Berckh immer wieder schaffte, die Zigarettenschachtel in die Luft zu werfen und diese - scheinbar blind und ohne dabei hinzuschauen - wieder aufzufangen.

Als van Berckh die Schachtel wieder einmal aufgefangen hatte, hielt er sie dem wie hypnotisiert dreinschauenden Kammerverwalter vor das Gesicht und fragte, ob ihm diese Marke schmecken würde. Als ihm dieser entgegnete, dass er Nichtraucher sei, kündigte van Berckh die Abholung seiner Uniformjacken für den nächsten Morgen um halb zehn an, wohl wissend, dass der Kammerverwalter zur Erledigung dieser Aufgabe bis dahin keine Zeit zu vertrödeln hatte.

Kapitel 5

Die misslungene Ausspähung

Es waren nun fast zwei Wochen vergangen, seit General Kammler den Wehrmachtsoldaten van Berckh in seinen Gewahrsam übernommen hatte. Kammler sah ihn auch nach seiner erfolgten Aufnahme in die Waffen-SS immer noch als Gast, als jemand besonderen, den man willkommen hieß und bevorzugt behandelte. Möglicherweise konnte van Berckh für Kammler noch sehr nützlich werden.

Er hatte seinen Gast jedoch nicht bei sich im Haus einquartiert, das wollte Kammler nicht. Es wäre auch sehr unüblich gewesen und hätte nur für unnötiges Gerede gesorgt. Außerdem war es dieser Landser in den letzten Jahren gewohnt, in den einfachsten Quartieren und unter den unsäglichsten Bedingungen zu hausen, dass ihm der schlichte Komfort in der SS-Kaserne schon als luxuriös erscheinen musste. Dennoch war es dem General ein Anliegen, dass der Frontsoldat, dem er mehr als den gebotenen Respekt vor seinen Leistungen im Feld entgegen brachte, nach der langen Zeit des Kampfes und der damit verbundenen Schrecken und Entbehrungen, eine verdiente Zerstreuung genießen konnte.

Über die dienstlichen Aufgaben des Ernst van Berckh hinaus war Untersturmführer Kobitzki von General Kammler damit beauftragt worden, van Berckh auch außerhalb seines Dienstes zu betreuen. Er sollte sich von ihm auch zu den verschiedensten Anlässen in der Reichshauptstadt begleiten lassen. Dabei sollte Kobitzki van Berckh stets beobachten, jedoch ohne ihn in seinen Handlungen zu zügeln. Kammler wollte diesen Menschen van Berckh näher ergründen. Er wollte mit Hilfe von Kobitzki herausbekommen, was an van Berckh anders war als bei anderen Männern.

Sogar einen Geldbetrag für „Reisekosten" hatte Kammler beim Zahlmeister des Ministeriums zur Auszahlung an Untersturmführer Kobitzki anweisen lassen. Das Geld sollte dafür bestimmt sein, zusammen mit van Berckh die knappen Lustbarkeiten zu genießen, die sich auch den allerorten anzutreffenden Soldaten mit Fronturlaub in der Reichshauptstadt boten. Für den Fall, dass van Berckh zu knauserig mit seinem Sold umgehen sollte, war Kobitzki von Kammler dazu angehalten, mit der Geldspritze vom Zahlmeister dafür zu sorgen, dass van Berckh aus besagtem Grund keinem Glas Alkohol aus dem Weg geht und dann so richtig aus sich herausgehen sollte. Kammler wollte wissen, wie sich van Berckh dann in betrunkenem Zustand verhalten würde und hatte hierzu Kobitzki über erlaubte zwei Glas Bier hinaus weiteres Alkoholverbot erteilt. Schließlich sollte ihm an van Berckhs Verhalten und Aussagen nichts entgehen und er sich am nächsten Tag noch an alles erinnern können, wenn er seinem Vorgesetzten Bericht erstattet. Natürlich wäre ein schlichtes Wirtshaus wohl kaum der richtige Ort gewesen, um die für das Vorhaben benötigte Stimmung zu erzeugen, es musste schon eine etwas besondere Örtlichkeit sein, wo der frischgebackene „SS-Oberscharführer" die Kontrolle über seine Zunge verlieren sollte.

Der vorletzte Tag vor der ersten Dienstreise sollte für Kobitzki einen hervorragenden Anlass dazu bieten, zusammen mit van Berckh einen ausgelassenen Abend in der Reichshauptstadt zu verbringen, um diesem dabei, entsprechend dem Auftrag Kammlers, so richtig auf den Zahn zu fühlen. Für Kobitzki war es an diesem Tag kein Rätsel, wo er van Berckh antreffen würde, denn es war ihm ja bekannt, dass er den Horch zur Erstinspektion bei der Instandsetzung in der Kaserne abgestellt hatte und sich folglich auf dem Kasernengelände aufhalten würde.

Als erste Anlaufstelle begab sich Kobitzki zur Stube van Berckhs, wo er ihn auch prompt dabei antraf, wie er seine Ausrüstungs- und Kleidungsstücke zum Reisegepäck sortierte. Kobitzki begrüßte van Berckh, der seine Sportbekleidung trug.

„Herzlichen Glückwunsch zur Aufnahme in die SS und zum neuen Dienstgrad!"

„In diesem Aufzug werden wir heute Abend aber nirgends reingelassen, nicht mal bei Sportlerball!", flachste Kobitzki, während ihn van Berckh fragend anschaute. „Na, heute gehen wir aus. Schließlich gibt es ja was zu feiern und wer weiß, wann wir wieder einmal Gelegenheit dazu haben. Also rein in die schmucke Uniform und ab in Richtung Kudamm. Morgen können wir ausschlafen."

Van Berckh hatte verstanden, aber dann stemmte er die Arme in die Hüfte. „Es gibt ein kleines Problem, denn ich habe alle meine Jacken in der

Kleiderkammer abgegeben, damit die Dienstgradabzeichen draufgenäht werden können. Vor morgen früh um halb zehn krieg ich die Jacken nicht wieder", meinte er.

Jetzt hatte Kobitzki verstanden. „Ich komm gleich wieder", sagte er und verließ die Stube. Nach ungefähr zehn Minuten erschien er wieder auf der Stube van Berckhs und hängte eine Uniformjacke über einen Stuhl.

Van Berckh betrachtete die Jacke und stellte fest, dass Schulterklappen, Kragenspiegel und Ärmelabzeichen mit dem Dienstgrad „SS-Oberscharführer" versehen waren.

„Wenn Sie die Jacke dem Wachhabenden an der Pforte zurückgeben, dann bekommt er zusätzlich eine Packung Zigaretten als Leihgebühr für seine Jacke. Ich habe ihm versprochen, dass er sie wieder sauber und unbeschädigt zurück erhält. Von der Größe her dürfte sie Ihnen passen."

Van Berckh war einigermaßen erstaunt von der Initiative seines Kameraden, hatte nun aber kaum mehr einen Grund, um diesem den angekündigten Abend abzusagen. Wozu auch? Es gab nichts, was die beiden davon abhalten sollte, sich einmal wieder zu vergnügen.

Es war noch früh am Abend, als sich die beiden mit der Straßenbahn und in Uniform samt Ehrendolch auf dem Weg ins Stadtzentrum von Berlin machten. Eine Fahrkarte besaßen die beiden Soldaten nicht, denn in den öffentlichen Verkehrsmitteln, mit Ausnahme der Droschken, durften Uniformierte kostenlos mitfahren.

„Schlage vor, dass wir erst einmal was Feines essen gehen. Sie sind heute mein Gast", lud van Berckh seinen Kameraden ein.

„Die Einladung nehme ich dankend an. Schlage vor, dass wir zu Kempinski am Potsdamer Platz gehen, dort dürften wir alles vorfinden, was für einen gelungenen Abend von Nöten ist."

Van Berckh war das Kempinski vom Hörensagen bereits bekannt und er wusste, dass sich dort, im „Haus Vaterland", mehrere Lokale befanden, unter anderem auch ein Kino. Als sie dort nach fast einer Stunde Fahrt ankamen, war er von den unterschiedlichen Einkehrmöglichkeiten durchaus beeindruckt, denn es war scheinbar für jeden Geschmack und jeden Anlass ein passendes Lokal vorhanden.

Die beiden Männer begaben sich zunächst in das Lokal „Csarda", das in ungarischem Stil eingerichtet war. Dort ließen sie sich Szegediner Gulasch mit Thüringer Klößen schmecken, dazu jeweils ein Bier und hinterher noch eines. Obwohl es unter der Woche war, herrschte reger Publikumsverkehr in dem riesigen Vergnügungstempel mit seinen mehr als zehn verschiedenen Lokalen und Theatern.

Während des Krieges herrschte zwar Tanzverbot, doch künstlerische Darstellungen waren gestattet, und so nahmen die Berliner gerne das kulturelle Angebot in Anspruch, darunter auch einige Soldaten in Wehrmachtsuniformen, die sich augenscheinlich vor noch nicht allzu langer Zeit im Einsatz befunden haben durften.

Nach dem Essen begaben sich die beiden SS-Männer in das Lokal „Rheinterrasse", wo es süffiges Bier aus München im Ausschank gab. Kobitzki hatte zwar schon seine genehmigte Grenze von zwei Bier erreicht, aber ehe er sich versah, hatte van Berckh bereits zwei weitere Gläser bestellt.

An der großen Theke, wo sich die Männer niedergelassen hatten, lagen Kinoprogramme des im Hause befindlichen Ufa-Lichtspieltheaters aus und die Männer unterhielten sich über die dort aufgelisteten Filme, von denen Kobitzki fast alle schon gesehen hatte, van Berckh hingegen noch keinen. Besonders der Film „Stukas“ hatte es Kobitzki angetan, der sich sehr für die Fliegerei interessierte und auch eine Grundausbildung als Pilot hatte.

Van Berckh hatte von der adretten Bedienung hinter der Theke zwei Schnäpse kommen lassen und reichte einen seinem Kameraden. Mit der Ansage „Ich bin der Ernst“ hob van Berckh das Schnapsglas hoch und Kobitzki konterte: „Ich bin der Wilhelm, auch Willi genannt.“

„Prost Willi, auf unsere Zusammenarbeit und auf unsere Mission!“, sprach van Berckh und die Männer stießen miteinander an.

„Was war das denn für ein Schnaps?“, fragte Kobitzki und verzog dabei etwas das Gesicht.

„Das war ein italienischer Grappa, zu Ehren unserer italienischen Verbündeten und des Duce“, erklärte ihm van Berckh.

So langsam empfand Untersturmführer Kobitzki, dass es nun wohl an der Zeit wäre, dem Auftrag des Generals nachzukommen und dem Kameraden Ernst näher auf den Zahn zu fühlen. Jetzt ging es darum, einen Einblick darüber zu erhalten, wie es denn mit der Gesinnung des Kameraden van Berckh gegenüber dem Reich und des Führers stehen würde. So versuchte der bereits etwas angeheiterte Kobitzki möglichst unverfängliche Fragen an seinen Kameraden Ernst zu stellen.

„Was meinst du, werden uns die Italiener weiterhin treu als Verbündete beistehen?"

Van Berckh sinnierte kurz und zitierte dann: „Ein italienisches Sprichwort besagt, dass der Vulkan dann ausbricht, wann er will - der Krieg, wann es die Menschen wollen. Ob die Italiener einen Krieg wollen, das ist fraglich. Der Duce hat in seinem Land nicht die Position wie unser Führer im Reich. Es würde mich nicht wundern, wenn die Italiener eines Tages kriegsmüde werden, denn sie haben in diesem Krieg keine großen Geländegewinne zu erwarten, dafür aber viele Soldaten im Einsatz, denen nicht immer klar ist, für wen sie eigentlich kämpfen. Ob es ausreicht, wenn der Führer dem Duce das Gebiet von Südtirol überlässt, damit er weiterhin den Rückhalt im italienischen Volk behält, ist fraglich. Aber es gibt ja noch Gebiete in Nordafrika, welche man den Italienern überlassen kann. Ich würde in dieser Frage mal nicht die Hand ins Feuer legen."

Kobitzki war klar, dass er mit der Methode des beiläufigen Fragens ein hervorragendes Instrument nutzen konnte, um den Kameraden Ernst so richtig gesprächig zu machen. Außerdem schien bei van Berckh die Reichsmark durchaus locker zu sitzen. Dies verwunderte auch nicht groß, denn durch seine langen Aufenthalte an der Front hatte er keine Gelegenheit gehabt, seinen Sold auch nur teilweise auszugeben.

Vor seinem Eintritt in die SS hatte er sich seinen angesparten Sold ausbezahlen lassen und trug seither einen relativ großen Geldbetrag bei sich. Einen Teil hatte er an das Winterhilfswerk gespendet und oftmals ließ er die eine oder andere Mark in eine Spendenbüchse fallen. Ernst van Berckh machte sich nicht viel aus Geld, denn er war der Ansicht, dass materieller Besitz schnell vergänglich sein konnte. Der tägliche Anblick bombardierter Häuser oder zerstörter Kraftwagen bekräftigten seine Ansicht, dass Besitz in diesen Zeiten oftmals für Ärger und Verdruss sorgen konnte, und es waren ihm auch Fälle zu Ohren gekommen, dass so manch Wohlhabender zum Wohle des Reichs auch schon enteignet worden war. Es soll sich dabei aber um Juden gehandelt haben.

Van Berckh war sich bewusst, dass der Krieg eines Tages enden würde und sah sich in seiner derzeitigen Situation als gut versorgt an, denn er hatte alles, was er zum täglichen Leben benötigte. Die Zukunft nach dem Krieg war für ihn noch weit weg und er wusste heute noch nicht, was er nach dem Krieg tun würde. Dass er seine Frau jemals wieder in die Arme schließen könnte, war Wunschdenken und das war ihm auch bewusst.

„Zwei Korn auf die Niederlande!“, rief van Berckh der hübschen Bedienung zu, die daraufhin flugs zu zwei Gläsern griff.

„Warum trinken wir denn nun auf die Niederlande?“, fragte Kobitzki interessiert.

„Das hat zwei, eher gesagt sogar drei Gründe. Kommst du darauf?“, fragte van Berckh.

„Hmmmh, meinst du damit, dass die Niederlande heute zum Reichsgebiet dazu gehören?“

„Nicht schlecht für den Anfang, aber es fehlen noch zwei Gründe. Der eine ist, dass mein Großvater von dort stammt und der andere Grund geht zu Ehren der freiwilligen SS-Angehörigen aus dem Land der Tulpen“, ergänzte Ernst van Berckh und fing laut an zu lachen.

Untersturmführer Kobitzki spürte bereits die Wirkung des Alkohols und versuchte das Gespräch wieder unter seine Kontrolle zu bringen.

„Was meinst du Ernst, wie lange wird es noch dauern, bis wir den Endsieg in der Tasche haben?“

Van Berckh machte darauf ein ernstes Gesicht. Dann schloss er die Augen und legte den Kopf in den Nacken. In dieser Stellung verharrte er für mehrere Sekunden, wobei ihn Kobitzki erst anlächelte, Sekunden später aber regelrecht anstarrte, bis van Berckh wieder eine normale Haltung einnahm und die Augen öffnete. Sein Blick war geheimnisvoll und er schaute seinem Kameraden Willi direkt in die Augen, der daraufhin ebenfalls eine ernste Miene aufzog und gespannt die Antwort auf seine Frage erwartete, die van Berckh scheinbar zu formulieren versuchte.

„Ich kann es nicht genau sagen, wann der Tag kommen wird und ich bin mir auch nicht sicher, ob ich Recht behalten werde. Ich sehe es aber so, dass es einerseits eine lange Zeit dauern wird, andererseits wird es aber sehr schnell gehen. Aber dessen bin ich mir sicher: Wenn es soweit ist und wir den Endsieg erreicht haben, dann wird dieses Gebäude hier nicht mehr stehen.“

Ungläubig schaute Kobitzki seinen Kameraden Ernst an. War es der Alkohol, der ihn diese widersprüchliche Antwort formulieren ließ, oder was war sonst der Anlass für eine derartige Antwort, die sich Kobitzki aber fest einprägte, um sie später dem General vortragen zu können.

Van Berckh hatte bereits wieder zwei Gläser bestellt und reichte eines zu Kobitzki rüber.

„Was ist das nun für ein Schnaps?“, fragte er.

„Das ist englischer Gin“, erklärte ihm van Berckh.

„Woher der wohl stammt?" fragte Kobitzki erneut.

„Na, da gibt es verschiedene Möglichkeiten. Er könnte Kriegsbeute aus einem englischen Frachter sein, der von einem unserer U-Boote versenkt wurde, oder die Engländer haben die Flaschen vor lauter Panik in Dünnkirchen zurückgelassen, als sie von der Wehrmacht zurück auf ihre Insel gejagt wurden“, scherzte van Berckh.

„Und auf was stoßen wir mit englischem Gin an?“, fragte Kobitzki abermals.

„Auf Feldmarschall Rommel, der die Tommies durch die Wüste gejagt hat. Wie du siehst, haben die Engländer derzeit nichts zu feiern und daher übernehmen wir das für sie, mein lieber Willi. Aber sag mal, wie viel dürfen wir eigentlich trinken? Wir tragen schließlich Uniform!“

Kobitzki schaute sich um und zeigte auf eine Gruppe Wehrmachtsoldaten, die lautstark feierten, sich zuprosteten und wohl schon einiges getrunken hatten. „Schau mal, Ernst, die da drüben werden bestimmt noch so einiges runterkippen. Der eine mehr und der andere weniger. Wichtig ist in so einem Fall immer, dass es keine Anstände gibt. Spezielle Vorschriften, wie viel getrunken werden darf, gibt es keine, aber immer wenn es dadurch Ärger gibt, dann war es zu viel und zieht dann disziplinarische Maßnahmen nach sich. Deshalb ist eine Gruppe immer ein relativ guter Schutz, da immer die einen auf die anderen aufpassen. Meistens jedenfalls.“

„Na, wenn das so ist, dann lass uns auf unsere tapferen Jungs von der Wehrmacht anstoßen. Ich weiß zwar nicht, was die da drüben feiern, aber es wird schon seinen Grund haben. Schlage hierfür einen Cognac vor. Zur Erinnerung an die überraschend friedliche Übernahme Frankreichs und natürlich zum Wohle der französischen SS-Kameraden, die sich freiwillig gemeldet haben.“

Auch diese Spirituose war genauso schnell hinuntergekippt, wie sie von der aufgeschlossenen Bedienung serviert worden war.

„Lass uns jetzt einen Bäska Droppar trinken!", schlug van Berckh wenig später vor, während sie sich über Görings Luftwaffe unterhielten, die offenbar erheblich an Kampfkraft eingebüßt hatte.

„Was ist das denn für ein Zeugs?", fragte Kobitzki. „Und auf was willst du damit anstoßen?"

„Wir sind den Schweden dankbar für das Erz, das sie uns liefern und stoßen natürlich auch auf die schwedischen SS-Kameraden an."

Kobitzki hatte das Trinkspiel van Berckhs verstanden und sah daher noch eine Vielzahl an Schnäpsen auf sich zukommen, weshalb er zu van Berckh meinte: „Wenn du auf jede Nation, die SS-Freiwillige stellt, einen Schnaps trinken willst, dann werden wir das heute nicht mehr schaffen."

„Hast du heute etwa noch etwas anderes vor?", fragte van Berckh erstaunt.

„Nein, aber ich denke, dass es langsam reicht, ich merk schon, dass ich so langsam genug habe", erklärte Kobitzki, dessen Augen bereits verheißungsvoll glänzten. „Wir haben über zwanzig verschiedene Nationalitäten in der SS, die kämpfen, und wenn du auf jede Volksgruppe einen Schnaps trinken willst, dann geht das sicherlich nicht gut für uns aus."

Nach einer kurzen Denkpause konterte van Berckh dann: „Du hast Recht, wir fassen die Polen, die Russen, die Finnen, die Esten, die Letten, die Norweger und die Dänen einfach mal als ein Wodka-Volk zusammen, dann haben wir es einfacher."

Schon hatte er der Dame hinter der Theke ein Zeichen gegeben. Sie hatte die ganze Zeit in der Nähe der Männer gestanden und so manchen Satz mitbekommen. Schnell hatte sie zwei Gläser mit Wodka serviert und die Männer stießen miteinander an.

„Auf unsere nordischen und baltischen SS-Kameraden", brachte Kobitzki hervor und kippte den Wodka in einem Zug hinunter. Langsam machte sich bei Untersturmführer Kobitzki der Alkoholkonsum in der Aussprache bemerkbar, die etwas verwaschen klang. Er erinnerte sich wieder an den Auftrag des Generals. „Die Juden. Was hältst du von den Juden?", fragte er unverblümt.

Van Berckh war deutlich erstaunt über die Frage und fragte Kobitzki zurück, wie er denn nun auf diese Frage komme.

„Weißt du Ernst, ich hab's ganz vergessen dir zu sagen, außerdem ist es noch nicht hundertprozentig sicher."

„Was meinst du denn?", fragte van Berckh seinen Kameraden, der sich von der Bedienung eine Zigarette geben ließ.

„Der Horch..., oder besser der Horch von Pohl. Den werden wir voraussichtlich nicht für die Reise nehmen. Der soll an die Front. Aber keine Sorge, so wie es aussieht, müssen wir auch nicht mit dem Kübelwagen fahren. Es hat sich was Besseres aufgetan." Kobitzki tat geheimnisvoll und ließ van Berckh so lange im Unklaren, während er ihn mit seinen glänzenden Augen fixierte und an seiner Zigarette zog.

„Ich soll wohl raten?", fragte van Berckh, dem der Alkohol im Vergleich zu Kobitzki weitaus weniger deutlich anzusehen war.

„Da kommst du nicht drauf, hat aber was mit Juden zu tun", erläuterte Kobitzki, woraufhin van Berckh nur mit den Schultern zuckte.

„Also, ich erklär es dir mal", fuhr Kobitzki fort und legte eine Hand auf van Berckhs Schulter. „Unsere Verwaltung hat drei neue Autos bekommen. Sie wurden reichen Juden abgenommen. Darunter ist, und jetzt halt dich fest, ein ziemlich neuer Maybach SW 38. Ein absoluter Luxusschlitten, der allerdings seit über vier Jahren, seit Juden kein Kraftfahrzeug mehr im Reich führen dürfen, nicht mehr bewegt wurde. Ich habe den Wagen sofort für uns reservieren lassen, als ich Wind davon bekam. Der Schlitten sticht so ziemlich alles aus, was wir bislang im Fuhrpark hatten. Die Kiste ist purer Luxus und rate mal, wer ihn fahren wird, wenn wir ihn bekommen?"

Ein Grinsen zog über das Gesicht des Ernst van Berckh, der sichtlich Gefallen an der neuen Information hatte. „Wenn unser Brigadeführer nicht selbst hinterm Steuer sitzen möchte, du deinen Alkoholpegel bis zur Abfahrt nicht abgebaut hast und Kamerad Knecht dem Chef assistieren muss, dann bleibe ja wohl nur noch ich übrig", erklärte van Berckh lachend und klopfte Kobitzki ebenfalls auf die Schulter. „Zwei Korn auf den Maybach!" Die Bedienung lächelte und die beiden Schnäpse waren so schnell getrunken, wie sie serviert waren.

„Und?", fragte Kobitzki, „was meinst du nun zu den Juden?"

„Was soll ich dazu sagen? Das ganze Thema ist hohe Politik, die unsereins nicht unbedingt verstehen muss. Ganz einfach gesagt habe ich aus der ganzen Berichterstattung gelernt, dass die amerikanischen Großbanken und auch die amerikanische Notenbank eben Juden gehören, die dadurch das Finanzwesen der westlichen Welt in der Hand haben. Wie der Führer und auch Goebbels immer wieder erklärt haben, unterdrücken sie demnach mit dieser Macht andere Völker und beuten diese aus. Selber habe ich weder gute noch schlechte Erfahrungen mit den Juden gemacht, wir hatten früher einige jüdische Mitschüler. Sie waren unauffällig, es gab nie Probleme mit ihnen. Was hast du denn für eine Meinung darüber?"

Kobitzki zog die Unterlippe hoch. „So ähnlich wie du habe ich das auch wahrgenommen. Allerdings gibt es für mich auf diesem Gebiet auch Dinge, für die ich keine Erklärung habe. Warum der jüdische Weltkongress und andere bekannte Juden im Ausland die „Vernichtung Deutschlands" oder den „heiligen Krieg" verkündet haben, ist mir unklar. Sicherlich tun sie den in Deutschland lebenden Juden keinen Gefallen damit. Oder es handelt sich um einen Konflikt, der bereits im alten Testament beschrieben ist, ich hab das mal gerüchteweise gehört. Es erscheint mir aber zu kompliziert und zu abstrakt, um diese Behauptung nach zu vollziehen. Glücklicherweise bin ich kein Religionswissenschaftler und kein Politiker. Somit muss auch ich nicht alles verstehen."

„Aber dass wir noch einen Slibowitz auf unsere kroatischen und slowenischen SS-Freiwilligen trinken müssen, ist Ehrensache. Auf die nordischen Völker haben wir ja auch angestoßen und wir wollen doch niemanden vernachlässigen", regte van Berckh an, um letztendlich auch wieder das Thema zu wechseln.

Kobitzkis Zustand hatte sich alkoholbedingt wieder ein Stück weit verändert. Seine vormals standesgemäße Sitzhaltung hatte sich in ein Lümmeln verändert. Van Berckh saß hingegen noch sehr aufrecht. Gut gelaunt scherzte er mit der attraktiven Bardame, die zu seinem Gefallen einen original kroatischen Slibowitz in zwei Schnapsgläser abfüllte, von denen er eines zu Kobitzki reichte.

„Hier Willi, das ist für dich!"

Mit einem Blick, der nicht unbedingt weitere Trinkfreude signalisierte, kippte Kobitzki den Schnaps weg.

„Jetzt brauchen wir noch einen dunklen Schnaps, der uns daran erinnert, dass unsere rumänischen SS-Kameraden so tapfer die dortige Erdölförderung für das Reich aufrechterhalten", schlug van Berckh vor und schaute dabei der Bardame in die Augen.

„Wie wäre es mit einem Kirschlikör?", schlug diese vor und griff nach einer Flasche aus dem Regal.

„Ein guter Vorschlag. Den nehmen wir gerne an", nickte van Berckh. „Der Likör hat in etwa die Farbe wie Öl und wenn er auch den Hals wie Öl runterläuft, dann war's ein Treffer", kommentierte van Berckh die beiden gefüllten Gläser, von denen er eines Kobitzki reichte, der erst zugreifen wollte, als ihm van Berckh aufmunternd zunickte.

„Lass uns dann gehen", schlug Kobitzki vor, dessen Zustand sich nicht gerade verbessert hatte und der schon sichtlich Schwierigkeiten hatte, seinen Blick zu fokussieren.

„Du willst schon gehen?", fragte ihn van Berckh mit gespieltem Erstaunen. „Wollen wir nicht noch einen Klaren auf den Führer trinken?", versuchte van Berckh ihn zu locken.

„Nee, heut nicht mehr, lass uns gehen", sagte Kobitzki, der von seinem Barhocker aufstand und sich sofort am Tresen festhalten musste, um nicht umzufallen.

„Na gut, wenn du nicht auf den Führer trinken möchtest, dann machen wir uns eben auf den Heimweg", lenkte van Berckh ein. „Ich behalte dann mal für mich, dass du nicht auf den Führer trinken wolltest", zwinkerte van Berckh seinem schwankenden Kameraden zu und legte fünf Reichsmark für die Zeche auf den Tresen, die ein großzügiges Trinkgeld für die zuvorkommende Bedienung beinhalteten. Dann stellte sich van Berckh neben Kobitzki und legte dessen Arm um seinen Hals.

„Wenn du mich mal wieder abfüllen solltest, dann solltest du aber vorher ein wenig mehr trainieren", sagte er Kobitzki leise ins Ohr.

Kobitzki schaute van Berckh aus seinen trägen Augen mit einem unverwandten Blick an, als wenn er soeben einer Lüge bezichtigt worden wäre. Wortlos gingen die beiden Männer langsam, aber hochkonzentriert Richtung Ausgang. Van Berckh hatte im Vergleich zu seinem Kameraden so gut wie keine alkoholbedingten Ausfallerscheinungen. Das lag mit hoher Wahrscheinlichkeit daran, dass er immer nur einen kleinen Teil des jeweiligen Schnapsglases geleert hatte und den Rest in einen hinter dem Tresen stehenden Sektkühler geleert hatte. Vor dem „Haus Vaterland" setzte Van Berckh seinen nun heftig schwankenden Kameraden auf dem Rücksitz einer wartenden Droschke.

„Zur Kaserne Lichtenfelde", wies van Berckh den Fahrer an, der daraufhin meinte, dass die Fahrt ein „schönes Sümmchen" kosten würde.

„Schon recht, fahren Sie zu", reagierte van Berckh auf diese Vorankündigung.

Natürlich hatte van Berckh in seinem erst kurzen Aufenthalt in Berlin schon mitbekommen, wo sich Fahrbereitschaften der Wehrmacht und der Polizei befinden und es hätte sich bestimmt auch eine Möglichkeit gefunden, um kostenfrei zur Kaserne zu kommen. Jedoch wollte er unbedingt irgendwelches Aufsehen vermeiden, das wohl nur dazu geeignet gewesen wäre, wenig ruhmreiches Gerede über Kobitzkis Trink-Exzess zu produzieren.

An der Torwache angekommen, verließ van Berckh die Kraftdroschke und begab sich in den Wachraum, wo er dem Wachhabenden wieder seine Jacke aushändigte und sich mit dem Versprechen bei dem SS-Oberscharführer für die Leihgabe bedankte, dass man sich immer zweimal im Leben sehen würde. Als van Berckh dann darum bat, dass das Haupttor wegen im Taxi befindlicher Gepäckstücke geöffnet werden soll, warf ihm der schläfrig wirkende Wachhabende mit dem Kommentar, dass der Taxifahrer seinen Ausweis für die Dauer seines Aufenthalts in der Kaserne abzugeben hätte, den Schlüssel für das Haupttor zu.

Van Berckh kam es gelegen, dass er selbst das Tor öffnen konnte. Somit bestand keine Gefahr, dass ein Wachsoldat den halb im Fußraum und halb auf dem Rücksitz liegenden Kobitzki entdecken konnte.

Van Berckh holte sich den Ausweis des Droschkenfahrers und wies diesen an, gleich nach Einfahrt in die Kaserne den durch Scheinwerfer ausgeleuchteten Bereich zu verlassen und ein Stück weiter anzuhalten und dort auf ihn zu warten. So war sichergestellt, dass die Wache den im Fond liegenden Kobitzki nicht sehen konnte.

Als van Berckh das Eingangstor wieder verschlossen hatte, lotste er den Fahrer vor das Unterkunftsgebäude, wo die beiden SS-Leute ihre Stuben hatten. Nur mit Hilfe des Droschkenfahrers gelang es van Berckh den komatös wirkenden Kobitzki auf das Bett seiner Stube zu verfrachten, wo sie ihn in kompletter Montur, samt Schuhen, ablegten. Lediglich seine Mütze legte van Berckh auf dem Tisch ab. Der Taxifahrer wolle für die Fahrt eine Reichsmark und dreißig Pfennig haben. Schon hatte van Berckh seinen Geldbeutel gezückt und wolle ihn öffnen. Dann schaute er aber auf den vor sich hin schnarchenden Kobitzki und verharrte kurz, während der Taxifahrer geduldig daneben stand. Van Berckh fing nun an, mit dem schlafenden Kobitzki zu sprechen.

„Ja, mein lieber Willi, du hast sicherlich Recht. Wir haben es deiner Mission zu verdanken, dass du nun besoffen auf der Matratze liegst. Aber damit du deinem Chef ein Andenken an diesen Abend überreichen kannst, sollst du auch eine passende Quittung bekommen."

Dann öffnete van Berckh die Uniformjacke Kobitzkis und holte einen Briefumschlag heraus, den er öffnete. Er entnahm fünf Reichsmark und reichte sie dem Taxifahrer.

„Da bekommen Sie noch einen dicken Batzen heraus", sagte der Taxifahrer und zog einen dicken Ledergeldbeutel aus seiner Jackentasche.

„Lassen Sie es gut sein", sagte ihm van Berckh. „Der Rest ist Trinkgeld. Stellen Sie mir bitte eine Quittung aus, dann geht das in Ordnung. Sie behalten die Geschichte für sich und wenn mir doch was zu Ohren kommen sollte, dann..."

„Ja, nee, des hab ick schon verstannen. Ick wees von nüscht und meen Name is Haase."

Der Taxifahrer mit Berliner Schnauze winkte mit diesen Worten ab und freute sich über das fürstliche Trinkgeld. Die von ihm ausgestellte Quittung stecke van Berckh seinem weggetretenen Kameraden wieder in die Uniformjacke.

„Jetzt kannst du dem Zahlmeister erzählen, wie teuer die Droschken heute sind."

„Aber nich, dat se mir falsch verstannen habn", meinte darauf der Taxifahrer, „ick hab nur de eine Mark fuffzich uff de Rechnung gesetzt. Will doch kein Ärger mit dem Amt kriegn, wenn die de Rechnung sehn. Wegen Wucher und so."

Van Berckh musste über den knitzen Droschkenfahrer lachen. „Einmal Preuße, immer Preuße, oder...?", scherzte er. „Lassen Sie uns gehen, der hier ist versorgt."

Dann brachte er den Droschkenfahrer wieder vor das Kasernentor, händigte diesem wieder seinen Ausweis aus, reichte den Schlüssel wieder durch das Fenster der Torwache und begab sich, zwischenzeitlich auch ziemlich müde, auf seine Stube.

Kapitel 6

Inspektion in Karlsbad

Am nächsten Morgen wachte van Berckh erst um neun Uhr auf. Er hatte sich absichtlich keinen Wecker gestellt, da seine Aufträge für diesen Tag sehr überschaubar waren und vom General heute auch keinen neuen Aufgaben zu erwarten waren.

Ein großer Teil der Reisevorbereitungen für den nächsten Tag waren bereits erledigt. Allerdings galt es, sich um den von Kobitzki erwähnten Maybach zu kümmern, damit dieser ebenfalls für die Reise vorbereitet war. Schließlich war van Berckh der technische Zustand des Maybach unbekannt und er sollte daher vor der Abfahrt noch in der Instandsetzungswerkstatt inspiziert werden. Möglicherweise wusste Kobitzki Näheres über den Zustand des Maybach, weshalb er sich zu dessen Stube begab.

Nachdem van Berckh angeklopft hatte, hörte er nach einigen Sekunden ein „Ja, bitte?“ von drinnen. Also begab sich van Berckh in die Stube, wo er beim Anblick Kobitzkis erst einmal lachen musste. Dieser lag nämlich noch in derselben Montur, wie er ihn gemeinsam mit dem Taxifahrer abgelegt hatte, auf dem Bett und sah gar nicht gut aus.

„Na, Kamerad?! Sag bloß, du hast eine Lederallergie“, lautete die vermutete Diagnose van Berckhs.

„Was meinst du?", fragte Kobitzki und wirkte dabei etwas verwirrt.

„Na wenn man in Stiefeln und mit Ledergürtel übernachtet, dann hat man morgens in der Regel Kopfweh, was wahrscheinlich vom Leder ausgelöst wurde“, erklärte ihm van Berckh und es dauerte eine Weile, bis Kobitzki diesen ironischen Scherz durchschaut hatte.

„Du hast gut reden", stöhnte Kobitzki, „hast du denn keinen dicken Schädel nach unserem Gelage?“

„Nun, dass wir so viel durcheinander getrunken haben, war sicherlich nicht besonders klug. Aber wenn man zwischendurch und hinterher öfters ein Glas deutsches Wasser trinkt, dann ist der nächste Morgen auch nicht ganz so schlimm. Außerdem freue ich mich, wenn du mir wie versprochen bald mal deine Schwester vorstellst.“

Nun schaute ihn Kobitzki mit aufgerissenen Augen an. „Ich habe dir von meiner Schwester erzählt?"

„Oh ja und noch so manches mehr", behauptete van Berckh.

Mit offenem Mund starrte Kobitzki ins Leere. Es war ihm anzusehen, dass er krampfhaft versuchte, die Ereignisse der vorangegangenen Nacht zu rekapitulieren. Anscheinend konnte er sich aber nicht mehr an die Details erinnern, was van Berckh veranlasste, noch einen draufzusetzen.

„Nun gut, Willi, dann behalte ich mal alles schön für mich. Der Chef wird mir keine Fragen stellen, wenn er dich in deinem Zustand erst gar nicht sieht. Wir dürften ihm heute ohnehin nicht begegnen, da er bis zur Abfahrt bei seiner Familie ist."

„Ja, danke. Es tut mir leid", entschuldigte sich Kobitzki.

Van Berckh gab sich daraufhin verständnisvoll und gab Kobitzki zu verstehen, dass er auf den Kontakt zu seiner Schwester nicht bestehen würde. Er war sich sicher, dass Kobitzki in der Zukunft keine weiteren Versuche zu seiner inneren Ausspähung unternehmen würde. Falls doch, würde er ihn nicht wieder so glimpflich davon kommen lassen. Schließlich hatte er die Absichten Kobitzkis vom ersten Moment an durchschaut und hatte auch einen konkreten Verdacht, wer ihn dazu beauftragt haben könnte.

„Schlage vor, dass wir uns erst mal frisch machen und dann mal schauen, was wir in der Küche bekommen. Ich hol nun erstmal meine Jacken aus der Kleiderkammer ab. Die dürften fertig sein. Ich hol dich dann in einer halben Stunde ab."

„Geht klar", gab Kobitzki zur Antwort, der sich mittlerweile seiner Uniform entledigte und sich zum Ausziehen der Hose hinsetzen musste, da er noch ein wenig unsicher auf den Beinen war.

Nach einer Dusche und einer routinierten Rasur machte sich van Berckh auf den Weg zu den Wagenhallen der Instandsetzung, um zu sehen, ob der Horch bereits abholbereit war. Er erhielt die Auskunft, dass der Wagen in einer Stunde abholbereit sei, was prima in seinen Zeitplan passte. Anschließend schaute er bei der Kleiderkammer vorbei. Dort hatte der Kammerverwalter van Berckhs Uniformjacken zu dessen Zufriedenheit zur Abholung bereits gerichtet. Nachdem er seine Sachen auf die Stube gebracht hatte, holte er Kobitzki ab und sie begaben über den Speisesaal in die Küche, um sich dort ein verspätetes Frühstück abzuholen.

Da während des Krieges viele Einheiten oder einzelne Kommandos ständig Nachteinsätze absolvierten und zu den unterschiedlichsten Zeiten versorgt werden mussten, war eine ständige Einsatzbereitschaft der Küche gewährleistet und für unvorhergesehene Umstände war auch neuerdings für die Nacht ein Bereitschaftsdienst eingeteilt, der innerhalb kurzer Zeit Mannschaften eine Mahlzeit oder eine Marschverpflegung bereitstellen konnte. Außerdem war die Kantine für diensthabende Wachsoldaten und außerhalb der Kaserne eingesetzte Polizeieinheiten eine geschätzte Anlaufstelle.

Nach dem Frühstück holten die Männer den Horch aus der Werkstatt ab und fuhren damit zum SS-Wirtschaftsverwaltungshauptamt, wo sie das Fahrzeug dem Schirrmeister übergaben und dieser ihnen den luxuriösen Maybach übergab, an dessen Kotflügel der Schirrmeister den weiß-grünen „Reichsautobahn-Stander“ [13] montierte. Damit war der Wagen nach außen hin sichtbar berechtigt, auch bei Fliegeralarm die RAB zu befahren.

Da der Wagen eine lange Standzeit hinter sich hatte, war er in der Werkstatt für Instandsetzung komplett gewartet worden. Alle Schmierstellen am Fahrwerk waren frisch abgeschmiert worden, das Motoröl gewechselt, die Bremsen geprüft und eine neue Starterbatterie war eingebaut worden. Auch die Reifen, die durch die lange Standzeit Druckstellen hatten, waren durch neue ersetzt worden.

Nach diesen Arbeiten befand sich der Maybach in einem technisch einwandfreien Zustand und war reisefertig. Für die bevorstehende Fahrt bis Pilsen hatte van Berckh errechnet, dass eine Tankfüllung kaum ausreichen würde. Aus Sicherheitsgründen packte er daher zusätzlich einen 20-Liter-Wehrmachtskanister in den Gepäckraum, was die Reichweite des Maybachs um bis zu hundertvierzig Kilometer erhöhen würde.

Nachdem diverse Pläne und Akten im Wagen verstaut waren, die Hauptscharführer Knecht bereitgestellt hatte, wurde deutlich, dass der zur Verfügung stehende Gepäckraum seine Grenzen hatte, was den Männern signalisierte, dass sie ihr persönliches Gepäck auf ein möglichst kleines Volumen zu beschränken hatten.

---

[13] Reichsautobahn-Stander: Mit der 20 cm × 35 cm großen Flagge gekennzeichnete Fahrzeuge durften auch bei Fliegeralarm der Reichsautobahnen verkehren.

Bis zur geplanten Abfahrt nach Pilsen um drei Uhr morgens hatten die Männer Freizeit. Sie fuhren daher mit dem Maybach in die SS-Kaserne, wo sie mit anderen Kameraden einen Ausscheidungswettkampf im Tischtennis bestritten. Van Berckh schied in dem Turnier verhältnismäßig früh aus, denn er hatte wenig Übung in Tischtennis. Er hatte ohnehin noch einen Besuch in der Waffenkammer der Kaserne geplant, um sich für auf der Reise aufkommende Eventualitäten mit angemessener Bewaffnung auszustatten. Ein Sturmgewehr oder ein Maschinengewehr schieden wegen der Größe schon von vorneherein aus, außerdem war für die vorliegende Mission kaum ein Szenario vorstellbar, bei dem solch eine Waffe erforderlich gewesen wäre.

Van Berckh wählte daher drei brandneue Maschinenpistolen vom Typ MP 40/II aus, die sich im Vergleich zum Vorgängermodell unter anderem dadurch unterschieden, dass sie mit sechzig anstatt dreißig Schuss Munition bestückt werden konnten, was durch eine neue Magazinaufnahme und ein Doppelmagazin ermöglicht wurde. Ferner beschloss van Berckh, dass er noch eine Kiste mit Handgranaten mitnehmen würde. Man konnte ja schließlich nie wissen, was unterwegs so alles passieren würde.

Nachdem die erforderlichen Formalitäten erledigt waren, verstaute van Berckh das Kriegsmaterial im Maybach, den er in einer Wagenhalle einschloss.

Beim anschließenden Abendessen traf er wieder auf seine Kameraden Knecht und Kobitzki, denen van Berckh noch ein Bier als Schlummertrunk spendierte. Bei dieser Gelegenheit erzählte er angeregt von dem zurückliegenden Besuch im „Haus Vaterland" und verständigte sich mit Hauptscharführer Knecht darüber, dass er „der Ernst" sei und Knecht stellte sich als „der Theo" vor.

Anschließend zogen sich die Männer auf ihre Stuben zurück, um möglichst früh Schlaf zu finden. Es war nicht absehbar, wie lange die bevorstehende Reise der Männer dauern würde, denn viele Umstände zur Reisedauer würden sich erst während der Aufenthalte an den geplanten Stationen ergeben, wie es der General auch angekündigt hatte. Wo sich die einzelnen Stationen Reise alle befinden würden, hatte Kammler bislang jedoch für sich behalten.

Gegen Vietel nach zwei in der Nacht klopfte es an der Tür, und bevor van Berckh noch reagieren konnte, ging die Tür einen Spalt weit auf.

„Aufwachen, Ernst“, hörte er eine Stimme, die er Theo zuordnete, den er schemenhaft erkannte, als ein Lichtschimmer der Flurbeleuchtung sein Profil erkennen ließ.

„Bin schon wach“, ließ van Berckh als Rückmeldung verlauten. „Du kannst das Licht gleich anmachen.“ Was Knecht auch sogleich tat.

Im Waschraum traf van Berckh auf den ebenfalls etwas schläfrig wirkenden Kobitzki, der sich gerade mit einem Schwall kaltem Wasser erfrischte.

„Ich hol dann mal das Auto und du wartest am besten mit der Marschverpflegung am Kücheneingang. Dort hol ich dich ab, und sag Theo, dass er die Torwache schon mal darauf vorbereiten soll, dass wir rausfahren. Nicht, dass die erst geweckt werden müssen, wir wollen nicht zu spät beim Chef auftauchen“, gab van Berckh Anweisung.

Die Abfahrt aus der Kaserne verlief planmäßig und sie fuhren pünktlich vor die Wohnung des Brigadeführers, der in der mondhellen Nacht vor dem Haus zu erkennen war.

„Guten Morgen, die Herren, ich hoffe, Sie sind einigermaßen ausgeruht und wir haben eine ungestörte Fahrt“, begrüßte der scheinbar gut gelaunte Hans Kammler seine engsten Mitarbeiter, die ihren Vorgesetzen ebenfalls freundlich begrüßten. Der General hatte deutlich mehr Gepäck bei sich, als die anderen Reisenden.

Van Berckh verstaute die ersten Gepäckstücke im Gepäckraum, aber es war schnell klar, dass nicht genügend Stauraum vorhanden war.

„Was haben wir denn alles dabei und was ist denn in diesen sperrigen Kisten drin?“, fragte Kammler neugierig und zog die Holzkiste hervor, in der sich die Handgranaten befanden.

Schnell legte van Berckh seine Hände auf die Kiste und sagte: „Vorsicht, dass nichts herausfällt, das könnte die Nachtruhe stören.“

Kammler schaute verständnislos. „Was befindet sich denn in der Kiste?", fragte er, woraufhin van Berckh den Deckel anhob und dem General den Inhalt zeigte.

Dieser starrte dann in die Kiste und schaute van Berckh anschließend mit großen Augen an, wobei er tief Luft holte. Als wolle er soeben losschreien, machte er den Mund auf, besann sich dann aber und atmete stoßartig aus, bis er gedämpft hervor presste: „Van Berckh, es ist Ihnen aber schon klar, dass wir keine Spritztour an die Ostfront machen und wir auch keine sonstigen Schützengräber erstürmen wollen. Wir werden uns im sicheren

Reichsgebiet bewegen und nirgendwo anders. Also, wozu um Himmels Willen die Handgranaten?“

„Wozu die Handgranaten letztendlich verwendet werden, das kann ich Ihnen im Moment nicht sagen. Aber mit den Handgranaten ist es wie mit einem Regenschirm. Hat man einen dabei, dann hat man ihn meistens umsonst dabei, weil es nicht regnet. Hat man aber keinen dabei, dann wird man mit höherer Wahrscheinlichkeit nass“, erklärte van Berckh.

„Sie meinen also im Umkehrschluss, dass wir auf der Fahrt mit einem Fliegerangriff rechnen müssen, weil wir kein Flugabwehr-Geschütz an Bord haben?“, fragte Kammler weiter.

„Wenn Sie mir die Aufgabe zuteilen, für unseren Schutz zu sorgen, dann treffe ich die meiner Erfahrung nach notwendigen Maßnahmen. Daher sind die Handgranaten und auch drei MPs mit ausreichend Munition mit an Bord. Auf Ihren Wunsch hin können wir aber auch sämtliche Waffen wieder in die Kaserne schaffen und haben dann ein Stück weit mehr Stauraum.“

General Kammler hatte sich wieder ein Stück weit beruhigt und gab Anweisung, den Ersatzkanister in den Fahrgastraum zu nehmen. Er sollte an der nächsten Polizeistation abgegeben werden, denn mit Spritmangel war seiner Ansicht entlang der Reichsautobahn nicht zu rechnen. Die Kiste mit den Handgranaten wurde in den Fußraum des Beifahrers gelegt, die Maschinenpistolen auf den Sitzen und die gefüllten Magazine sowie mehrere hundert Schuss 9 mm Munition fanden unter den Sitzen ihren Platz.

Sie waren noch nicht weit gefahren, als sie an einer Kontrollstelle der Ordnungspolizei angehalten wurden. Ein Polizist leuchtete mit einer Taschenlampe ins Innere des Maybachs, während van Berckh die Fahrertür öffnete und den Polizisten ansprach.

„Guten Morgen, was dürfen wir Ihnen anbieten?“, fragte van Berckh freundlich.

Der Polizist hatte bereits erkannt, dass die Wageninsassen Uniform trugen und winkte ab. „Ich darf mal davon ausgehen, dass Sie einen gültigen Fahrauftrag haben, keine Schmuggelwaren geladen haben und auch keine Juden bei sich versteckt haben. Aber dass die SS neuerdings im Maybach unterwegs ist, das wusste ich bislang noch nicht“, sprach der Polizist.

„Na, dann sind wir aber hoffentlich kein gefundenes Fressen für Sie“, entgegnete van Berckh entspannt, „denn einen Fahrauftrag haben wir nicht und ob Handgranaten Schmuggelware sind, ist in unserem Falle fraglich", wobei er auf die im Beifahrerfußraum liegende Kiste zeigte.

Mittlerweile bemerkte van Berckh, dass der Maybach von vier Polizisten umstellt war, die ihre Maschinenpistolen einsatzbereit in Position hielten, wobei die Mündungen jedoch nicht auf die zu Kontrollierenden gerichtet waren. Für den Polizisten waren die Umstände der Kontrolle ungewöhnlich und er wurde zusehends misstrauischer.

„Der Beifahrer soll aussteigen, die auf dem Rücksitz ebenfalls!", rief er plötzlich in harschem Befehlston. „Und dass mir keiner eine falsche Bewegung macht!"

Die umstehenden Polizisten hatten nun ihre Maschinenpistolen in den Anschlag genommen und die zuvor schwach beleuchtete Kontrollstelle wurde nun von einem großen Scheinwerfer ausgeleuchtet, der auf einem Lastwagen montiert war. Die vier SS-Männer mussten sich auf Befehl des kontrollierenden Polizisten mit erhobenen Händen mit dem Rücken zum Licht des Scheinwerfers aufstellen. Angesichts der angespannten Situation versuchte keiner der Männer zu intervenieren, es würde sich schon alles aufklären, obwohl die Situation im Moment bedrohlich und die Polizisten entschlossen erschienen.

Der Polizist nahm die Kiste mit den Handgranaten aus dem Maybach und stellte sie vor dem Wagen in das Scheinwerferlicht, wo er sie öffnete. Tatsächlich, die Kiste war randvoll mit sechzehn Handgranaten gefüllt. Als der Polizist dann den Fond des Maybach inspizierte, entdeckte er die drei Maschinenpistolen, die er an sich nahm und auf die Kisten mit den Handgranaten legte.

„Sie, drehen Sie sich um", sagte der Polizist zu General Kammler, der sich daraufhin langsam umdrehte.

Kammler machte ein ernstes Gesicht und wirkte dabei keinesfalls entspannt.

„Ihren Wehrpass oder ihren SS-Ausweis bitte", verlangte der Polizist.

„Den führe ich nicht bei mir, der ist im Wagen", gab ihm Kammler darauf zur Antwort. „Auf der Hutablage liegt eine Mappe, darin müsste er sich befinden", ergänzte Kammler.

Der Polizist sah dort nach und fand die Mappe. In einer Brieftasche fand er den Ausweis Kammlers, den er sich genau anschaute. Bei dieser Gelegenheit waren dem Polizisten auch einige Dokumente mit dem Stempel

„Geheime Reichssache" aufgefallen, wodurch sein Misstrauen scheinbar weniger wurde. Ein weiterer Polizist hatte den Kofferraum durchleuchtet und „Nichts Verdächtiges" gemeldet.

„Die anderen Herren können sich auch ausweisen?", fragte der Polizist nun in entspannterer Tonlage.

Kobitzki, Knecht und van Berckh drehten sich daraufhin mit noch immer erhobenen Händen langsam um.

„Sie können die Hände runternehmen", wies sie der Polizist an, woraufhin die Männer ihre Ausweise aus der Uniformjacke heraus holten und sie dem Kontrollierenden übergaben. Der schaute die Ausweise der Reihe nach durch und verglich die Passbilder mit den Gesichtern. Dann gab er die Ausweise zurück und damit entspannte sich die Situation auf ein normales Maß.

„Entschuldigen Sie, Herr Brigadeführer, aber wir machen nur unsere Arbeit und müssen daher auf alle Umstände gefasst sein."

Kammler hatte sich soweit wieder gefasst. Es war für ihn das erste Mal gewesen, dass er bei Nacht in eine Kontrolle geraten war und derart misstrauisch behandelt wurde. Dies verursachte eine gewisse Empörung in ihm.

„Sie haben sicherlich schon von Anfang an unsere Uniformen gesehen. Was fällt Ihnen dann ein, uns wie Fahnenflüchtige zu behandeln und Ihre Waffen auf uns zu richten?", fragte er den Polizisten in dem selben harschen Ton, in dem der Polizist die Insassen des Maybachs kurz zuvor zum Aussteigen aufgefordert hatte.

Der Polizist schien sich aber, trotz der aufgeklärten Situation, nicht vom Dienstgrad des Generals beeindrucken zu lassen und nahm auch keineswegs eine devote Haltung ein.

„Schauen Sie mal, wir kontrollieren hier Fahrzeuge", erklärte er stattdessen dem General. „Oftmals sind es Fahrzeuge, die jede Nacht hier vorbeikommen und wir erkennen schon viele beim Herannahen und winken sie öfters auch mal unkontrolliert durch. Wenn aber mitten in der Nacht eine Luxuskarosse anrollt, die mit vier Uniformen besetzt ist, wir vorher keine offizielle Mitteilung darüber erhalten haben und der Fahrer nicht sofort einen Fahrauftrag oder einen Marschbefehl vorweisen kann, dann wird's das erste Mal verdächtig.

Wenn der Fahrer dann noch mit der unverfrorenen Frechheit eines Juden auf eine Kiste Handgranaten im Fußraum hinweist, dann wird's das zweite Mal verdächtig. Hätte ich aber die Kiste Handgranaten selbst entdeckt, ohne dass mich der Fahrer darauf hingewiesen hätte, dann hätte es brenzlig für Sie werden können. Wenn dann einer von Ihnen falsch gezuckt hätte, dann hätte es sein können, dass es geknallt hätte."

Kammler hatte dem Polizisten ungläubig zugehört und dabei tief Luft geholt. „Was erzählen Sie mir denn da? Wollen Sie mich mit Ihrer Räubergeschichte etwa verarschen? Wie ist Ihr Name? Wer ist Ihr Vorgesetzter?", schrie er den Polizisten an.

Der wiederum erhob nun ebenfalls seine Stimme. „Was glauben Sie, wie viele Partisanen mir in Frankreich in solchen Situationen schon in Wehrmachtsuniform begegnet sind?", entgegnete er Kammler. „Ich habe sie alle enttarnt und dadurch Massen von Schmuggelware entdeckt und auch Waffen, die wenig später gegen unsere eigenen Kameraden gerichtet worden wären. Letzte Woche erst haben wir ebenfalls eine Luxuskarosse gestellt, die den vorgezeigten Ausweisen nach angeblich mit ungarischen Diplomaten besetzt war. Nur auf Grund unserer genauen Kontrolle konnten wir die Leute festnehmen, die in Wirklichkeit Juden waren, die sich illegal davon machen wollten. Im Wagen hatten sie eine große Menge mit Wertpapieren und Devisen dabei. Außerdem so viel Gold, dass es für uns beide zu einem schönen Landsitz gereicht hätte. Das Beste dabei war noch, dass sie mit Pistolen bewaffnet waren, aber es angesichts unserer gut gesicherten Kontrollstelle nicht wagten, auch nur danach zu greifen. Glauben Sie mir, wir wissen, wie wir unsere Arbeit zu machen haben."

Kammler hatte aufmerksam zugehört und die Begründung des Polizisten hatte er auch akzeptiert. Jetzt wurde ihm erst bewusst, in welcher Gefahr er und seine Männer sich befunden hatten. Mit den erfahrenen Polizisten war durchaus nicht zu spaßen. Das war ihm nun klar geworden. Daher wollte er keine weiteren Diskussionen mehr, sondern einfach wieder einsteigen und die Fahrt fortsetzen.

Van Berckh hatte seinen verklärten Humor schnell wiedergefunden und nutzte die Situation zum Zwecke seiner persönlichen Belustigung abermals aus. Er öffnete den Kofferraum und holte den gefüllten 20-Liter-Wehrmachtskanister hervor, den er dem Polizisten vor die Füße stellte.

„Es tut mir leid, dass Sie wegen uns die Kontrollstelle ausleuchten mussten“, sagte er dann zu dem Polizisten. „Da wir Ihnen Umstände gemacht haben, wollen wir Ihnen wenigstens den Sprit für das Stromaggregat ersetzen. Den leeren Kanister geben Sie dann bitte einfach wieder im SS-Verwaltungs- und Wirtschaftshauptamt, oder in der SS-Kaserne Lichterfelde ab."

Mit diesen Worten ließ van Berckh den verdutzten Polizisten stehen, drehte sich um und setze sich wieder hinter das Steuer des Maybachs.

Kobitzki hatte zwischenzeitlich die Holzkiste mit den Handgranaten im Kofferraum verstaut und der Maybach setzte sich weiter in Richtung Autobahn in Bewegung.

Den General schien der soeben erlebte Kontrollverlauf weiter zu beschäftigen und er fing eine Diskussion darüber an.

„Sagen Sie, van Berckh, haben Sie eine derartige Kontrolle schon einmal erlebt?“

Van Berckh überlegte kurz. „Der Polizist war ein ganz abgedroschener Bursche, der sich durch nichts täuschen lässt. Aus meiner Sicht hat er eine hervorragende Arbeit gemacht. Wir sollten uns aber auch fragen, was dieses Erlebnis mit uns zu tun hat und was wir daraus lernen sollen.“

Es vergingen einige Sekunden, bis Knecht als erster einen Kommentar abgab. „Was meinst du damit? Was sollten wir daraus lernen? Wir sind doch diejenigen, die kontrolliert wurden und diejenigen, die eine weiße Weste und daher auch nichts zu verbergen haben.“

„Da magst du schon Recht haben, aber wir konnten uns innerhalb Berlins sicher sein, dass wir ordnungsgemäß kontrolliert werden“, sagte van Berckh.

„Was wollen Sie uns damit erzählen, van Berckh?“, fragte nun der General.

„Stellen Sie sich vor, Herr Kammler, Sie wären Anführer einer Gruppe von Partisanen, die sich ein Fahrzeug, Waffen, Uniformen und sonstiges verschaffen möchte. Wie würden Sie dazu vorgehen?“

Kammler schien nicht zu verstehen, auf was van Berckh hinaus wollte und hatte sich auch noch nie mit derartigen taktischen Fragen mit Praxisbezug beschäftigt.

„Wenn Sie gestatten, dann werde ich mal meine Gedanken hierzu zum Besten geben“, fuhr van Berckh fort. „Ich würde als Anführer einer Gruppe von Partisanen ebenfalls eine Kontrollstelle einrichten. Bei Nacht natürlich. Dann würde ich mit anderen Partisanen, alle natürlich in Uniformen der SS, Fahrzeuge der Wehrmacht kontrollieren. Aus dem jeweiligen Passierschein würde ich den Zweck der Fahrt erkennen und könnte auch die Ladung abschätzen. Im Zweifelsfall würde ich eben genauer nachschauen.

Wenn ich dann eine interessante Ladung entdecken würde, die für den Partisanenkampf von Interesse wäre, dann würde ich die ahnungslose deutsche Fahrzeugbesatzung in kürzester Zeit eliminieren und mich der Beute ermächtigen. Dabei die Uniform eines Generalmajors zu erbeuten, wäre für einen Partisan ein besonderer Leckerbissen, der ihn innerhalb der anderen Partisanen unsterblich machen würde."

„Sie malen mir aber ganz schön den Teufel an die Wand, van Berckh", kommentierte Kammler die Ausführungen des ehemaligen Frontsoldaten. „Aber grundsätzlich sind Ihre Überlegungen nicht verkehrt. Vielleicht denken die Partisanen tatsächlich so. Vorstellbar wäre es durchaus."

„Was schlägst du also in taktischer Hinsicht vor?", fragte der neben Kammler sitzende Hauptscharführer Knecht interessiert.

Knecht hatte ebenfalls, wie Kobitzki und ihr Vorgesetzter Kammler, nicht einmal einen Bruchteil der Kampferfahrungen des Ernst van Berckh vorzuweisen. Dieser Umstand war allen Beteiligten klar und daher vertrauten alle den Hinweisen van Berckhs, in dessen Umgebung sie sich aus unerklärlichen Gründen beschützt und behütet fühlten, was auf die Kenntnis des Werdegangs des Ernst van Berckh zurückzuführen war. Darüber hinaus bestand aber noch ein noch weiterführendes Gefühl der Sicherheit, was ihnen van Berckh durch seine Weitsicht und seine Gelassenheit vermittelte.

In vereinfachter Form spürten die Männer intuitiv, wenn Ernst van Berckh ruhig und gelassen war, dann gab es für sie selbst ebenfalls keinen Grund zur Besorgnis. Es hatte seit ihrer ersten Begegnung noch keine spektakuläre Situation gegeben, in der sich van Berckh als „abgebrühtes Frontschwein" hätte beweisen müssen, aber der Umstand, einen derartigen Soldaten mit der persönlichen Sicherheit betraut zu wissen, vermittelte eine bestimmte, wohltuende Sicherheit. So machten sich der General und seine Adjutanten für den weiteren Verlauf der Reise umso weniger Sorgen, als dass sie wussten, einen der fähigsten Soldaten, welches das Reich zu bieten hatte, mit an Bord zu haben.

Es war dunkel auf der Autobahn, die lediglich durch den leuchtenden Mond und die großen Scheinwerfer des Maybach ausgeleuchtet wurde. Es kamen ihnen kaum einzelne Fahrzeuge entgegen, jedoch mehrere Fahrzeugkolonnen, bei denen es sich um Lastwagen der Wehrmacht handelte. Mit über hundert Kilometer in der Stunde ließ van Berckh den Maybach über die Autobahn fahren, während nun General Kammler die Diskussion fortführte.

„Nun, nehmen wir mal an, wir befinden uns in einem Teil des Reichsgebiets, wo man sich nicht sicher sein kann, wer einen an der nächsten Kontrollstelle erwartet. Es könnte auf polnischem Gebiet sein, in Frankreich oder auch tief in der Ostmark. Wir würden also angehalten, sehen in vorgehaltene Waffen und wissen aber unsererseits nicht, wer in den Uniformen der Kontrollierenden steckt. Auch die an der Kontrollstelle stehenden Fahrzeuge der Kontrollierenden können in diesem Moment keine eindeutige Aufklärung schaffen, denn die könnten genau so gut beschlagnahmt oder dem Feind abgenommen worden sein, wie wir zum Beispiel an den Maybach gekommen sind. Wer will uns also möglicherweise kontrollieren? Sind es unsere Leute, Partisanen oder ein per Fallschirm abgesprungener Stoßtrupp der Alliierten? Sicherlich haben wir kein Interesse daran, unsere Uniformen dem Feind zu überlassen. Wie sollten wir also Ihrer Meinung nach im Zweifelsfall vorgehen, van Berckh?“

Van Berckh dachte kurz nach, dann trug er seine Strategie vor. „Das Sinnvollste wäre, wenn wir eine Vorhut einsetzen würden, also einen Wagen, der auf Sichtweite vorausfährt und gegebenenfalls zuerst in die Kontrollstelle fährt. Das zweite Fahrzeug würde dann in sicherem Abstand zur Kontrollstelle anhalten und die Besatzung würde gut bewaffnet aussteigen und die Szene an der Kontrollstelle beobachten. Wenn sich die Situation geklärt hat, würde ein Kamerad des zuerst kontrollierten Fahrzeugs nach hinten zu dem zweiten Fahrzeug laufen und persönlich erklären, dass die Situation geklärt ist. Sollte es sich bei der Kontrollstelle aber um eine Falle handeln und die Besatzung des ersten Fahrzeugs bereits als Geiseln genommen sein, dann würde dies der Überbringer durch ein geheimes Zeichen signalisieren und das zweite Fahrzeug hätte eine gute Möglichkeit zu flüchten.“

„Die Strategie hört sich durchdacht an, sie gefällt mir“, merkte Hauptscharführer Knecht an und in seinen Worten war eine gewisse Anerkennung für van Berckhs Strategie herauszuhören.

„Sie haben mir zunächst ein Problem verdeutlicht und nun sogar gleich eine scheinbar brauchbare Lösung vorgetragen, van Berckh“, meinte General Kammer ebenfalls in einem respektvollen Ton. „So wie Sie die Dinge sehen, habe ich sie noch nicht betrachtet. Auch haben Sie damit Recht, dass wir uns mit fortschreitendem Kriegsverlauf, selbst im eigenen Reich, nirgendwo mehr richtig sicher fühlen können. Es wäre nicht auszudenken, was passieren würde, wenn gewisse Pläne in die Hände des Feindes gelangen würden, was auf keinen Fall passieren darf. Schlage vor, van Berckh, Sie machen sich diesbezüglich weiter Gedanken darüber, welche Vorkehrungen wir weiterhin für unsere Sicherheit und die Sicherheit unserer mitgeführten Akten und Pläne treffen sollten. Warten Sie aber erst mal ab, welche technischen Möglichkeiten sich dafür bieten. Sie werden staunen, was Sie bei den Skoda-Werkstätten so alles an neuartigem Rüstzeug sehen werden“, sprach Kammler, wobei er seine Stimme etwas absenkte, die Worte langsam aussprach und somit etwas geheimnisvoll wirkte.

Der Maybach hatte das Ende der Autobahn erreicht und Untersturmführer Kobitzki hatte Straßenkarten vor sich, die er im Schein seiner Taschenlampe studierte. Die weitere Fahrt führte über Landstraßen durch das böhmische Egerland.

Während der Fahrt hatte General Kammler seine Mitarbeiter auf eine beschwerliche Zeit hingewiesen, die vor ihnen liegen und die von jedem einzelnen stets die volle Einsatzbereitschaft abverlangen würde. Auch machte er den Männern klar, dass er ihnen, ebenso wie sich selbst, keinen Urlaub genehmigen werde. Es sei ihm jedoch daran gelegen, dass er seinen Männer zum Ausgleich für ihre Belastungen auch entsprechende Vergünstigungen gewähren könne, damit dadurch auch die Moral hochgehalten werden könne. Nicht die Anzahl seiner Mitarbeiter sei für die Durchführung der anstehenden Projekte von Bedeutung, sondern deren Qualität. Seine engsten Mitarbeiter sollten daher über alle Projekte durchaus detaillierte Informationen besitzen, um möglichst viele Standardanfragen aus dem Stab, ohne Rückfragen an ihn als Gesamtverantwortlichen, beantworten zu können. Diese Vorgabe des Generals richtete sich im Speziellen an Untersturmführer Kobitzki und Hauptscharführer Knecht, der hinsichtlich seiner durchschrittenen Ausbildung mit einer baldigen Beförderung in den Offiziersrang rechnen konnte.

„Unsere erste Station wird Karlsbad sein“, gab der General bekannt. „Ich werde dort für den Kollegen Sturmbannführer Dr. Koerner das dortige SS-Genesungsheim inspizieren. Für Sie, meine Herren, bedeutet das einen Tag Urlaub, jedoch keinen Tag ohne Arbeit. Sie werden die entsprechenden Einrichtungen wie ganz normale Gäste besuchen und mir anschließend Bericht erstatten, ob es irgendwelche Missstände gibt und wie sich die dort untergebrachten Kameraden zu der Anstalt äußern. Ich werde mich um die baulichen Begebenheiten kümmern. Wir werden dann morgen um sieben Uhr weiter in Richtung Pilsen aufbrechen. Van Berckh, Sie werden in der Kaserne bei der 46. Infanterie-Division den Wagen volltanken und den üblichen technischen Dienst durchführen.“

Die Untergebenen des Generals nahmen diese Anordnung ohne weitere Nachfragen zur Kenntnis und waren gespannt, was sie in Karlsbad erwarten würde.

Kurz vor Tagesanbruch kamen sie auf den verkehrsfreien Landstraßen, die durch verschlafene Orte führte, gut voran und bei ihrem Eintreffen vor dem SS-Genesungsheim war es bereits taghell.

„Schlage vor, dass wir erst mal ein Frühstück nehmen und uns dann aufteilen“, verkündete General Kammler seinen Männern, die zustimmten und sich auf einen heißen Kaffee freuten.

Nach dem Frühstück ließen sich die Männer in der Wäschekammer Sportbekleidung und Bademäntel aushändigen. General Kammler hatte bereits beim Frühstück den Direktor des Sanatoriums getroffen und würde wohl noch einiges mit diesem zu besprechen haben. Sie hatten beschlossen, erst einmal zusammen zu bleiben und gemeinsam baden zu gehen.

Der Betrieb in dem mit hundertfünfundsiebzig Betten ausgestatteten Genesungsheim nahm am noch frühen Morgen mehr und mehr zu und die Männer waren erstaunt darüber, wie vielen hübschen Frauen sie begegneten, die allesamt zum Personal gehörten. Den Gesichtszügen nach zu urteilen waren es überwiegend junge Polinnen, Tschechinnen und Ungarinnen, die sich um die Patienten im SS-Genesungsheim kümmerten und dabei sehr charmant wirkten.

„Was meinst du, Theo, sind alle Tschechinnen so hübsch wie diese Mädels, die hier umherschwirren?“, fragte Kobitzki seinen Kameraden.

„Bin mir nicht sicher, aber möglicherweise haben sie die hässlichen alle auf den Bauernhöfen untergebracht“, mutmaßte Theo Knecht scherzhaft.

„Was meinst du, Ernst?“, gab Kobitzki die Frage an van Berckh weiter.

„Also, wenn den Kameraden, die hier herkommen, die Lebenskräfte gestärkt werden sollen, dann sind diese Mädels wirkungsvoller als die beste Medizin. Die sorgen mit Sicherheit dafür, dass die Jungs, die von der Front hierher eingeliefert werden, wieder auf andere Gedanken kommen und den Krieg für eine Weile vergessen“, lautete die Einschätzung van Berckhs.

Viele der anwesenden Kameraden waren sichtbar kriegsgeschädigt, hatten verkrüppelte Gliedmaßen, gingen an Krücken oder schienen sichtlich an Schwermut zu leiden, was an so manchem Gesichtsausdruck zu erkennen war. Eine Befragung der Kameraden, wie es ihnen hier gehen würde und ob sie mit den Gegebenheiten zufrieden sein würden, schien sich zu erübrigen. Es war nicht schwer zu erkennen, dass sich die Kameraden hier angesichts der freundlichen Zuwendungen des fast ausschließlich weiblichen Personals sichtlich wohlfühlten, was eine sehr entspannte Atmosphäre erzeugte.

Auf ihren ersten Erkundungswegen im Genesungsheim trafen sie auf General Kammler, der sich gerade vom Direktor der Anstalt durch die Räumlichkeiten führen ließ.

„Das sind meine Adjutanten“, stellte Kammler die drei Männer dem Direktor vor.

„Sehr erfreut, die Herren“, begrüßte der Direktor die Soldaten. „Da Sie sicherlich das erste Mal hier sind, schlage ich vor, dass ich Ihnen eine persönliche Betreuung an die Seite stelle, damit Sie auch nicht die Vorzüge unserer Anstalt übersehen. Wenn Sie noch kurz im Speisesaal warten wollen, lasse ich Sie in fünfzehn Minuten von einer Fachkraft dort abholen.“

Die Männer nickten dem Vorschlag zu und begaben sich in den Speisesaal, wo es allerdings nur noch Tee gab.

„Na bin mal gespannt, was es hier alles zu sehen gibt. Also Milch im Kaffee hab ich schon mal nicht gesehen“, bemerkte Hauptscharführer Knecht gelangweilt.

Der Speisesaal war relativ nüchtern ausgestaltet und außer ihnen waren nur noch drei andere Gäste im Saal, da die übrigen schon bei ihren zeitlich terminierten Anwendungen waren, die es einzuhalten galt. So verging die Wartezeit für die schweigenden Männer besonders langsam, bis sie typische Frauenschritte in der Eingangshalle hörten, die sich schnell näherten.

„Wo sind die Mäännäärrr?“, hörten sie eine Frauenstimme mit stark tschechischem Akzent, die Sekundenbruchteile später in den Speisesaal eintrat. Knecht und Kobitzki, die mit dem Rücken zur Tür saßen, drehten sich um und erstarrten unwillkürlich beim Anblick des weiblichen Wesens, das da vor ihnen stand. Auch van Berckh musste erst einmal tief Luft holen, als er die Frau sah.

„Guten Tag, die Häärrään, bin ich die Jana und soll ihnen alles zeigen“, sagte sie und gab jedem der Männer die Hand. „Wenn Sie ausgetrunken, dann gehen wir nach Schwimmbad und Sie werden sehen, alles sehr schön.“

Die Männer waren erst einmal sprachlos, denn solch eine perfekt geformte Frau kannten sie bisher nur von Fotos. Sie schienen von der blonden Frau mit ihren strahlend blauen Augen, den vollen Lippen und den ebenmäßigen Gesichtszügen derart beeindruckt zu sein, dass es ihnen scheinbar kurzfristig den Verstand raubte.

Jana schien sich ihrer Wirkung durchaus bewusst sein und setzte noch etwas oben drauf, als sie die Hände in die Hüften legte und sich zur Seite drehte, wobei ihr blondes Haar über die Schultern fiel.

„Wenn wir nachher gehen in Stadt, soll ich Kleid anziehen, oder so lassen?“, fragte sie die Männer.

Während Kobitzki und Knecht immer noch mit offenem Mund starrten, hatte sich van Berckh auf seinem Stuhl zurückgelehnt. Mit einem gewinnenden Lächeln sagte er zu Jana: „Darf ich vorstellen? Das ist der Theo.“ Er zeigte auf Knecht. „Der Kamerad ist der Willi“, wobei er auf Kobitzki deutete, „und ich bin der Ernst.“

Knecht und Kobitzki lächelten nur verklärt, während ihre Blicke Jana musterten, die ein tailliertes weißes Schwesternkostüm trug und sehr weiblich darin aussah.

Van Berckh nutzte den Moment für sich aus, um sich einstweilen die Begleitung dieses Prachtweibs zu sichern und schlug daher vor: „Jana, du kannst mir sicherlich den Weg in die Kaserne der Infanterie zeigen. Ich nehme dich im Wagen mit und in einer Stunde sind wir dann wieder hier."

„Dann ziehe ich Kleid an", beschloss Jana, „Willi und Theo können Massaasch bekommen, wenn Platz frei ist. Ich frage, ob geht und bin gleich wieder da."

Als Jana aus der Tür gegangen war, schauten sich die Männer mit noch immer aufgerissenen Augen lächelnd an und nickten sich gegenseitig zu.

„Das hat du ja fein hingekriegt, du Schlawiner", bemerkte Kobitzki augenzwinkernd.

Van Berckh gab sich aber unschuldig und meinte nur: „Na dann geh du doch technischen Dienst machen, und ich lass mich hier von Jana massieren".

Die Männer waren trotz der kurzen Nacht, die hinter ihnen lag, bestens gelaunt und machten noch einige scherzhafte Bemerkungen, als Jana mit zwei in weißen Schwesternkostümen gekleideten Frauen zurückkam. Jede der beiden Frauen hatte ein Stapel weißer Handtücher auf dem Armen vor der Brust und Jana trug ein braunes Kostüm, in dem sie sehr elegant wirkte.

„Habe gefragt die Oberin und hat gesagt, dass für euch möglich gemacht wird. Sie schlafen auch nicht hier, weil bekommen Zimmer in Hotel. Sie können gleich mit Mädchen mitgehen", sagte Jana, woraufhin Knecht und Kobitzki sofort von ihren Stühlen hochschnellten, als hätte gerade der Führer persönlich den Saal betreten.

Auch van Berckh erhob sich und meinte zu Kobitzki, dass er sich nach einer Möglichkeit erkunden sollten, wo die Kiste mit den Handgranaten und die Maschinenpistolen sicher untergebracht werden können, da in einem Hotel mit keiner geeigneten Möglichkeit gerechnet werden könne.

„Ja, machen wir, geht klar", murmelten die beiden im Hinausgehen, ohne van Berckh dabei anzusehen. Möglicherweise hielten Knecht und Kobitzki es für wichtiger, ihre Blicke auf die vor ihnen hinauslaufenden Mädels zu richten, die ebenfalls eine sehr gute Figur abgaben.

Alsdann machten sich van Berckh und Jana auf den Weg zu der Kaserne, die van Berckh sicherlich auch problemlos alleine gefunden hätte. Das wusste auch Jana, war aber durchaus froh, dem Alltag in dem Genesungsheim für eine Zeit den Rücken kehren zu können.

„Was für eine scheene Auto, so scheene hab ich noch nicht gesehen", sagte sie beim Anblick des Maybach freudestrahlend, während ihr van Berckh galant die Beifahrertür aufhielt.

Nach wenigen Minuten waren sie bei der Kaserne. Jana genoss die Fahrt in dem komfortablen Wagen und fühlte sich sichtlich wohl. Der Wachposten am Kasernentor schaute ebenfalls ungläubig auf den ungewohnten Maybach in dem ein SS-Oberscharführer eine bildhübsche Blondine chauffierte und öffnete den Schlagbaum für die Einfahrt erst, nachdem van Berckh seinen Ausweis vorgezeigt hatte und eine kurze Erklärung abgab.

Van Berckh hatte sich von dem Posten den Weg zur Instandsetzungseinheit erklären lassen, wo die dort anwesenden Mechaniker ebenfalls ungläubig auf den Maybach schauten und zusammenkamen, um die Nobelkarosse näher zu betrachten. Van Berckh nahm das Interesse der Mechaniker zum Anlass, um diese unter die Motorhaube schauen zu lassen. Bereitwillig übernahmen sie die von van Berckh vorgegebenen Tätigkeiten für den technischen Dienst am Fahrzeug, so dass dieser sich nicht selbst die Hände schmutzig machen brauchte.

Bereits nach zehn Minuten war alles erledigt und der Wagen vollgetankt, während van Berckh den Mechanikern einige technische Daten des Maybachs bekannt gab und seine Fahreindrücke geschildert hatte.

Seit ihrer Abfahrt am Genesungsheim war kaum eine halbe Stunde vergangen, die geplante Erledigung bereits getätigt, als van Berckh bemerkte:

„Wenn wir gleich wieder zurückfahren, dann sind wir ja zurück, bevor Willi und Theo mit ihrer Massage fertig sind." Dann schloss er die Fahrertür von innen.

Jana, die wieder auf dem Beifahrersitz saß, drehte sich zu ihm um und kam mit dem Oberkörper ein Stück weit in seine Richtung. „Und du? Willst haben auch eine Massaasch?", entgegnete sie.

Dabei trafen sich ihre Blicke und beide schauten sich für einen Moment tief in die Augen.

„Wir müssen noch Koffer zu Hotel bringen. Besser wir machen gleich, dann erledigt", schlug Jana vor.

„Wenn du weißt, wo wir hin müssen, dann können wir das gleich erledigen", erklärte sich van Berckh einverstanden.

„Ja, ich kenne Hotel. Immer wenn große Offiziere kommen, dann sollen in Hotel übernachten. Heim ist sowieso immer voll mit kaputte Soldaten."

Van Berckh musste lachen. „Jana, es muss „hohe Offiziere" heißen, und nicht „kaputte", sondern „verwundete" Soldaten."

Jana musste ebenfalls lachen. Dann schaute sie van Berckh für eine Weile an. „Meine Deutsch wird schon noch mehr gut werden. Ich kann immer besser, aber muss üben. Kannst du helfen?", fragte sie.

„Ich helfe dir gerne, aber wir werden sehr viel üben müssen", gab ihr van Berckh mit einem weltmännischen Lächeln zur Antwort.

„Gut", sagte Jana, „dann wir probieren."

Nach wenigen Minuten hatten sie das Hotel in der Innenstadt von Karlsbad erreicht. Es lag direkt bei den Kuranlagen. Als der Maybach direkt vor dem Eingang hielt, kam auch schon ein Angestellter zum Wagen und öffnete Jana die Tür. Der Angestellte schien Jana zu kennen und begrüßte sie.

„Hallo Jana, ich hab dich in dem Wagen ja gar nicht gleich erkannt. Eine schöne Karosse ist das, sie steht dir gut."

Das Kompliment nahm Jana dankend an und nahm es auch gleich zum Anlass, um ihr Anliegen vorzustellen. „Juri, wir haben Gäste und gibst du vier Zimmer. Ist eine große General dabei. Nein!" Jana lachte und hob sich dabei die Finger vor den Mund. „Ist eine „hohe" General. So muss heißen", sagte sie und schaute dabei zu van Berckh, der sich darüber amüsierte.

Der ebenfalls erheiterte Angestellte holte einen Gepäckwagen, während van Berckh die persönlichen Gepäckstücke aus dem Gepäckraum des Maybachs holte und hinter dem Wagen ablegte.

„Jana, wenn du Herrn Kammler ansprichst, dann nenne ihn bitte „Herr Generalmajor" oder „Herr Brigadeführer". Er befindet sich zwar auf Generalsebene, ist aber genaugenommen noch kein General." Er wollte nicht, dass der Angestellte die Dokumententaschen, die Maschinenpistolen und vor allem nicht die Kiste mit den Handgranaten sah. Dann schloss er den Gepäckraum ab und half, die Gepäckstücke auf den Wagen zu legen.

„Komm, ich zeig dir gleich Zimmer", sagte Jana, als sie in die Eingangshalle des Hotels gingen. Jana schien sich auszukennen und ließ sich an der Rezeption vier Schlüssel aushändigen. Sie nahmen die Treppe bis in den dritten Stock. Als sie oben ankamen, war das Gepäck bereits dort. Jana schloss die Türen der Zimmer auf und van Berckh nahm die jeweiligen Gepäckstücke, die er willkürlich in die Zimmer legte und diese hinterher verschloss. Zuletzt nahm er seinen eigenen Koffer und seinen Rucksack und brachte die Sachen in das vierte Zimmer, das größer und schöner eingerichtet war als die drei anderen.

„Dieses Zimmer ist schönste von ganze Stockwerk. Ich sage dir vorher nicht, du hast es selber gefunden. Du bist ein Mann mit Glück“, sagte sie mit charmanter Stimme.

Jetzt hatte van Berckh genug von Jana gesehen und gehört. Er schloss den Schrank, in den er soeben seinen Rucksack gelegt hatte, gab der Zimmertür mit dem Fuß einen Schubs, die daraufhin zufiel und ging drei Schritte auf Jana zu, die mitten im Zimmer stand.

Jana machte den Eindruck, dass sie eben genau dies von van Berckh erwartet hatte und wehrte sich auch keineswegs, als van Berckh den linken Arm um ihre Hüfte legte, mit der Hand von hinten in ihr blondes Haar fuhr, es packte und damit ihren Kopf so hindrehte, dass ihre Lippen genau vor seinen lagen. Dann schauten sie sich noch einmal tief in die Augen und küssten sich leidenschaftlich.

„Das war die Belohnung dafür, dass du das mit den hohen Offizieren so schnell gelernt hast“, sagte van Berckh mit einem Lächeln leise zu ihr.

Jana strahlte ihn an, senkte kurz die Augen und sah dann wieder zu ihm auf. „Ich werde schnell lernen und dann machst du mir immer viel Belohnung, du hoher, starker Soldat.“

„Großer Soldat. Du musst jetzt „großer Soldat“ zu mir sagen“, sagte van Berckh zu Jana, die einen Kopf kleiner war als er und die er immer noch im Arm hielt.

„Wir müssen gehen jetzt“, sagte Jana, „sind schon länger als Stunde jetzt weg. Massaasch bestimmt schon fertig.“

Sie verließen das Hotel und fuhren kurz darauf wieder auf das Gelände des Genesungsheims. Im Ruheraum fanden sie Knecht und Kobitzki vor, die in Bademäntel gehüllt auf Liegestühlen lagen und dort dösten. Van Berckh legte einen Finger auf die Lippen und signalisierte Jana damit, dass sie still sein sollte. Dann schaute er die beiden Kameraden eine Weile an und konzentrierte sich dabei auf Kobitzki, der den Eindruck machte, als wäre er eingeschlafen. Er atmete ganz ruhig und vielleicht träumte er gerade einen schönen Traum.

Van Berckh fixierte weiterhin Kobitzki. Jana wusste nicht, was van Berckh vor hatte und schaute ebenfalls auf die beiden Männer. Es lagen noch weitere Soldaten im dem Ruheraum, aber keiner nahm wirklich Notiz von Jana und van Berckh. Jana schaute dann auf van Berckh. Sie hatte keine Ahnung, was der vor hatte und warum er seit ungefähr einer Minute auf Kobitzki starrte und dabei die Augen leicht zukniff. Dann drehte sich van Berckh um, signalisierte Jana mit einer Kopfbewegung, dass er nun den Raum verlassen wollte.

Van Berckh ging zur Rezeption und Jana folgte ihm wortlos. An der Rezeption verlangte van Berckh den Tresorschlüssel für den Tresor im Archiv des Kellers, der ihm vom Portier samt dem Schlüssel des Archivs ohne weitere Rückfrage ausgehändigt wurde. Dann ging er mit Jana in die Küche, wo er einen mit Holzwolle ausstaffierten Korb für den Transport von rohen Eiern nahm, der dort abgestellt war. Jana lief neben van Berckh her und hatte nicht die leiseste Ahnung, was van Berckh vorhatte, denn er hatte kein Wort mit ihr gesprochen, seit sie den Ruheraum verlassen hatten.

Dann ging er mit Jana wieder zurück zum geparkten Maybach und öffnete den Gepäckraum. Dort stellte er den Korb neben die Kiste mit den Handgranaten, die er öffnete, entnahm jede Handgranate einzeln und legte sie sorgfältig in den Korb. Oben drauf legte er die Magazintaschen und hängte Jana noch die drei Maschinenpistolen um, was diese irgendwie lustig fand. Nachdem er noch zwei dicke Aktentaschen aus dem Gepäckraum herausgenommen hatte, schloss er diesen wieder ab.

Während er eine Aktentasche auf den Eierkorb obenauf legte, ließ er Jana die zweite Aktentasche nehmen. Dann ging er voraus wieder in das Gebäude und Jana folgte ihm. Es ging an der Rezeption vorbei in Richtung Küche und vor der Küche links eine Treppe hinunter. Im Keller ging es dann noch durch zwei Türen, am Ende des Gangs rechts, und an einer dritten Tür, einer Stahltür, steckte van Berckh den kleineren der beiden Schlüssel ins Schloss und öffnete die Tür. Er betätigte den Lichtschalter, ging nach links und stellte den Korb vor einem Tresor ab, der sich zwischen raumhohen Regalen befand, auf denen Aktenbündel und Ordner gelagert waren.

Mit dem großen Schlüssel, den er an der Rezeption erhalten hatte, öffnete er den Tresor, der vollkommen leer war. Erst nahm er Jana die Maschinenpistolen ab, legte sie unten in den Tresor und stellte die beiden Aktentaschen darauf. In das obere Fach des Tresors legte er die Magazintaschen. Hinter die Magazintaschen legte er vorsichtig die Handgranaten, und als alles im Tresor untergebracht war, war dieser so voll, dass kaum mehr etwas hineingepasst hätte. Van Berckh schloss den Tresor zu und zog den Schlüssel ab.

„Fertig", sagte er mit einem gewinnenden Lächeln und schaute Jana an.

Jana lächelte aber nicht zurück, sondern hielt ihren Kopf schief und schaute van Berckh an, als wäre sie seine Gattin, die gerade beobachtet hatte, wie er der Nachbarin beim Duschen zugeschaut hat.

„Du hast gesagt, du bist das erste Mal hier und bist vorher Ostfront gewesen", stellte sie sachlich fest.

„Es heißt „an der Ostfront". Ja, das stimmt", berichtigte van Berckh mit einem Lächeln und wollte ihr einen Kuss auf die Backe drücken.

Jana schob ihn aber von sich und schaute ihn prüfend an. „Ich bin noch nicht gewesen hier. Ist Archiv hier. Du hast zu Willi gesagt, er soll kucken, wo Handmaschinegranate hinkommen soll. Dann wir gegangen. Wir kommen wieder und du weißt, wo alles hin muss und kriegst Schlüssel. Also warst du hier schon gewesen. Warum sagst du mir nicht Wahrheit? Warum nicht ?!"

Van Berckh war sich sofort bewusst, dass Jana mit ihrer Argumentation Recht hatte. Sie war aufmerksam und hatte die von ihr wahrgenommenen Details folgerichtig bewertet, weshalb ihr Vorwurf an van Berckh gerechtfertigt war. Er hatte sich dabei selbst nicht kontrolliert, sondern war mit seinen Gedanken zum Teil mit dem weiteren Tagesablauf beschäftigt, was beim stets gegenwärtigen Gedanken an gemeinsame Stunden mit Jana natürlich auch die Nachtstunden miteinbezog.

Um Jana nicht zu verärgern - was den Verlust dieser bestimmt angenehmen Stunden bedeuten könnte und dazu führen würde, dass jedes Mal, wenn van Berckh zukünftig den Namen der Stadt Karlsbad hören würde, er sich am liebsten in das eigene Hinterteil beißen würde - war er nun dazu verdammt, Jana eine plausible Erklärung abzugeben. Hier und jetzt. Doch welche Erklärung würde ihm Jana denn glauben?

Van Berckh zögerte daher nicht lange und entschied sich dazu, ihr die Wahrheit zu sagen. Er verschwendete keinen weiteren Gedanken an irgendwelche andere Erklärungen, denn ihm war sofort intuitiv klar, dass Jana keine andere Erklärung als die reine Wahrheit akzeptieren würde und sie jede andere Begründung, auch eine plausible, sofort und auf der Stelle entlarven würde. Aber auch wenn Jana ihm die Wahrheit nicht glauben würde, so würde sie jede andere Begründung ebenfalls nicht glauben. Aber sein Gefühl sagte ihm, dass er besser die Wahrheit sagen sollte und sein Verstand stimmte dieser Entscheidung zu. Er hatte in dieser verzwickten Situation nichts zu gewinnen, und wenn er etwas zu verlieren hätte, dann würde er es mit einer Lüge garantiert verlieren.

Van Berckh ärgerte sich zwar selbst über sein unvorsichtiges Verhalten, aber in Janas Gegenwart fühlte er sich sofort wohl und er vertraute ihr vom ersten Moment an. Er sah in Jana eine Art Kameraden, den er nach langer Zeit wieder getroffen hatte und dabei das ehemalige Vertrauensverhältnis sofort wieder voll intakt war. Der Unterschied zu Jana war hierbei nur äußerlicher Natur, denn sie war kein Landser, sondern eben eine hochattraktive Frau.

„Weißt du, Jana", begann er zu erklären, „du wirst es mir vielleicht nicht glauben, und ich weiß nicht, wie du es verstehen wirst, aber du hast ja selbst gesehen, wie es geschehen ist. Ich möchte dir daher die Wahrheit sagen und dich bitten, sie für dich zu behalten. Kannst du mir das versprechen?"

Jana hörte aufmerksam zu und hatte dabei die Arme vor der Brust verschränkt. Mit leicht zugekniffenen Augen sah sie van Berckh an. „Ernst, gehst du bitte mal vor die Treppe", bat ihn Jana.

Van Berckh kam dieser Bitte nach und schaute Jana an, die nun etwa vier Meter von ihm entfernt stand. Jana schaltete nun das Licht aus. Sie stand nun selbst im Dunkeln und sah van Berckhs Umrisse, die sich von der Treppenhausbeleuchtung abzeichneten.

„Du sagst mir Wahrheit, Ernst? Dann sage jetzt", forderte sie ihn auf.

„Jana...", begann van Berckh stockend, und es schien, dass er sich von der von Jana geschaffenen Situation befremdet fühlte.

„Rede Ernst Soldat!", forderte ihn Jana nun fauchend auf und gab damit einen Vorgeschmack auf ihr innewohnendes Temperament, das wohl noch lange nicht das obere Ende seiner Skala erreicht zu haben schien. Auch war van Berckh nicht daran gelegen, die nächste Stufe von Janas Temperament herauszufordern und fing an zu reden, egal wie Jana darauf reagieren sollte und was dann passieren würde.

„Jana, es ist die Wahrheit. Ich habe mit dem Geist von Kobitzki gesprochen. Wir haben dabei keine Worte verwendet, aber wir haben gesprochen. Wenn Kobitzki wieder wach ist, dann wird er es nicht wissen. Mehr kann ich dir nicht sagen, aber so ist es gewesen."

Jana ging schnellen Schrittes auf van Berckh zu, nahm ihn in den Arm und drückte ihn fest an sich. Sie drückte ihre Wangen an sein Gesicht und van Berckh spürte, wie ihr Herz raste. Er wusste nicht, was er mit seiner Antwort nun bei Jana ausgelöst hatte, aber es musste etwas Gewaltiges gewesen sein. Er spürte, wie Janas Tränen nun an seiner Wange herab liefen und von seinem Kinn auf seine Uniform tropften. Sie schien ihn nicht mehr los zu lassen wollen und er hielt sie einfach ebenfalls minutenlang fest, bis sie sich wieder zu beruhigen schien.

„Ich wusste, dass du mich finden würdest", begann sie mit leiser Stimme zu reden, „ich wusste es..."

Jetzt war es van Berckh, dem sich Fragen auftaten. Was meinte Jana? Warum hatte sie das Licht ausgemacht und weshalb hatte er sich zur Treppe begeben müssen? Warum war sie auf einmal so glücklich und drückte ihn wie einen vermissten Heimkehrer von der Front?

„Jana...was ist passiert? Was ist mit dir?", fragte van Berckh vorsichtig.

„Ernst...es ist großes Glück passiert. Es ist Schicksal, wo kommt von Himmel. Ich möchte dir nicht in Keller sagen. Wir müssen feiern. Heute ist Tag für großes Fest", deutete Jana an und nahm ihn an der Hand die Treppe mit hoch.

Oben angekommen, ließ sie ihn wieder los und schickte ihn zu Kobitzki und Knecht. Sie wollten sich in einer halben Stunde im Speisesaal treffen. Janas Gesicht wirkte noch etwas aufgelöst und sie wollte sich kurz zurückziehen und dabei möglichst niemanden begegnen.

Im Ruheraum waren Knecht und Kobitzki gerade dabei, nach ihrem Dämmerschlaf ihr volles Bewusstsein wieder zu erlangen. Damit sich van Berckh nicht abermals in Erklärungsnotstand bringen wollte, frage er Kobitzki, wo sich denn eine geeignete Unterbringungsmöglichkeit für die Maschinenpistolen und die Handgranaten befinden würde. Kobitzki erklärte ihm daraufhin, dass sich der Schlüssel für einen Tresor im Keller beim Portier befinden würde und erklärte ihm den Weg in den Keller. Van Berckh hörte scheinbar interessiert zu und teilte dann den beiden mit, dass sie sich demnächst im Speisesaal einzufinden hätten. Dann musste er sich von den beiden Kameraden entfernen, denn sie sollten ja glauben, dass er das Kriegsmaterial in den Tresor bringt. Also begab er sich außer Sichtweite der beiden in einen Bereich des Heims, wo er sie sicher nicht antreffen würde.

Van Berckh betrat den Garten des Genesungsheims, wo er in einiger Entfernung den General zusammen mit dem Heimleiter erblickte. Die beiden Männer gestikulierten und zeigten dabei immer wieder auf gewisse Punkte im Gelände, was in van Berckh den Anschein erweckte, dass es um zukünftig zu erstellende Gebäude ging. Möglicherweise hatte der Heimleiter schon konkrete Vorstellungen für Erweiterungen und stellte diese General Kammler vor, von dessen Gunst er abhängig war, wenn es um die Verwirklichung dieser Pläne ging, wann immer diese auch verwirklicht werden würden. Jetzt war van Berckh auch klar, dass dem Direktor die beste Behandlung seiner Gäste aus dem Ministerium nur billig sein konnte und er diesen Besuchern seinerseits auch jeden Wunsch von den Augen ablesen würde. Schon bei der großzügigen Zuteilung der attraktiven Betreuerinnen schwante van Berckh, dass dies für beliebige Besucher, geschweige denn für untergebrachte Soldaten, nicht üblich war und zudem vom Direktor eigens arrangiert worden war. Immerhin war es dem Direktor damit gelungen, bei den Adjutanten des Generals eine spontane Zufriedenheit, wenn gar Begeisterung, auszulösen. Somit waren hinsichtlich der Bewertung des von ihm geführten Heims durchaus positive Akzente an den richtigen Stellen gesetzt.

Als van Berckh den Speiseraum betrat, hatte Jana bereits den Tisch gedeckt, der im Vergleich zu den anderen Tischen eine Tischdecke hatte und mit einer Blumenvase geschmückt war. Das Essen befand sich in Töpfen und Gefäßen bereits auf einem rollbaren Beistelltisch und sogar eine Flasche ungarischen Rotwein hatte sie organisiert. Kurz darauf erschienen auch General Kammler und der Direktor zu Tisch und es gab Wirsingkraut mit böhmischen Knödeln und Bratwürste dazu.

Die Herren am Tisch waren alle sehr entspannt und schienen den Tag zu genießen, während der Direktor auch die Adjutanten über die Vorzüge des Kurortes Karlsbad aufklärte. Seinen Plänen und Ausführungen nach zu urteilen, hatte der Direktor für die Zukunft große Pläne, wie er seinem Heim eine weitreichende Bedeutung einräumen könnte. Die Adjutanten berichteten ihrerseits von der angenehmen Atmosphäre in dem Genesungsheim und lobten die aufmerksamen Betreuerinnen und das gute Essen. Der Direktor nahm dies mit Genugtuung zur Kenntnis und schien sich darüber zu freuen, dass die bevorzugte Behandlung seiner wichtigen Gäste Früchte zu tragen schien.

Kobitzkis Freude reduzierte sich aber kurz darauf merklich, als der General ankündigte, dass er ihn später noch zur Aufnahme eines Berichts benötigen würde. Der Direktor bemerkte dies und bot sofort die Gestellung einer Stenotypistin an, welche die Worte schneller zu Papier bringen als Kammler sie aussprechen konnte. Dies sorgte für Erheiterung am Tisch und General Kammler zeigte sich mit dieser Lösung einverstanden.

Für den Nachmittag war eine Besichtigung der Kuranlagen und der Stadt Karlsbad geplant, allerdings ohne Programm, und daher stand der Nachmittag zur freien Verfügung. Eine Begleitung der Männer in Form der ortskundigen Betreuerinnen war vorgesehen.

Als eine Servierkraft aus der Küche den Nachtisch brachte - es gab Apfelstrudel -, wies der Direktor sie an, eine Stenotypistin herbeizuholen, damit sie den Terminwunsch des Generals für den zu erstellenden Bericht entgegennehmen sollte. Es dauerte keine fünf Minuten und Jana erschien mit einem Notizblock in der Hand am Tisch.

„Sie wünschen die Aufnahme eines Diktats?“, fragte Jana. „Ich schreibe schneller als Sie sprechen können“, sagte sie in einem von weiblicher Naivität angehauchten Charme, was aber einfach ihre Art war, und als Zivilistin und als Frau konnte sie dem General in seiner Autorität völlig anders gegenüber treten als dies ein Uniformierter jemals wagen würde.

Wieder waren die Herren am Tisch erheitert, denn mit dieser schlagfertigen Antwort hatten sie nicht gerechnet. Van Berckh schaute etwas verwundert, denn er hatte nicht gewusst, dass Jana als Stenotypistin ausgebildet war. Nach all dem, was er in den wenigen Stunden über sie erfahren hatte, hielt er sie für eine Pflegekraft. Auch der General war erstaunt und fragte, wie es dazu kommen würde, dass eine Stenotypistin als Pflegekraft eingesetzt würde.

Jana erklärte ihm daraufhin, dass sie in Prag für ein englisches Unternehmen tätig gewesen ist, das seine Niederlassung kurze Zeit nach Kriegsausbruch jedoch aufgab und sie daher freiwillig in den pflegerischen Bereich wechselte.

Dass Jana perfektes Englisch sprach, nahm der General ebenfalls mit Staunen zur Kenntnis. „Am besten, wir treffen uns gegen siebzehn Uhr hier und dann können wir den Bericht aufnehmen. Bis dahin habe ich mit dem Direktor alles Notwendige besprochen“, sagte General Kammler zu Jana, die daraufhin höflich nickte und wieder ging.

„Ach ja", sagte der Direktor. „Sie wissen ja, dass es zu Kriegszeiten verboten ist, zu tanzen. Jetzt ist es aber so, dass wir viele Kameraden hier haben, die teilweise wochenlang durch ihre Verwundung im Bett gelegen haben und langsam wieder anfangen müssen, sich zu bewegen. Teilweise haben diese Kameraden Prothesen an den Beinen und oftmals große Probleme mit dem Gleichgewicht. Sie müssen auch die für die Fortbewegung notwendige Muskulatur erst wieder stärken oder sich in manchen Fällen auch an ganz neue Bewegungsabläufe gewöhnen. Wir haben festgestellt, dass sich die motorischen Fähigkeiten dieser Patienten sehr gut entwickeln, wenn wir rhythmische Bewegungsübungen mit Partner machen. So lernen diese Kameraden am sichersten, sich ohne Gehhilfen zu bewegen, da sie ja von einem Partner gestützt werden.

Die Zustimmung der Kameraden zu dieser Therapie ist erst dadurch gestiegen, als wir die Therapiestunden in den Ballsaal des Hotels verlegten und dazu Pflegerinnen aus ganz Karlsbad einluden. Heute Abend ist wieder Bewegungstherapie mit musikalischer Begleitung und Sie dürfen gerne dazu erscheinen. Es ist auch gut für die Seele."

Der General war recht erstaunt über diese vom Direktor vorgetragene Therapie, von der er noch nie etwas gehört hatte, was an seinem Gesichtsausdruck abzulesen war. Der Direktor registrierte dies und legte daher nach.

„Aber es sollte nicht passieren, dass die Patienten Spaß an der Therapie haben, denn sonst hätte das den Charakter des Tanzens."

Der General schien verstanden zu haben. „Ich maße mir nicht an, Ihre Therapieformen zu bewerten, aber wenn es der schnellen Wiederherstellung der Wehrfähigkeit unserer Kameraden dient, dann dürfte in diesem Fall der Zweck die Mittel heiligen, denn es dient letztendlich dem Reich und seinen Zielen. Ich bin mir nicht sicher, ob ich persönlich erscheinen werde, aber meine Adjutanten werden sich das anschauen und mir dann morgen Bericht erstatten. Ich habe für die nächsten Tage noch einiges vorzubereiten und wir werden morgen nach dem Frühstück weiterreisen."

Die Adjutanten nickten zustimmend und schienen sich auf den bevorstehenden Abend zu freuen.

Nach dem Mittagessen - der General und der Direktor hatten bereits den Tisch verlassen - erschien Jana zusammen mit ihren beiden Kolleginnen. Sie hatten für den Nachmittag einen Stadtbummel geplant und wollten den

Männern Karlsbad zeigen. Die Damen hatten sich hierfür schon fein gemacht und die Männer brauchten nicht dazu überredet werden, den adretten Damen zu folgen.

Auch wenn Karlsbad keine große Stadt war, so hatte der Ort einen natürlichen böhmischen Charme und eignete sich mit seinen malerischen Bauten und Anlagen ideal für einen entspannenden Nachmittag. Während des Flanierens wurde der Abstand zwischen den sich eingefundenen Paaren immer größer, was ein Zeichen dafür war, dass sich die Männer mit ihren jeweiligen Betreuerinnen gut verstanden und sich die Paare scheinbar gut unterhielten.

Als van Berckh mit Jana an eine große Linde kamen, unter der sich eine Parkbank befand, setzten sie sich hin und schauten sich an. Für Ernst van Berckh hatten sich Fragen ergeben, welche durch die Situation im Keller des Genesungsheimes nach Antworten drängten. Jana wusste, dass nun der Moment gekommen war, wo sie ihm die Erklärung dafür geben sollte, und ohne, dass van Berckh die Frage stellte, begann sie zu erzählen.

„Ernst, du willst nun wissen, was ich in dir gesehen habe“, sagte sie leise und schaute van Berckh dabei mit gesenktem Kopf ins Gesicht. „Ich habe, seit ich denken kann, eine Gefühl. Es ist tief in mir und ich weiß, dass es Wahrheit ist. Vielleicht du denkst, ich bin verrückt, aber ich bin nicht. Ich warte schon lange Zeit auf einen Mann und ich weiß, dass besondere Mann kommen wird. Ich habe dich gesehen und schon viele andere Männer. Alle Männer wollen mich, aber mir ist egal. Ich dich gesehen heute Morgen und plötzlich kommt große Energie in mich. Mein Herz hat schnell geschlagen und meine Haut war wie von Gans. Noch nie war so passiert und ich kann nicht sagen, warum passiert. Ich konnte nicht verstehen. Dann in Keller habe ich dein Licht gesehen und dann habe ich verstanden, wer du bist.“

Van Berckh hatte Jana zunächst mit einem Lächeln im Gesicht zugehört. Aber dieses Lächeln war nun zu einem versteinerten Grinsen eingefroren und er schien von Moment zu Moment bleicher zu werden, als würde ihn irgendetwas aus der Vergangenheit einholen.

Ja, er erinnerte sich. Es war schon mindestens fünfzehn Jahre her, als er damals mit seiner jungen Ehegattin über einen Jahrmarkt in Köln gegangen war. Sie waren gut gelaunt gewesen und waren aus Jux zu einer Wahrsagerin gegangen. Es war eine Zigeunerin gewesen, die dort ihr Zelt aufgeschlagen hatte. Sie hatte ein Schild vor ihrem Zelt, auf dem stand, dass sie die Zukunft aus der Hand lesen würde.

Zuerst hatte van Berckh damals gewollt, dass die Zigeunerin seiner Frau aus der Hand liest, denn er hatte die angebotene Kunst für nicht mehr als Gaukelei gehalten und gehofft, dass die Zigeunerin seiner Frau ein langes Leben und viele Kinder oder irgendwas sonst Erfreuliches vorhersagen würde. Seine Frau hatte aber darauf bestanden, dass er derjenige sein sollte, dessen Zukunft vorhergesagt werden sollte. Somit hatte er sich also auf die Sache eingelassen und der Zigeunerin damals lachend seine Hand entgegengestreckt. Sie hatte seine Hand genommen und sie unter das Licht eines auf dem Tisch stehenden Kerzenleuchters gehalten. Nur ganz kurz hatte sie auf seine Hand geschaut, dann war stand sie plötzlich auf und wich vom Tisch zurück. Mit offenem Mund und aufgerissenen Augen hatte sie van Berckh angestarrt. Dann war sie langsam an der Wand des runden Zeltes entlang gegangen und hatte van Berckh von allen Seiten angeschaut. Van Berckh hatte sie ebenfalls angesehen und damals gemeint, dass die Frau schielen würde und irgendwie über ihn hinweg und andererseits durch ihn hindurch schauen würde. Er hatte das Verhalten der Zigeunerin für ihr übliches Gebaren gegenüber ihren zahlenden Gästen gehalten, die vielleicht ein möglichst mystisches und geheimnisvolles Erlebnis erwarteten und er hatte daher mit einem Grinsen und schulterzuckend seine Frau angesehen.

Die Zigeunerin war ganz um ihn herum gelaufen und hatte dann wieder vor ihm gestanden, sich aber nicht hingesetzt. Van Berckh war zwar geduldig, aber als ihm der Hokuspokus dann doch zu viel wurde, hatte er damals die Zigeunerin gefragt, ob sie denn nicht aus seiner Hand lesen wollte. Daraufhin hatte sie ihm erwidert, dass die Linien in seiner Hand nicht so wichtig wären, denn er wäre „in das Licht der Götter gehüllt". Mehr dürfte sie ihm nicht sagen, hatte die Zigeunerin damals gesagt.

Van Berckh hatte sich eigentlich mehr von der Zigeunerin erwartet, denn mit ihrer Aussage hatte er nichts anfangen können. Also hatte er seine Geldbörse gezückt und wolle gerade fünf Pfennige für die „Bemühungen" der Zigeunerin herausnehmen, als diese mit beiden Händen abgewunken und gesagt hatte, dass sie kein Geld von ihm wolle. Sie hatte etwas verwirrt gewirkt, als die beiden das Zelt verließen. Als das Ehepaar van Berckh auf ihrer Runde über den Jahrmarkt nach einigen Minuten abermals an dem Zelt vorbeigekommen war, war das Schild verschwunden und das Zelt geschlossen gewesen. Nun war ihm die merkwürdige Geschichte wieder eingefallen, als Jana von seinem „Licht“ sprach.

„Was ist mit meinem „Licht“?“, fragte van Berckh vorsichtig, als würde es sich um eine soeben diagnostizierte Krankheit handeln.

„Jeder Mensch hat Licht um sich“, erklärte Jana. „Wenn am Abend dunkel wird, ich kann gut sehen. Bei Sonne ist auch möglich, aber nicht so gut. Deine Licht ist besondere Licht, es ist Goldlicht, ich habe vorher noch nie gesehen. Ist schönste Licht wo Mensch haben kann und ich fühle in meine Herz. Du bist besondere Mensch wie sonst nicht mehr gibt.“

Van Berckh war in diesem Moment irgendwie gerührt und gleichzeitig auch beruhigt, dass es nichts Schlimmes war, was Jana da an ihm gesehen hatte. Vielleicht hatte ihm Jana aber auch ein Stück Erhabenheit gegeben, was sich für ihn zwar gut anfühlte, aber für den Moment auch ein Stück weit sprachlos machte. Also stand er auf, ließ Jana mit dem Arm bei sich einhaken die beiden schlenderten weiter.

Bald hatten sie wieder Sichtkontakt zu den beiden anderen Paaren, und als sie sich trafen, beschlossen sie, sich in einem nahe gelegenen Café niederzulassen und sich ein Stück von den leckeren Kuchen zu genehmigen, welche in der Verkaufsvitrine ausgestellt waren. Die Stimmung war ausgelassen und es wurde viel erzählt und gelacht. Als es schon nach sechzehn Uhr war, erinnerte Jana daran, dass sie um siebzehn Uhr vom General zur Aufnahme des Diktats erwartet wurde. Sie wollte auf jeden Fall rechtzeitig erscheinen, und es schien ihr wichtig zu sein, es dem General auf jeden Fall recht machen zu wollen.

Im Laufe ihrer Tätigkeit im Genesungsheim hatte sie in Gesprächen mit den dort eingewiesenen Soldaten schon ein wenig von den verschiedenen Abteilungen der SS gehört und konnte auch schon an den Dienstgradabzeichen die meisten Positionen in der SS-Hierarchie erkennen. Auch kannte sie schon einige Auszeichnungen, welche viele der Soldaten in Form von Spangen und Orden an ihrer Uniform trugen. Einen Soldaten im Generalrang eines Brigadeführers hatte sie vor ihrer Begegnung mit Kammler jedoch noch nicht gesehen. Erst durch die Erzählungen seiner Adjutanten hatte sie erfahren, dass er einer der mächtigsten und wichtigsten Männer im Reich war. Natürlich hatten die Männer keine geheimen Details ausgeplaudert. Aber das, was sie den Damen berichteten, war ausreichend, um deren Verständnis dafür zu schärfen, dass die Missionen des Generals und seiner engsten Mitarbeiter von höchster Bedeutung waren.

Im Anschluss an das Kaffeekränzchen begaben sich die drei Paare wieder zurück in das SS-Genesungsheim, wo die Männer die drei jungen Frauen einstweilen verabschiedeten. Sie vereinbarten, sich um zwanzig Uhr im Hotel bei der musikalisch untermalten "Bewegungstherapie" im Hotel zu treffen. Bis dahin wollten sich die Männer auf ihren Hotelzimmern noch ein wenig von der in den frühen Morgenstunden angetretenen Reise erholen und daher vor dem erneuten Treffen mit den Damen noch ein Schläfchen machen.

Kapitel 7

Gebeugte Bürokratie und rivalisierende Kompetenz

Pünktlich um zwanzig Uhr warteten die Männer in der Eingangshalle des Hotels auf das Eintreffen ihrer drei attraktiven Betreuerinnen. Sie hatten sich hierzu auf bequemen Sesseln niedergelassen und unterhielten sich über den nächsten Tag, der sie nach Pilsen zu den Skoda-Werken führen sollte, als ein heranfahrender Kraftomnibus mit seinem Scheinwerferlicht auf sich aufmerksam machte. Der Bus hielt vor dem Haus und es stiegen adrett gekleidete Frauen aus, die scheinbar gut gelaunt das Hotel betraten und sich auch sonst so verhielten, als ob sie nicht das erste Mal hier erscheinen würden.

In der großen Eingangshalle herrschte nun mehr und mehr Betrieb und es waren zwei weitere Busse vorgefahren, aus denen Soldaten stiegen. Die Busse brachten die Soldaten aus dem SS-Genesungsheim sowie begleitendes Pflegepersonal, unter dem sich auch ein Sanitäter in Uniform befand. Die meisten Soldaten trugen Uniform und begaben sich ebenfalls in den im ersten Stockwerk befindlichen Saal.

Dann kamen auch schon die beiden Betreuerinnen von Kobitzki und Knecht durch den Haupteingang. Sie hatten sich elegant gekleidet, und erst als Hauptscharführer Knecht seinen Kameraden Kobitzki durch eine Berührung mit dem Bein auf die beiden herannahenden Frauen aufmerksam machte und dieser beim Anblick derselben leise durch die Zähne pfiff, erkannte van Berckh die beiden Frauen, denen er zuvor keine Beachtung geschenkt hatte. Er hatte nach Jana Ausschau gehalten, die er an ihren blonden Haaren sofort erkennen würde, doch sie war nicht dabei.

Knecht und Kobitzki waren aufgestanden und begrüßten die beiden Damen, während sich van Berckh auch aus seinem Sessel erhoben hatte und nun wie das sprichwörtliche „fünfte Rad am Wagen“ neben den beiden Paaren stand. Van Berckh schaute für einige Sekunden den vier Personen zu, die scheinbar keine Augen mehr für ihre Umgebung hatten. Dann plötzlich, als hätte van Berckh einen Schrei losgelassen oder mit der Pistole in die Luft geschossen, richteten die beiden Pärchen schlagartig ihre Blicke auf van Berckh und verharrten mit einem Blick, als wären sie soeben tatsächlich angeschrien worden. Dabei hatte van Berckh keinen Laut von sich gegeben. Er hatte sich nur kurz, von den anderen unbemerkt, konzentriert.

„Jana war bis vorhin noch mit dem General im Büro. Ich habe gehört, wie er ihr diktiert hat. Ich weiß nicht, wann sie kommt, aber sie wird wohl zusammen mit dem General kommen, da er ohnehin hierher auf sein Zimmer muss", berichtete Kobitzki.

Van Berckh hatte verstanden und er vereinbarte mit seinen Kameraden, dass sie sich am nächsten Morgen um halb sieben beim Frühstück treffen würden, falls sie sich im Laufe des Abends aus den Augen verlieren. Denn wenn bis dahin keine anderslautende Anweisung vom General kam, blieb es bei der geplanten Abfahrt um sieben Uhr.

Die Eingangshalle war nun wieder fast leer und aus dem Obergeschoss war leise Klaviermusik zu hören.

Van Berckh nutzte die Zeit, in der er alleine war, und begab sich an die Rezeption. Er wollte sicherstellen, dass am nächsten Morgen vor dem Frühstück ein Portier erreichbar war, falls es irgendwelche Dinge noch zu regeln gab, und dass sie um halb sieben auch ihr Frühstück bekommen würden. Der Portier sah daraufhin seine Vormerklisten durch und versicherte van Berckh, dass er sich keine Sorgen machen müsse, es werde alles zu seiner Zufriedenheit stattfinden.

Anschließend unterhielt er sich noch eine Weile mit dem aus der Nähe von Prag stammenden Portier und gewann durch dessen Aussagen den Eindruck, dass sich die Einwohner des Reichsprotektorat Böhmen und Mähren mittlerweile durchaus zufrieden mit der deutschen Verwaltung zeigten. Dies sei anfangs nicht der Fall gewesen, denn es hatte nach dem Einmarsch deutscher Truppen im März 1939 Vorbehalte der überwiegend tschechischen Bevölkerung gegenüber den nun deutschen Verwaltern gegeben. Zwischenzeitlich hatten sich die tschechischen Besorgungen aber als unbegründet erwiesen und es sei Normalität eingekehrt, wovon das Gebiet insgesamt profitiert habe, wusste der Portier zu berichten.

Während der Unterhaltung kam General Kammler mit seiner Aktentasche in der Hand in das Hotel. Er ging sofort auf van Berckh zu, der jedoch an ihm vorbeizuschauen schien, denn es war Jana, die zusammen mit einem jungen Mann ebenfalls in die Eingangshalle kam. Sie trug noch dieselbe Kleidung wie am Nachmittag und schien sich, ihrem Äußeren nach zu urteilen, nicht auf den Abend vorbereitet zu haben, wie dies ihre beiden zuvor eingetroffenen Kolleginnen getan hatten.

„Lassen Sie uns kurz zu einem Tisch gehen“, sprach der General zu van Berckh und lief zu einem abseits stehenden Tisch, wo er sich auf das davorstehende Sofa setzte und mehrere Zettel aus seiner Aktentasche herausholte.

Van Berckh setzte sich ebenfalls auf das Sofa und nahm die Zettel entgegen, die ihm der General hinhielt. Van Berckh blätterte die Zettel durch und zuckte dabei nur mit den Schultern.

„Ist das eine Geheimschrift oder eine Verschlüsselungstechnik?“, fragte er unbedarft.

„Machen Sie bitte keine Scherze, van Berckh“, entgegnete der General. „Das ist Stenographie und die Frage, ob Sie damit umgehen können, haben Sie soeben beantwortet. Holen Sie mir Knecht und Kobitzki her.“

Der General schien etwas gereizt zu sein, denn er war sehr bestimmt in seinem Tonfall. Daher stand van Berckh umgehend auf und begab sich in Richtung des Festsaals im Obergeschoss. Er ließ es sich jedoch nicht nehmen, Jana beim Vorbeilaufen ein Lächeln zu zeigen, die daraufhin ebenfalls zurücklächelte.

Schon als van Berckh mit festem Schritt den Saal betrat, wurde Kobitzki auf ihn aufmerksam, der sich seinerseits mit seiner Betreuerin in einem gewissen Rhythmus zur Musik bewegte. Auch schien Kobitzki an van Berckhs Gesichtsausdruck zu erkennen, dass offenbar ein dienstlicher Anlass vorliegen könnte und tippte sofort Hauptscharführer Knecht von hinten auf die Schulter, der sich mit seiner Begleiterin neben ihm befand. Auch er schien sofort zu verstehen und sagte seiner Dame ein paar kurze Worte ins Ohr, bevor er Kobitzki zum Ausgang folgte. Van Berckh wartete an der Treppe auf seine Kameraden und führte diese dann zu dem am Tisch wartenden General.

Auch Kobitzki und Knecht wurden vom General befragt, ob sie die Kurzschrift entziffern könnten, was beide verneinten. Kammler winkte nun Jana an den Tisch, die sich bis dahin an der Rezeption aufhielt und mit dem Portier plauderte. Jana stellte sich vor den Tisch, setzte sich jedoch nicht, ohne dazu vom General aufgefordert zu werden, was dieser jedoch nicht tat.

„Können Sie Kamerad Knecht in das Lesen des Kurzschriftprotokolls einweisen?“, fragte Kammler.

„Ja, ist kein Problem. Wir üben jeden Tag ein wenig und vielleicht in zehn Tagen klappt ganz gut“, erwiderte Jana.

Mit dieser Antwort war Kammler keineswegs glücklich, jedoch hatte er wenig Grund gehabt, eine positivere Antwort zu bekommen. Es schien so, als hätte er in Anbetracht des Umstandes, dass Jana in der Lage gewesen war, seinen Redefluss sehr schnell zu Papier zu bringen, etwas übertrieben. Denn schnell hatte Kammler herausgefunden, dass er durch das schnelle Diktat nun dazu neigen konnte, seine Formulierungen ausschweifender zu gestalten als er es bisher im Diktat mit Hauptscharführer Knecht getan hatte. Knecht konnte zwar auch schnell schreiben und das Geschriebene später wieder entziffern und in die Schreibmaschine tippen, doch im Vergleich zur ausgebildeten Stenotypistin Jana war er etwa so schnell wie eine Straßenbahn, verglichen mit einer Dampflok in voller Fahrt.

Während Kammler konzentriert auf die auf dem Tisch liegenden Notizblätter starrte, schauten sich seine drei Adjutanten gegenseitig unauffällig an. Sie schienen zu spüren, dass Kammler in Kürze eine Entscheidung bekannt geben würde. Scheinbar hatte er die Vorzüge der Stenografie, die wahrlich keine neue Erfindung war, nun ausführlich kennengelernt und wollte sie wohl fortan intensiver nutzen.

„Jana, würden Sie uns für ein paar Tage begleiten? Wäre Ihnen das möglich?“, fragte Kammler.

„Wenn Direktor sagen, ich kann gehen, dann ist kein Problem für mich“, antwortete sie.

„Der Direktor wird ganz sicher einverstanden sein“, sagte Kammler daraufhin, wobei er mit dem Kopf nickte und dabei ein wenig die Mundwinkel nach oben zog. „Ich werde ihn umgehend darüber verständigen, dass Sie eine Weile anderweitig eingesetzt werden, sofern er keine Einwände dagegen vorbringt“, fuhr Kammler fort. „Bei dieser Gelegenheit werden wir auch Ihren Vorschlag zum fahrtaktischen Sicherungsverhalten umsetzen, van Berckh. Dazu besorgen Sie noch heute Nacht einen passenden Wagen. Ich werde Ihnen gleich ein Anforderungsscheiben dazu aufsetzen, mit dem Sie sich zur Kaserne begeben und damit beim Offizier vom Dienst vorstellig werden. Die werden bestimmt ein Fahrzeug entbehren können. Sollte es unerwartete Probleme geben, dann erreichen Sie mich telefonisch über die Rezeption. Machen Sie sich gleich an die Sache ran. Es wäre mir am liebsten, wenn ich heute nichts mehr von Ihnen höre und Sie mir morgen beim Frühstück Vollzug melden. Bin nämlich auch so langsam müde und morgen wird wieder ein langer Tag. Fragen bis hierher?"

„Nein, ich habe verstanden und mache mich gleich auf den Weg, sobald Sie das Anforderungsschreiben ausgestellt haben", entgegnete van Berckh.

„Aber wir müssen daran denken, dass Jana noch ihre Sachen im Genesungsheim zusammenpacken muss und ich einen zweiten Fahrer für den anderen Wagen brauche", gab van Berckh zu bedenken und fragte dann Jana, ob sie den zweiten Wagen fahren könnte.

Jana wiegte mit dem Kopf hin und her. „Ja, fahren ich kann, wenn kleine Auto. Aber wenn große und bei Nacht, dann vielleicht nicht so gut", wog sie diese Frage ab.

„Wir machen das nun anders", beschloss General Kammler. „Kobitzki, Sie werden telefonisch beim OvD [14] in der Kaserne vor Ort einen geeigneten Wagen anfordern, der hierher gebracht werden soll. Sie werden dann den Empfang des Wagens quittieren und damit ist die Angelegenheit erledigt. Hoffentlich. Ich werde die Anforderung des Fahrzeugs gleich handschriftlich niederschreiben, sie kann dann den Herren der Wehrmacht ausgehändigt werden. Die nötigen Briefbögen und Stempel zur Quittierung des Wagens überlasse ich Ihnen Kobitzki, sie sind in meiner Aktentasche.

Van Berckh, Sie beide können sich nun auf den Weg machen und Janas Sachen holen. Und Sie beide, er schaute nun Kobitzki und Knecht an, können sich nun wieder der Rehabilitation widmen, sobald die Sache mit dem Wagen geregelt ist. Wir sehen uns alle um halb sieben zum Frühstück wieder.

Mit diesen Worten erhob sich der General, nickte seinen Mitarbeitern und Jana noch einmal zu und begab sich zu dem Portier, der ihm seinen Zimmerschlüssel aushändigte.

„Stellen Sie mir bitte eine Verbindung zum Offizier vom Dienst der 46. Infanterie-Division her", sagte Kobitzki zum Portier, der ihn darum bat, vor Telefonzelle 1 zu warten, bis die Verbindung hergestellt war, was

[14] OvD: Der OvD ist ein Offizier, der außerhalb der Hauptdienstzeit oder bei Abwesenheit die Aufgaben eines höhergestellten Offiziers wahrnimmt. Er vertritt z.B. nachts oder an Wochenenden Standortleiter bzw. den Einheitsführer.

durch kurzes Klingeln des Telefons signalisiert werden sollte. Es dauerte ungefähr zwei Minuten, bis das Telefon die stehende Verbindung signalisierte. Kobitzki nahm den Hörer ab und schon meldete sich der OvD mit Name und Dienstgrad.

Der Portier hatte dem OvD offenbar schon angekündigt, welcher Gesprächspartner mit ihm sprechen wollte. Untersturmführer Kobitzki stellte sich dennoch telefonisch vor und brachte auch sein Anliegen sachlich vor.

„Guten Abend, mein Name ist Kobitzki, SS-Untersturmführer und persönlicher Adjutant von Brigadeführer und Generalmajor der Waffen-SS Dr. Kammler. Wir sind heute mit vier Personen in besonderer Mission hier in Karlsbad angekommen und wir reisen morgen früh weiter. Aus Gründen, die ich nicht näher ausführen werde, benötigen wir ab sofort einen leichten Personenkraftwagen für mehrere Tage. Der Wagen soll bitte vollgetankt beim Kurhotel abgegeben werden. Ich weiß, dass für eine offizielle Anforderung der Dienstweg einzuhalten ist. Können Sie das in der Kürze der Zeit gewährleisten?"

Der OvD am anderen Ende der Telefonleitung zeigte sich verständnisvoll, schien aber nicht wirklich kompetent für Kobitzkis Anliegen zu sein. „Ich würde Ihnen ja gerne helfen, aber ich habe keinen Überblick darüber, welche Fahrzeuge in unserer Kaserne für welche Einheiten bereitstehen und für welche Einsätze sie vorgesehen sind", erklärte er.

„Verstehe, Sie haben keinen Überblick über den Fuhrpark, und jetzt in der Nacht ist niemand mehr da, der einen Überblick hat. Wenn ich allerdings recht informiert bin, dann sind Sie zu dieser Stunde der amtierende Vertreter der Einheit und mit den damit verbundenen Vollmachten ausgestattet. Ich möchte auch nicht, dass Sie einer Einheit ein verplantes Fahrzeug wegnehmen müssen und hinterher Ärger bekommen", lenkte Kobitzki ein.

„Das ist sehr verständnisvoll, Herr Untersturmführer, ich versichere Ihnen, dass ich morgen früh sofort den Schirrmeister mit Ihrer Anforderung betrauen werde und ich bin guter Hoffnung, dass ein Fahrzeug für Sie gefunden werden kann", bemühte sich der Infanterie-Offizier.

„Das ist sehr freundlich von Ihnen und ich vertraue darauf, dass ich morgen früh zu unserer Abfahrt um sechs Uhr dreißig den Wagen vor dem Kurhotel stehen habe", sprach Kobitzki, der angesichts der Anstrengungen des zurückliegenden Tages und seiner im Festsaal wartenden Begleiterin nur noch über wenig Geduld verfügte.

„Nun, garantieren kann ich das leider nicht", sagte der OvD, „denn der offizielle Dienstbetrieb beginnt erst wieder um sieben Uhr dreißig. Dann erst kommt auch der Schirrmeister wieder und kann darüber entscheiden", blockte der OvD die Erwartungshaltung Kobitzkis ab, der nun mit seiner Geduld am Ende war.

„Sie können nichts garantieren? Jetzt sperren Sie mal die Ohren auf. Ich fordere hiermit offiziell im Auftrag von Generalmajor Kammler einen Personenkraftwagen an. Hierfür existiert bereits ein Anforderungsschreiben des Dr. Kammler, stellvertretender Leiter des SS-Wirtschafts- und Verwaltungshauptamtes und Sonderbevollmächtigter des Reichsführers SS. Sie können das Schreiben hier im Kurhotel abholen und am besten wäre, Sie bringen den Wagen gleich vollgetankt her, der Empfang wird Ihnen quittiert. Haben Sie das nun verstanden?"

Der OvD wirkte nun noch mehr verunsichert und versuchte nun seine bisherige Haltung anderweitig zu begründen. „Natürlich helfen wir der SS im Rahmen unserer Möglichkeiten, aber bei einem kurzfristigen Wunsch wie dem Ihren muss ich leider auf den Dienstweg und den Umstand verweisen, dass Sie mir gegenüber nicht weisungsbefugt sind. Ich betone daher noch einmal, dass ich versuchen werde, Ihrer Anforderung zu entsprechen, kann aber nicht dafür garantieren, dass bis morgen früh ein Pkw zur Verfügung steht."

Nun hatte Kobitzki aber genug. Der OvD der Wehrmacht hatte offenbar nicht erkannt, dass die Anforderung durch einen SS-General so ziemlich über jeder kleinlich bürokratischen Dienstanweisung stand, von denen das gesamte deutsche Militär durchdrungen war. Die vom Reichsführer SS Heinrich Himmler ausgestellte Sonderbevollmächtigung für General Kammler war wie ein alles ausstechendes As in einem Kartenspiel. Aber scheinbar hatte der junge OvD, der seinen Dienst möglicherweise bislang nur im beschaulichen Böhmen absolviert hatte, noch keine ausreichende Erfahrung mit der SS, und der Name Kammler schien er bis heute auch noch nicht gehört zu haben. Vielleicht zweifelte der OvD auch an der Legitimation Kobitzkis, weshalb ihm dieser nun seine schlagkräftigsten Argumente übermittelte. Sollten seine nachfolgenden Sätze den OvD nicht gefügig machen, dann wäre Kobitzki mit seinem Verhandlungsgeschick gescheitert. Er war sich aber sicher, dass er mit den nun folgenden Sätzen den OvD zur grenzenlosen Kooperation motivieren würde.

„Hören Sie, ich halte Ihre Bemühungen in Ehre, aber wenn morgen früh nicht der gewünschte Wagen vor der Tür des Kurhotels steht, dann wird sich unsere Reise um den Zeitraum verlängern, den wir benötigen, bis wir vor Ihrem Kasernentor stehen und der General die komplette Kaserne beschlagnahmt hat. Wir werden dann ein geeignetes Fahrzeug heraussuchen, und Sie und Ihre Vorgesetzten können sich dann auf dem Dienstweg über die Rechtmäßigkeit der Anforderung informieren und sich erklären lassen, was es bedeutet, wenn ein SS-General über Sondervollmachten verfügt. Damit ist nämlich nicht gemeint, dass er sich bei der Essensausgabe im Speisesaal nach vorne drängeln darf, sondern es ist damit von höchster Stelle dokumentiert, dass ihm zur Durchführung seiner Aufgaben jedwede Unterstützung zu gewähren ist.

Nun habe ich Ihnen alles erklärt, was Sie wissen müssen und habe Ihnen gesagt, was Sie bereits wissen müssten. Es ist nun kurz vor zwanzig Uhr. Sie haben also über zehn Stunden Zeit, Ihre Aufgabe zu erledigen. Für den Fall, dass Sie es nicht schaffen, können Sie sich auf etwas gefasst machen. Ich denke, dass nun alles geklärt sein dürfte. Was ist nun mit Ihrer Garantie?"

Es herrschte Ruhe am anderen Ende der Leitung. Erst als Kobitzki gerade noch einmal etwas sagen wollte, antwortete der OvD. „Ich weiß zwar noch nicht, wo ich den Wagen hernehmen werde, aber es wird Ihnen um sechs Uhr dreißig ein Pkw zur Verfügung stehen. Ich schicke nun gleich einen Wachsoldaten ins Hotel, der das Anforderungsschreiben abholen wird, das ich natürlich zuvor prüfen muss."

„Dann haben wir uns ja verstanden. Der Portier wird Ihrem Boten das Schreiben übergeben. Falls Sie noch weitere Fragen haben, dann sehen Sie bitte davon ab, uns während der Nachtzeit zu stören. Gute Nacht."

Ohne weitere Worte des OvD abzuwarten, hatte Kobitzki das Gespräch beendet. Er war sich nun auch sicher, dass am nächsten Morgen ein Wagen vor der Tür stehen würde. Kobitzki wollte sich nicht dem Zorn seines Vorgesetzten ausgeliefert sehen, wenn zum Frühstück kein angeforderter Pkw vor der Tür stehen sollte.

Kammler konnte in solchen Situationen durchaus jähzornig und dabei auch laut werden, insbesondere wenn es darum ging, dass Vorgänge wegen Nachlässigkeiten oder bürokratischer Kleinigkeiten verzögert wurden. Dafür hatte der General kein Verständnis und Kobitzki wusste aus entsprechenden Erfahrungen der Vergangenheit, dass derjenige, der letztendlich von Kammler als der Schuldige entlarvt würde, nichts zu lachen hatte. Im vorliegenden Fall hätte es dann nicht den unfähigen OvD getroffen, sondern Kammler hätte Kobitzki dafür verantwortlich gemacht.

Mit einem letzten Rest von Unsicherheit wies Kobitzki den Portier auf die Abholung des Anforderungsschreiben hin und begab sich wieder in das Obergeschoss, wo er seine Begleiterin wieder traf, die gerade einen Kameraden bei „rhythmischen Gleichgewichtsübungen mit musikalischer Untermalung“ therapierte.

Schon eine halbe Stunde später trafen van Berckh und Jana wieder im Hotel ein und nahmen an der Veranstaltung im Obergeschoss teil, die um einundzwanzig Uhr dreißig endete. Schließlich war im Genesungsheim ab zweiundzwanzig Uhr Nachtruhe angeordnet und die Patienten mussten ja auch noch mit den Bussen dorthin gefahren werden. Kobitzki und Knecht waren am Ende der Veranstaltung nicht mehr anwesend, ihre beiden Begleiterinnen waren unter den anderen Damen auch nicht zu sehen. Jana vermutete sie in der Hotelbar. Sie nahm van Berckh an der Hand und führte ihn zur Hotelbar, wo sich jedoch nur ein paar Soldaten aufhielten. Nachdem Jana und van Berckh ein Glas ungarischen Rotwein getrunken hatten, verließen sie die Hotelbar und begaben sich in das schönste Zimmer des Hotels.

Kurz vor sechs Uhr wachte van Berckh auf. Sofort schaute er auf den Wecker auf dem Nachttisch und schaltete die voreingestellte Weckzeit aus. Er wollte Jana auf eine sanftere Weise wecken als es das schrille Klingeln eines Weckers üblicherweise tat. Es sollten noch einige Minuten vergehen, bis sie ein leises Klopfen an der Zimmertür hörten. Es war die Stimme von Theo Knecht.

„Ernst, bist du wach?“

„Ziehe mich gerade an“, entgegnete van Berckh und schaute dabei auf den Wecker. Bevor er aufstand, drückte er Jana noch einen Kuss auf die Stirn und begab sich ins Badezimmer, während sich Jana noch kurz entspannt räkelte und dann ebenfalls aufstand. Es dauerte nicht lange, bis van Berckh frisch rasiert wieder aus dem Bad kam, in bemerkenswerter Geschwindigkeit seine Uniform anlegte und mit wenigen Handgriffen sein Gepäck reisefertig zusammengestellt hatte.

„Ich geh schon mal nach unten", rief er Jana zu, die sich nun im Badezimmer befand, und ging sogleich die Treppe zur Eingangshalle hinunter. Den Schlüssel für den im Hof geparkten Maybach hielt er bereits in der Hand.

Als van Berckh an der Rezeption vorbei durch die Eingangshalle gehen wollte, fiel ihm jedoch vor Erstaunen beinahe der Schlüssel aus der Hand. Denn es befanden sich vier SS-Soldaten in der Eingangshalle, die bei seinem Anblick sofort die Hacken zusammenschlugen und ihm aus vier Kehlen ein lautstarkes „Heil Hitler" entgegenbrüllten. Da van Berckh nach der zurückliegenden Nacht mit Jana gefühlsmäßig immer noch ein wenig über dem Boden schwebte, ihm vor dem Frühstück nicht nach Formalitäten zumute war und er außerdem keine seiner beiden Hände frei hatte, trat er vor die SS-Männer und brachte ein erstaunt klingendes „Heil Hitler, meine Herren" hervor.

„Wir haben den angeforderten Wagen für Brigadeführer Dr. Kammler gebracht, er steht vor der Tür. Hier ist der Schlüssel, das Fahrtenbuch befindet sich im Wagen. Unsere Überführungsfahrt ist bereits darin eingetragen. Sie gehören doch zum Kammler-Stab?", meldete der fremde SS-Mann.

Van Berckh konnte den Auftritt der SS-Männer zwar der Überbringung des angeforderten Wagens zuordnen, aber wie es nun dazu kam, dass er nicht von Soldaten der Wehrmacht, sondern von der SS überbracht wurde, das konnte er nicht nachvollziehen, zumal er wusste, dass es in Karlsbad keine SS-Dienststelle gab.

„Der Wagen ist vollgetankt?", fragte van Berckh den SS-Mann, der als Wortführer agierte.

„Wir haben ihn in Pilsen vollgetankt übernommen, und es müsste noch für über zweihundert Kilometer Sprit im Tank sein", antwortete der SS-Mann.

„Ich habe den Wagen nicht persönlich angefordert, aber soweit mir bekannt ist, sollte der Wagen von der Wehrmacht hier in Karlsbad bereitgestellt werden. Wie kommt es nun, dass Sie den Auftrag erledigen, welcher der Wehrmacht angetragen wurde?"

„Das ist einfach erklärt", entgegnete der SS-Mann. „Der OvD der 46. Infanterie hat sich über den Verbindungsstab der Waffen-SS bei den Skoda-

Werken über Generalmajor Kammler informiert und dabei wurde bekannt, dass er offenbar auf dem Weg nach Pilsen ist. Wir haben dann natürlich den Auftrag selbst in die Hand genommen und den OvD der Wehrmacht davon entbunden. Im Werksfuhrpark haben wir einen Skoda 952 in Kommandeursausführung geholt und haben uns damit auf dem Weg hierher gemacht. Wir hoffen, der Generalmajor wird mit dem Wagen zufrieden sein. Natürlich werden wir Sie bis Pilsen eskortieren."

Van Berckh presste die Lippen zusammen und überlegte, als gerade Kobitzki die Treppen herunter kam und mit offen stehendem Mund auf die versammelten Männer zulief. Offenbar war Kobitzki von der Anwesenheit der SS-Männer ebenso überrascht, wie es van Berckh selbst vor zwei Minuten ergangen war.

Noch bevor er Kobitzki über das Zustandekommen der Situation informieren konnte, gab van Berckh den SS-Männern den Auftrag, als Vorauskommando die Strecke bis Pilsen auf verdächtige Umstände zu überprüfen und anschließend wieder ihrer üblichen Tätigkeit nachzugehen. Er wollte, dass die SS-Männer schnellstmöglich das Hotel wieder verlassen, was diese auch umgehend machten, nachdem van Berckh sie mit einem zackigen „Heil Hitler" verabschiedete und ihnen damit signalisiert hatte, dass die Unterredung beendet war und sie gehen konnten. Dann wandte er sich Kobitzki zu, legte seine Hand auf seine Schulter und nahm ihn beiseite.

„Was war das denn gerade für eine Aktion?", wunderte sich Kobitzki, der noch etwas verschlafen wirkte.

„Das war die Vermeidung eines großen Donnerwetters", erklärte ihm van Berckh.

„Ist das Auto da? Was haben die SS-Kameraden denn hier gemacht?" Kobitzki brachte die Umstände immer noch nicht zusammen.

„Pass auf Willi, du hast gestern bei der 46. einen Wagen angefordert. Der OvD kannte den Namen Kammler nicht und hat sich in Pilsen nach ihm erkundigt. Die haben dann erfahren, dass hoher Besuch ins Haus steht und haben den besten Wagen, den sie bei Skoda zur Verfügung hatten, hierher gebracht. Zuletzt wollten sie uns noch bis Pilsen eskortieren. Den Rest hast du ja selbst mitbekommen."

Kobitzki hatte van Berckh aufmerksam zugehört, wobei seine Augen immer größer wurden und er den Mund dabei ebenfalls weit aufsperrte.

Dann klopfte er sich mit der Hand auf die Stirn und atmete letztendlich tief aus.

„Danke Ernst, das hast du jetzt aber prima geregelt und zum Glück haben sich die vier Kameraden gleich verkrümelt und der Chef hat nichts mitbekommen. Ich will mir gar nicht vorstellen, wie der Chef getobt hätte, wenn er erfahren hätte, dass die Kameraden eine Menge Sprit für die Überführung verfahren haben. Was ihn aber weitaus zorniger gemacht hätte, ist der Umstand, dass über unsere Reiseroute am Telefon geredet wurde. Dass die Leitungen nicht abhörsicher sind und hier im Protektorat einige subversive Objekte Interesse an solchen Informationen haben, dürfte auch klar sein. Wir wollen ja nicht, dass es uns wie Heydrich im letzten Jahr ergeht. Du hast sicher davon gehört."

„Heydrich?", fragte van Berckh nach. „Wen meinst du damit?"

„Na, den Reichsprotektor von Böhmen und Mähren. Er wurde in Prag in seinem Auto von der Handgranate eines Attentäters erwischt und hat es nicht überlebt."

„Ja, ich erinnere mich. Allerdings nur an Heydrich. Ich wusste, dass er mal Polizeichef war. Von dem Attentat habe ich nichts mitbekommen, war ja damals noch an der Ostfront", entgegnete van Berckh und wies Kobitzki gleich ein paar Aufgaben zu. „Schlage vor, dass du nun das Gepäck auf die beiden Autos verteilst, ich halte den Chef bei Laune und du hast so lange keine Möglichkeit, dich bei eventuellen Fragen zu verplappern. Sonst gibt es vielleicht doch noch ein Donnerwetter. Hier ist der Schlüssel zum Tresor, in dem sich die Waffen und die „Eier" befinden. Der Skoda wird vorausfahren, leg zwei von den MP 42 mit Munition rein und zwei Handgranaten."

Ohne Widerrede befolgte Kobitzki die Anweisungen van Berckhs, obwohl ihm dieser von seinem Dienstgrad her nicht weisungsbefugt war. Doch Kobitzki beugte sich intuitiv dem deutlich lebensälteren und weitaus erfahreneren Oberscharführer, der stets Herr der Lage zu sein schien. Es war Kobitzki auch aufgefallen, dass General Kammler stets sehr aufmerksam zuhörte, wenn van Berckh Vorschläge hatte oder seine Meinung, die nicht immer mit Kammlers Meinung übereinstimmen musste, zu einem Thema kund tat. Dabei war es noch zu keinem Fall gekommen, bei dem van Berckh von Kammler etwa belehrt worden wäre.

Bei Themen, die Kammlers fachspezifisches Aufgabengebiet betrafen, stellte van Berckh oftmals interessiert Fragen, die in vielen Fällen jedoch so speziell waren, dass der General nicht immer eine passende Antwort dafür parat hatte. Dies hatte bislang nicht nur einmal zur Folge gehabt, dass der General erst einmal etwas über die gestellte Frage sinnieren musste, bis er van Berckhs Wissensdurst mit einer Antwort befriedigen konnte. Wenn Kammler die Frage dann beantwortet hatte, kam es schon mal vor, dass die mit der Floskel endete „...aber Sie bringen mich gerade auf eine Idee…".

In solchen Fällen passierte es dann, dass sich Kammler für kurze Zeit zurückzog oder im Falle einer Autofahrt eine Weile lang gar nichts sagte, sondern sich eigene Notizen machte. Das waren dann immer die Momente, in denen sich Kammler sicher war, dass er mit van Berckh zwar keinen auffällig demütigen, aber stets umsichtig und inspirierenden Soldaten um sich hatte, den er erstaunlich universell einsetzen konnte. Einen, der für die notwendige Sicherheit seiner Person sorgte und der mit seiner ruhigen Art auch vermitteln konnte, dass sich der General voll und ganz auf seine primären Aufgaben konzentrieren konnte, ohne sich um lästige administrative Kleinigkeiten kümmern zu müssen. Diese Wertschätzung ließ er van Berckh durchaus spüren, ohne sie jedoch durch besonderen Ausdruck jemals zu thematisieren. Üblicherweise pflegte Kammler solche Umgangsformen eigentlich nur mit höher gestellten Offizieren oder mit bedeutsamen Zivilpersonen, bei denen es sich in der Regel um Wissenschaftler oder Unternehmer handelte. In anderen Fällen war Kammler oftmals kurz angebunden und konnte dabei durchaus eine gehörige Portion Arroganz an den Tag legen.

Wie Kammler dazu kam, die Pflegerin Jana so einfach zu rekrutieren und dem SS-Genesungsheim zu entziehen, wusste Kobitzki nicht. Er vermutete jedoch, dass der Direktor des Heims - in Erwartung der Gunst Kammlers für seine gewünschten Erweiterungsbauten - der Abwerbung uneingeschränkt zustimmen würde. Würde sie sich als Schreibkraft bewähren, dann könnte sie Kamerad Knecht und auch ihn selbst bestimmt ein großes Stück weit entlasten. Denn es war eine ungeliebte Tätigkeit, die Notizen des Generals, die er tagsüber zu Protokoll gab, allabendlich mit der Schreibmaschine zu tippen.

Das Gleiche galt für den jeweiligen Tagesrapport, der ebenfalls für jeden Tag zu erstellen war. Hierbei wurde jede Tätigkeit, jedes Gespräch stichwortartig protokolliert, alle Gesprächsteilnehmer notiert und alle sonstigen Tätigkeiten bis hin zur Dauer der Nachtruhe. Egal, ob es sich um eine Besprechung handelte, die Besichtigung eines Bauprojekts, das Anfertigen oder Studieren von Plänen, ein Telefonat, eine Fahrt, ein Essen. Ganz gleich, es wurde alles mit Uhrzeit von Beginn bis Beendigung in dem Tagesrapport aufgelistet, und nachdem der Rapport am Ende eines Arbeitstages mit einer Schreibmaschine getippt war, wurde er abgeheftet. Tag für Tag. Dies hatte durchaus seine Vorteile, denn wenn ein wichtiger Mitarbeiter ausfiel, zum Beispiel durch einen Unfall oder bei Krankheit, dann hatte sein Nachfolger beziehungsweise sein Vertreter so die Möglichkeit, sich mit Hilfe der Tagesrapporte relativ schnell ein Bild über den Stand der Dinge machen zu können. Mehrfertigungen dieser Tagesrapporte wurden regelmäßig auch an vorgesetzte Stellen weitergegeben, damit dort ebenfalls ein aktueller Informationsstand über die Tätigkeiten nachgeordneter Stellen gehalten werden konnte.

Dass es der Karriere förderlich war, wenn die vorgesetzten Stellen möglichst positiv über die Leistungen und den Fleiß der unter ihnen agierenden Soldaten informiert waren, war ein allseits bekannter Umstand, der Vorgesetzte oftmals dazu anregte, bestimmte Soldaten mit besonderen Aufgaben zu betrauen, damit diese sich mit deren vorzüglicher Erledigung für weitere Förderungen, mit dem Ziel auf höhere Positionen, bewähren konnten. Auch Hans Kammler hatte dieses Instrumentarium gekonnt für seine Karriere eingesetzt und dabei stets die ihm gestellten Anforderungen nicht nur erfüllt, sondern er war bis zum heutigen Tag stets bestrebt, diese möglichst weit zu übertreffen.

Kammlers stetige Suche nach Personen mit besonderen Fähigkeiten, gleich welcher Art, hatte ihn auch dazu veranlasst, den Direktor des SS-Genesungsheim nach entsprechenden Soldaten Ausschau halten zu lassen, der seinerseits die Idee hatte, den eintreffenden Soldaten einen entsprechenden Erfassungsbogen vorzulegen. Der Sinn hierfür wäre den Patienten leicht zu vermitteln, denn es würde ihnen die Auskunft gegeben, dass man sie möglichst gemeinsam mit Kameraden unterbringen wolle, welche dieselben Interessengebiete hätten.

Der Direktor wollte auch seine Pflegerinnen zur Einholung solcher Informationen bewegen, denn bei einem mehrwöchigen Genesungsaufenthalt der Soldaten war von diesen doch sehr viel Persönliches zu erfahren.

Außerdem hatte er im dem Genesungsheim eine gute Quelle für Techniker, die nicht mehr fronttauglich waren und für die er daher von ihrem jeweiligen Truppenteil eine Freistellung erreichen konnte, um sie weiter zur Verwirklichung seiner Bauprojekte zu verwenden, wo er jede Fachkraft dringend benötigt wurde.

Als Kobitzki mit dem Beladen der Fahrzeuge fertig war, begab er sich in den Speisesaal zum Frühstück, wo bereits alle an einem Tisch saßen. Der General schien gut gelaunt und als er Kobitzki erblickte, wies er ihn sogleich an, ein kurzes Schreiben an den Direktor des SS-Genesungsheims handschriftlich auf einen offiziellen Briefbogen des WHVA aufzunehmen.

„Schreiben Sie, dass ich ihn zur Fertigstellung diktierter Schriftsätze um kurzfristige Abordnung der Bürokraft Jana ersuche und dass ich ihn diesbezüglich bei nächster Gelegenheit telefonisch kontaktieren werde und eine Freigabe von Jana in Betracht gezogen werden könne und so weiter, das Übliche zum Schluss."

Während Kobitzki die Schreibunterlagen vor sich auf dem Tisch ausbreitete, schenkte ihm Jana einen Kaffee ein.

„Jana, wie lautet denn dein Familienname?", fragte Kobitzki, nachdem er bereits die Einleitung des Briefes begonnen hatte.

„Schmidt, heiße ich. Vater deutsch, Mutter tschechisch. Kommen beide aus Sudetenland, aber dann sind nach Prag gegangen, wo ich groß geworden bin. Aber ich bin deutsch, seit ich geboren", erklärte Jana.

Diese Auskunft nahmen die Männer zufrieden entgegen, besonders General Kammler. Es bestanden für ihn fortan keine Bedenken hinsichtlich Janas Loyalität, wenn sie einmal in einen Zwiespalt tschechischer und deutscher Interessen geraten sollte. Kobitzki hatte das Schreiben an den Direktor schnell fertig, er war darin geübt, solche Standardtexte schnell zu formulieren und zu Papier zu bringen. Es reichte ihm auch noch, ein belegtes Brot zu seinem Kaffee zu sich zu nehmen, das ihm ebenfalls von Jana zubereitet wurde.

Kurz nach sechs Uhr dreißig wurden die bereitstehenden Wagen bestiegen. Der General entschied, dass Hauptscharführer Knecht und Jana mit dem Skoda vorausfuhren, während der Maybach mit van Berckh am Steuer folgte. Kobitzki hatte im Fond neben dem General Platz genommen und die beiden besprachen die Planungen für die kommenden Tage.

„Wenn wir in Pilsen angekommen sind, wird Frau Schmidt zunächst ein Büro zugewiesen bekommen, wo sie die Kurzschriftdiktate abtippt. Kobitzki, Sie werden die darin enthaltenen Angaben gleich entsprechend weiter verwerten und die Unterlagen für die nächste Besprechung zum Projekt „Schlier“ vorbereiten. Wir werden nach unserem Aufenthalt in Pilsen in die Ostmark weiterfahren.

Van Berckh, Sie werden im Forschungszentrum Pilsen bedeutende Einblicke in streng geheime Forschungsprojekte erhalten. Sie können sich Gedanken über deren Sinnhaftigkeit machen und abschätzen, unter welchen Bedingungen die einzelnen Apparaturen an der Front eingesetzt werden könnten. Die Einschätzungen von hohen Offizieren und noch höher angesiedelten Führern hat in der Vergangenheit dazu geführt, dass es zu unsäglichen Diskussionen und anschließend zu Fehlplanungen kam. Das hat dazu geführt, dass stellenweise wertvolle Zeit und Arbeitskraft umsonst aufgewendet wurde und dafür haben wir heutzutage keinen Raum. Das Forschungszentrum gehört zwar zu den Hermann-Göring-Werken, aber wenn selbiger wüsste, was wir dort alles in der Entwicklung haben, dann würde das bloß wieder Begehrlichkeiten wecken. Dann würde er sich möglicherweise wieder beim Führer mit den Neuigkeiten wichtig machen und das könnte wieder für viel Wirbel sorgen, bei dem unter dem Strich nichts herauskommt, außer, dass wieder Zeit dabei verloren ginge.

Van Berckh, Sie werden die Sicherheitsvorkehrungen in Pilsen testen und versuchen, dort Schwachstellen aufzudecken. Es muss unter allen Umständen gewährleistet sein, dass keine unbefugten Personen in den inneren Sicherheitsbereich gelangen können. Der innere Sicherheitsbereich darf nur für unmittelbar, am jeweiligen Projekt beschäftigte Kräfte zugänglich sein. Sonst für absolut niemanden. Genau genommen existiert das Forschungszentrum in diesem Umfang, außerhalb meines Stabes, überhaupt nicht, ich habe zu dessen Existenz bereits ein Redeverbot verhängt.“

Van Berckh hatte aufmerksam zugehört und dies dem General durch Zunicken auch signalisiert. Gewiss, er würde die Sicherheitsvorkehrungen im Entwicklungszentrum Pilsen prüfen und stellte hierzu als erstes fest, dass für das Entwicklungszentrum noch kein Deckname bestand.

„Was halten Sie davon, wenn wir dem Entwicklungszentrum einen Decknamen geben?“, schlug van Berckh vor.

„Ein guter Vorschlag, haben Sie schon einen Namen?“, fragte ihn der General.

„Ich hätte den Vorschlag, dass wir es nach der Frau vom Kant benennen", sagte van Berckh und hatte dabei wieder sein schelmisches Grinsen im Gesicht, welches dem General schon bekannt war.

„Was meinen Sie mit „Kants Frau“ denn nun wieder?“, fragte Kammler mit deutlicher Ungeduld in seiner Stimme.

„Ich meine damit „Kantine“. Ein Begriff mit eingebauter Eselsbrücke“, erläuterte van Berckh, der stets auf die Stimmung des Generals achtete und ihn öfters mal auch gezielt aufheiterte, wenn sein Vorgesetzter wieder einmal einen gar zu ernsthaften und verbissenen Eindruck auf ihn machte. Jetzt erheiterten sich die Gesichtszüge des Generals für einige Momente.

Kammler schüttelte den Kopf. „Van Berckh, die Idee gefällt mir, sie wird angenommen. Wir werden den Begriff intern verwenden und wenn er von jemandem aufgeschnappt werden sollte, können wir bei neugierigen Nachfragen jederzeit eine beliebige Geschichte zu dem Decknamen verwenden. Außerdem ist das Entwicklungszentrum ja auch mit einer Art Versuchsküche zu vergleichen. Wir müssen dann auch den Ort Pilsen nicht öfter als nötig erwähnen, was bei Fernschreib- und Telefonverbindungen leicht abgegriffen oder mitgehört werden kann.“

Da es mittlerweile regnete, hatte der vorausfahrende Skoda seine Geschwindigkeit reduziert, nachdem Theo Knecht bemerkt hatte, dass der folgende Maybach zurückfiel. Van Berckh wollte mit dem schweren Wagen auf den nassen Straßen kein Risiko eingehen und seine Konzentration lieber auf die Unterhaltung mit dem General richten.

„Was sie persönlich über Frau Schmidt denken, brauche ich Sie wohl nicht zu fragen, van Berckh“, führte der General das Gespräch nach einer Weile fort. „Ich denke, die Idee mit einem zweiten Wagen als Vorhut wird sich bewähren, denn mein Sicherheitsgefühl hat sich durchaus gesteigert. Außerdem haben wir nun deutlich mehr Stauraum zur Verfügung. Der vorausfahrende Wagen ist allerdings mit einer Frau besetzt, während der Fahrer Uniform trägt. Meinen Sie, dass dieser Umstand in Ihr Sicherheitskonzept passt?“

Die Frage war eindeutig an van Berckh gerichtet, der schnell eine Antwort darauf hatte. „Aus dieser Sicht heraus wäre es bestimmt angebrachter, wenn die Besatzung des vorausfahrenden Wagens für Außenstehende, also auch Partisanen, als ziviles Ehepaar erscheinen würde. Das wäre dann eine perfekte Tarnung. Wenn es sich dann aber um einen Ernstfall handeln sollte, müsste die als Ehepaar getarnte Besatzung auch die mitgeführten Waffen einsetzen können."

„Genau, so sehe ich das auch, van Berckh", lenkte Kammler ein. „Mit der Tarnung als Ehepaar wird der Gegner nicht rechnen. Glauben Sie, dass sich Frau Schmidt als... als..." Der General schien nach einem Begriff zu suchen, den es im SS-Sprachgebrauch nicht gab. Van Berckh wusste jedoch sofort, was der General zum Ausdruck bringen wollte, hatte jedoch auch keinen Begriff für diese Funktion, weshalb er einfach eine Beschreibung zusammen konstruierte.

„Sie meinen eine Art bewaffnetes Blitzmädel [15], welches die Funktionsmerkmale einer persönlichen Leibstandarte ausübt?", fragte er den General, der daraufhin etwas den Kopf hin und her wog.

„Sie haben verstanden, was ich meine, van Berckh. Wenn ich nachher in der ersten Besprechung mit Dr. Voss bin, können Sie bei Frau Schmidt mal unverbindlich nachfragen, ob sie sich dieser neuen Aufgabe stellen würde. Wenn sie zusagt und bei uns bleiben möchte, dann machen Sie ihr aber auch klar, welchen Belastungen sie ausgesetzt sein wird. Machen Sie ihr klar, dass sie die meiste Zeit aus dem Koffer leben muss, keinen Urlaub bekommt und viele neue Dinge lernen muss. Natürlich auch Schießen und Handgranaten werfen. In ihrem Genesungsheim hätte sie es mit Sicherheit komfortabler. Wenn Sie zusagen sollte, dann erhält sie die Besoldung eines Blitzmädels. Mit den Zulagen für Überstunden und Reisekosten kann sie möglicherweise auf den doppelten Sold im Vergleich zu ihrer jetzigen Arbeit im Genesungsheim kommen. Drei Monate Probezeit werden angesetzt. Vielleicht können wir in Zukunft bei Aufenthalten in den besetzten Gebieten sogar eine halbe Frontzulage durchsetzen. Das werde ich mal ansprechen, wenn wir wieder mal in Berlin sind."

Das waren Worte, die van Berckh nur zu gerne hörte. Er wusste, dass Jana das Angebot sofort annehmen würde. Die Landstraße führte sie direkt zu den am Stadtrand von Pilsen gelegenen Skoda-Werken, wo sie anschei-

---

[15] Blitzmädel: Die weiblichen Helferinnen im Nachrichtendienst von Wehrmacht und Waffen-SS trugen ein Blitz-Emblem auf dem Uniformärmel oder auf der Krawatte und wurden daher von den Soldaten umgangssprachlich „Blitzmädchen" genannt.

nend schon erwartet wurden, was Kammler etwas zu irritieren schien. Er hatte bemerkt, dass dieses Mal die Schranke am Werkstor von dem Posten geöffnet wurde, ohne das dieser zuvor eine Kontrolle der Fahrzeuginsassen in den beiden Limousinen vorgenommen hatte.

General Kammler war dafür bekannt und berüchtigt, dass er gerne unerwartet an Bauprojekten erschien, um sich ein authentisches Bild von den Abläufen auf den Baustellen zu machen. Dass die verantwortlichen Projektleiter bei seinem plötzlichen Auftauchen stets anwesend sein und zu seiner Verfügung stehen mussten, setzte er als selbstverständlich voraus.

Das Verhalten der Wachposten befand der General für ungewöhnlich und er wies van Berckh noch einmal darauf hin, dass er die Sicherheitsvorkehrungen, welche insbesondere für die abgeschirmten Bereiche von „Kantine" galten, auf Herz und Nieren prüfen sollte. Van Berckh war natürlich klar, dass der Wachposten bestens darüber informiert war, wer heute das Werk besuchen würde und konnte sich das Verhalten des Wachpostens, der den zum Skoda-Fuhrpark gehörende Wagen bestimmt schon aus der Ferne erkannte, nur allzu gut erklären. Mit einem Lächeln schaute er kurz zu Kobitzki, der daraufhin nur die Augen verdrehte und inständig hoffte, dass bestimmte Umstände jetzt nicht zur Sprache kamen.

Kapitel 8

Das geheime Entwicklungszentrum in Pilsen

Es war bei ihrer Ankunft erst kurz vor acht Uhr. Als die fünf Besucher an der Pforte ihre Besucherausweise erhielten und sich in eine Liste eintragen mussten, erwähnte der Portier, dass Generaldirektor Dr. Voss sie bereits erwarten würde. Ohne weitere Worte folgten die Adjutanten dem General, der sich im Verwaltungsgebäude gut auszukennen schien, bis zum Vorzimmer des Generaldirektors, Dr. Voss, wo sie von seiner Sekretärin freundlich empfangen wurden. Wenige Momente später erschien Dr. Voss im Vorzimmer und begrüßte seine Gäste. Als der General nach einer Schreibstube fragte, damit Jana die am Vortag gefertigten Diktate abtippen konnte, bot ihm Dr. Voss sofort an, das Abtippen durch seinen Werksschreibdienst erledigen zu lassen.

Der General lehnte dankend ab und ersparte es sich, auf den Erlass des Führers hinzuweisen, der eine derartige Streuung geheimer Informationen untersagte.

Jana und van Berckh schauten sich in einem kurzen Moment gleichzeitig in die Augen und beide schienen zu spüren, dass am heutigen Tag ein „Donnerwetter" in der Luft lag.

„Wir treffen uns um elf Uhr dreißig an der Hauspforte und gehen dann gemeinsam zum Mittagessen. Kobitzki, Sie führen Protokoll, Frau Schmidt hat ebenfalls ihre Aufgabe und van Berckh wird bei seinen Aufgaben von Kamerad Knecht unterstützt. Tragen Sie ihre Besucherausweise stets sichtbar, Sie können sich damit frei auf dem Werksgelände bewegen, müssen aber in den extra gesicherten Bereichen mit strengen Kontrollen rechnen, sofern sie nicht abgewiesen werden. Bis später dann."

Mit diesen Worten folgte General Kammler dem Direktor in sein Arbeitszimmer, gefolgt von Untersturmführer Kobitzki.

„Wollen wir erst mal ein zweites Frühstück zu uns nehmen?", fragte Theo Knecht, „es scheint, als hätten wir heute einen geruhsamen Vormittag."

„Die Idee mit dem Frühstück ist gar nicht schlecht", pflichtete ihm van Berckh bei, „aber wir haben auch einen Auftrag zu erfüllen."

Auf dem Weg zum Speisesaal klärte van Berckh seinen Kameraden Knecht darüber auf, dass er vorhabe, die Schwachstellen der geheimen Werkstätten auszunutzen, wie es feindliche Agenten eben auch tun würden. Es würde sich dann zeigen, ob die Sicherheitsvorkehrungen ausreichend sein würden.

Bei einem Teller Würstchen mit Senf schmiedeten die beiden Adjutanten einen Plan und versetzten sich dabei in die Lage, wie feindliche Agenten wohl das Vorhaben umsetzen würden, die sich - wie sie selbst möglicherweise überhaupt nicht auf dem Werksgelände auskannten, jedoch die Absicht hätten, zu den am besten abgesicherten Bereichen vorzudringen. Weder van Berckh noch Theo Knecht hatten Informationen darüber, welche Sicherheitsmaßnahmen die GeStaPo [16], welche mit der Abschirmung der Hermann-Göring-Werke, zu denen auch das Skoda-Werk zählte, getroffen hatte, um Sabotage und Spionage zu verhindern.

Unauffällig beobachteten die beiden, wer in die Kantine kam, wer sich niederließ und wer sich sein Vesper zum Mitnehmen einpacken ließ. Es fiel ihnen nach kurzer Zeit nicht schwer abzuschätzen, wer wohl in der regelmäßigen Produktion tätig sein musste und welche Personen eher dem Bereich der technischen Entwicklung zuzuordnen waren.

Van Berckh erklärte Hauptscharführer Knecht seinen Plan und meinte, dass zum Ende der Vesperzeit der geeignete Moment wäre, diesen in die Tat umzusetzen. Van Berckh teilte Theo Knecht dazu ein, einem in einen weißen Kittel gekleideten Beschäftigten zu folgen, bis er an eine gesicherte Tür kommen würde, zu welcher der Beschäftigte Zugang hat, und diesem einfach folgen. Sollte jemand, zum Beispiel ein SS-Kontrollposten, ihm Fragen stellen, würde ihm Theo Knecht einfach antworten, dass er ein Bote

---

[16] GeStaPo: Die „Geheime Staatspolizei" war dem Reichsführer-SS, Heinrich Himmler, unterstellt.Ihre Aufgaben waren u.a. die Überwachung von Kriegsgefangenen und Zwangsarbeiter hinsichtlich „Bummelei bei der Arbeit", Arbeitsniederlegungen, Sabotage in den Betrieben und unerlaubter Umgang mit Deutschen. Sowohl die Bekämpfung politischer Gegner und die Suche nach verborgenen Juden als auch die Überwachung der Geschäfte auf dem Schwarzmarkt gehörten ebenfalls zu den Aufgaben der GeStaPo. Im Reichsprotektorat Böhmen und Mähren sowie in anderen besetzten Gebieten bekämpfte die GeStaPo Widerstandsbewegungen.

sei, der eine kleine Kiste für die Waffenwerke in Brünn abholen solle. Sollte es zu unangenehmen Rückfragen kommen, dann sollte sich Knecht unter Ausreden wieder zurückziehen und sich mit van Berckh an einer vereinbarten Stelle treffen. Dann würden sie sich unter Verwertung der neuen Informationen eine neue Taktik einfallen lassen. Sollte Knecht jedoch mit seiner Methode in die innersten Bereiche vordringen können, so war vereinbart, dass er einen Feueralarm auslöst. Im darauf folgenden Durcheinander sollte er sich dann irgendwelche Akten oder Gegenstände aneignen und diese nach draußen schaffen. Das war als Plan A gedacht. Als Treffpunkt nach der gelungenen Aktion hatten die beiden die Pforte im Verwaltungsgebäude vereinbart.

Die Aktion begann.

Hauptscharführer Knecht folgte einem in einen weißen Arbeitskittel gekleideten Mann, der gleich mehrere Vespertüten mit sich führte. In sicherem Abstand folgte van Berckh Theo Knecht hinterher. Es bestand immerhin die Möglichkeit, dass Knecht von einem Posten des inneren Sicherheitsbereiches nicht nur abgewiesen, sondern sofort wegen dem Versuch des unbefugten Eindringens festgenommen würde. Es war mit allen Reaktionen zu rechnen, denn van Berckh hatte im Vorfeld keine Informationen über die Vorgehensweisen der zur Sicherung eingesetzten SS-Soldaten. Jedenfalls hatte er mit Theo Knecht strikt vereinbart, dass auf ihrer Mission keine Art von Gewalt eingesetzt werden sollte und sie sich im Falle, dass ein misstrauischer Wachsoldat die Waffe zieht, sofort zu erkennen geben und auch entwaffnen lassenwürden. In solch einem Fall wäre der Auftrag abgeschlossen, da es sich dann erwiesen hätte, dass diese geprüfte Sicherheitsvorkehrungen wirksam und nicht zu umgehen wären.

Während van Berckh auf Sichtweite Theo Knecht folgte, musste er zwischendurch seine Schritte beschleunigen, denn er musste ihm dicht auf den Fersen bleiben, um ihn nicht zu verlieren, wenn er ein Gebäude betrat. Andererseits wollte er vermeiden, dass weder der Weißkittel noch Knecht bemerkten, dass er den beiden folgt.

Nach etwa achtzig Metern, es ging zuvor um zwei Ecken, sah van Berckh, wie Knecht dem Weißkittel in ein Gebäude folgte. Er spurtete sofort bis zum Gebäudeeingang und ging durch die Eingangstür. Als er in das Gebäude eingetreten war, hörte er nur noch, wie im ersten Stock eine Stahltür ins Schloss fiel. Sofort rannte er die Treppe hoch, um den beiden zu folgen, doch die Tür hatte außen nur einen Knauf und keine Klinke zum Öffnen. Zwar befand sich ein Klingelknopf neben der Tür, aber van Berckh wollte diesen nicht benutzen, da er möglichst ohne Anwendung von irgendwelchen Tricks und Finten bis in den innersten Sicherheitsbereich vordringen wollte. Er hätte nun warten können, bis jemand von innen durch die Tür kommt und sich dann irgendwie hineinmogeln können, aber er entschloss sich dazu, diesen Bereich nun Theo Knecht zu überlassen. Er würde bestimmt noch eine andere Sicherheitslücke finden, wenn die Vesperzeit in wenigen Minuten beendet sein würde. Dann würde wieder mehr Leben in den Betriebsablauf des Skoda-Werks kommen und dann würde er auch seine Chance erkennen, um seine getarnte Mission bis hin zum gewünschten Erfolg durchzuführen.

Es war van Berckh bewusst, dass er seine mit der Sicherung des Werks beauftragten SS-Kameraden vorführen würde, wenn er Sicherheitslücken aufdecken würde. Das Projekt „Kantine" würde durch seine Mission keinen Schaden davontragen, denn er war in dem Fall ja nur ein „interner Prüfer". Hätten sich aber an seiner und Knechts Stelle wirkliche Agenten des Feindes eingeschlichen, dann wäre die Gefahr des Diebstahls geheimer Akten oder Gegenstände möglicherweise, hinsichtlich der Entwicklung neuer Waffen, fatal für das Reich. Mindestens genau so fatal wäre ein Sabotageakt feindlicher Akteure, wenn sie beispielsweise Brände im Werk legen würden. Die vorliegende Mission war demnach wichtig und rechtfertigte den Umstand, dass bei deren Gelingen der eine oder andere SS-Kamerad bloßgestellt oder auch gerügt werden würde.

Daher beschloss van Berckh, sich in die Situation eines Spions zu versetzen, dem es in einer SS-Uniform gelungen wäre, sich auf das Gelände einzuschleichen. Zunächst wollte er sich das Untergeschoss des Gebäudes näher ansehen. Er hörte von dort unten ebenfalls Geräusche, aber seiner Erfahrung nach wurden solche Gebäudeteile eher als Lagerstätte für Material genutzt und waren möglicherweise schlechter gesichert als die Bereiche für Entwicklung und Fertigung. Als er gerade die Stufen in das Untergeschoss hinabgehen wollte, hörte er, wie die Tür zum Treppenhaus aufging.

„Das werden wir gleich klären, was du hier zu suchen hattest...", hörte van Berckh eine fremde Stimme sagen, in die sich Theo Knechts Stimme mischte.

„...dann müsst ihr eben eure Sicherheitsbereiche besser ausschildern. Ich sage euch doch…“

Die Stimmen verschwanden durch den Gebäudeeingang. Van Berckh hastete schnell hinterher und sah durch den Türspalt, wie Theo Knecht mit erhobenen Händen von zwei Wachsoldaten mit vorgehaltenen Maschinenpistolen abgeführt wurde. Die Männer gingen zum Verwaltungsgebäude, wo sich im Erdgeschoss der Werkschutz und der Verbindungsstab zur Waffen-SS befanden.

Van Berckh begab sich in das Treppenhaus zurück und wollte gerade seinen Weg ins Untergeschoss fortsetzen, als abermals die Tür zum Treppenhaus aufging und ein einzelner Wachsoldat vor die Eingangstür hastete und dort mir vorgehaltener Maschinenpistole Stellung bezog. Möglicherweise hatte die Festnahme von Theo Knecht einen Alarm ausgelöst, was bedeutete, dass die Wachmannschaft nun alle relevanten Objekte mit höchster Aufmerksamkeit beobachten würde und es nun angebracht wäre, den Wachsoldaten aus dem Weg zu gehen.

Was würde nun ein feindlicher Spion unternehmen, nachdem er festgestellt hätte, dass sein Komplize von der Wache gefasst worden ist, fragte sich van Berckh. Sicherlich würde sein festgenommener Komplize leugnen, dass sich noch ein unentdeckter Mittäter auf dem Gelände aufhalten würde. Aber wie lange würde es dauern, bis der Werkschutz mit besonderen Vernehmungsmethoden die Wahrheit aus einem enttarnten Spion herausbekommen würde?

Van Berckh war sich sicher, dass die Wachsoldaten gegenüber Theo Knecht keine Gewalt anwenden würden, denn der General würde die Umstände sicherlich unverzüglich aufklären. Möglicherweise würde Theo Knecht auch unter gewissen Umständen erklären, dass sein unbefugtes Eindringen nur ein Test der Sicherheitsvorkehrungen gewesen sei. Aber wie sich die Dinge in den nächsten Minuten auch entwickeln würden, egal welche Antwort Theo Knecht den Wachsoldaten auch geben würde, von nun an war sich van Berckh darüber im Klaren, dass nun alle verfügbaren Wachsoldaten nach ihm suchen würden. Dass sich die Finger der Wachsoldaten dicht am Abzug ihrer Maschinenpistolen befanden, während sie nach ihm und vermeintlich weiteren Eindringlingen suchten, war van Berckh durchaus klar. Selbst wenn er sich weit abseits der besonders geschützten Einrichtungen befinden würde, war klar, dass so lange nach ihm gesucht werden würde, bis ihn die Wachmannschaft ergriffen hätte.

Eine andere Alternative wäre es für van Berckh nun, wenn er sich einem Wachposten ergeben und seinem Vorgesetzten die Sicherheitsvorkehrungen als „ausreichend" melden würde. Schließlich war zu bedenken, was für ein schwieriges Unterfangen es für den Werkschutz bedeutete, das riesige Werksgelände in jeglicher Hinsicht zu sichern. Gewiss wäre es möglich gewesen, bestimmte Bereiche hermetisch von anderen Betriebsteilen abzutrennen.

Jedoch hatte van Berckh bei der Beobachtung der Abläufe schnell erkannt, wie eng verzahnt die Entwicklungsbereiche und die mechanischen Werkstätten der regulären Produktion miteinander waren. Arbeiter in ihrer typischen Arbeitskleidung brachten ständig irgendwelche Materialien oder Werkstücke in die Entwicklungsbereiche, wo sich überwiegend Entwickler befanden, die graue oder weiße Arbeitskittel trugen, wo Pläne an der Wand hingen und Zeichner an Reißbrettern beschäftigt waren. Aber auch in den Werkstätten hatte van Berckh Techniker neben Mechanikern an der Drehbank stehen sehen und auch beobachtet, wie Arbeiter unter Anleitung von Technikern irgendwelche merkwürdigen Apparaturen zusammenbauten, deren Verwendungszweck er nicht mit dem bisher ihm bekannten Kriegsgerät in Einklang bringen konnte.

Die Abläufe erinnerten ihn an einen Ameisenhaufen, der für einen Außenstehenden durchaus chaotisch wirkt, tatsächlich aber eine jede Ameise genau ihre Aufgabe kennt. Natürlich wäre es theoretisch möglich gewesen, den Personenverkehr durch erhöhte Sicherheitsauflagen, wie zum Beispiel in Form von besonderen Ausweisen und deren Kontrolle noch besser zu überwachen. Aber gleichzeitig stellte sich van Berckh die Frage, ob der aus mehreren hundert Arbeitern und Technikern bestehende „Ameisenhaufen" dann noch funktionsfähig wäre. Dabei kam er zu dem Schluss, dass die effektivste Möglichkeit zur Identifizierung fremder und unbefugter Personen wohl immer noch die Gesichtskontrolle durch die Wachmannschaft wäre. Aber sein Ehrgeiz, doch noch eine Sicherheitslücke aufzudecken, ließ ihn seinen Auftrag weiter durchführen.

Also begab sich van Berckh auf seiner Mission weiter in das Untergeschoss, wo er an den dort beschäftigten Arbeitern zügig vorbei lief, als würde er genau wissen, wo er hin wollte. Auf seinem Weg kam er an einem Umkleideraum vorbei, den er an darin befindlichen Spindschränken erkannte. Mit einem Blick in beide Richtungen vergewisserte sich van Berckh, dass ihn niemand beobachtet hatte und trat in den Raum. Einige Spinde waren mit Vorhängeschlössern versehen, die meisten standen offen.

Nachdem er in einige Spinde reingeschaut hatte, entdeckte er in einem Spind Arbeitskleidung, wie sie von den Arbeitern in der Produktion getragen wurde. Kurzentschlossen nahm van Berckh die Jacke heraus und hob sie sich vor den Körper. Die Größe entsprach in etwa der seinen und schnell begann er, sich seiner Uniform zu entledigen und in die Arbeitskleidung zu schlüpfen. Statt der Arbeitskleidung hängte er nun seine Uniform in den Spind. Unter der Arbeitskleidung hatte er seine Koppel samt Waffenholster angelegt, was kaum auffiel, da er das Holster zum Bauch hin platziert hatte. Von einem anderen Spind nahm er nun ein offenstehendes Vorhängeschloss und versah seinen Spind damit, der nun wie ordnungsgemäß verschlossen aussah.

Dann ging van Berckh in den angrenzenden Waschraum und schaute sich im Spiegel an. Für einen Fabrikarbeiter war er nun authentisch gekleidet, doch die Person in den Arbeitskleidern wirkte zu gepflegt. Um sich die entsprechende Patina eines schwer arbeitenden Fabrikarbeiters zu verpassen, begab er sich zu den Toiletten. Dort wischte van Berckh das an den Türscharnieren herausgequollene Fett von mehreren Türen ab und begab sich wieder den Waschraum, wo er den dunklen Schmierstoff dezent auf seine Gesichtshaut auftrug und somit einem tatsächlichen Arbeiter nun täuschend ähnlich sah. Dann rieb er seine Hände mit dem restlichen Fett ein und beachtete dabei, dass auch genügend Fett unter seine Fingernägel geriet. Mit einer in der Umkleide gefundenen Mütze machte er seine Tarnung perfekt.

Wieder auf dem Flur, ging er nun mit gemächlicherem Schritt und den Händen in den Hosentaschen durch den Gang, an dessen Ende sich ein Lastenaufzug befand. Keiner der beschäftigten Arbeiter nahm Notiz von ihm, eine SS-Wache war nicht zu sehen. In dem Aufzug befanden sich bereits einige Transportwagen mit irgendwelchen scheinbar versandfertigen Geräten, die van Berckh jedoch nicht einordnen konnte. Ganz selbstverständlich, als ob es seine Aufgabe wäre, stellte sich van Berckh in den Aufzug, der keine Türen hatte, drückte einen Knopf und fuhr samt der Ladung mit dem Aufzug nach oben.

Als er das Tor aufdrückte, das nun auf der Rückseite zum Vorschein kam befand er sich auf der Straße, direkt hinter einem Lkw mit offenstehender Ladefläche. Sofort dachte van Berckh an eine Flucht mit dem Lkw, jedoch ließ er diesen Gedanken sofort wieder fallen. Er wusste zwar, dass er den Lkw schnell in Gang bekommen hätte, möglicherweise steckte sogar der Schlüssel oder war hinter der Sonnenblende versteckt. Mit einem Stück Draht hätte er das Zündschloss überwinden können, das alles wäre keine Schwierigkeit gewesen. Über einen Umstand war sich van Berckh jedoch im Klaren - nämlich dass er in keinem Fall weiter als bis zum Werkstor gekommen wäre. Er war sich sicher, dass im Fall eines Alarms die Werkstore verschlossen wurden, gerade um eine Flucht mit einem Lkw, unter Durchbrechung der heruntergelassenen Schranken, zu verhindern. So beschloss er einen anderen Plan und schob einen Transportwagen aus dem Aufzug, den er gleich Richtung Hauptgebäude schob. Er musste eine Strecke von ungefähr zweihundert Metern bis zu seinem Ziel zurücklegen und sich dabei so unauffällig benehmen, dass keine der Wachen auf die Idee kommen würde, ihn einer Kontrolle zu unterziehen.

Als ihm nach ungefähr halber Strecke eine Rotte von SS-Wachsoldaten entgegen kam, schob er kurzerhand seinen Transportwagen in ein offenstehendes Hallentor, wo gerade zwei Arbeiter mit einem Kran ein Geschützrohr aus einer Holzkiste hievten. Noch bevor die beiden sich von ihrer Beschäftigung lösen und sich van Berckh zuwenden konnten, begann dieser damit, auf dem Transportwagen befindliche Kisten abzuladen und auf den Boden zu stellen. Als er mit der dritten Kiste beschäftigt war, passierten die beiden Wachsoldaten das Hallentor, warfen im Vorbeilaufen einen Blick hinein und entfernten sich.

Van Berckh packte daraufhin die Kisten auf den Transportwagen und machte sich weiter auf den Weg zum Verwaltungsgebäude. Gleich hatte er es geschafft. Vor dem Eingang stellte er den Transportwagen ab, öffnete den geschlossenen Türflügel des Eingangs und schob den Transportwagen auf dem Flur. Dann schloss er die Tür wieder.

Mit dieser Aktion hatte er die Aufmerksamkeit des Pförtners geweckt, der nun neugierig schaute. Van Berckh winkte ihm nur kurz freundlich zu und schob dann den Transportwagen in Richtung der Räumlichkeiten des Werkschutzes, wo er den Wagen stehen ließ und eine Kiste herunternahm, die er in die Wache hineintrug und dort auf den Tisch des dahinter sitzenden SS-Wachmann stellte. Dieser schnellte von seinem Stuhl empor, starrte van Berckh erst an und brüllte ihn dann an, „was er denn nun auch noch wolle“ und „welcher Idiot ihn denn hierher geschickt hätte“. Der Wachmann schien aufgeregt zu sein, obwohl ihm van Berckh keinen offensichtlichen Grund dafür geliefert hatte. Also musste es für den roten Kopf des Wachmannes wohl einen anderen Grund geben.

Jetzt war wieder der Moment gekommen, wo sich van Berckh seines Humors bedienen durfte.

„Also wenn Sie mich fragen, was ich denn hier will, dann will ich mich eigentlich nur bei Ihnen als SS-Oberscharführer van Berckh vorstellen und sagen, dass Sie nun nicht mehr nach mir suchen lassen müssen. Wen Sie mit „Idiot, der mich hierher geschickt hat“ meinen, weiß ich nicht. Meinen Auftrag, den ich hiermit zu Ende bringe, hat mir General Kammler gegeben. Und jetzt sagen Sie mir bitte, wo sich Kamerad Knecht befindet, er wurde von Ihren Leuten festgenommen, wie ich gesehen habe.“

Der Wachmann hatte sich nun wieder auf seinen Stuhl gesetzt und nun wohl erkannt, welches Spiel bis zu diesem Moment gespielt wurde und nun zu Ende zu gehen schien.

Er hatte das Soldbuch von van Berckh in der Hand und verglich das darin befindliche Passbild mit der Person, welche ihm in einer Arbeiterkluft gegenüber stand. Der ältere Soldat atmete schwer und nachdem sich sein Antlitz von bleich wieder in ein helles Rot wandelte, schlug er mehrfach mit der Faust auf den Tisch, ohne dabei etwas zu sagen.

„Sind noch mehr von euch im Gelände unterwegs?“, fragte er schließlich.

„Nein, wir waren zu zweit. Die Aktion ist beendet. Wo ist Kamerad Knecht denn nun?

„Er ist in der Arrestzelle im Keller, er ruht sich dort noch ein wenig aus“, entgegnete der Wachsoldat.

Van Berckh starrte ihn daraufhin nur eine Weile an, bevor er ihn aufforderte: „Geben Sie mir den Schlüssel für die Zelle.“

Der Wachmann hatte van Berckh den Rücken zugewandt und schaute teilnahmslos aus dem Fenster auf die Straße vor das Werksgelände. Jetzt war es van Berckh, der mit der Faust auf den Tisch schlug.

„Den Schlüssel her, Sie verdammtes Arschloch!“, brüllte er den Wachhabenden an.

Dieser drehte sich daraufhin um, ergriff vom Schlüsselbrett einen Bund mit zwei Schlüsseln und legte ihn wortlos auf den Tisch, ohne van Berckh auch nur für eine Sekunde anzuschauen. Dann drehte er sich wieder um und schaute aus dem Fenster.

Van Berckh hatte die Schlüssel an sich genommen und lief mit schnellen Schritten in das Untergeschoss. Er passierte eine schwere Holztür, hinter der sich drei Zellen nebeneinander reihten. Zwei der Zellen standen offen, die dritte öffnete er mit dem Schlüssel. Um die Tür aufzubekommen, musste van Berckh noch zwei Schieberiegel öffnen, die sich im unteren, beziehungsweise oberen Bereich der Tür befanden. Dann öffnete er die Tür.

Als er in die Zelle eintrat, richtete sich Theo Knecht, der auf der an der Wand stehenden Holzpritsche gelegen hatte, auf. Dabei hielt er sich ein weißes Tuch unter die Nase, das bereits deutliche Blutspuren aufwies.

„Diese Schweine...", brachte Theo Knecht als erstes hervor.

„Die scheinen dich ganz schön ausgequetscht zu haben", stellte van Berckh fest.

„Ja, die haben mich in die Mangel genommen...wollten wissen, wie viele wir sind...., ...als ich gesagt habe, dass wir zu zweit sind und eine Inspektion machen, da sind die beinahe durchgedreht..., ...die haben mir gar nichts geglaubt..."Theo Knecht wirkte im wahrsten Sinne des Wortes niedergeschlagen und demoralisiert. „Dass die eigenen Kameraden so mit einem umgehen, das hätte ich nicht für möglich gehalten", sagte Knecht mit leiser Stimme und schüttelte dabei den Kopf.

Van Berckh hatte schon von den Vernehmungsmethoden der GeStaPo gehört, die angewandt wurden, wenn es darum ging, aus einem Feind in kürzester Zeit die Wahrheit herauszubekommen. Van Berckh war wütend auf die Wachmannschaft, die gegenüber seinem Kameraden Theo unnötigerweise Gewalt angewandt hatte.

„Komm, lass uns erst mal nach oben gehen, raus aus diesem Loch", schlug van Berckh vor, nahm Knecht am Oberarm und führte ihn nach oben. Beim Vorbeilaufen an dem Wachraum warf van Berckh die Schlüssel einfach wortlos in Richtung Wachtisch, ohne jedoch darauf zu achten, wo die Schlüssel tatsächlich landeten.

In der Eingangshalle setzten sich die beiden Adjutanten auf eine gepolsterte Bank. Jetzt erst sah van Berckh, dass Theos linke Gesichtshälfte gerötet war. Seine Nase blutete nun jedoch nicht mehr. Aber was war das, was van Berckh da an seiner Stirn sah? Ein kreisrunder dunkler Abdruck in Form eines Rings mit ungefähr einem Zentimeter Durchmesser. Van Berckh brauchte nicht lange zu rätseln, um die Frage zu klären, woher dieser Abdruck wohl stammen könnte. Die Tatsache, dass sich dieses Merkmal auf der Stirn von Theo Knecht befand, sprach eine deutliche Sprache.

„Sie haben dir eine Pistole an den Kopf gehalten?", fragte van Berckh, der diese Methode einer Scheinhinrichtung zur Vernehmung in vorliegendem Fall für überzogen und auch für unnötig hielt.

„Erinnere mich bloß nicht daran...sie sagten immer „du lügst...du lügst..." ...ich wusste nicht, was ich ihnen erzählen sollte, denn die Wahrheit hatte ich ja schon mehrfach gesagt... ....hätte mir beinahe in die Hose gemacht, als der mir den Lauf einer Maschinenpistole gegen die Stirn gedrückt hat."

„Keine Sorge, dafür werden die Burschen bezahlen. Was die sich hier geleistet haben, riecht nach einer Fahrkarte an die Ostfront. Die hätten doch einfach nur dein an der Pforte hinterlegtes Soldbuch überprüfen müssen, dann hätte sich die Sache doch schnell aufgeklärt. Da ist sogar die Nummer deiner Pistole drin vermerkt. Dann hätten sie nur noch den Chef im Haus auffinden müssen und der hätte dich dann endgültig identifiziert. Warum haben die nur so einen Zauber veranstaltet und dir auch noch auf die Nase gehauen?", wunderte sich van Berckh über das Verhalten der Wachmannschaft.

„Ja, das wäre die einfachste und naheliegendste Lösung gewesen, jetzt wo du es sagst. Die haben mich total überrollt und so eifrig wie die waren, kann ich nur vermuten, dass die unbedingt ihre Vernehmungsmethoden am lebenden Objekt ausprobieren wollten."

Zwischenzeitlich war der Alarm auf dem Werksgelände offenbar zurückgenommen worden, denn es kamen nach und nach mehrere Rotten von Wachleuten zurück ins Gebäude.

„Komm, lass uns deine Pistole wieder holen", schlug van Berckh vor und die beiden Männer gingen in das Wachlokal des Werkschutzes zurück, wo sich nun mehrere Wachsoldaten aufhielten und sich mit dem Wachhabenden austauschten.

Es wurde schlagartig ruhig, als Knecht und van Berckh den Raum betraten. Die Wachsoldaten zogen sich in einen angrenzenden Raum zurück, wo sie sich weiter unterhielten, während sich der Wachhabende hinter dem Tisch aufbaute. Vor ihm lagen zwei Soldbücher. Van Berckh streckte seine

Hand über den Tisch und der Wachhabende gab ihm die beiden Soldbücher, von denen van Berckh das von Hauptscharführer Knecht diesem weiterreichte.

„Meine Waffen noch", verlangte Theo Knecht, woraufhin sich der Wachhabende zu einem Stahlschrank begab und aus diesem die Koppel herausholte, die Knecht bei seiner Festnahme abgenommen worden war und an der sich sein SS-Dolch und seine Pistole befanden. Immer noch wortlos legte der Wachhabende die Gegenstände auf den Tisch.

Van Berckh hatte ihn die ganze Zeit intensiv beobachtet. Es war wieder dieser bestimmte Blick, der oftmals sein Gesicht überzog, wenn er jemanden für längere Zeit anschaute und dabei kein Wort verlor.

„Wir wollen nicht lange umherreden. Wir alle wissen, was vorgefallen ist, und wissen auch, dass jemand aus Ihrer Truppe den Bogen etwas überspannt hat. Wir hatten den Auftrag, in diesem Werk eine Sicherheitsrevision durchzuführen. Damit mussten Sie und Ihre Leute jederzeit rechnen. Sie mussten ebenfalls damit rechnen, dass es bei einer internen Überprüfung einen falschen Alarm geben würde, der dann gegebenenfalls durch befreundete Kräfte ausgelöst wird, wie es heute auch der Fall war. Der Kamerad Knecht hat sich sofort zu erkennen gegeben, nachdem er gefasst wurde. Wozu dann diese unnötige Härte?"

„Ich habe den Vorgang in seinen Einzelheiten noch nicht mit den beteiligten Kameraden besprochen und kann aus diesem Grund momentan nichts dazu sagen", beschwichtigte der Wachhabende.

Van Berckh wusste zu diesem Zeitpunkt längst, dass es dem Wachhabenden nicht recht war, dass es gegenüber Theo Knecht zur Gewaltanwendung gekommen war. Anderseits war der Vorgang für Theo auch ein Lehrstück darüber, wie es tatsächlichen Spionen ergehen konnte, wenn sie erst einmal in die Mangel von SS-Männern geraten waren. Sicherlich traf Theo Knecht keine Schuld an dem, was er von den SS-Wachleuten hatte einstecken müssen. Nach dem, was van Berckh über Theo Knecht wusste, hatte dieser, wie auch Kamerad Kobitzki, bislang keine Kampferfahrung, geschweige denn Feindkontakt erfahren. Vielleicht war ihm in seinem bisherigen Leben ja noch überhaupt nichts begegnet, das man als böse bezeichnen konnte.

Jedenfalls schien Theo durch den erlebten Vorfall nachhaltig beeindruckt zu sein, denn er verhielt sich auffallend ruhig und zurückhaltend. Vielleicht steckte ihm die kürzlich erlebte Angst noch tief in den Knochen. Für einen Moment hatte van Berckh mit dem Gedanken gespielt, den Vorfall in seinen Einzelheiten General Kammler zu melden, rückte jedoch schnell wieder davon ab. Er hatte eine bessere Idee.

Während Theo Knecht seinen Leibriemen wieder angelegt und seine Uniform in Ordnung gebracht hatte, begann van Berckh damit, das Verhältnis zu dem Wachhabenden und somit zur gesamten Wachmannschaft zu entspannen. Die Kiste, die van Berckh bei seinem ersten Erscheinen in dem Wachraum mitbrachte, stand mittlerweile unbeachtet auf den Boden.

„Ist Ihnen aufgefallen, dass ich eine Kiste aus einem gesicherten Bereich herausgeschafft habe? Genauer gesagt habe ich einen ganzen Wagen voll Material geklaut, ohne dass es bislang aufgefallen ist. Oder hat bei Ihnen etwa jemand den Verlust eines Transportwagens voller Material gemeldet?“, fragte van Berckh den Wachhabenden. Er wusste, dass seine Frage nur von rhetorischer Bedeutung war und der Diebstahl höchstwahrscheinlich noch gar nicht entdeckt worden war.

Der Wachhabende hob die Kiste auf den Tisch und öffnete sie. „Wenn wir wissen, was in der Kiste drin ist, dann können wir am einfachsten nachvollziehen, woher die Kiste stammt“, erklärte er.

Er holte einen rechteckigen Behälter aus Metall aus der Kiste hervor. An dem Behälter hing ein Stromkabel und am Gehäuse befanden sich drei Drehschalter und zwei Kontrollleuchten. Das Gesicht des Wachhabenden hellte sich auf.

„Das Ding kommt mir doch bekannt vor. Ich glaube, ich weiß wo das herkommt. Wissen Sie was das ist?“, fragte er Knecht und van Berckh und hatte dabei einen dezent überlegenen Gesichtsausdruck.

Die beiden schauten sich den Behälter genau an und entdeckten, dass man eine Seite öffnen konnte. Es war eine Klappe angebracht, aber der Innenraum des Behälters war einfach nur leer. Auch hatte die Klappe kein Schloss, als dass man etwas in dem Behälter hätte einschließen können.

Nein, es war sicherlich keine Art von einem Tresor, denn dann hätten die elektrischen Bauteile und der Stromanschluss keinen Sinn gemacht.

Der Wachhabende schien seinen Spaß daran zu haben, zu beobachten, wie Knecht und van Berckh den Behälter untersuchten und dabei Vermutungen anstellten, um was es sich bei dem Gerät wohl handeln könnte.

„Es muss einen militärischen Zweck erfüllen“, stellte Theo Knecht fest.

„Zum Schießen taugt es garantiert nicht und ein Funkgerät scheint es auch nicht zu sein“, fügte van Berckh hinzu.

„Für einen Kühlschrank ist es auch zu klein und würde außerdem keinen Sinn machen, da es nicht isoliert zu sein scheint“, meinte wiederum Theo Knecht.

„Kein Lautsprecher drin“, stellte van Berckh fest.

„Sie werden nie darauf kommen, meine Herren“, schaltete sich der Wachhabende ein. „Das ist ein Ofen“, erklärte der Wachhabende.

Die beiden schauten den Wachhabenden ungläubig an.

„An einen Ofen habe ich für eine Sekunde auch gedacht“, sagte Knecht, „aber ich sehe keine Heizstäbe im Innern und somit war diese Idee auch ausgeschieden.“

„Es ist ein Hochfrequenz-Frontofen, damit haben Sie innerhalb kürzester Zeit ihr Essen warm gemacht und benötigen dazu keinen Brennstoff, außer Strom. Der Topf, in dem das Essen drin ist, wird nicht erhitzt, sondern nur das Essen darin. Allerdings darf der Ofen nur mit Glas- oder Porzellangeschirr betrieben werden. Ihr blechernes Kochgeschirr dürfen Sie da nicht hineinstellen.“

„Das hört sich ja sehr interessant an", stellte Theo Knecht fest, der nun endgültig wieder seine Fassung zurück erlangt hatte. „Dass Sie als Wachhabender allerdings von solchen Entwicklungen informiert sind, ist doch erstaunlich und lässt die Frage nach der Geheimhaltung von neuen Entwicklungen aufkommen. Unsere Sicherheitsrevision ist außerdem noch nicht beendet.“

„Ach, über den Frontofen wissen wir alle hier Bescheid, ein Testmodell stand eine Zeit lang zur Erprobung in unserer Küche. Das war auf der einen Seite praktisch, wenn es darum ging, eine kleine Portion Essen warm zu machen. Das Ding ist aber mit Vorsicht zu bedienen. Es kann vorkommen, dass die eine Hälfte des Essens warm ist und auf der anderen Seite des Tellers ist das Essen fast kalt. Wenn das Essen ein wenig zu lang erwärmt wurde, dann schmeckt es nicht mehr oder schrumpft zusammen. Würste sind schon darin explodiert und Eier lassen sich damit ebenfalls nicht kochen. Wir haben da schon so einiges probiert, aber mich hat das Gerät bislang nicht sonderlich überzeugt“, erklärte der Wachhabende.

„Aber wie ich gehört habe, soll er auch in Hospitälern zur Desinfektion von Verbandszeug eingesetzt werden.“

„Wir werden nun den Transportwagen samt dem Frontofen wieder dahin bringen, wo ich ihn mitgenommen habe, und ich werde wieder meine Uniform anlegen. Mittlerweile dürften wir bei der Wachmannschaft wie bunte Hunde bekannt sein, und ein weiterer Zwischenfall bei unserer Inspektion dürfte ausgeschlossen sein. Wir werden nach dem Mittagessen weitermachen und nach weiteren offensichtlichen Schwächen im Bereich der Abschirmung suchen", erläuterte van Berckh dem Wachhabenden.

„Bitte stellen Sie uns für heute Nachmittag zwei Wachleute zur Verfügung", fügte Theo Knecht hinzu, bevor sie sich mit dem Transportwagen wieder auf den Weg zu den Werkstätten machten.

Der Aufzug, aus dem van Berckh den Transportwagen hinausgeschoben hatte, stand noch in derselben Position, wie er ihn verlassen hatte. Die beiden Männer traten in ihn ein und fuhren damit in das Untergeschoss, wo sie sich in den Umkleideraum begaben. Nachdem van Berckh sein Gesicht und die Hände gründlich gewaschen hatte, holte er wieder seine Uniform aus dem Spind hervor und zog sie an.

„Was meinst du, Theo? Sollen wir dem Chef melden, dass sie dich hart in die Mangel genommen haben?", fragte van Berckh.

„Das habe ich mir auch schon überlegt, aber dann müssten wir wieder ellenlange Meldungen schreiben und letztendlich würden sich die Wachleute damit rausreden, dass es sich um einen schwerwiegenden Zwischenfall gehandelt hat und sie schnell handeln mussten, um weitere Komplizen zu enttarnen und so weiter. Außerdem hab ich ja nicht viel abgekriegt. Allerdings tut die Nase noch etwas weh."

„Ich finde auch, dass wir den Zwischenfall nicht an die große Glocke hängen sollten. Aber einen kleinen Denkzettel für diese Hitzköpfe würde ich schon zurücklassen. Die Sache hätte nämlich auch ohne Gewalt genauso schnell geregelt werden können", merkte van Berckh dazu an.

„Ja, einen Denkzettel sollten wir hinterlassen. Damit vermeiden wir auch, dass sie sich zukünftig damit brüsten, wie sie mich ins Verhör genommen haben. Wir sollten ihrem scheinbaren Triumph daher einen Beigeschmack untermischen, der ihnen die Zunge lähmen wird", pflichtete Theo Knecht bei. „Aber wie könnten wir das anstellen?"

Van Berckh überlegte. Dann sagte er: „Halt mal kurz still, Theo" und wischte seinem Kameraden mit einem weißen Taschentuch den noch vorhandenen Abdruck der Pistolenmündung von der Stirn. Er ging mit dem Tuch zum Lichtschacht und sah sich den abgewischten Fleck genau an.

„Theo, ich glaube, ich habe da eine Idee. Lass uns beim Mittagessen einen Plan gestalten. Du hast noch etwas Blut unter der Nase. Wisch es weg, dann gehen wir essen."

Als die beiden in den Speisesaal für Offiziere und technisches Personal eintraten, herrschte dort bereits reger Betrieb. Sie stellten sich in der Schlange vor der Essensausgabe hinter mehreren Männer an, die allesamt weiße Arbeitskittel trugen. Es fiel auf, dass die Herren in den weißen Kittel verschiedenfarbige Sichtausweise trugen, auf denen jeweils ihr Passbild, der Name und zwei Zahlen standen, die durch einen Bindestrich getrennt waren.

Theo Knecht fiel auf, dass jeder der Männer eine andere Zahl notiert hatte und rätselte, welche Bewandtnis es mit den auffallend groß geschriebenen Ziffern hatte. Waren es die Bezeichnungen einzelner Sicherheitsbereiche? Nein, das konnte er sich nicht vorstellen, denn dann hätte ja ein jeder in einer anderen Abteilung arbeiten müssen, das konnte es nicht sein. Zumal die Herren mit den gleichfarbigen Ausweisen gemeinsam an Tischen saßen und sich während des Essens über fachliche Angelegenheiten austauschten.

Als die beiden SS-Männer ihren Teller mit Kraut, Knödel, Würstchen und einer Soße darüber erhalten hatten, mussten sie sich erst einmal umsehen, wo sich noch zwei freie Plätze nebeneinander beziehungsweise gegenüber befanden, denn der Saal war voll besetzt.

Wenige Momente später erhoben sich sechs Herren von einem Tisch und machten die Plätze frei. Sofort begaben sich Hauptscharführer Knecht und Oberscharführer van Berckh an den Tisch und ließen sich dort nieder. Sie waren die beiden einzigen Uniformierten im Speisesaal. Zwar waren sie beide keine Offiziere, aber als Gäste im Werk wollten sie es sich nicht zumuten, sich in den Speisesaal für Arbeiter zu begeben, wo es zudem auch deutlich lauter war. Nachdem sie feststellten, dass das Essen durchaus genießbar war, schmiedeten sie ihren Plan, um die Wachmannschaft nachhaltig in die Schranken zu weisen und gleichzeitig dafür zu sorgen, dass von dem Zwischenfall nichts nach außen oder zu Vorgesetzten drang.

Knecht und van Berckh waren sich darüber einig, dass der Vorgang von General Kammler gebilligt werden und er ihnen gegebenenfalls den Rücken stärken würde - sollte der Vorgang dennoch bekannt werden. Jedoch war die vordergründige Prämisse, den Chef nicht mit solchen Nebenkriegsschauplätzen zu belästigen, denn es wussten beide, dass des Generals geistige Kapazitäten für wichtigere Dinge benötigt wurden. Wenn er sich auch noch mit dem Gezänk nachgeordneter Soldaten beschäftigen müsste, könnte dies seinen Ärger erregen, was jedoch tunlichst vermieden werden sollte.

Nach dem Essen begaben sich die beiden Männer wieder zur der Wache des Werkschutzes. Sie hatten es so besprochen, dass van Berckh als der Lebensältere mit der Autorität eines verdienten SS-Frontkämpfers die komplette Wachmannschaft, nach Rücksprache mit dem Wachhabenden, erst einmal antreten lassen würde. Die uniformierte Wachmannschaft der Skoda-Werke trug die Uniform der tschechischen Armee, jedoch waren die tschechischen Hoheits- und Dienstgradabzeichen durch Reichsadler und das Skoda-Emblem ersetzt worden. Dienstgradabzeichen waren auf den Uniformen keine vorhanden.

Die Wachleute stammten allesamt aus der tschechischen Armee, die nach dem Einmarsch deutscher Truppen, personell reduziert und abgerüstet worden war und nunmehr keine souveräne Hoheitsaufgaben mehr wahrzunehmen hatte. Viele tschechische Soldaten wurden in die deutsche Wehrmacht übernommen, bislang jedoch nicht in Kampfeinsätze geschickt. Eine Verwendung tschechischer Soldaten an der Ostfront hatte der Führer sogar ausdrücklich untersagt, denn er zweifelte an der unbedingten Loyalität der tschechischen Soldaten und befürchtete sogar, dass sie zu den Russen überlaufen könnten.

So waren Aufgaben wie der Werkschutz ideale Einsatzfelder für die militärisch ausgebildeten, ehemaligen Soldaten der tschechischen Armee, die ihrerseits froh sein konnten, einen gesicherten Arbeitsplatz zu haben. Möglicherweise waren einige der ehemaligen tschechischen Armeesoldaten durch die deutsche Machtübernahme in ihrem nationalen Stolz verletzt worden und mit den nun herrschenden Machtverhältnissen im böhmisch-mährischen Reichsprotektorat unterschwellig nicht einverstanden und fügten sich daher eher lustlos den deutschen Interessen. Es war auch nicht ausgeschlossen, dass einige von den tschechischen Soldaten mit der emigrierten tschechischen Exilregierung sympathisierten, die von den Engländern aufgenommen wurde und die dem deutschen Reich ebenfalls den Krieg erklärt hatte.

Wie abgesprochen begaben sich Hauptscharführer Knecht und Oberscharführer van Berckh nach dem Mittagessen abermals in die Wache des Werkschutzes, um einerseits ihre Inspektion weiter durchzuführen und andererseits der Wachmannschaft einen Denkzettel zu verpassen, den sie sich nach Meinung der beiden SS-Männer durch die unnötig grobe Behandlung des Theo Knecht auch durchaus verdient hatten.

Es war zwar grundsätzlich so, dass die Aufgabenstellung und die Dienstvorschriften der Wachmannschaften im Werksicherheitsdienst grundsätzlich von der GeStaPo vorgegeben wurden. Jedoch war sowohl die militärische Führungsstruktur als auch die formelle Ausbildung und Waffenschulung an Vorgaben der SS angegliedert, weshalb dieser Führungsabschnitt - auch wegen dem hohen Anspruch der SS an Disziplin - gerne von der GeStaPo dem Sicherheitsdienst(SD) der SS überlassen wurde, zumal die GeStaPo für diese Aufgaben nicht entsprechend ausgerüstet war.

Da die Wachsoldaten allesamt von der SS in den für ihren Aufgabenbereich wichtigen Aufgaben ausgebildet worden waren, war ihnen der Anspruch an Gehorsam und unbedingtem Einsatzwillen, der von der SS vorausgesetzt und auch vorgelebt wurde, bekannt. Aus diesem Grund hatten die tschechischen Wachsoldaten hohen Respekt vor den SS-Soldaten, was aber nicht zu bedeuten hatte, dass sie die Soldaten der SS verehrten. Schließlich hatten einzelne Wachsoldaten des Werkschutzes ehemals Führungspositionen in der tschechischen Armee bekleidet und sahen sich nun zu einfachen Objektschützern eines tschechischen Werkes hinab degradiert, in dem eine fremde Macht Rüstungsgüter für einen Krieg produzierte, der nicht der Krieg der Tschechen war. Dieser Umstand war durchaus dazu geeignet, dass manch patriotisch gesinnter, tschechischer Soldat im Werkschutz oftmals heimlich die Faust in der Tasche ballte, wenn es darum ging, aus deutschem Munde barsch gesprochene Befehle zu befolgen. Möglicherweise war die Festnahme von Theo Knecht ein willkommener Anlass gewesen, um diese unterdrückte Wut einmal hoch kommen zu lassen und dabei einem deutschen SS-Angehörigen eine Retourkutsche zu verpassen.

Van Berckh hatte diese Umstände mit Theo Knecht besprochen und als der dienstgradhöhere Soldat sollte dieser auch die besprochene Inspektion konsequent bis zu einem gewissen Punkt durchführen.

Von dem Wachhabenden ließen sich die beiden Adjutanten des Generals das Wachbuch vorlegen, sowie den Aktenordner mit den Dienstvorschriften für das Wachpersonal. Zur näheren Durchsicht zogen sie sich in einen Besprechungsraum zurück und wiesen zuvor den Wachhabenden an, alle Wachsoldaten, die derzeit nicht an wichtigen Schlüsselpositionen, wie zum Beispiel am Werkszugang, eingesetzt waren, in dreißig Minuten antreten zu lassen.

Nachdem van Berckh einige Seiten des Wachbuches durchgeschaut hatte, war er auf einen Vermerk gestoßen, wonach im Wachbuch vermerkt worden war, dass beim wöchentlichen Waffenreinigen Fehlbestände bei der Munition festgestellt wurden, deren Ersatz ebenfalls im Wachbuch dokumentiert worden war. Demnach handelte es sich bei dem Fehlbestand um fünf Patronen Allerdings war im Wachbuch kein Vorfall dokumentiert, bei dem es zu einem Schusswaffengebrauch gekommen war.

„Fällt dir was auf?", fragte van Berckh seinen Kameraden Knecht.

„Allerdings", sagte dieser. „Ich wundere, mich darüber, wie es sein kann, dass nur fünf Patronen fehlen. So eine MP rattert doch bestimmt über fünfhundert Schuss in der Minute raus. Wenn du da nur kurz den Abzug ziehst, dann sind doch sofort mindestens zwanzig Schuss draußen."

„Völlig richtig, Theo", bestätigte ihn van Berckh, „aber wenn du auf Einzelfeuer gestellt hast, dann sieht das anders aus. Ich gehe davon aus, dass gezielte Schüsse mit der MP abgefeuert wurden. Da die Wachsoldaten die mit der MP verschossenen 08-Patronen nicht unauffällig durch M 22-Patronen aus Schwarzbeständen ihrer tschechischen P 24-Pistolen ersetzen konnten, wurde der Fehlbestand von den 08-Patronen beim Waffenreinigen eben entdeckt."

„Was willst du damit sagen?", fragte Theo verständnislos.

„Ganz einfach, dass mit einer MP Einzelfeuer geschossen wurde und dass es dabei nicht um einen dienstlich relevanten Vorgang ging, der sonst hätte zumindest im Wachbuch vermerkt werden müssen."

„Ja, aber wenn die Wachsoldaten vor Langeweile rumballern möchten, dann könnten sie das doch auch mit ihrer Pistole machen und niemand würde anschließend fehlende Munition feststellen", stellte Theo Knecht fest.

„Ganz richtig Theo, aber wenn du in der Nacht oder in der Dämmerung etwas in einer bestimmten Entfernung treffen möchtest, dann ist das mit der tschechischen P 24 um einiges schwieriger als mit dem gezielten Einzelfeuer einer aufgelegten MP 40", klärte ihn van Berckh auf.

Theo Knecht zuckte nur mit den Schultern und signalisierte damit, dass er immer noch nicht verstanden hatte, was van Berckh ihm mit seiner Erklärung sagen wollte.

„Schlage vor, dass du mich bei der Inspektion der Wache vor den Männern mit der Überprüfung der Ausrüstung und der Bewaffnung beauftragst. Ich habe da so einen Verdacht."

Kapitel 9

Die Retourkutsche

Pünktlich zum festgelegten Zeitpunkt war die Wachmannschaft des Skoda-Werks hinter dem Verwaltungsgebäude angetreten. Der SS-Hauptscharführer hielt eine Ansprache an die Wachmänner und erläuterte ihnen den vom General erteilten Befehl zur Inspektion der Funktions- und Leistungsfähigkeit der Wachmannschaft. Ohne näher auf seine schmerzhaft erfahrene Behandlung einzugehen, erklärte er, dass der simulierte Versuch, unbefugt in besonders gesicherte Räumlichkeiten einzudringen von den Kräften des Werkschutzes erfolgreich abgewehrt wurde. Weiterhin stellte er fest, dass die von der GeStaPo erlassenen Wachvorschriften den größtmöglichen Schutz des für den Endsieg doch so wichtigen Forschungs- und Produktionswerks Skoda darstellen. Daher sei es von kriegswichtiger Bedeutung, dass jeder einzelne Wachmann stets mit höchster Wachsamkeit und Disziplin seinen Dienst verrichtet.

„Zum Abschluss des Rapports werden wir nun noch einzelne Stichproben durchführen, um die Sicherheitsüberprüfung dann damit abschließen zu können", sprach SS-Hauptscharführer Knecht zu den Wachmännern.

„Wie Sie alle wissen, ist die Einhaltung der Wachvorschriften die unabdingbare Voraussetzung für die Sicherheit der Hermann-Göring-Werke. Um die Vorschriften einzuhalten, ist es natürlich die Voraussetzung, dass jeder Wachmann die Vorschriften genau kennt. Weiterhin sind sowohl der Ausbildungsstand der Wachmannschaften als auch die einwandfreie Funktion technischer Einrichtungen und Ausrüstungsgegenstände von entscheidender Bedeutung im Einsatzfall.

Sie alle wissen, dass es in einem vermeintlich ruhigen Dienst von einer Sekunde auf die andere zu einem sicherheitsrelevanten Zwischenfall kommen kann. Wir haben das heute Morgen überprüft, wie Sie alle wissen. Leider mussten wir feststellen, dass es hierbei zu einer Missachtung der Dienstvorschrift gekommen ist. Das gibt uns Anlass zur Überprüfung, ob Ihnen allen die Dienstvorschrift für den Wachbetrieb ausreichend bekannt ist. Sind Ihnen denn die Dienstvorschriften denn alle bekannt?"

Die in Reih- und Glied sehenden Wachmänner antworteten mit einem „Jawohl“ oder mit einem „Ja“, ein Teil von ihnen nickte nur zustimmend. Genau auf diese Reaktion hatte Knecht gewartet. Jetzt war der Moment gekommen, wo der mit van Berckh abgestimmte Ablauf des Rapports nach einem festgelegten Drehbuch ablaufen sollte.

Nachdem das Grummeln aus den Reihen der Wachmänner wieder verstummt war, stemmte SS-Hauptscharführer Knecht die Fäuste in seine Hüften und sprach zu den Wachsoldaten: „Ich hatte Sie gefragt, ob Ihnen die Wachvorschriften bekannt sind, aber Ihre Antwort überzeugt mich nicht. Ich frage Sie daher noch einmal...“ Jetzt brüllte Theo Knecht, so laut er eben nur konnte, der Wachmannschaft entgegen: „SIND IHNEN ALLEN DIE GELTENDEN WACHVORSCHRIFTEN FÜR DEN DIENST IM WERKSCHUTZ BEKANNT?“

Jetzt hatten die Wachsoldaten erst die Ernsthaftigkeit der Frage erkannt, und aus fünfundzwanzig Kehlen wurde die Frage mit einem kräftigen „Jawohl, Herr Hauptscharführer“ erwidert.

Knecht hatte die Wachmannschaft nun in die Situation gebracht, die er zuvor mit van Berckh abgesprochen hatte. Dieser war während des Appells um die aufmarschierte Wachmannschaft herum gegangen und hatte sich, wie mit Knecht zuvor abgesprochen, in die kurzfristig leer stehenden Räumlichkeiten des Werkschutzes begeben. Jetzt war er wieder zurückgekehrt und lief langsam auf den vor der Truppe stehenden Theo Knecht zu, welcher der Wachmannschaft gerade erklärte, dass die weitere Inspektion der Wachmannschaft nun von SS-Oberscharführer van Berckh fortgeführt werden würde. Die beiden SS-Männer nickten sich zu, und während van Berckh vor die Truppe trat, begab sich Theo Knecht langsam und mit Blick auf die Wachmannschaft gemächlich hinter diese und verschwand dann unauffällig in der Tür, aus der van Berckh zuvor gekommen war. Theo Knecht begab sich ebenfalls zu den Räumlichkeiten des Werkschutzes.

„Meine Herren, Soldaten des Werkschutzes des Skoda-Werks, kriegswichtiger Betrieb der Hermann-Göring-Werke“, leitete van Berckh seine Inspektion ein. „Es erfolgt nun die Sicherheitsinspektion zu den Wachvorschriften.“

Van Berckh ließ seinen Blick durch die Reihe der angetretenen Wachsoldaten schweifen. Es war wieder dieser besondere Blick, den er im Gesicht hatte, wenn sich wenige Momente später Dinge ereignen sollten, die andere Anwesende verwirren, sprachlich entwaffnen oder aus dem Konzept bringen würden. Van Berckhs Blick hatte sich auf einen in der zweiten Reihe stehenden Wachsoldaten fixiert.

„Erste Reihe, zwei Schritte vortreten", befahl van Berckh. Dann trat er vor den auserwählten Soldaten in der zweiten Reihe und fragte diesen mit militärisch lauter Stimme: „Nennen Sie mir den Wachbefehl Nummer vier!"

Der Soldat besann sich kurz. „Im Wachbefehl Nummer vier steht, dass Ausrüstungsgegenstände gemäß der Wachvorschrift vollständig mit auf Streifgang mitzuführen sind. Der Soldat hat dafür zu sorgen, dass Waffen und Gerät stets funktionssicher und einsatzbereit sind. Waffen und Ausrüstungsgegenstände sind pfleglich zu behandeln. Verluste und Beschädigungen sind dem Wachhabenden umgehend zu melden."

„Gut, Soldat", nickte van Berckh und begab sich vor einen Soldaten in der ersten Reihe. „Stimmen Sie Ihrem Kameraden zu? Hat er die Vorschrift richtig vorgetragen?", fragte er wieder in militärischem Tonfall.

„Jawohl, Herr Oberscharführer", antwortete der Soldat.

„Geben Sie mir zur Überprüfung Ihre Maschinenpistole", forderte van Berckh.

Der Soldat händigte die Waffe aus, während van Berckh ein weißes Taschentuch aus seiner Hosentasche hervorholte. Mit einem Handgriff nahm er das Magazin aus der MP und schaute es prüfend an. Dann hob er die MP über den Kopf und zeigte sie der Wachmannschaft.

„Sie sehen alle, dass der Verschluss der Waffe hinten ist und sich keine Patrone im Lauf befindet." Daraufhin nahm er die MP wieder herunter und hob nun das Magazin der MP in die Höhe.

„Da sich keine Patrone in der Waffe befindet und das Magazin nicht ausreichend befüllt ist, wie Sie hier sehen, fehlen mindestens zwei Patronen." Dann rieb van Berckh den oberen Teil des Magazins und die daraus herausschauende Patrone mit seinem Taschentuch ab, sah es an und hob es anschließend hoch.

„Schmauchspuren, meine Herren. Aus dieser Waffe wurde geschossen." Er wickelte das Taschentuch um seinen Finger, steckte diesen in das Patronenlager der Maschinenpistole und rieb kurz darin. Van Berckh wusste genau, warum er mit seinem Taschentuch im Patronenlager und nicht an der Mündung des Laufs nach Pulverresten suchte, denn die rußartigen

Pulverreste von der Mündung waren bereits durch den Kontakt mit Theo Knechts Stirn abgewischt worden. Mit seinem besonderen Blick hatte sich van Berckh genau den Wachsoldaten aus der Truppe herausgesucht, der Theo Knecht die Waffe an die Stirn gehalten hatte und ihm damit die größte Angst eingejagt hatte, die er jemals in seinem Leben gespürt hatte. Dann hielt van Berckh das mit dunklen Flecken versehene Taschentuch in die Höhe.

„Meine Herren, wenn Sie nun auf dieses ehemals weiße Taschentuch, das ein Geschenk meiner Großmutter ist, schauen und sich dabei der Himmel vor Ihnen verdunkelt, dann liegt das daran, dass der schwarze Dreck, den Sie hier sehen, die größte Sauerei ist, die mir jemals untergekommen ist. So schwarz und verdreckt wie es in dieser Waffe aussieht, so kann es sonst nur noch in der Hölle aussehen! Mit einer ordentlich gepflegten und einsatzbereiten Maschinenpistole hat dieses Stück verdreckte Metall wohl keine Gemeinsamkeiten, oder ist hier jemand anderer Meinung?!"

Der Blick des Soldaten war starr, als ihm van Berckh wieder die Maschinenpistole übergab.

„Erst hatte ich einen guten Eindruck von Ihnen", rief van Berckh in der Manier eines preußischen Offiziers der Wachmannschaft entgegen, „aber nun glaube ich, dass Sie sich alle hier einen Spaß daraus machen, mich zu enttäuschen! Dieses Taschentuch, das mein letztes Erinnerungsstück an meine selige Großmutter ist, wurde durch Ihren mutwilligen Akt der Sabotage entwürdigt und zerstört! Nein, ich erspare es mir, auch noch den vorschriftsmäßigen Zustand Ihrer Pistolen zu überprüfen, denn ich kann nicht dafür garantieren, dass meine Nerven noch weitere Anblicke des Elends aushalten können!

Wir werden nun Ihre Taschenlampen überprüfen, die Sie auf Streifgang mitzuführen haben. Bevor einer von Ihnen die Dreistigkeit besitzen sollte und bemerken möchte, dass doch soeben nun die Sonne scheint und es noch lange nicht dunkel wird, dem möchte ich mitteilen, dass feindliche Agenten bevorzugt die elektrischen Anlagen außer Betrieb setzen, bevor sie in unter Tage gelegene Anlagen eindringen. Wenn ich es bislang richtig gesehen habe, meine Herren, liegen die am besten geschützten Bereiche der geheimen Entwicklung in unterirdischen Räumlichkeiten, und da gibt es nun mal keine Fenster, durch welche die Sonne scheint! Also meine Herren, ich werde nun durch die Reihen gehen und jeder Wachsoldat wird mir seine Taschenlampe vorzeigen."

Die angetreten Wachsoldaten fingen an, in ihren Anzügen zu kramen, und nach wenigen Sekunden hielten die ersten ihre Taschenlampen in den Händen. Schon beim ersten Blick durch die Reihen erkannte van Berckh, dass die Wachsoldaten unterschiedliche Taschenlampen in den Händen hielten. Er trat vor zwei Soldaten in der ersten Reihe, die beide unterschiedliche Taschenlampen in den Händen hielten und gab den Befehl:

„Taschenlampen einschalten!"

Die beiden Soldaten schalteten ihre Taschenlampen ein und sofort war zu sehen, dass aus einer Taschenlampe helles Licht kam, bei der andern war lediglich zu erkennen, dass sie eingeschaltet und längst nicht so hell war, wie das andere Modell seines Kameraden.

Van Berckh sah den Unterschied sofort und fragte den Wachsoldaten mit der schwächeren Taschenlampe: „Was führen Sie denn für eine Tranfunzel da mit sich? Stammen die Batterien von der tschechischen Armee oder haben Sie noch Restbestände aus der Donau-Monarchie ausgegraben? Geht das mit den Schlampereien denn bei den Taschenlampen gerade so weiter wie es mit den Waffen aufgehört hat?! Geben Sie mir die Taschenlampe, ich bin mal gespannt, ob das Herstellungsdatum der Batterien schon aus diesem Jahrhundert stammt!"

Der Wachsoldat übergab van Berckh die Stabtaschenlampe, der sie sogleich aufschraubte und eine Batterie herausholte. Er schaute sie genau an, aber auf der Batterie war weder ein Hersteller noch ein Herstellungsdatum vermerkt.

„Na das hab ich ja noch nie gesehen, eine Batterie ohne Heimat. Keinerlei Kennzeichnung und nicht mal die Voltspannung ist darauf vermerkt. Haben Sie die etwa selbst zusammengebacken?", fragte van Berckh den Wachsoldaten in einem Tonfall, den man auch Brüllen nennen konnte.

„Ich darf darüber nicht reden", antwortete daraufhin der Wachsoldat.

Van Berckh stutzte. Er schaute nun mit aufgerissenen Augen zu dem Wachhabenden, der zu diesem Zeitpunkt die Funktion des Einheitsführers der Wachmannschaft innehatte und der die Umstände zu der Taschenlampe direkt mitbekommen hatte, da er nur zwei Meter daneben stand.

Noch bevor van Berckh den Wachhabenden in irgendeiner Weise hätte befragen können, sagte dieser: „Ich kann es erklären."

„Na, dann bin ich aber einmal gespannt, was Sie mir darüber sagen können", gab van Berckh als Antwort zurück. „Ich höre", forderte er den Wachhabenden zur Erklärung auf.

„Die Taschenlampe des Kameraden, die heller leuchtet, ist ein Modell aus der geheimen Skoda-Entwicklung. Sie hat eine neu entwickelte, gasgefüllte Birne mit vielfacher Leuchtleistung. Die Batterien in der Taschenlampe des Kameraden, die nicht so hell leuchtet, kommen aus derselben Abteilung. Es sind dieselben Batterien wie die in der neu entwickelten Taschenlampe, es ist nur die herkömmliche Birne in der Lampe. Die Batterien sind Testobjekte, die, seit wir sie testen, nicht gewechselt werden mussten, denn sie laden sich immer wieder selbstständig auf. Der Soldat hat keine Befugnis, darüber zu reden."

Van Berckh nahm die Erklärung zur Kenntnis, ohne sein Erstaunen darüber sehen zu lassen, und führte seine Inspektion fort.

„Der Wachdienst, insbesondere bei Nacht, erfordert ständig die höchste Aufmerksamkeit jedes einzelnen Wachsoldaten. Jeder Fehler kann von heimlich eingedrungenen Agenten und Saboteuren sofort erkannt und für ihre Zwecke ausgenutzt werden. Schon ein einzelner Feindsoldat kann mit einem Fass Treibstoff einen Brand verursachen, der - an der richtigen Stelle gesetzt - kriegsentscheidende Entwicklungen gefährden oder gar vernichten kann. Sie alle hier müssen sich darüber im Klaren sein, dass die Ostfront zwar weit weg ist, aber wenige englische Eindringlinge können dafür sorgen, dass sich dafür die Westfront von einer Sekunde auf die andere vor Ihrer Nase auftut. Ist Ihnen allen das bewusst?!"

„Jawohl, Herr Oberscharführer", schallte es aus den Reihen der Wachsoldaten zurück.

Van Berckh sah, dass Hauptscharführer Knecht wieder aus dem Verwaltungsgebäude gekommen war und dass die Vorbereitungen für die nächste geplante Aktion im Rahmen des Appells, den die Wachmannschaft noch lange in Erinnerung behalten sollte, getroffen waren.

„So, so", sprach van Berckh mit nun leiserer Stimme, „es ist Ihnen also allen bewusst", stellte er mit verschwörerischem Unterton in seiner Stimme fest. „Dann werden wir mal weitermachen und klären, ob Sie sich auch an diese Erkenntnis halten. Hauptscharführer Knecht, was haben Sie zur Klärung dieser Frage aufgefunden?", rief Oberscharführer van Berckh Theo

Knecht zu, der sich nun mit einer Sackkarre, auf der sich mehrere Holzkisten befanden, zu van Berckh vor die Wachmannschaft begab.

Dann nahm Knecht eine Holzkiste, lief vor der ersten Reihe den Wachsoldaten entlang und verstreute den Inhalt vor deren Füße. Van Berckh tat es ihm gleich, nahm ebenfalls eine Kiste und verstreute deren Inhalt, bei dem es sich um Küchenabfälle handelte, vor den Füßen der Wachsoldaten, die in der zweiten Reihe standen. Es handelte sich bei den Küchenabfällen um Reste von Gemüse und Salat, die bei der Zubereitung von Essen in der Kantine angefallen waren und von den Wachsoldaten offenbar gesammelt und in ihrem Aufenthaltsraum gehortet wurden. Bei der untersten Kiste handelte es sich um eine Bierkiste mit leeren Flaschen, die Theo Knecht nun mit der linken Hand hielt und so lange jedem Wachsoldaten eine leere Bierflasche vor die Füße warf, bis die Kiste leer war. Der Appell näherte sich nun seinem planmäßigen Höhepunkt, den van Berckh nun mit einer schauspielerisch bemerkenswerten Leistung vor den nun doch etwas eingeschüchterten Wachsoldaten zelebrierte.

„Meine Herren, ich bin erschüttert und zutiefst darüber enttäuscht, was in Ihren Diensträumen aufgefunden wurde. Es soll aber nun niemand auf die Idee kommen und mir weißmachen wollen, dass Sie während der Nachtwache aus Langeweile Gemüsereste knabbern. Unsere Nachforschungen haben ergeben, dass Sie auf dem Werksgelände eine respektable Kolonie von Feldhasen herangezüchtet haben, die während der Nachtwache immer schön mit den Abfällen aus der Werksküche gefüttert wird. Das machen Sie natürlich nicht, um die Hasenpopulation vor dem Aussterben zu retten, sondern um sich regelmäßig einen ordentlichen Braten mit der Maschinenpistole schießen zu können! Damit das Ganze auch so richtig schön Spaß macht, lassen Sie sich dann vorher noch ordentlich mit Pilsener voll laufen! Diese Flaschen hier vor Ihren Füßen sind ein eindeutiger Beweis dafür, dass Sie lieber saufen, als sich um die Dienstvorschriften zu kümmern!

Ich habe keine Ahnung, was das Wehrstrafgesetz für solche Wachvergehen vorsieht. Aber wenn es nach mir ginge, dann dürften Sie alle Ihr Grünfutter an der Ostfront verteilen! Der Unterschied zu hier dürfte dabei sein, dass der Hase dort Iwan heißt und Sie alle mit samt den Stiefeln fressen wird! Sie werden dann schnell feststellen, dass dieser Hase dann auch nicht nach tschechischem Bier, sondern nach Wodka aus dem Maul stinkt!

Machen Sie einfach so weiter wie bisher und schon bald werden Sie sich im größten Freiluft-Hasenstall mit dem schönen Namen „Kaukasus" Wache wiederfinden.

Leider ist es aber so, dass man heute der Meinung ist, dass Sie für den Dienst an der Ostfront nicht taugen! Aber wenn ich jetzt noch die kleinste Verfehlung vorfinde, dann werde ich Generalmajor Kammler persönlich die Empfehlung aussprechen, Sie mit speziellen Lehrgängen eigens dafür zu qualifizieren! Wir werden nun mit Ihrem Wachhabenden die Konsequenzen Ihrer Vergehen besprechen, und wenn wir nachher hier vorbeikommen, dann haben Sie diesen Platz hier wieder so sauber gemacht, als wäre es die Eingangshalle der Reichskanzlei! Haben Sie das verstanden?!"

„JAWOHL, HERR OBERSCHARFÜHRER!"

In der Rückmeldung der Wachsoldaten klang deutlich hörbar eine Schwingung der moralischen Entwaffnung und der Verzweiflung mit. So eine Standpauke hatten sie noch nie erlebt, und selbst augenscheinlich altgediente Soldaten wirkten eingeschüchtert und ratlos.

Oberscharführer van Berckh und Hauptscharführer Knecht waren sich darüber bewusst, dass der scharfe Auftritt van Berckhs möglicherweise von einem Hauch Ungerechtigkeit und Schikane überschattet war. Aber er war garantiert auch dazu geeignet, dass in den Reihen der Wachsoldaten in nächster Zeit eine unbedingte Disziplin herrschen würde. Weiterhin war nun sichergestellt, dass der Zwischenfall bei der Festnahme Theo Knechts kein populäres Gesprächsthema mehr unter den Wachsoldaten sein würde und sie diesen Tag am liebsten aus ihrem Gedächtnis streichen würden.

Aus dieser Sicht war die Sicherheitsüberprüfung der Wachmannschaft bislang ein Erfolg. Für den späteren Bericht an die GeStaPo notierte sich Theo Knecht eine Anregung.–Wenn unbefugte Personen in einem Sicherheitsbereich gestellt werden, sollten sie zukünftig so lange am Festnahmeort festgesetzt werden, bis ein ausgelöster Alarm, nach Klärung der Situation, wieder beendet werden kann. Van Berckh hatte nämlich festgestellt, dass er mit seiner Waffe die Möglichkeit gehabt hätte, die beiden Wachsoldaten, die Theo Knecht nach seiner Festnahme zur Wache des Werkschutzes verbrachten, von hinten auszuschalten, um dann seinen „Komplizen" Knecht zu befreien.

Kapitel 10

Das Motorstoppgerät

Die Nachbesprechung mit dem Wachhabenden, welcher direkt der GeStaPo unterstellt war, fand im Besprechungszimmer des Werkschutzes statt. Es handelte sich um denselben Raum, in dem Theo Knecht von den Wachsoldaten zu einer Aussage gezwungen werden sollte. Dem Wachhabenden war durchaus bewusst, dass van Berckh mit seiner Einschätzung der Umstände durchaus richtig lag. Aber es war ihm ein Rätsel, wie es van Berckh gelungen war, an die zu der Aufklärung der Umstände erforderlichen Details zu gelangen, diese zusammenzufügen und in einem sachlich richtigen Zusammenhang vor der Truppe preiszugeben. Dem Wachhabenden war es nicht möglich, Knecht und van Berckh einzuschätzen. Obwohl ihm klar war, dass die Vorwürfe gegenüber der Wachmannschaft teilweise dramatisch überzogen waren, wagte er es nicht, diese ungefragt zu relativieren oder gar zu rechtfertigen.

Somit wartete der Wachhabende nun erst einmal ab, was ihm die beiden SS-Männer in kleinem Kreis zu sagen hatten. SS-Hauptscharführer Knecht fasste die vorangegangenen Ereignisse in der Besprechung noch einmal kurz zusammen, die er sich für seinen späteren Bericht an die GeStaPo stichwortartig in seinem Notizbuch zusammengestellt hatte und betonte nochmals, dass unbefugt abgegebene Schüsse innerhalb des Werksgeländes nicht zu akzeptieren seien, weil ein mutmaßlich eingedrungener Feind dadurch sofort lokalisieren könnte, wo sich die Wachstreife aufhalten würde. Außerdem könnten die übrigen Wachstreifen, die den Schuss dann ebenfalls hören würden, nicht erkennen, ob der Schuss einem Feindkontakt oder der Hasenjagd zuzuordnen wäre.

Weiterhin führte Oberscharführer van Berckh an, dass die Werksausfahrten unzureichend gesichert wären und führte als Beispiel dafür an, dass es ihm möglich gewesen wäre, nach der Festnahme Theo Knechts einen voll beladenen Lastwagen zu entwenden und auf der Flucht damit die herabgelassene Schranke der Werksausfahrt zu durchbrechen.

Der Wachhabende hörte sich die Anmerkungen der beiden SS-Männer an und brachte dann seine Einschätzung zu den vorgetragenen Umständen vor.

„Dass die Männer ab und zu einen Hasen abschießen, ist richtig. Aber sie schießen so leise, dass es kaum zu hören ist. Glauben Sie mir, ich werde es ihnen zeigen."

Der Wachhabende stand auf, ging zu einem Stahlschrank und holte ein rohrförmiges Gerät und einen weiteren Gegenstand, der einer der Länge nach aufgeschnittenen Thermoskanne glich. Er legte die Sachen auf den Tisch und holte nun eine Maschinenpistole aus dem Stahlschrank. Mit wenigen Handgriffen hatte er das unterarmlange, rohrförmige Gebilde vor der Mündung der MP fixiert und das andere Teil hatte er im Bereich des Verschlusses der MP angebracht.

„Mit dieser Schalldämpfungsvorrichtung macht die MP nun kaum noch lautere Geräusche als ein Luftgewehr. Es ist übrigens auch eine Erfindung der Kammler-Gruppe aus diesem Werk. Sie kennen es noch nicht?"

Interessiert schauten van Berckh und Knecht die umgerüstete MP an, die dank eines auf dem Schalldämpfer angebrachten Korns nun auch eine höhere Treffsicherheit auf weiter entfernte Ziele versprach.

„Weil der Patronenauswurf ebenfalls abgedämpft ist und nur wenige Patronenhülsen aufnehmen kann, eignet sich diese Dämmung eigentlich nur für Einzelfeuer", erklärte der Wachhabende weiter, der auf Ernst van Berckh den Eindruck machte, dass er in der jetzigen Situation wohl alles dafür tun würde, um die beiden Inspektoren irgendwie zu besänftigen.

„Ihren Einwand, dass Sie mit dem Lastwagen hätten fliehen können, den kann ich nur beschränkt bestätigen. Wir hatten diese Möglichkeit vor einiger Zeit in einer Sicherheitsbesprechung erörtert und ein beteiligter Ingenieur hatte daraufhin eine entsprechende Lösung umgesetzt. Ich werde es Ihnen gerne einmal demonstrieren, wenn Sie es wünschen."

Theo Knecht nickte van Berckh kurz zu, und als der Wachhabende aufstand, folgten sie ihm bis zu der Pforte vor der Werksausfahrt.

„Als Hauptscharführer Knecht von unserer Wachstreife festgenommen wurde, ging sofort die Festnahmemeldung bei mir in der Wache ein", begann der Wachhabende zu erklären. „Daraufhin verständigte ich über eine Telefon-Rundschaltung, bei denen sofort alle an den strategisch wichtigen Punkten im Werk befindliche Posten gleichzeitig angerufen werden, auch die Pforte. Sehen Sie diesen roten Schaltknopf, wo „HF-Stopper“ draufsteht?“, fragte der Wachhabende und zeigte auf eine Schalttafel am Tisch des Pförtners.

„Welche Bedeutung hat der Schalter denn, schaltet man damit etwa eine Alarmsirene ein?“, fragte van Berckh.

„Ich werde es Ihnen im Rahmen einer Funktionsüberprüfung demonstrieren, wir müssen nur kurz abwarten, bis sich ein Lastwagen der Ausfahrt nähert.“

In diesem Moment näherte sich ein Lastwagen von der Straße und bog zum Werksgelände ab.

„Dieser Lastwagen fährt zwar nicht raus, sondern ins Werk hinein, aber der Effekt lässt sich auch auf diese Weise vorführen“, erklärte der Wachhabende.

Nachdem der Lastwagen vor der heruntergelassenen Schranke angehalten und der Posten seine Kontrollformalitäten beendet hatte, wurde die Schranke aufgemacht und der Lastwagen fuhr auf das Werksgelände ein. Als der Lastwagen gerade die Einfahrtsschranke passiert hatte, betätigte der Wachhabende den roten Schalter und sofort war zu sehen, wie der soeben angefahrene Lastwagen langsamer wurde und nach wenigen Metern zu Stillstand kam. Dann brachte der Wachhabende den Schalter wieder in die Ausgangsstellung zurück.

„Haben Sie es gesehen?“, fragte der Wachhabende mit einem gewissen Triumpf in der Stimme.

„Haben Sie etwa den Lastwagen mit dem Schalter gestoppt?“, fragte Theo Knecht ungläubig.

„Genau so ist es“, freute sich der Wachhabende stolz darüber, dass seine Vorführung gelungen war.

„Das ist ja fantastisch! Wie funktioniert denn das?“, fragte Knecht begeistert weiter, der am liebsten gleich selbst noch einmal ein Fahrzeug mit dem Schalter gestoppt hätte.

„Nun, es ist natürlich geheim, aber es handelt sich um Hochfrequenz-Strahlen, welche die Zündung von Motoren im Umkreis von fünfzig Metern außer Betrieb setzt. Damit fallen die Motoren aus, bis der Sender wieder abgeschaltet wird. Sie haben gesehen, dass ich den Schalter sofort wieder umgelegt hatte, als der Lastwagen zum Stillstand gekommen war. Denn wenn der Fahrer versucht, den Motor bei eingeschaltetem Sender, wieder zu starten, saugt der Motor zwar Benzin aus den Vergasern an, aber wenn kein Zündfunke da ist, ist der Motor nach wenigen Sekunden hoffnungslos abgesoffen und kann erst wieder gestartet werden, wenn die Zündkerzen ausgewechselt oder getrocknet wurden. In Berchtesgaden, wo die Straßen zum Berghof führen, sollen diese HF-Strahler ebenfalls installiert sein."

Der Motor des Lastwagens war vom Fahrer wieder gestartet worden und hatte beim Anspringen eine schwarze Wolke aus dem Auspuff gestoßen.

„Interessant", bemerkte van Berckh staunend, „aber was ist, wenn ein Lastwagen mit einem Dieselmotor auf die Ausfahrt zurast? Kann der ebenfalls mit dem Hochfrequenz-Strahler gestoppt werden?"

„Auch über diese Frage hatten wir beraten und sogar das undenkbare Szenario besprochen, was denn passieren könnte, wenn ein feindlicher Panzer mit Dieselmotor in das Werk eindringen würde", erläuterte der Wachhabende.

„Und zu welchem Schluss sind Sie bei der Beratung bezüglich dieser Frage gekommen?", fragte van Berckh.

Der Wachhabende lächelte nun etwas gequält und zog dabei die Schultern hoch. „Ich weiß nicht, wo Sie bislang überall auf dem Werksgelände herumgekommen sind und was Sie dabei gesehen haben. Sie wissen, dass hier Maschinen, Waffen und Mechanismen in den Werkstätten entwickelt werden, die so geheim sind, dass nur die unmittelbar damit befassten Forscher und Mechaniker wissen dürfen, um was es eigentlich geht. Natürlich bekomme ich so einiges davon mit und kann mir vor daher auch einiges zusammenreimen. Aber zurück zu Ihrer Frage, es war bei der Besprechung bezüglich der Problematik zu den dieselgetrieben Fahrzeugen von „Donars Schwert" die Rede.

Wenn Sie also im Werk irgendwo auf dicke Stahlplatten treffen, die fingerdicke Löcher aufweisen, bei denen es sich jedoch nicht um Einschüsse handelt, und wenn die Stahlplatten Trennkanten haben, die weder Sägespuren, noch Spuren von Schneidbrennern oder Knabberwerkzeugen aufweisen, dann sind Sie nahe an der Abteilung, wo die Erprobungen mit „Donars Schwert" stattfinden. Soweit ich weiß, sind aber keine entsprechenden Installationen für das Werk in Planung. Ich möchte auch nicht wissen, was passiert, wenn so ein Todesstrahl auf einen mit Munition beladenen Transporter oder Panzer trifft. Ich möchte in diesem Moment jedenfalls nicht an der Pforte daneben sitzen“, schloss der Wachhabende seine Beschreibung.

„Da kommt ein Pkw angefahren, der wohl rausfahren möchte. Den möchte ich gerne mal stoppen“, sagte Theo Knecht beim Anblick eines herannahenden Pkws, bei dem es sich offensichtlich um einen Skoda aus dem Werkfuhrpark handelte. Schon hatte Theo Knecht seine Finger an dem Schalter für den „HF-Stopper“ und betätigte diesen.

Gebannt, wie ein kleiner Junge, der seine Spielzeugeisenbahn anschaute, beobachtete Knecht den nun immer näher kommenden Skoda, der jedoch seine Fahrt unbeirrt fortsetzte und erst an der herabgelassenen Schranke der Werksausfahrt anhielt. Verstört blickten die Männer auf den Schalter für den „HF-Stopper“, der jedoch durch eine rote Kontrollleuchte seine ordnungsgemäße Funktion signalisierte.

Der Wachposten in dem Unterstand am Werkstor hatte die Kontrolle des Skodas bereits abgeschlossen, und einer Ausfahrt des Pkws aus dem Werksgelände hätte somit nichts mehr entgegengestanden. Jedoch war dadurch, dass der „HF-Stopper“ aktiviert war, automatisch auch der Strom für die elektrische Betätigung der Schranke unterbrochen, weshalb der Wachposten einen fragenden Blick in den Pförtnerraum warf.

„Ich wusste gar nicht, dass Skoda nun auch Dieselmotoren in Pkw einbaut“, wunderte sich van Berckh.

„Das wäre mir ebenfalls neu, aber wir können ja einfach mal nachfragen, was der Wagen unter der Haube hat. Vielleicht finden wir ja eine Erklärung dafür, warum der „HF-Stopper“ keine Wirkung gezeigt hat“, schlug der Wachhabende vor, und die Männer begaben sich zur Schranke, wo der Fahrer des Skoda ausgestiegen war und mit dem Wachposten verhandelte.

„Sie werden gleich weiterfahren können“, sprach der Wachhabende den Fahrer an, während van Berckh und Knecht neugierig in das Wageninnere schauten und dabei feststellten, dass außer dem Fahrersitz alle anderen Sitze ausgebaut waren und sich stattdessen irgendwelche Messgeräte und verschiedene Apparaturen im Fahrzeuginneren befanden, welche die beiden SS-Männer nicht einordnen konnten.

„Dürfen wir mal unter die Motorhaube schauen?“, fragte van Berckh freundlich den Fahrer des Skodas.

„Nein, das geht nicht“, lehnte der Fahrer ab, „das ist Geheimsache.“

Van Berckh zog darauf mit ratlosem Blick die Schultern hoch und schaute den Wachhabenden an, der seinerseits van Berckh fragend ansah und damit den Anschein machte, was van Berckh denn nun von ihm erwartete. Erst als van Berckh seinen Kopf leicht zur Seite neigte und mit seinem verschmitzten Blick weiterhin den Wachhabenden anschaute, dämmerte diesem, was van Berckh von ihm nun erwarten würde. Der Wachhabende hatte nun verstanden, hob kurz die Augenbrauen an und nickte dann van Berckh heimlich zu.

Gemächlich schlenderte der Wachhabende nun ebenfalls um den Skoda, als würde er auf einem sonntäglichen Spaziergang mit aller Zeit der Welt ein Blumenbeet umrunden. Der Fahrer des Pkws sah, dass sich scheinbar nichts ereignete, was ihn auf eine unmittelbare Ausfahrt aus dem Werksgelände hoffen ließ. Einige Sekunden später fragte der Fahrer den Wachhabenden, wann er denn endlich ausfahren könne. Daraufhin ging der Wachhabende, immer noch sehr gemächlich, auf den Fahrer zu, setzte seine Schirmmütze weit nach hinten, beugte sich dich vor den Fahrer, bis beide Nasenspitzen nur noch eine Handbreit voneinander entfernt waren und sagte mit einem ausdrucksvollen Lächeln im Gesicht: „Geheimsache." Der Fahrer schien erst nicht zu verstehen, aber als ihn nun alle drei Männer anlächelten, kapierte er, was die drei grinsenden Männer von ihm erwarteten.

„Leute, ich muss heute noch hundertfünfzig Testkilometer fahren, bitte lassen Sie es uns kurz machen. Sie dürfen kurz unter die Haube schauen, aber Fragen werde ich Ihnen keine beantworten", sprach der Fahrer und öffnete die Motorhaube.

„Ein Elektromotor?!", stellte Theo Knecht staunend fest, als der Fahrer bereits die Motorhaube wieder zu klappte.

„Kann ich nun?", fragte der Fahrer und stieg, ohne auf eine Antwort zu warten, wieder in den Wagen.

Der Wachhabende gab dem Pförtner ein Zeichen und der Wachposten öffnete nun die Schranke. Mit einem leichten Surren, beinahe geräuschlos, entfernte sich der Skoda, und die Männer sahen ihm nach, bis er außer Sichtweite geriet. Dann begaben sie sich zu den Räumlichkeiten des Werkschutzes, um ihre Besprechung fortzusetzen.

„Der Fahrer sprach von hundertfünfzig Kilometern Fahrt. Wie viel Batteriekapazität er dafür wohl brauchen wird?", sinnierte Theo Knecht, während sie liefen, und begann im Kopf zu rechnen. Nach einigen Sekunden der Konzentration schüttelte Theo Knecht ungläubig den Kopf. „Das kann nicht sein, Ernst, unmöglich..."

„Was meinst du damit?", fragte van Berckh nach.

„Der Elektromotor in dem Skoda hat, seiner Größe nach zu urteilen, eine Leistung von schätzungsweise fünfzig Kilowatt, vielleicht sogar noch mehr. Um damit eine Strecke von hundertfünfzig Kilometern zurückzulegen, müsste der Kofferraum und auch der Innenraum des Skodas vollständig mit Batterien ausgestattet gewesen sein. Aber ich habe außer einigen Kabeln keine einzige Batterie im Innenraum entdeckt und außerdem wäre der Skoda mit den benötigten Batterien schon vom Gewicht her hoffnungslos überladen gewesen."

„Ich zeige Ihnen mal, wo sich die fahrzeugtechnischen Erprobungswerkstätten befinden", warf der Wachhabende ein und begab sich vor eine Übersichtskarte des Werksgeländes, die an der Wand im Wachraum hing. Er zeigte auf eine Stelle auf der Karte, die sich am Rande des weitläufigen Werksgeländes befand.

„Hier befinden sich die Werkstätten, wo der Skoda von vorhin umgerüstet wurde. Sie erhalten nachher Ausweise für bestimmte Sicherheitsbereiche mit einer festgelegten Sicherheitsstufe. Bitte denken Sie daran, dass Sie nicht für alle Bereiche im Werk eine Zugangsberechtigung haben, bevor Sie vielleicht wieder irgendwo im Rahmen einer Sicherheitsüberprüfung einzudringen versuchen. Das hat weniger etwas mit Geheimhaltung zu tun, sondern eher damit, dass an verschiedenen Orten oftmals fertigungstechnische Prozesse ablaufen, für die, um der Gesundheit Willen, ein besonderer Schutz erforderlich ist. Es gab nämlich schon Unfälle dort. Fragen werden Ihnen dort ohnehin nur in Gegenwart von General Kammler beantwortet."

Kapitel 11

Der diebische Koch

Der Wachhabende hatte sich seit dem Wachappell in bemerkenswerter Weise höflich und zuvorkommend gegenüber den beiden SS-Männern verhalten, was diese wohlwollend zur Kenntnis nahmen.

„Ich denke, dass wir soweit nun alles besprochen haben, was die Wachmannschaft und die Disziplin anbelangt", erklärte Hauptscharführer Knecht dem Wachhabenden. „Sie werden sicherlich verstehen, dass wir, jederzeit und unangekündigt, wieder bei Ihnen eine Sicherheitsinspektion durchführen können. Ich empfehle Ihnen, sich Stallhasen zuzulegen oder die Feldhasen auf dem Gelände zukünftig mit geeigneten Fallen zu fangen. Nach Hasen wird jedenfalls nicht mehr geschossen. Nicht hier auf dem Werksgelände! Sagen Sie das auch den ablösenden Wachmannschaften, damit alle Bescheid wissen. Die GeStaPo versteht in dieser Beziehung keinen Spaß, auch wenn sie nicht alle Kleinigkeiten wissen möchte, wenn wir es ihnen nicht auf die Nase binden. Sie verstehen, was ich meine."

„Ich habe verstanden und danke Ihnen für Ihre Nachsicht", entgegnete der Wachhabende. „Zu den Bierflaschen möchte ich noch sagen, dass die Kameraden bei ihrer Ablösung immer noch ein Feierabendbier zusammen trinken. Im Dienst wird kein Bier getrunken, das wird auch strikt eingehalten."

„Das habe ich mir schon gedacht", sagte Hauptscharführer Knecht daraufhin. „Möglicherweise ist Ihre Truppe besser als wir sie dargestellt haben. Aber sicherlich wissen Sie auch schon, welcher Wachsoldat für die nächsten drei Monate die Reinigung sämtlicher Waffen übernimmt?"

„Ich weiß, wenn Sie meinen", antwortete der Wachhabende, „aber eine Frage hätte ich da noch."

„Ja, bitte...?", gewährte ihm Theo Knecht die Frage.

„Wie haben Sie das mit den Hasen herausbekommen? Das war ein bislang gut gehütetes Geheimnis."

Theo Knecht schaute zu van Berckh und nickte ihm kurz zu, denn es war seine Aufgabe, diese Frage zu beantworten.

„Wissen Sie“, sagte er mit einem Lächeln im Gesicht, „wir sind von der SS, und wenn wir wollen, dann kriegen wir alles aus den Leuten heraus. Auch ohne sie zu verprügeln.“ Diesmal war ein kleiner Triumph in der Stimme van Berckhs herauszuhören.

Der Wachhabende schien noch darüber zu brüten, wie er denn van Berckhs Antwort bewerten sollte.

Währenddessen verabschiedeten sich die beiden mit einem kräftigen „Heil Hitler“, welches vom Wachhabenden umgehend erwidert wurde. Es war nicht so, dass der Wachhabende nun einen Groll oder eine schlechte Meinung über die beiden SS-Männer hegen würde. Dennoch war er froh, dass sie nun gegangen waren.

Für diesen Tag waren die Vorhaben der beiden Adjutanten abgeschlossen und sie hatten dabei mehr gesehen und erlebt, als sie es erwartet hatten. Nun ging es auf den Abend zu und es machte sich Hunger bemerkbar.

„Wir könnten eigentlich einen Blick in den Speisesaal werfen und schauen, was wir heute abends auf den Teller bekommen“, schlug Theo Knecht vor.

„Daran habe ich auch schon gedacht“, entgegnete van Berckh. „Lass uns von hinten in die Küche gehen, dann können wir dem Küchenbullen gleich mal klarmachen, dass er ab sofort besser auf seine Küchenabfälle achten soll. Möglicherweise hat er ja die Hasenbraten für die Wachmannschaft immer selbst zubereitet.“

Durch den Hintereingang betraten die beiden Männer die Küche, wo sie sofort die Blicke des Personals auf sich zogen. Auch der Koch hatte sie gesehen und kam auf sie zu, während die beiden neugierige Blicke durch die Küche streifen ließen.

„Was wünschen die Herren?", fragte der stämmig untersetzte Küchenchef, der von van Berckh schon beim Betreten der Küche an seiner typischen Bekleidung als Koch erkannt wurde und der nun ungewöhnlich nahe vor ihnen stand. Nicht nur an seiner Sprache, auch an seinem Aussehen war er sofort als typischer Tscheche zu erkennen.

Es war van Berckh nur innerhalb weniger Momente möglich gewesen, mit seinem besonderen Blick den Koch einzuordnen. Dabei stellte er sofort eine eindeutige Antipathie fest und war sich im selben Moment sicher, dass diesem Mann nicht zu trauen war und er ihn spontan nicht mochte.

Knecht und van Berckh hatten zuvor nicht abgesprochen, wer die entsprechenden Worte an den Koch richten sollte, der die beiden SS-Männer nun mit erhobener Nasenspitze abwechselnd anschaute. Der Blick des Tschechen erinnerte an einen Oberlehrer, der gerade zwei ertappe Schüler vor sich hatte, und der Oberlehrer nach einer ersten Frage unmittelbar davorstand, beiden Schülern zur Beschleunigung der Antwort jeweils eine Ohrfeige zu verpassen. Während Theo Knecht von dem burschikos und distanzlos wirkenden Koch irritiert zu sein schien, ergriff Ernst van Berckh das Wort.

„Der vorbereitete Hasenbraten soll um achtzehn Uhr dreißig serviert werden, wir sind vier Personen. Was gibt es dazu als Beilage?"

Der Koch wandte seinen Blick von van Berckh ab, dem er, während dieser seine Frage an ihn richtete, irgendwie trotzig vorkam. Diese Art von Gesichtsausdruck hatte van Berckh im Laufe des Tages schon mehrfach in den Gesichtern der Wachsoldaten gesehen und er hatte daraus Widerwille und vielleicht sogar einen Anflug von Hinterhältigkeit gelesen.

Es war nicht van Berckhs Hoffnung, dass die Tschechen und die Deutschen jemals gute Freunde würden. Dafür war es in der jüngsten Geschichte der beiden Völker zu oftmals unheilvollen Zwischenfällen gekommen, welche insbesondere in den Sudetengebieten stattgefunden hatten und auch Anlass zum Einmarsch deutscher Truppen waren. Aber es war der Anspruch, dass er sich sicher sein wollte, dass an wichtigen Schlüsselpositionen, wozu auch die Essenszubereitung gehörte, nur absolut loyale und auch in ideologischer Hinsicht unbedenkliche Kräfte eingesetzt werden.

Bestimmt hatte der Koch eine durch die GeStaPo durchgeführte Sicherheitsüberprüfung hinter sich, bei welcher auch sein privates Umfeld unter die Lupe genommen und seine Zuverlässigkeit bewertet wurde. Aber dennoch hielt van Berckh diesen Mann intuitiv für ein Sicherheitsrisiko. Natürlich hatte er keine rationalen Beweise für seine Einschätzung dieser Person und ohne einen triftigen Grund wäre es van Berckh nicht möglich, diesen Mann von seiner Position in der Küche zu entfernen. Der Gedanke, dass dieser Koch sein Essen für ihn zubereitet, ließ van Berckh jedoch den Appetit vergehen. Nein, er hatte keine offensichtlichen Vorwürfe gegen den Koch vorzubringen. Aber wenn es darum gehen sollte, dass feindliche Kräfte einen Koch dazu bringen sollten, dem Essen für Offiziere und Wissenschaftler ein langfristig wirkendes Gift beizumischen, dann würden sie in dem tschechischen Koch sicherlich einen willfährigen Gehilfen dafür finden. Dessen war sich van Berckh sicher, der seine sicherheitstechnische Überprüfung für diesen Tag nun wohl doch noch nicht beendet sah.

„Hase gibt es nicht", brachte der Koch nun vor und sah van Berckh dabei in die Augen.

Genau diese Antwort hatte van Berckh von dem Koch erwartet. Eine Antwort, die das Bild der tschechischstämmigen Beschäftigten im Skoda-Werk, den er tagsüber gewonnen hatte, abrundete, und diese Antwort war genau der berühmte Tropfen, der das Fass zum Überlaufen brachte.

„Sie wissen, was in Ihrer Küche passiert? Sie kennen den Speiseplan, haben ihn vielleicht sogar selbst geschrieben und erklären mir, dass es heute keinen Hasenbraten gibt?"

„Chef von Küche bin ich, aber kein Hasenbraten gibt", wiederholte der Koch und ging mit dieser Antwort nicht über die letzte Brücke, die ihm van Berckh mit seiner Frage gebaut hatte.

„Kommen Sie mit", wies van Berckh den Küchenchef energisch an und lief in die Küche der Werkskantine. Er ließ seinen Blick durch die Einrichtung schweifen und ging dann zielsicher auf einen Backofen zu, dessen Klappe er öffnete. Aus dem Backofen holte er einen großen, schweren Bräter und stellte ihn auf den Tisch. Er hob den Deckel.

Im Bräter befanden sich zwei gebratene Hasen, umgeben von Zwiebeln, Möhren und Kräutern. Die Hasen waren noch nicht zerlegt und der Bräter war kalt.

„Sehen Sie, das ist der Braten, den wir um achtzehn Uhr dreißigserviert haben möchten. Was sagten Sie doch gleich, was es als Beilage dazu gibt?", fragte van Berckh den Koch.

„Ist aber nicht für Sie", gab der Koch immer noch trotzig zur Antwort.
Am Eingang zur Küche befand sich ein kleines Schreibpult, über dem ein Telefon hing.

„Theo, ruf bitte eine Streife vom Werkschutz, hier ist eine Person festzunehmen."

Theo Knecht nickte kurz und ging dann zum Telefon. Er wählte die Telefonzentrale des Werks an, ließ sich mit dem Werkschutz verbinden und forderte eine Wachstreife an, die zwei Minuten später am Hintereingang der Küche eintraf.

„Ich unschuldig, ich keine Verbrecher, ich nix getan“, empörte sich der Koch.

„Dieser Mann wird wegen Jagdwilderei, unerlaubtem Handel mit Fleisch und Diebstahl von Reichseigentum verhaftet. Sperren Sie ihn ein, die GeStaPo wird sich morgen um ihn kümmern.“

Wortlos führten die Wachsoldaten den entsetzten Koch ab. Sie hatten am heutigen Tag gelernt, dass es das Beste für sie sein würde, die Anweisungen der SS peinlich genau zu befolgen.

„Bist du dir sicher, dass der Koch das alles begangen hat, weswegen du ihn hast verhaften lassen?“, fragte Theo Knecht seinen Kameraden.

„Was haben wir denn schon an Beweisen in der Hand, außer dass er ohne Genehmigung zwei Hasen gebraten hat?“

„Bislang ist die Beweislage schlecht, das stimmt schon. Wenn wir bis morgen früh warten, könnte die Beweislage aber noch sehr viel schlechter sein. Wir sollten daher dafür sorgen, dass wir die Dinge auf den Tisch legen können“, stellte van Berckh kriminalistisch fest.

„Eigentlich sollte es nicht unsere Aufgabe sein, illegale Hasenschiebereien aufzudecken. Hast du übrigens gesehen, dass in der Kantine zwei Mongolen beschäftigt sind? Ich habe jetzt übrigens Hunger“, bemerkte Theo Knecht.

„Die Mongolen hab ich auch gesehen, der Wachhabende wird uns erklären können, was es mit ihnen auf sich hat. Wir müssen ohnehin noch mal zu ihm rüber, er bekommt noch einen Auftrag von mir.“

Der tschechische Koch diskutierte heftig mit dem Wachhabenden, verstummte dann aber schlagartig, als die beiden SS-Männer die Wache betraten. Van Berckh erklärte die Festnahmegründe und wollte vom Koch den Schlüssel für seinen persönlichen Spind haben. Der Koch stellte sich jedoch stur und verschränkte die Arme, während er auf Tschechisch schimpfte. Der Wachhabende wies einen Soldaten an, den Koch zu durchsuchen, der schon mit dem ersten Griff einen Schlüsselbund aus dessen Hosentasche hervorholte.

„Dann werden wir mal aus seinem Spind holen, was nicht ihm gehört. Fragen Sie ihn, wo sich sein Spind befindet, dann gehen wir. Nehmen Sie noch zwei Männer mit.“

Auf dem Weg zur Küche fragte van Berckh den Wachhabenden, wie es dazu kommen würde, dass in der Küche Mongolen beschäftigt sind. Der

Wachhabende erklärte dann, dass es sich bei den beiden Männern nicht um Mongolen, sondern um Angehörige einer Gruppe Tibeter handelte, welchen gestattet wurde, in der Küche ihr landestypisches Essen selbst zu kochen. Es könne auch durchaus vorkommen, dass jemandem Leute aus dieser Gruppe in SS-Uniform begegnen. Meistens würden sie aber bunte Gewänder und gelbe Mützen tragen. Ihren Sichtausweis müssten sie aber in jedem Fall an der Bekleidung angebracht haben.

Der Spind des Kochs war schnell gefunden und der Wachhabende öffnete das verschlossene Vorhängeschloss mit einem Schlüssel, der sich an dem Schlüsselbund des Kochs befand.

„Das gibt's doch nicht!“, stieß der Wachhabende entrüstet hervor.

In dem Schrank hing ein Hase mit zusammengebunden Läufen an einem Kleiderhaken. Daneben befand sich die Zivilkleidung des Kochs. In den Fächern des Spindes waren kiloweise Zucker, Mehl, Salz, Margarine und Gewürze gehortet.

Auch Theo Knecht war erstaunt, während van Berckh kaum eine Regung zeigte.

„Listen Sie die Lebensmittel für Ihren Bericht auf, der morgen der GeStaPo vorgelegt werden muss und stellen Sie sicher, dass der Küchenbetrieb einstweilen wie gewohnt aufrechterhalten wird. Weiteres klären wir morgen“, wies er den Wachhabenden an.

Dann entfernten sich Knecht und van Berckh und ließen die drei Wachsoldaten zurück.

„Lass uns mal schauen, wo sich Jana und der Chef befinden“, schlug Theo Knecht vor und die beiden begaben sich zum Vorzimmer des Generaldirektors Voss, wo die Sekretärin sich gerade auf ihren Feierabend vorbereitete. „Sind Herr Kammler und Frau Schmidt noch beschäftigt?“, fragte Theo Knecht die Sekretärin.

„Herr Kammler ist nach seiner Besprechung mit Frau Schmidt in die Telefonzentrale gegangen, sie soll dort eine Einweisung in das Vermittlungswesen bekommen und Herr Kobitzki sitzt am Ende des Flurs in einem Büro“, sagte daraufhin die Sekretärin.

Untersturmführer Kobitzki schaute erleichtert, als seine beiden Kameraden in das Büro kamen.

„Na?! Lasst ihr euch auch mal wieder blicken? Dann scheint es wohl bald Essen zu geben“, frotzelte er.

„Ganz recht, und wenn du heute ebenfalls so fleißig wie wir gewesen bist, dann kriegst du auch etwas von unserem exklusiven Abendmahl ab", stellte ihm Theo Knecht in Aussicht. „Wo steckt denn der Chef?"

„Er telefoniert in der Telefonzentrale mit einigen Leuten aus dem Stab. Stell dir vor, in der Telefonzentrale gibt es ein von der Reichspostforschungsanstalt gebautes Gerät, das es ermöglicht, dass bis zu sechs Teilnehmer miteinander gleichzeitig telefonieren können. Jana bekam heute schon eine Einweisung zur Bedienung dieses Geräts, das „Spinne" heißt. Es kann wie ein Koffer transportiert und in jeder Telefonzentrale verwendet werden. Der Chef ist ziemlich begeistert von dieser neuen Erfindung, und wie es aussieht, werden wir in Zukunft solch ein Gerät mit auf die Reise nehmen", berichtete Willi Kobitzki begeistert.

Mit Freude hörte Ernst van Berckh, dass der General Jana an der „Spinne" ausbilden ließ. Demnach war davon auszugehen, dass er sie bereits schon für den Dienst in seinem engsten Umfeld rekrutiert hatte.

Zurück im Vorzimmer des Direktors, bat van Berckh die Sekretärin, Jana und General Kammler ausrichten zu lassen, dass man sie im Speisesaal erwarten würde. Dann machten sich die Männer auf den Weg dorthin.

Van Berckh machte zuvor noch einen Abstecher in die Küche und vergewisserte sich, dass der Hasenbraten samt Beilagen auch in Zubereitung war. Der Küchenoberin erteile er hierzu obendrein auch den Auftrag, für zwei Flaschen Weißwein zu sorgen, woraufhin diese sofort sagte, dass dies kein Problem sei. Als van Berckh in den Speisesaal kam, waren Jana und der General bereits schon am Tisch.

„Ich habe gehört, dass Sie heute einen ereignisreichen Tag hatten", sagte der General zu van Berckh, der sich gerade neben Jana setzte.

„Allerdings", entgegnete van Berckh, „wir haben disziplinarische Mängel in der Wachmannschaft festgestellt und behoben, sowie unzureichende Bestimmungen in der Wachvorschrift aufgedeckt und werden diese zur Nachbesserung an die GeStaPo melden. Zuletzt haben wir noch dem diebischen und unzuverlässigen Koch die Maske heruntergerissen und ihn festnehmen lassen."

„Sie meinen mit Koch den Küchenchef?", fragte der General mit einem Erstaunen, das sich an der Grenze zur Empörung befand und schaute daraufhin auch Hauptscharführer Knecht an.

Dieser zog jedoch die Augenbrauen hoch und nickte bestätigend. „Ich kann es nur bestätigen, dass sich die Situation letztendlich bei der Durchsuchung seines persönlichen Spinds so dargestellt hat. Es hing ein gewilderter Hase drin und wir fanden kiloweise Lebensmittel vor, die der Koch aus der Küche für eigene Zwecke abgezweigt hatte."

Der General hatte den Worten von Hauptscharführer Knecht genau zugehört und fragte nun bei Theo Knecht nach. „Ihrer Schilderung entnehme ich, dass Sie offenbar zuerst den Koch haben festnehmen lassen, bevor Sie Beweise dafür gefunden haben?"

Jetzt wurde Theo Knecht etwas verlegen und unsicher.

„Ja, einen Verdacht gab es schon irgendwie, weil er zuvor auch gelogen hatte. Das war dann nicht mehr hinnehmbar und da hab ich den Werksschutz zu seiner Festnahme kommen lassen."

Der General hatte nach dieser Erklärung erst recht die Ohren gespitzt und hatte dann auch gleich die Vermutung, dass van Berckh genau die übersinnlichen Fähigkeiten in dem vorgetragenen Fall zur Anwendung gebracht hatte, die der General in ihm vermutete.

„Und wie war es denn dazu gekommen, dass der Koch überhaupt in den Verdacht dieser schweren Vergehen kam? Sie sind doch nicht mit der Sicherheitsüberprüfung des Küchenpersonals beauftragt gewesen, das ist doch Angelegenheit der GeStaPo", fragte Kammler interessiert und schaute dabei immer noch Theo Knecht an, da er scheinbar von diesem Antworten auf seine Fragen haben wollte.

Jetzt schien Theo Knecht nicht mehr in der Lage, dem General eine befriedigende Antwort auf seine Fragen zu geben und suchte hilflos den Blickkontakt zu Ernst van Berckh. Als Kammler bemerkte, dass von Theo Knecht keine erhellende Antwort mehr zu erwarten war, schaute er ebenfalls zu van Berckh, der sich auf seinem Stuhl zurückgelehnt hatte. Alle schauten nun auf Ernst van Berckh.

„Ganz einfach", erklärte dieser. „In der Küche roch es nach Hasenbraten, aber Hasenbraten stand nicht auf der Speisekarte. Dann log mir der Koch auch noch frech ins Gesicht. Also haben wir den Hasenbraten gefunden und den Koch verhaften lassen."

„Sie haben den Küchenchef wegen einem Hasenbraten verhaften lassen? Wegen einem Hasenbraten?", fragte der General und war wieder sehr erstaunt.

„Natürlich nicht, Herr Kammler“, beschwichtigte ihn van Berckh. „Sie haben doch gehört, was er noch alles in seinem Spind gehortet hatte. Alles gestohlenes Reichseigentum.“

„Das hatten Sie aber erst nach seiner Verhaftung gefunden“, stellte Kammler hierzu fest.

„Ja, das ist richtig, aber wer zwei SS-Männer anlügt, der klaut auch Reichseigentum“, rechtfertigte van Berckh.

„Eine interessante Schlussfolgerung, die allerdings durch den Erfolg bestätigt wurde, der sich erst im Nachhinein einstellte. Wo sind denn solche Erkenntnisse hergeleitet?“, versuchte General Kammler van Berckh in die Enge zu treiben.

„Das sind Erkenntnisse, die ähnlich einem Naturgesetz sind. Das lernt man im Laufe der Jahre an der Ostfront und nur dort.“

Mit diesem Worten hatte sich van Berckh aus der Affäre gezogen und auch der General war mit dieser Antwort halbwegs zufrieden. So hatte er wieder einen weiteren Hinweis dafür erhalten, dass van Berckh möglicherweise übersinnliche Fähigkeiten hatte. Auch wenn es nur ein Hinweis war, der nicht einmal als der Hauch eines objektiven Beweises gewertet werden konnte, so begnügte sich der General damit, dass van Berckh abermals eine ihm anhaftende Eigenschaft diesmal hieb- und stichfest, bewiesen hatte. Nämlich, dass er in dem, was er tat, erfolgreich und seiner Sache sicher war. Diese Tatsache nahm General Kammler zufrieden zur Kenntnis, denn der Erfolg van Berckhs war sein Erfolg, der Erfolg des Reichs und nicht zuletzt der Erfolg der gemeinsamen Sache sowie des Endsiegs, für den sie alle kämpften.

Eine Küchenbeschäftigte war nun mit einem Servierwagen an den Tisch gekommen, auf dem sich abgedeckte Platten befanden und feinstes Porzellan. Als die Teller verteilt waren, die Weingläser auf den Tisch standen und die Teller befüllt wurden, wurden die Augen des Generals immer größer. Erst als sich die Küchenbeschäftigte wieder zurückgezogen hatte, wurde wieder am Tisch gesprochen. Jana freute sich sehr über den „Braten von Hase“ und auch der General zeigte sich erfreut, bis er wieder nachdenklich wurde und van Berckh fixierte, der sich, wie alle anderen am Tisch, an dem vorzüglichen Hasenbraten gütlich tat.

„Ich bin nun sicherlich das erste Mal hier“, stellte der General sachlich richtig fest, „aber ich habe mir mein Tablett bisher immer selbst an den

Tisch getragen und Wein gab es hier bislang auch nicht zum Abendessen", stellte Hans Kammler fest und ließ keinen Zweifel daran, dass diese Feststellung eine verklausulierte Frage an van Berckh darstellte und er eine Stellungnahme von diesem erwartete, die auch nicht lange auf sich warten ließ.

Van Berckh war jedoch gar nicht verlegen und vermied es geschickt, auf die zu dem Festessen führenden Hintergründe einzugehen.

„Es freut mich, dass dieses köstliche Essen von Ihnen so angemessen gewürdigt wird, Herr Kammler. Noch mehr freut mich der Anlass, dem dieses heutiges Essen gewidmet sein soll", sprach der Oberscharführer, wobei er sein Weinglas anhob und mit einem freundlichen Lächeln im Gesicht Jana zunickte.

Diese wiederum schaute mit ihren strahlenden blauen Augen und ebenfalls mit einem glücklichen Lächeln im Gesicht, zu General Kammler, auf den nun auch Knecht und Kobitzki schauten. Es war nun still am Tisch und die auf den General gerichteten Blicke signalisierten ihm unmissverständlich, dass nun eine Ansprache von ihm erwartet wurde.

„Meine Dame und meine Herren", begann er seine Ansprache, „im Namen des Führers und des Reichs sind wir stets bestrebt, jederzeit unser Bestes mit ganzer Kraft und energischem Eifer zur Erringung des Endsiegs und damit zur Beendigung des Kriegs tagtäglich einzubringen. Damit verbunden ist der Wille zur stetigen Steigerung unserer Effizienz, auch durch den Einsatz technischer Errungenschaften und die Umsetzung neuer Erkenntnisse. Auch wenn wir das schon aus eigenem persönlichem Antrieb gerne leisten, so sind wir darüber hinaus geradezu verdammt, alles aus uns und den uns zur Verfügung stehenden Mitteln herauszuholen.

Zur Verstärkung meines innersten Mitarbeiterstabs darf ich heute Frau Jana Schmidt begrüßen, die mit ihren ausgezeichneten Fähigkeiten die Kameraden Knecht und Kobitzki entlasten und für neue Aufgaben freistellen soll.

Weiterhin können wir mit einer weiteren Person das von Kamerad van Berckh vorgeschlagene Sicherheitskonzept auf unseren Reisewegen planmäßig durchsetzen. Wir werden zukünftig mit zwei Pkw unterwegs sein, von denen einer noch zu beschaffen sein wird. Kamerad van Berckh wird sich morgen mit der Auswahl eines geeigneten Wagens beschäftigen. Frau

Schmidt wird morgen eine Uniform bekommen, wie sie die Damen in der Telefonvermittlung, unsere Blitzmädchen, tragen.

Frühstück ist morgen, um acht Uhr dreißig im Hotel „Böhmischer Hof“, es sind Zimmer reserviert. Herzlich Willkommen, Frau Schmidt!“

Fröhlich stießen die Männer mit Jana an, die sich unter den Männern sichtlich wohl fühlte und diesen mit ihrer fröhlichen Natur eine willkommene Kameradin war.

„Dieser Hasenbraten ist vorzüglich, das Weißkraut und die Knödel passen prima dazu. Die Soße ist ein wahres Gedicht“, schwärmte der General. „Haben Sie das organisiert?“, fragte er Kobitzki, der mit vollem Mund nur kurz den Kopf schüttelte und mit einem kurzen Nicken in van Berckhs Richtung signalisierte, dass dieser dafür verantwortlich war.

„Sie haben das organisiert?“, fragte er nun van Berckh.

„Ich würde sagen, dass dieses Mahl eine Aufmerksamkeit des Werksicherheitsdienstes ist, der sich damit bedanken möchte, dass wir ihm bei der Aufdeckung der Sicherheitsmängel behilflich waren“, erklärte van Berckh in diplomatischem Tonfall und mit einem schelmischen Grinsen im Gesicht.

Schon wieder schellten beim General alle Alarmglocken. Er war wieder hellhörig geworden und fragte investigativ nach. „Nun, Sie haben heute früh Ihre Sicherheitsüberprüfung begonnen und sie dauerte bis in den frühen Abend. Wenn ich mal nachrechne, wie lange es dauert, bis erst zwei Hasen in freier Wildbahn erlegt sind, diese dann küchenfertig zubereitet sind, damit sie erst mal in den Topf kommen können und wie lange es dann noch dauert, bis der Braten servierfertig ist, dann muss ich zu dem Schluss kommen, dass die Wachmannschaft ihre Maßnahmen zu dieser kulinarischen Dankbarkeitsbezeugung bereits eingeleitet haben muss, als wir noch gar nicht in Pilsen waren. Nun, Herr Oberscharführer van Berckh, stimmen Sie meinem Zeitplan zu?“, fragte der General gelassen, während er gemütlich weiter aß und nun gespannt war, was für eine Antwort ihm van Berckh nun auf diese Frage auftischen würde.

Die Laune des Generals war angesichts des gelungenen Abendessens ausgezeichnet und es ging ihm auch nicht darum, auf welche Art und Weise Knecht und van Berckh ihren heutigen Auftrag erledigt hatten, denn er wusste, dass seine Adjutanten loyal und professionell waren. Es waren nicht immer die Details, die den General interessierten, sondern die Ergebnisse waren es, die für ihn zählten.

Wenn er bei van Berckh nach Details fragte, dann geschah dies nur in der vordergründigen Absicht, weitere Hinweise auf die übersinnlichen Fähigkeiten van Berckhs zu erlangen. Wenn der General van Berckhs Aktionen konkret hinterfragte, dann gab ihm dieser als gehorsamer und pflichtbewusster Soldat auch die Einzelinformationen weiter, mit denen er den General bei einer pauschalen Erledigungsmeldung nicht belasten wollte.

„Ihre Zeitskala ist natürlich richtig, Herr Kammler. Der Braten war ursprünglich für Soldaten der heutigen Nachtwache vorgesehen, die mit dem festgenommenen Koch möglicherweise unter einer Decke steckten. Näheres wird die GeStaPo ermitteln."

Jetzt hatte der General verstanden und irgendwie war er van Berckh auch dankbar, dass er ihm die einzelnen Umstände, die zu dem Festessen geführt hatten, nicht ungefragt in einem langen Rapport vorgetragen hatte. Schließlich hatte er den ganzen Tag über konzentriert mit Skoda-Direktor Voss Gespräche geführt, Pläne besprochen und danach noch lange mit Offizieren aus seinem Stab telefoniert.

Doch jetzt, nachdem ihm Jana das zweite Glas Wein eingeschenkt hatte, lehnte er sich zurück und wollte sich dabei gerne von den Erlebnissen seiner Adjutanten unterhalten lassen. Auch Theo Knecht war nach dem ersten Glas Wein gelöster und erzählte von der angetretenen Wachmannschaft und imitierte dabei in lustiger Weise die Rede seines Kameraden van Berckh vor den Wachsoldaten, bis alle am Tisch vor Lachen brüllten um mit den Fäusten auf den Tisch trommelten.

Nachdem der Tisch abgeräumt worden war und die Weingläser ausgetrunken waren, bereitete der General seine Mitarbeiter auf den nächsten Tag vor. Jana sollte sich darum kümmern, dass sie sich eine Uniform besorgt, wie sie die „Blitzmädchen" in der Nachrichtenvermittlung üblicherweise trugen und sich danach weiter im Vermittlungsamt in technische Einzelheiten und Abläufe einweisen lassen. Für die Männer war eine Inspektion in den technischen Erprobungswerkstätten geplant.

Kapitel 12

Das wissenschaftlich philosophische Frühstücksgespräch

Die interne Absicherung der geheimen Entwicklungsstätten scheint mir nicht ausreichend zu sein. Ich mag mir gar nicht ausmalen, was passiert, wenn zufällig eine Kommission vom Heereswaffenamt in eine Werkstatt hineinplatzt und sieht, welche technischen Möglichkeiten wir mittlerweile haben. Das könnte einen ziemlichen Wirbel bis hin zum Führer auslösen. Kobitzki, setzen Sie morgen bitte ein Schreiben an das Reichssicherheitshauptamt auf. Ich möchte zur inneren Absicherung Obersturmbannführer Bischoff anfordern. Der ist für diese Aufgabe geeignet und möglicherweise auch abkömmlich. Schlage nun vor, dass wir zu Fuß ins Hotel gehen. Van Berckh, Sie bringen mit dem Wagen das Gepäck dort hin", legte der General fest, der nach dem opulenten Essen bereits wieder geschäftig wirkte.

Seine Mitarbeiter hätten angesichts der guten Stimmung durchaus noch das eine oder andere Glas Wein getrunken, was sie sich angesichts des erfolgreichen und ereignisreichen Tages durchaus auch gegönnt hätten. Jedoch wagte es niemand, dem Vorschlag des Generals zu widersprechen, der bereits aufgestanden war und seine Jacke zuknöpfte. Darauf, dass die Weingläser seiner Mitarbeiter noch nicht leer waren, nahm er mit keiner Geste Rücksicht. Offenbar hatte er im Hotel noch etwas zu erledigen, wie so oft, wenn er bis tief in die Nacht arbeitete, während seine Mitarbeiter schon im Bett lagen.

Als der General schon seine Aktentasche in der Hand hatte und Richtung Ausgang lief, mussten ihm seine Mitarbeiter förmlich hinterher hasten und dabei im Laufen ihre Jacken schließen.

Da van Berckh einen gesonderten Auftrag hatte, ließ er sich noch ein wenig Zeit und leerte mit einem genüsslichen Zug sein Glas Wein. Er hatte nicht die Absicht, selbst mit dem Maybach zum Hotel „Böhmischer Hof" zu fahren, das sich in der Ortsmitte von Pilsen befand. Zwar wusste er nicht genau, wo sich das Hotel befinden würde, aber er hätte es sicher finden können. Auch hatte van Berckh keine Lust, das Reisegepäck zu schleppen, und die im Wagen befindlichen Kriegswaffen irgendwo im Hotel sicher unterzubringen. Daher begab er sich zu dem in der Ecke an der Wand befestigten Telefon, wählte die Nummer des Werksicherheitsdienstes und orderte die sofortige Gestellung eines Wagens mit Fahrer zu der Bunkergarage, wo der Maybach abgestellt war. Auf welche Weise der Wagen dorthin gebracht und woher der Wagen stammen würde, war ihm gleichgültig. Er war sich aber in jedem Fall sicher, dass der Werkschutz alles daran setzen würde, dieser Anforderung in Windeseile nachzukommen. Schließlich war nach den heutigen Vorfällen alleine die Nennung seines Namens gegenüber einem beliebigen Wachsoldaten dazu geeignet, diesen zur panikartigen Erfüllung eines jeglichen Wunsches zu beflügeln.

So machte sich van Berckh gemächlich auf den Weg zu der Bunkergarage. Als er beim Verlassen des Gebäudes zwei Wachsoldaten im Laufschritt aus Richtung der Wache des Werkschutzes laufen sah, wusste er bereits, dass sich sein Fahrer darunter befindet. Van Berckh hatte zwar nur einen Fahrer angefordert, aber offenbar hielten sich die Soldaten an die Wachvorschrift, wonach sie aus Sicherheitsgründen mindestens immer zu zweit sein mussten, wenn sie auf dem Werksgelände unterwegs waren.

Kurz bevor van Berckh an der Bunkergarage angekommen war, fuhr eine Skoda-Limousine mit verhältnismäßig hohem Tempo an ihm vorbei und hielt vor der Bunkergarage an. Sofort stiegen die beiden Soldaten aus und nahmen die „Hab-Acht-Stellung" ein, was angesichts des lapidaren Auftrags und des Dienstranges des SS-Oberscharführer van Berckh durchaus unüblich war. Jedoch war die Art und Weise, wie der von van Berckh erteilte Auftrag erledigt wurde, ein untrügliches Zeichen dafür, dass die Wachmannschaft nicht nur wach, sondern hellwach war. Auch die für diesen Anlass nicht unbedingt obligatorische und daher überkorrekte Begrüßung mit „Heil Hitler" durch die beiden Wachsoldaten war ein Zeichen dafür, dass sie peinlichst darauf bedacht waren, keinerlei Anlass zur Kritik zu bieten.

Van Berckh nahm dies zum Anlass, den beiden überaus hilfswilligen Wachsoldaten auch eine entsprechende Aufgabe zu überlassen, womit sie das Gefühl hatten dem SS-Mann eine wichtige Hilfe zu sein. So gab er ihnen die Schlüssel für die Bunkergarage, und auch den Schlüssel für den verschlossenen Maybach. Während er sich eine Zigarette anzündete, erklärte er den beiden, dass sie nur das Reisegepäck umladen und von allen anderen Sachen die Finger lassen sollten.

Als das Gepäck umgeladen und der Maybach und die Bunkergarage wieder verschlossen waren, ließ sich van Berckh auf dem Rücksitz des Skodas nieder und zum Hotel „Böhmischer Hof" chauffieren, wo der Wagen direkt vor dem Eingang hielt. Die Männer stiegen aus und öffneten gerade den Gepäckraum, als auch schon die Fußgänger zum Hotel kamen. Die beiden Wachsoldaten hatten soeben die Gepäckstücke aufgenommen und waren gerade im Begriff zum Hoteleingang zu gehen, da erblickten sie den General im Eingang, der neben van Berckh stand und dabei zusah, wie sie beide mit jeweils zwei Gepäckstücken in den Händen auf ihn zu kamen.

Für einen Augenblick schauten sich die beiden Wachsoldaten mit aufgerissenen Augen an. Ja, sie befanden sich in diesem Moment in einer kniffligen Situation. Vor ihnen stand der SS-Soldat, der ab heutigen Tag zur Schreckensfigur der Wachmannschaft mutiert war und daneben stand sein Vorgesetzter, der sicherlich noch ein ganzes Stück schlimmer sein würde als der Oberscharführer selbst. Was war nun wohl, aus Sicht der beiden Wachsoldaten, das Gebot in dieser Sekunde? Etwa mit dem Gepäck in der Hand einfach an ihm vorbeizulaufen und den deutschen Gruß zu verweigern?

Weder van Berckh noch der General machten sich in diesem Moment darüber Gedanken, denn sie sahen einfach nur zwei Wachsoldaten auf sie zukommen, die ihr Gepäck ins Hotel brachten.

Plötzlich stellten die beiden Wachsoldaten wie auf Kommando die Gepäckstücke auf den Boden, gingen schnellen Schrittes auf den General zu, schlugen etwa zwei Meter vor ihm die Hacken zusammen und brüllten ihm lauthals ein „Heil Hitler" entgegen, das der für Sekundenbruchteile verstört wirkende General in etwa der gleichen Lautstärke reflexartig erwiderte. Irgendwie hatte van Berckh den Eindruck, dass der bis zu diesem Moment entspannt wirkende General von der unerwarteten Begrüßung überrumpelt und aufgeschreckt wurde. Jedenfalls könnte dies die Erklärung dafür gewesen sein, dass der General den beiden Wachsoldaten beim Vorbeilaufen jeweils noch einmal ein „Heil Hitler" hinterher murmelte.

An der Rezeption verhandelte Jana auf Tschechisch mit dem Portier, der schon vier Schlüssel auf dem Tresen bereitgelegt hatte. Als van Berckh hinzu trat, war Jana gerade in Begriff, dem Portier wieder zwei Schlüssel zurückzugeben, die sie ihm entgegen hielt. Doch van Berckh nahm sanft ihrem Arm und zog ihn zurück.

„Was machst du da?“, fragte er Jana und hegte schon einen Verdacht, was sie mit dem Portier ausgehandelt hatte.

„Ich tausche Einzelzimmer für Doppelzimmer“, erklärte Jana mit einem Selbstverständnis im Gesicht, als ginge es um die logischste Sache der Welt.

„Wir brauchen alle vier Zimmer“, sagte van Berckh daraufhin kopfschüttelnd zu Jana, die ihn für einen Moment verständnislos anschaute.

„Du willst nicht mit mir in Zimmer schlafen?“, fragte sie van Berckh erstaunt.

„Jana, wir können hier nicht als Liebespaar zusammen sein“, erklärte ihr van Berckh, „das werden die andern nicht lange mit ansehen, der Chef schon gar nicht!“

Die Enttäuschung in Janas Augen war unübersehbar.

„Warte hier“, wies er sie an.

Dann nahm van Berckh zwei Schlüssel der Einzelzimmer und ging damit zu General Kammler, der sich gerade von Kobitzki abwandte und ihm entgegen kam. Mit den Worten „Hier bitte, Ihr Zimmerschlüssel“ übergab er den Schlüssel dem vorbeilaufenden General. Den anderen Schlüssel für ein Einzelzimmer gab er Theo Knecht, der sich mit seinem Gepäck auch gleich aufs Zimmer machte.

„Bleibt noch ein Doppelzimmer für uns beide“, stellte van Berckh gegenüber Willi Kobitzki fest.

„Ja, ist in Ordnung“, meinte dieser und streckte die Hand nach dem Schlüssel aus, den ihm van Berckh entgegenstreckte, jedoch wieder weg zog, als Kobitzki danach greifen wollte.

„Du hast heute Alkohol getrunken“, stellte van Berckh fest. Kobitzki verstand nicht, was van Berckh damit sagen wollte, schaute ihn fragend an und zuckte mit den Schultern.

„Ja, und? Wir haben heute doch alle etwas getrunken.“

„Du schnarchst, wenn du Alkohol getrunken hast“, warf ihm van Berckh vor, „und ich hätte gerne eine ruhige Nacht. Das letzte Mal, als ich dich schnarchen hörte, lagst du in voller Montur auf dem Bett und die Stiefel hattest du auch noch an. Aber ich habe das bis heute für mich behalten“, erinnerte ihn van Berckh.

Kobitzki lächelte nun etwas gequält.

„Du kannst doch auch Dinge für dich behalten, oder?“, fragte er Kobitzki freundlich.

Jetzt hielt ihm van Berckh mit der anderen Hand einen Schlüssel direkt vor den Körper. „Einzelzimmer für dich“, sagte van Berckh mit einem Augenzwinkern und machte eine nickende Kopfbewegung in Richtung Rezeption, wo Jana stand.

Jetzt hatte Kobitzki verstanden. Es ging nicht nur darum, dass er - statt mit van Berckh in einem Doppelzimmer übernachten - nun ein Einzelzimmer bekommen würde. Nein, es ging vielmehr darum, dass van Berckh es nicht wünschte, dass sich Kobitzki über die Tatsache, dass er mit Jana nun das Doppelzimmer belegen würde, gegenüber den anderen äußern würde. Diesen Gefallen tat Kobitzki seinem Kameraden gerne. Außerdem hatte er, nach dem was er heute wieder über van Berckh gehört hatte, keinerlei Interesse daran, dessen Unmut auf sich zu ziehen.

Nun verließ auch Kobitzki die Lobby und ging auf sein Zimmer. Zufrieden holte van Berckh nun Jana an der Rezeption ab, die van Berckh schon im Gesicht ansah, dass er die Dinge wieder einmal geregelt hatte.

Pünktlich um halb acht trafen sich der General und die engsten Mitarbeiter aus seinem Stab im Frühstücksraum des Hotels. Van Berckh war absichtlich der Erste am Frühstückstisch, denn er wollte vermeiden, dass man ihn zusammen mit Jana aus dem Zimmer kommen sah. Jana sollte zuletzt eintreffen, das war so abgemacht.

Als schließlich alle beim Frühstück saßen, schaute Jana plötzlich hoch und riss die Augen auf. Sie war gerade im Begriff gewesen, ihre Tasse zum Mund zu führen und wirkte für einige Momente wie versteinert, als sie immer noch mit starrem Blick weiterhin auf etwas schaute, was sie anscheinend sehr stark in den Bann zog.

Willi Kobitzki bemerkte zuerst, dass Jana konzentriert und sprachlos starrte und drehte sich in ihre Blickrichtung um, um festzustellen, was sich dort ereignete.

Stimmen machten sich im Raum breit. Es waren Stimmen in einer undefinierten fremden Sprache. Die Stimmen klangen heiter und fröhlich, zwischendurch gab es ein kurzes Lachen, der Raum füllte sich. Jetzt starrte der ganze Tisch in die Richtung, aus der die Stimmen kamen.

Van Berckh kannte den Kölner Karneval, an den er sich beim Anblick der in dunkelrote und orange Tücher gehüllten Männer erinnerte. Er war jedoch genau so sprachlos, wie alle anderen am Tisch.

Ungefähr zwanzig dieser Männer, die auch diese gelben Mützen trugen, welche vom Wachhabenden erwähnt wurden, nahmen an einer großen Tafel Platz. Diejenigen von ihnen, die den General und seine Adjutanten sahen, deren Tisch sich hinter einer Art Raumteiler befand, winkten lächelnd und freundlich herüber und sagten ein schwer verständliches „Heil Hitler", wobei jedoch keinerlei militärische Ernsthaftigkeit zum Ausdruck kam. Etwas verlegen winkten der General und die anderen jeweils zurück.

„Das sind sie also", stellte der General bedeutungsschwanger fest. Eine Feststellung, mit welcher die anderen Personen an seinem Tisch nicht gerade viel anfangen konnten.

„Mongolen?", fragte Kobitzki.

„Nein, Tibeter", klärte ihn Theo Knecht auf.

„Was machen die hier?", fragte Kobitzki weiter und schaute dabei entgeistert seinen Vorgesetzten an.

„Es existiert kein Schriftverkehr darüber, daher können Sie es auch nicht wissen. Dass die Leute hier sind, ist geheimer als geheim. Die Sache wurde direkt über den Reichsführer SS in die Wege geleitet", erklärte Kammler knapp.

„Na, wenn wir es besser nicht wissen sollen, dann fragen wir besser auch nicht nach", entschied daraufhin Kobitzki für sich.

Aber mit dieser Aussage war der General auch nicht unbedingt einverstanden. Er hatte es nämlich gerne und hielt es auch für notwendig, wenn er zu bestimmten Umständen und Fragen Rückmeldungen von seinen Mitarbeitern bekam. Er nahm diese Reaktionen auf, um seine eigene Einschätzung zu einer Sache daran zu kalibrieren. Oftmals erhielt er dadurch aber auch wertvolle Hinweise und Anregungen, durchaus auch von den jeweiligen Personenunbeabsichtigt und unbewusst, welche oftmals gedankenlos Kommentare zu den Dingen abgaben. Von wem, außer seinen engsten Mitstreitern, konnte er eine ehrliche Antwort erwarten, deren Aufrichtigkeit nicht von Floskeln der Höflichkeit und Untertänigkeit in die gewünschte Windrichtung gedreht wurde?

Es gab nun mal bestimmte Fragen in der obersten Führung der SS, die von keinem wissenschaftlich denkenden Universitätsprofessor adäquat hätten beantwortet werden können. Denn diese Fragen, mit denen sich der General nun immer häufiger beschäftigen musste, waren keines wissenschaftlichen Ursprungs. Wenn die Klärung dieser Fragen aber dennoch auf nachvollziehbaren Gesetzen beruhen sollten, so müsste die dazugehörende Wissenschaft erst einmal begründet werden. So befanden sich diese speziellen Fragen in einem Bereich, der eigentlich nur aus Philosophie bestand und für einen nüchtern, technisch denkenden Menschen keinerlei sichtbaren Ansatzpunkte bot. Nicht zuletzt aus diesen Gründen war der General auf Hilfe angewiesen, denn hier handelte es sich um ein Themengebiet, das er selbst nicht erlernt hatte und ziemlich viel Vorstellungskraft von ihm erforderte. Er war jedoch gezwungen, diesen Themenbereich sehr ernst zu nehmen, denn wenn es Dinge gab, die beim Reichsführer SS eine hohe Priorität hatten, dann war es nur eine Frage der Zeit, bis wann diese Prioritäten auch in seinen eigenen Einfluss- und Aufgabenbereich strahlten.

Daher blieb dem General gar nichts anderes übrig, als sich ständig mit den neuesten Erkenntnissen, die durchaus auch aus bislang wissenschaftlich unbekannten Bereichen auftraten, schnellstmöglich vertraut zu machen. Dies war wichtig, um die für seinen Arbeitsbereich wichtigen Erkenntnisse auf die Umsetzbarkeit zu prüfen und um seine Vorgesetzten fachgerecht über die Sachstände in Kenntnis setzen zu können.

Angesichts der vielen technischen Erkenntnisse, die zu ständig neuen Einsatzmöglichkeiten führten, war der General auch stets gedanklich damit beschäftigt, wie neue Erkenntnisse seiner Entwicklungsbüros miteinander kombiniert werden könnten, um damit zum Beispiel neue Waffen, Antriebe oder auch Verteidigungssysteme zu schaffen. Was ihm der Reichsführer SS jedoch in Zusammenhang mit der tibetischen Delegation erklärt hatte, war ungeheuerlich. Es war nicht von dieser Welt und wurde von General Kammler anfangs auch nur sehr distanziert behandelt. Er konnte mit diesem Thema einfach nichts anfangen, war jedoch scheinbar der einzige, den Heinrich Himmler mit der Betreuung dieses Themas beauftragen konnte. Gleichzeitig hatte Himmler ihn zu höchster Geheimhaltung vergattert, was bedeutete, dass er über dieses Thema nur mit unmittelbar involvierten Mitarbeitern und mit dem Reichsführer SS, Himmler selbst, reden durfte.

Ausdrücklich hatte Himmler es verboten, bei anderen Personen dieses Thema auch nur zu erwähnen oder auch nur Andeutungen zu machen. In gewissen Abteilungen durfte Außenstehenden nur in Begleitung von General Kammler Zutritt gewährt werden oder sie benötigten hierfür eine eigens von ihm unterzeichnete Ermächtigung.

Selbst für Reichsmarschall Göring war der Zutritt zu geheimen Bereichen innerhalb des Skoda-Werks Pilsen untersagt. Er hatte nicht einmal Kenntnis davon, was in diesen, alleinig General Kammler unterstehenden Abteilungen entwickelt und getestet wurde. Es gab auch ausgelagerte Abteilungen des Skoda-Werks, wo sich Forscher der Kammler-Gruppe in unscheinbaren Gebäuden auf dem flachen Land in der Umgebung von Pilsen ihren geheimen Projekten widmeten. Diese Außenstellen waren nicht einmal besonders gesichert, wurden jedoch regelmäßig von Patrouillen der SS in Zivil überwacht.

Untersturmführer Kobitzki hatte in der Vergangenheit, auf Geheiß Hans Kammlers, eigens einen geheimen Alarmplan dafür erstellen müssen, falls Hermann Göring eines Tages das Werk besuchen sollte.

Demnach war für diesen Fall ein Besuchsablauf geplant, bei welchem Göring viel gezeigt werden sollte, er aber nichts sehen sollte, was seinen Verdacht erregen könnte, dass ihm begehrenswerte Entwicklungen vorenthalten wurden. Minutiös hatte Kobitzki ein Besuchsprotokoll erstellt, das sogar die Essgewohnheiten Görings berücksichtigte. In den zu besuchenden Abteilungen waren zeitlich genau abgestimmte Besichtigungen und Vorträge geplant, die den Reichsmarschall selbst in schneller Abfolge so viel Zeit kosten würden, dass damit auch zwei Tage seines Aufenthalts abgedeckt werden konnten.

Selbst folkloristische Darbietungen böhmischer und mährischer Volksgruppen waren bei einem Besuch Görings vorgesehen, die ihn mit Unterstützung von diversen regionalen Likören so hofieren sollten, wie es der als Lebemann und Genussmensch bekannte Reichsmarschall üblicherweise genoss. Ablenkung um jeden Preis, war die Devise. Daher sollten Göring nur Schaustücke von technischem Gerät vorgeführt werden, von denen er ohnehin wusste, dass diese hier entwickelt werden.

Besonders die für die Weiterentwicklung notwendigen Bauteile zur Verbesserung und Weiterentwicklung der A4-Rakete standen im Fokus, um Fehlstarts auszuschließen und um die Zielsicherheit dieser Geheimwaffe weiter zu präzisieren. Schließlich war die Hoffnung an den Endsieg unmittelbar mit dem erfolgreichen Einsatz hochmoderner Waffensysteme unmittelbar verbunden, was die Reichsführung, nach Einschätzung Kammlers, über einen langen Zeitraum vernachlässigt hatte.

Jetzt, wo die Entwicklung des Aggregats 4 unter der alleinigen Regie der SS ablief, konnte es plötzlich nicht schnell genug gehen. Schließlich war es auch zur Stärkung des Durchhaltewillens im Volk unerlässlich, dass die Propaganda handfeste Erfolge durch den Einsatz der Geheimwaffen präsentieren konnte, und so war es kein Wunder, dass Leute wie Göring versuchten, in jede technische Neuerung auf waffentechnischem Gebiet eine abermals neue Hoffnung in den Endsieg zu setzen und damit eine unmittelbare Erwartungshaltung im Volk aufrechtzuhalten. Natürlich blieb auch eine derartige Propaganda nicht ohne Wirkung auf den Feind, der sich nach dem Angriff auf Peenemünde nicht langfristig sicher sein konnte, dass die Produktion der verheerenden Angriffsraketen dauerhaft unterbrochen oder gar eingestellt werden musste.

Mit technischen Einzelheiten bezüglich dem Bau und der Entwicklung der A4-Rakete brauchte sich Hans Kammler kaum zu befassen. Er wusste, dass diese Aufgaben bei seinen Technikern in den besten Händen waren, und so genügte es, wenn er überwachte, dass der Kontakt zwischen den Forschern in Peenemünde und in Pilsen ein wissenschaftlich notwendiges Maß nicht überstieg. Es war so, dass die Gruppe um Wernher von Braun ganz präzise vorgeben konnte, welchen Anforderungen ein bestimmtes Bauteil der A4-Rakete genügen musste. Aufgabe der unter General Kammler beschäftigten Wissenschaftler war es dann, diese Bauteile möglichst einfach und gleichzeitig auch möglichst zuverlässig zu konstruieren und bis zur Serienreife zu testen. Die Serienfertigung der A4-Rakete in bombengeschützten Fertigungsstätten fiel wiederum in den Aufgabenbereich Kammlers, dem hierfür auch die Gesamtleitung zur Errichtung der Raketenfertigungsanlagen übertragen wurde.

Der General tat sich gegenüber seinen am Frühstückstisch versammelten Mitarbeitern nicht gerade leicht, wenn er versuchte, die Anwesenheit der tibetischen Delegation zu erklären. Es war ihnen zwar bekannt, dass es in den Jahren 1938/39 auf Veranlassung der Reichsführung SS eine von Professor Schäfer geleitete Expedition in den Himalaja gab, die auch nach Tibet führte um nach den Vorfahren der Arier zu suchen. Wie es aber dazu kam, dass Tibeter nun bis zur geheimsten Entwicklungsstätte des Reichs eingeladen wurden, das war nicht ersichtlich. Um am Tisch für eine erste

Aufklärung zu sorgen, fasste der General die Umstände in einer kurzen Erklärung zusammen.

„Die Tibeter leben eine buddhistische Religion aus. Demnach ist bei ihnen alles mit allem verbunden - also Körper, Seele und Geist bilden eine Einheit - und bei ihnen ist im Prinzip alles beseelt und mit einem Geist versehen. Also auch Tiere, Pflanzen oder auch die Materien, wie zum Beispiel das Frühstücksgeschirr. Sie sehen somit alles als Einheit, deren Schicksal durch die Vorsehung geregelt wird und beschreiben die Verhältnisse der Elemente zueinander gleich.

Damit meinen sie, dass im Großen, zum Beispiel im Universum, dieselben Verhältnisse herrschen wie im Kleinen, zum Beispiel in einem Atom. Sie setzen die Elemente der buddhistischen Lehre mit den universellen Elementen in ein Verhältnis und sehen sich als Elemente der Natur an.

Die Umsetzung der buddhistischen Lehre soll demnach auch in wissenschaftlich greifbare Erkenntnisse übertragbar sein. Unsere Leute sollen von den Tibetern philosophische Dinge lernen und die Tibeter werden von der SS militärisch geschult. Mit tibetischen SS-Einheiten sollen bestimmte Gebiete in Tibet von den Engländern sauber gehalten werden. Deshalb sind sie hier."

„Klingt interessant", bemerkte Theo Knecht. „Aber ich kann mir im Moment nicht vorstellen, auf welche Weise wir aus dieser Philosophie profitieren können."

Deshalb erklärte der General weiter: „Sie haben einen Vater, der Sie gezeugt hat. Geboren wurden Sie von der Mutter. Als kleines Kind sind Sie aufgewachsen, machten Ihre ersten Erfahrungen, wurden behütet. Sie wussten als kleines Kind nichts und erst, als Sie die ersten Worte sprechen konnten und lernten zu fragen, entwickelte sich Ihr Wissen in einem rasanten Tempo und haben sich letztendlich zu einem tüchtigen Soldaten entwickelt, der sein bedrohtes Volk verteidigt.

Setzen wir nun Ihre Geburt mit der Schaffung des deutschen Volkes durch den Allmächtigen gleich, dann können wir das vergleichen, allerdings auf einer anderen Ebene. Jetzt sind wir aber in der Vergangenheit ein zersplittertes Volk gewesen, ähnlich einem Waisenkind, das sich nun wieder auf die Suche nach seinen Eltern macht. Wenn dieses Waisenkind aber mit einer anderen Sprache aufgewachsen ist, weil es zum Beispiel als Kleinkind von einem anderen Volk entführt wurde, dann kann es mit seinen Eltern nicht sprechen, wenn sie vor ihm stehen. Es kann also kein verbaler Informationsaustausch stattfinden, bis die Eltern und das Kind eine gemeinsame Sprache sprechen. Ab diesem Moment können die Eltern ihrem Kind dann alle Informationen geben, es lehren, anleiten und vor Schaden bewahren.

Haben Sie das in etwa verstanden, wie ich es Ihnen versucht habe zu erklären? Das Thema ist für mich ebenfalls relativ neu. Es geht einfach um die Suche nach unseren arischen Vorfahren."

Willi Kobitzki hatte die Augen leicht zusammengekniffen und nickte ganz langsam mit dem Kopf.

„Sie meinen also, dass wir von den Tibetern ebenfalls lernen sollen, wie wir als Teil der Schöpfung wieder Kontakt mit unserem Schöpfer aufnehmen können, damit dieser uns lehren kann?"

„Genau so in etwa habe ich es bisher verstanden, und Sie haben somit verstanden, was ich zu diesem Thema sagen kann."

Jana hatte mit offenem Mund fasziniert zugehört und dabei immer wieder zu den Tibetern geschaut. Sie wagte es aber nicht, Fragen zu dem Thema zu stellen.

„Diese Vorstellung der Schöpfungsgeschichte geht also definitiv davon aus, dass wir von Gott geschaffen wurden und uns nicht aus einer Affenrasse abgespaltet und weiterentwickelt haben wie es Darwin vermutet?", fragte Willi Kobitzki weiter.

„Diese Frage war auch Teil einer Besprechung mit dem Reichsführer SS. Die Darwin'sche Theorie war ein Thema, welches innerhalb kürzester Zeit unter Anwendung ihrer eigenen Logik zusammenbrach. Wenn man selbst darüber nachdenkt, stellt man fest, wo Darwins Denkfehler lagen. Er selbst hat die Beweise dafür zusammengetragen, dass seine Theorie in ihren bedeutendsten Merkmalen völliger Unsinn ist", erklärte der General.

„Sind die Umstände hochwissenschaftlicher Natur oder liegen die Beweise so auf der Hand, dass wir sie auch verstehen?", fragte Theo Knecht interessiert.

„Die Theorie von Darwin hat in weiten Zügen schon Recht, wenn sie die Nahrungskette in der Natur beschreibt, die Anpassung der Lebewesen an den jeweiligen Lebensraum und den Umstand, dass der Stärkere sich gegenüber seinen schwächeren Artgenossen durchsetzt und der Stärkere sich danach fortpflanzen kann. Das ist schon richtig. Aber eine Fliege wird zum

Beispiel immer eine Fliege bleiben, die sich möglicherweise im Laufe der Evolution in eine andere Unterart der Fliege entwickelt. Diese Fliege wird es aber niemals schaffen, sich zum Beispiel zu einem Adler zu entwickeln. Aus einem Hering wird niemals ein Walfisch werden und ein Elefant wird immer ein Elefant bleiben", fuhr der General fort.

„Für das alles gibt es auch wissenschaftliche Beweise?", fragte Theo Knecht weiter.

„Beweise gibt es in der Archäologie, es werden immer mehr. Der beste Beweis wird uns aber vor Augen geführt, wenn wir nur vor die Tür auf eine Wiese gehen. Ein Grashalm bleibt immer ein Grashalm, er wird sich nie zu einem Gebüsch oder sonst was entwickeln, ein Wurm ist und bleibt ein Wurm und wird sich niemals zu einer Schlange entwickeln, denn sonst hätte er es längst getan und es würde keine Würmer mehr geben. Wenn die Evolution die Entwicklung von einfachen zu höheren Lebewesen bedeuten würde, dann müsste die Frage gestellt werden, wann sie erstmalig begonnen hat und wann sie wieder geendet hat. Was meinen Sie zu dieser Frage?"

Die Frage war an van Berckh gerichtet, der zwar auch mit am Tisch saß, sich jedoch intensiv seinem Frühstück widmete und keine Anzeichen dafür lieferte, dass er sich gedanklich allzu sehr in das besprochene Thema vertiefte, sondern lieber öfters mal seinen Blick auf Jana richtete oder die sich ausgelassen unterhaltenden Tibeter beobachtete. Van Berckh schien einen Moment zu überlegen, wobei er wieder seinen „besonderen Blick" aufsetzte und den General, der ihn fragend ansah, fixierte. Nach einigen Sekunden Stille am Tisch, schauten alle vier van Berckh fragend an. Theo Knecht hatte dabei sogar seine Tätigkeit, bei der er sein auf dem Teller liegendes Brot mit Butter beschmierte, unterbrochen.

Van Berckh profitierte davon, dass der General nach seinen vorangegangenen Reden mit seiner morgendlichen Nahrungsaufnahme den anderen gegenüber im Rückstand war und daher mit vollem Mund nicht die ausstehende Antwort van Berckhs einfordern konnte. Erst als der General geschluckt hatte und seine Kaffeetasse zum Mund führte, ging van Berckh auf die Frage ein.

„Wenn die Theorie Darwins bedeutet, dass sie ein immerwährender Prozess ist, der sich über Millionen von Jahren fortsetzt, dann würde dies bedeuten, dass dieser Prozess zu jeder Sekunde neu beginnen müsste, denn sonst wäre er unterbrochen und keine Art könnte sich jemals weiterentwickeln. Diese Logik kann aus der Theorie entnommen werden, weil sie ohne diese Logik nicht existieren kann. Wird diese innewohnende Logik jedoch auf die Theorie Darwins angewandt, so bricht die Theorie unter ihrer eigenen Logik zusammen. Demnach würde es heute eine Unmenge von Lebewesen geben, die gerade dabei wären, sich wieder ein Stück höher zu entwickeln. Es müssten von jeder Tierart so viele unterschiedliche Entwicklungsstufen existieren, dass sie nicht mehr zu zählen wären. Es müsste in freier Wildbahn somit Tiere geben, bei denen sichtbar ist, dass sie sich zum Beispiel zu Elefanten entwickeln, oder es müssten in unseren Wäldern Tiere zu finden sein, die sich irgendwann mal zu einem Wildschwein entwickeln, es müsste Insekten geben, die sich im Übergangsstadium zum Vogel befinden. Aber diese Artenvielfalt, welche Darwins Theorie der Höherentwicklung bestätigten würden, gibt es meines Wissens nach nicht. Somit sind wir alle Nachfahren Gottes, der uns gemacht hat."

„Bravo, van Berckh. Besser hätte ich es nicht erklären können", lobte der General.

„Aber es setzt sich immer mehr die Erkenntnis durch, dass wir nicht von einem Gott, sondern von den „Göttern", also mehreren, geschaffen wurden. Es waren die frühen Kirchenleute, welche beim Zusammenstellen der Bibel die damals bekannten Götter auf einen Gott reduzierten. Die alte Mythologie, wie etwa bei den Griechen oder den Azteken, sprach immer von „den Göttern", die oftmals auch namentlich benannt werden konnten.

Ebenso mehren sich die Hinweise, dass jede einzelne geschaffene Rasse ihre eigenen Götter, also ihre eigenen Schöpfer, hatte. Wir können heute bereits fest davon ausgehen, dass wir nicht denselben Schöpfer wie die Juden haben. Es ist eher so, dass der jüdische Gott Jahwe der Gegenspieler unseres Schöpfers ist, der sich mit ihm messen und ihn übertrumpfen möchte. Es handelt sich dabei um Satan, der uns unterjochen, versklaven und letztendlich vernichten möchte, um somit die Weltherrschaft zu erlangen. Der Begriff „Fürst der Welt" dürfte Ihnen sicher geläufig sein. Bei seiner eingesetzten Waffe handelt es sich um das Geld, mit dem Jahwes irdische Handlanger Regierungen kaufen und Kriege finanzieren. Die hinter den westlichen Plutokratien stehenden Großbanken halten sich dabei im Hintergrund und korrupte Politiker sind ihre Marionetten. Wir, als Kämpfer des deutschen Volkes, haben die Macht und die Kraft, dieses teuflische Treiben zu beenden. Es ist unsere heilige Pflicht und Teil unseres Kampfes."

Als van Berckh seinen Vortrag beendet hatte, sah ihn der General mit funkelnden Augen an.

„Van Berckh, Sie haben die Situation scheinbar richtig erkannt, das hätte ich von Ihnen am frühen Morgen nicht erwartet", sprach der General mit einer deutlich hörbaren Anerkennung in seiner Stimme aus. „Haben Sie sich schon öfters mit diesen Hintergründen beschäftigt? Man könnte glatt vermuten, Sie hätten die Schule für höhere Offiziere besucht."

„Durchaus, Herr Kammler. In den langen Monaten an der Front ist es oft vorgekommen, dass wir in Gesprächen die Frage nach dem Sinn des Ganzen gefragt haben. Vor Stalingrad war einigen von uns klar, dass wir die Russen nicht in die Knie zwingen konnten, wie wir das zu Beginn des Feldzugs noch glaubten. Es waren einfach zu viele Kameraden gefallen und das Elend, das wir gesehen und erlebt hatten, ließ auch die Hoffnung der größten Optimisten erlöschen. In den Kampfpausen hatten wir genügend Zeit gefunden, die Reden des Führers auf Schallplatten anzuhören. Es gab ja auch kaum was anderes zur Ablenkung, außer vielleicht Kartenspielen. Unser Kompanieführer hatte einen heißen Draht zur Stabstelle, wo es einen Plattenspieler gab. Einige Reden habe ich so oft gehört, dass ich sie beinahe auswendig konnte. Immer wenn jemand nicht wusste, was der Führer mit gewissen Äußerungen meinte, kam es zu Diskussionen. Es waren überwiegend die besonders christlich aufgewachsenen Soldaten, die sich fragten, wie sie den Kampf und das Töten mit ihrem Glauben vereinbaren können.

Der „Allmächtige" wurde des Öfteren vom Führer erwähnt. So kam es zum Beispiel zu der Frage, ob denn der Führer wirklich gläubig sei. Die einen meinten, dass er mit den Kirchen nicht sonderlich zurechtkäme und fragten, warum der Führerden Tod zigtausender Soldaten in Kauf nehmen würde, wenn er christliche Werte wirklich ernst nehmen würde. Egal, ob es sich dabei um deutsche oder feindliche Soldaten handeln würde. Einige waren kurz davor, den Dienst mit der Waffe zu verweigern. Sie glaubten, dass sie sich schuldig machen würden, wenn sie im Kampf töten würden.
Der Aufstieg ins „Paradies" sei ihnen danach verwehrt und sie befürchteten, für immer in der „Hölle" schmoren zu müssen. Für sie war auch die Erklärung, dass der Feind sie töten würde, wenn sie ihm nicht zuvorkom-

men würden, kein Argument dafür. Auch die Verteidigung der vaterländischen Ehre oder der Schutz der Heimat und ihrer Familien überzeugte einige von ihnen nicht. Sie fragten sich, wie sich Jesus Christus an ihrer Stelle wohl verhalten hätte."

Der General schaue auf die Uhr. Die Zeit war schon fortgeschritten, aber der Tagesablauf unterlag keinem Zeitplan. Es waren zwar Besuche in verschiedenen Abteilungen geplant, jedoch nicht terminiert. Das Gespräch am Frühstückstisch war für den General momentan sehr wichtig geworden und es war ihm ein Anliegen, dass seine Adjutanten in weltanschaulicher Hinsicht auf einer Linie liegen sollten. Es freute ihn, dass es innerhalb der versammelten Gruppe zu keinen konträren Diskussionen kam. Dies lag sicherlich auch daran, dass die Darlegungen van Berckhs die Ergänzung zu seiner eigenen Beschreibung der Schöpfung und Evolution darstellten und dieses Wissen unabdingbare Grundlage dessen war, was sich auf diesem Wissensfundament noch aufbauen sollte. Zwar widersprachen die besprochenen Erkenntnisse in mancherlei Hinsicht den derzeitigen wissenschaftlichen Meinungen oder den kirchlich gelehrten Vorgaben, jedoch ließen sich diese, aus verschiedenen Wissensgebieten zusammengetragenen Mosaikstückchen in ein Gesamtbild einfügen, das zwar nicht vollendet erschien, aber bereits ein schemenhaftes Muster erkennen ließ. Wenn sich unter den Adjutanten hierzu ein Konsens bildete, dann erst waren sie auch geistig dazu bereit, Dinge und Umstände zu akzeptieren, die für Personen mit einem konträren Weltbild kaum zu verarbeiten wären.

Hans Kammler wusste, dass er und seine Mitarbeiter in nächster Zeit mit diesen Dingen und Umständen, möglicherweise in Form von Begegnungen, Erkenntnissen und - in folgender Konsequenz - auch in materiellen Dingen konfrontiert würden. Sollte es innerhalb der intimsten Gruppe um den General jedoch zu Diskrepanzen kommen, dann wäre er zu personellen Maßnahmen gezwungen, um wieder eine weltanschauliche Einigkeit herzustellen. Dies hätte jedoch bedeutet, dass er wieder eine neue Person in seinen engsten Zirkel hätte aufnehmen müssen. Bis diese Person dann eingearbeitet wäre, würde wieder eine gewisse Zeit vergehen, ganz abgesehen von der Frage, ob diese neue Person dann die geistigen Hürden überwinden würde, an welcher ihr Vorgänger gescheitert wäre.

Eine weitaus prekärere Frage würde sich zu der Verschwiegenheit des Aussteigers stellen, für die es weder eine Gewähr noch die Möglichkeit einer permanenten Überprüfung gab. So war es für den General klar, dass ein förmliches Verlassen seines engsten Mitarbeiterstabs aus Gründen der Unvereinbarkeit spiritueller Ansichten nur in Verbindung mit der Ausstellung einer Sterbeurkunde vollzogen werden konnte. Zu groß war die Gefahr, dass strengstens gehütetes Geheimwissen, dessen Details bisweilen auch dem Führer vorenthalten wurden, unkontrolliert weiter gegeben werden oder letztendlich sogar vom Feind herausgepresst werden konnte.

Hans Kammler hatte mit seinem Vorgesetzten, dem Reichsführer SS Heinrich Himmler, darüber gesprochen, dass kriegswichtige Erfindungen hinsichtlich neuer Waffen und Geräte zur Energieerzeugung dem Führer nur bekannt gegeben werden sollten, wenn auch eine Produktion derselben unter Kriegsbedingungen möglich erscheinen würden. Da der Dienstweg unter allen Umständen einzuhalten war, hatte General Kammler auch keinerlei Befugnis dazu, sich über technologische Geheimentwicklungen direkt mit dem Führer zu unterhalten, selbst wenn ihn dieser persönlich dazu befragen würde. Die Gefahr, dass es aus solchen Gesprächen heraus, seitens der Reichsführung, zu nicht erfüllbaren Begehrlichkeiten kommen würde, unter denen die jetzt schon überlasteten Produktionen zu leiden hätten, war begründet und gegenwärtig.

„Erzähle mehr davon", bat Jana.

„Du meinst, was Jesus wohl getan hätte?", fragte van Berckh.

„Ja, er ist doch für Liebe und Vergebung. Aber was ist, wenn er muss kämpfen? Er hat sein Kreuz selber tragen müssen, er hat sich nicht gewehrt und nicht für sein Leben gekämpft. Was hätte er gemacht als Soldat bei Wehrmacht? Ist er Jude gewesen?"

„Du stellst ganz schön schwere Fragen, Jana. Aber sie sind berechtigt und wir haben auch an der Front darüber geredet. Es gab Kameraden, die kannten sich in der Bibel recht gut aus und wir haben auch manche Stellen nachgelesen. Frag mich jetzt aber bitte nicht mehr nach den Bibelstellen, ich kann es dir nicht sagen, wo sich die Texte überall befinden. Immerhin hatten wir eine Bibel zur Verfügung und konnten nachlesen. Tatsächlich war Jesus laut den Aufzeichnungen in der Bibel stets hilfsbereit und friedlich. Bis auf ein Mal."

„Ich kenne die Stelle, es war der Vorfall im Tempel", bemerkte Willi Kobitzki, „es handelte sich um die sogenannte Tempelreinigung. Jesus randalierte damals im Tempel, warf Tische um und verjagte die Geldwechsler,

Händler und Wucherer. Er hat sich damit bei den Juden keine Freunde gemacht, und ich kann mir vorstellen, dass die danach trachteten, ihm Einhalt zu gebieten. Ob es hierbei zu einer handgreiflichen Auseinandersetzung kam, ist allerdings nicht überliefert."

General Kammler nickte zustimmend und beantwortete dann einen weiteren Teil von Janas Fragen.

„Es gibt so vieles, was dagegen spricht, dass Jesus ein Jude war. Aus Sicht der Römer mag er den Juden sicherlich zugeordnet worden sein. Aber was wussten die schon über seine Herkunft? Das in der Bibel beschriebene Verhalten von Jesus widerspricht auch den alttestamentarischen Gepflogenheiten der Juden. Dass es seitens Jesus jemals zu Blutopfern oder Racheakten gekommen wäre, ist völlig abwegig, und somit stehen jüdische Selbstverständlichkeiten in krassem Gegensatz zu seiner Lehre. Die Juden sehen in als Feind an. Jesus lebte zwar unter den Juden, hat sich ihnen jedoch nie angepasst oder untergeordnet. Sie beschimpfen und verspotten ihn bis zum heutigen Tag in ihren Gottesdiensten. Jesus kann also schwerlich ein Jude gewesen sein, selbst auf den ältesten Bildern von ihm sind seine arischen Gesichtszüge zu erkennen. Aber Fragen in diesem Bereich werden von deutschen Forschern im Ahnenerbe ergründet und wir werden in Zukunft mehr darüber erfahren.

Vom Reichsführer SS habe ich erfahren, dass die Erkundungen von Professor Schäfer aus den Jahren 1938/39 im Himalaja weitergeführt werden. Peter Aufschnaiter und Heinrich Harrer sollen übrigens in einer neuen Expedition die Region weiter erkunden. Vielleicht werden dann auch einige Begebenheiten, die heute in der Bibel stehen und im Laufe der Jahrhunderte bewusst verändert wurden, korrigiert und dann in einem neuen Licht erscheinen. Einige wichtige Texte der Bibel wurden verändert, wichtige Texte möglicherweise nicht in die Bibel aufgenommen. Der wohl einschneidendste Eingriff in den Bibeltext resultierte aus dem Konzil von Nicäa. Die Tatsache der Wiedergeburt wurde damals gestrichen. Aber glauben Sie mir, auch diese Frage werden wir eines Tages abschließend beantworten können. Möglicherweise werden uns die Tibeter hierbei wichtige Hilfestellungen geben."

„Hätte Jesus die Juden auch geschlagen, die er gejagt hat aus Tempel?", hakte Jana bei van Berckh nach.

„Ich bin mir sicher, dass er das getan hätte. Allerdings nicht, um einen anderen zu bestrafen, seine Wut an ihm auszulassen oder bewusst zu verletzen. Er hätte sich aber gegen sie verteidigt. Genauso würde er sich bestimmt auch in der Wehrmacht als Soldat verhalten. Er würde sich und seine Jünger bei Angriffen verteidigen. Damals im Tempel wie auch heute an der Ostfront. Er war keinesfalls wehrlos."

„Aber warum hat er sich dann den Römern ergeben und hat sogar sein eigenes Kreuz zu seiner Hinrichtung geschleppt?", fragte Jana weiter.

Jetzt zog van Berckh ratlos die Schultern hoch.

„Darauf kann ich auch keine klare Antwort geben. Aber ich kann mir vorstellen, dass er damit den Römern und den Juden zeigte, dass er für seine Sache Leiden auf sich nehmen kann, dass er für seinen Glauben auch in den Tod geht. Einen direkten Kampf mit den Römern hätte er sicherlich verloren, wenn er sich gegen die Kreuzigung gewehrt hätte. Was wäre gewesen, wenn sie ihn in der Arena den Löwen vorgeworfen hätten? Ich denke, dass er genau gewusst hatte, was er tut. Letztendlich hat er seine Gegner dadurch, dass er für seinen Glauben ans Kreuz ging, überwunden. Ja, so tragisch es auch klingen mag, er wurde dadurch zum Märtyrer und seine Lehre wurde dadurch unsterblich. Er hatte in seinem Kampf alles gegeben, was ergeben konnte. Es gibt aber auch Hinweise, dass er die Kreuzigung überlebt hat und sich nach Indien absetzen konnte. Dort soll es Nachfahren von ihm geben, die in christlichen Gemeinden leben und ebenfalls das Hakenkreuz verehren, denn es ist ein uraltes germanisches Symbol, das auch in Indien und Asien verbreitet ist. Es ist ein Heilszeichen und bedeutet die Wende zum Glück."

„Und was ist mit Maria Magdalena geworden, ging sie mit ihm?", wollte Jana ebenfalls wissen.

„Lassen Sie uns später darüber reden", warf der General ein. „Wir sollten uns langsam zu „Kantine" begeben. Heute besuchen wir einzelne Abteilungen, es wird ein langer Tag werden. Wenn demnächst der Bus eintrifft, der die Tibeter abholt, werden wir mit ins Werk fahren."

Die tibetischen Gäste schienen fröhlich und ausgelassen ihr morgendliches Mahl zu zelebrieren. Sie schienen es nicht eilig zu haben und frühstückten gemütlich weiter, als ein uniformierter Fahrer des Werkssicherheitsdienstes diskret am Eingang des Frühstücksraums wartete und damit signalisierte, dass er zur Abfahrt bereit war. Außerdem war der vor dem Hotel abgestellte Omnibus deutlich durch die Fenster zu erkennen.

Auch Theo Knecht hatte während des Frühstücks öfters zu den Tibetern geschaut und es war ihm anzusehen, dass er nicht genau wusste, was er von diesen Leuten halten sollte.

„Ich finde, dass die Leute mit ihren bunten Gewändern doch sehr auffällig sind. Könnte das ein Sicherheitsrisiko bedeuten?", frage er dann schließlich.

„Machen Sie sich da mal keine Gedanken", beruhigte ihn der General. „Die Herrschaften bekommen heute, so wie Jana, eine passende Uniform. Es ist alles vom Reichsministerium SS vorbereitet, sogar die Dienstgradabzeichen für ihre interne Hierarchie liegen schon bereit. Es wird wegen ihrer Kleidung kein weiteres Aufsehen geben, sie sind ja auch erst gestern hier angekommen."

„Wenn wir über den Sicherheitsaspekt reden, der mit der erkennbaren Bekleidung zusammenhängt, dann sollten wir uns ebenfalls darüber Gedanken machen, ob wir bei Fahrten im kleinen Rahmen ebenfalls auf Zivilkleidung umstellen sollten, Herr Kammler. Wenn wir möglichst unerkannt bleiben, dann ist die Gefahr, dass wir auf der Reise in ein Gefecht verwickelt werden könnten, wieder ein Stück weit reduziert", gab van Berckh zu bedenken.

„Ihr Vorschlag klingt logisch, van Berckh", erwiderte der General. „In der Umgebung von Pilsen gibt es einige Betriebe, die Uniformteile herstellen. Sorgen Sie dafür, dass uns jeweils eine Garnitur Zivilkleidung angepasst wird. Geben Sie unsere Maßkarten an die Hersteller weiter, Stangenware soll es ja schließlich nicht sein und die Herstellung in Tschechien kostet ohnehin viel weniger als im Reich. Hoffe nur, dass der Stoff eine anständige Qualität hat."

„Darf ich mitkommen zum Anzug machen?", fragte Jana den General.

Hans Kammler überlegte kurz, wie weit Jana für die für sie vorgesehenen Aufgaben im Bereich der Nachrichtenübermittlung bereits ausgebildet war. Er beabsichtigte noch, dass Jana im Bereich Kryptographie und in der Errichtung einer mobilen Funkstation für Kurzwellen eingewiesen werden sollte.

„Wir werden in zwei Tagen unsere Reise fortsetzen. Wenn sich die Gelegenheit ergibt, dann können Sie van Berckh begleiten. Aber ich möchte nicht, dass der Dienstplan darunter leidet. Sie wissen, dass einige vordringliche Einweisungen absolvieren müssen."

„Das werden wir schon hinkriegen", bemerkte Willi Kobitzki. „Die theoretischen Voraussetzungen zum mobilen Kurzwellensender können wir bei den Mahlzeiten und am Abend besprechen. Wenn wir dann die Sendeanlage unterwegs in Betrieb nehmen, folgt der praktische Teil und Jana wird sicherlich schnell damit zurechtkommen."

„In Ordnung", genehmigte Kammler. „Sie sehen zu, dass die Aufgaben innerhalb der Gruppe erledigt werden. Wie Sie das machen, überlasse ich Ihnen."

Die Gruppe der Tibeter hatte nun ebenfalls ihr Frühstück beendet und die Männer begaben sich vor das Hotel, wo sie den bereitstehenden Bus bestiegen.

„Die haben noch Platz für uns", sagte der General, stand auf und begab sich schon in Richtung Ausgang.

Die Adjutanten folgten ihm zum Bus, in den erst wenige der Tibeter eingestiegen waren. Sie schienen es nicht eilig, dafür aber alle Zeit der Welt zu haben. Die Heiterkeit der Tibeter schien sich auf van Berckh zu übertragen, der sich beim Anblick der Tibeter ein breites Grinsen nicht verkneifen konnte.

„Wenn ich nicht genau wüsste, dass ich nicht auf dem Kölner Karneval bin, dann könnte ich glatt meinen auf einem Busbahnhof in Tibet zu stehen", feixte er beim Anblick der bunt gekleideten Asiaten.

Einer der Tibeter hatte seinen Ausspruch wohl gehört.

„In Tibet haben wir keine Busse, wir haben in Deutschland erste gesehen."

Van Berckh und seine Gruppe waren überrascht darüber, dass sie auf Deutsch angesprochen wurden.

„Es überrascht mich, dass Sie Deutsch sprechen. Wo haben Sie das denn gelernt?", fragte van Berckh den Tibeter.

„Ich bin Dolmetscher und Lehrer für meine Leute. Ich habe in Lhasa deutsche Leute getroffen. Professor Schäfer, den Wienert Karl, den Beger Bruno, den Geer Edmund, den Harrer Heinrich und den Aufschnaiter Peter. Sind gute Leute, wir kennen uns schon ein paar Jahre. Wir sind gestern erst angekommen und sind seit über einer Woche unterwegs, seit wir in Tibet aufgebrochen sind. Aber sagen Sie, was heißt Karneval?"

„Ja, über die Himalaja-Expedition habe ich vor Jahren im Völkischen Beobachter gelesen. Ich finde es spannend, dass Ihr Volk uns in Deutschland besucht und unterstützen möchte. Was der Karneval ist, dass erkläre ich Ihnen gerne bei anderer Gelegenheit, das braucht etwas mehr Zeit."

Mit diesen Worten zog sich van Berckh aus der Affäre und hoffte insgeheim, dass der Tibeter die noch ausstehende Erklärung beim nächsten Zusammentreffen nicht einfordern würde.

Die Gruppe war zwischenzeitlich in den Bus eingestiegen und als alle drin waren, schloss der Fahrer die Tür. Nach wenigen Minuten fuhr der Bus ins Werksgelände ein. Zur Beschleunigung der Einfahrtskontrolle war General Kammler beim Wachposten an der Einfahrt ausgestiegen und erklärte kurz die Umstände, woraufhin der Pförtner von sich aus schon mit einem Knopfdruck öffnete, bevor der Wachposten ihm ein Zeichen dafür geben konnte. Der Pförtner schien offenbar genauer zu wissen, wer am heutigen Tag erwartet würde.

Theo Knecht missfiel es, dass der Pförtner eigenmächtig die Schranke geöffnet hatte und witterte einen erneuten Verstoß gegen die Wachvorschrift.

„Ich klär das mal", sagte er zu van Berckh und begab sich zu dem Pförtner. „Sie wissen schon, dass die Schranke erst nach dem Freigabesignal durch den Wachposten geöffnet werden darf?", belehrte er den Pförtner, der dem Aussehen und seiner Aussprache nach wohl ein Tscheche war.

„Ja, das weiß ich, und ich weiß sogar noch ein wenig mehr", behauptete der Pförtner gelassen, der keine Ahnung davon hatte, dass er soeben Theo Knechts Geduld auf eine morgendliche Probe stellte und dieser daher sofort provozierend nachhakte.

„Und was meinen der Herr General Pförtner sonst noch zu wissen?!"

Jetzt hatte der Pförtner erkannt, dass SS-Hauptscharführer Knecht nicht sonderlich erfreut über die Antwort des Pförtners gewesen war. Das jüngste Schicksal des Küchenchefs war zwischenzeitlich auch bis zum Pförtner durchgedrungen, der sich nun auch kurzfristig dazu durchgerungen hatte, im Gespräch mit dem SS-Mann mehr dienstliche Disziplin an den Tag zu legen.

„Heute Morgen sind zwei Herren vom Rasse- und Siedlungshauptamt eingetroffen. Sie haben hier die Sichtausweise für die gesamte tibetische

Delegation abgeholt. Die Ausweise sind jedoch noch nicht mit Lichtbildern versehen, weshalb die Delegation erst zum fototechnischen Labor geführt werden soll, damit dort von jedem einzelnen ein Foto gemacht werden kann. Der Busfahrer weiß, wohin die Leute gebracht werden sollen. Mehr weiß ich nicht."

Theo Knecht nickte die Aussage des Pförtners kurz ab und verließ dann grußlos den Pförtnerraum. Wortlos stieg er wieder in den Bus ein, der abfahrtbereit wartete und nach kurzer Fahrt vor einer Werkshalle anhielt, vor der zwei in Zivil gekleidete Herren sich beim Rauchen einer Zigarette unterhielten. Theo Knecht wusste sofort, dass es sich um die beiden vom Pförtner erwähnten Männer vom RuSHA [17] handelte.

Die Fahrgäste stiegen aus und die Adjutanten versammelten sich um den General. Auch die beiden Herren traten hinzu, wobei sie den Deutschen Gruß hervorbrachten. Sie stellten sich als SS-Obersturmführer Korte und SS-Oberscharführer Seybold vor, die mit der Betreuung der Tibeter beauftragt waren. Während die bereits aus dem Bus ausgestiegenen Tibeter sich vor dem Bus sammelten, musterten sie interessiert Jana und die sie umgebenden SS-Männer. Besonderes Interesse schienen sie an van Berckh zu haben, dem es nicht verborgen blieb, dass er von vielen Augenpaaren gemustert wurde. Auch Jana fiel dies auf. Während die Tibeter untereinander tuschelten, ohne van Berckh dabei aus den Augen zu lassen, gesellte Jana sich neben ihn. Sie sprach ihm leise ins Ohr.

„Sie reden über dein Licht, deine Farben, bestimmt. Ich habe bei Frühstück die Leute geschaut. Sie sind sehr reine Leute, haben ein gutes Licht mit sehr schönen Farben wie ich nur ganz selten gesehen habe."

Van Berckh lächelte ein wenig verlegen und war sich darüber im Klaren, dass die Tibeter seine momentane Verlegenheit auch aus den Farben seiner Aura herauslesen konnten, sofern sie über dieselbe Gabe verfügten, wie sie Jana besaß.

„Ich weiß zwar nicht genau, für was die Burschen hier alles verwendet werden können, aber sie machen mir einen guten Eindruck und ich denke, dass ihnen vertraut werden kann", teilte er seine Einschätzung über die Tibeter Jana mit.

---

[17] RuSHA: Das „Rasse- und Siedlungshauptamt" war SS-Hauptamt. Es war u.a. zuständig für Rassenuntersuchungen und Ehegenehmigungen für Angehörige der SS.

Kapitel 13

Feminine Raffinesse

Der Dolmetscher hielt gerade eine kurze Ansprache an seine Gruppe, als General Kammler Jana mitteilte, dass sie den Tibetern in das Fotolabor folgen solle, um ebenfalls Passbilder von sich anfertigen zu lassen. Die Adjutanten sollten sich in einer halben Stunde im Verwaltungsgebäude mit dem General treffen. Der machte sich derweilen zusammen mit Kobitzki und Knecht auf den Weg zu Werksleiter Voss, um ein paar Dinge zu besprechen.

„Lass uns die ersten beim Fotografieren sein, dann sparen wir Zeit“, sagte van Berckh zu Jana und ging mit ihr in das Gebäude, wo sie den Wegweisern zum Fotolabor folgten.

Als sie dort ankamen, kam ihnen ein Herr im weißen Kittel entgegen, der ein langes Objektiv in den Händen trug.

„Passbilder?“, fragte er.

„Ja, für mich bitte“, antwortete Jana.

„Dienstgrad?“, fragte er Jana mit ernstem Blick.

„Wie? Dienstgrad?“, fragte Jana ratlos zurück.

Der Herr im weißen Kittel lächelte verschmitzt. Er hatte es offenbar darauf angelegt Jana zu verwirren. So erklärte er nun, während der Jana und van Berckh mit durch eine Tür winkte, auf der „Studio 1“ stand.

„Wir haben hier eine reichhaltige Auswahl von Uniformstücken in fünf verschiedenen Größen. Die Dienstgradabzeichen, die auf dem Passfoto sichtbar sind, werden je nach Bedarf nur mit Nadeln angesteckt, sind aber später auf den Bildern nicht zu sehen. Bei den Tibetern werden aber nur in Einzelfällen Dienstgradabzeichen verwendet. So wie ich Ihren Fall betrachte, darf's wohl ein Blitzmädchen-Kostüm sein. Ihre Größe haben wir auf dem hinteren Kleiderständer. Ziehen Sie nur die Bluse und das Oberteil an, den Rock brauchen Sie nicht, der ist auf dem Foto ohnehin nicht zu sehen. Dienstgradabzeichen brauchen Sie wahrscheinlich auch keine. Nicht wahr?!“

Jana schien nicht sonderlich begeistert zu sein.

„Bin ich Blitzmädchen, Ernst?", fragte sie mit einem enttäuschten Unterton.

„Jana, du bist ein Mädchen wie der Blitz, das stimmt schon. Aber genau genommen bist du... hmmmmh... dein Aufgabenbereich geht eigentlich weit über den der Blitzmädchen hinaus. Du musst Steno schreiben, Diktate aufnehmen, Fernschreiben absetzen, Funkgerät bedienen, noch eine Schießausbildung absolvieren, Autos fahren, hast medizinische Kenntnisse, leistest Dolmetscherdienste und hast sogar eine Leibwächterfunktion. Weiterhin hast du Umgang mit Dingen, die der höchsten Geheimhaltungsstufe unterliegen und weitere Fähigkeiten, die dich qualifizieren", stellte van Berckh fest. „Der Chef hat sich noch nicht darüber ausgelassen, ob es für dich einen besonderen Status gibt. Deine Besoldung ist momentan den Blitzmädels zugeordnet. Soll für dich etwa ein neuer Dienstgrad eingeführt werden?"

„Warum nicht? Ist so schwer zu machen?", erwiderte Jana in gedankenverlorener Naivität, während sie sich vor einem großen Spiegel betrachtete und dabei die blaue Jacke der für sie vorgesehenen Uniform vor dem Körper hielt.

Mittlerweile waren die ersten Tibeter in das Studio gekommen und fingen an, sich passende Uniformteile herauszusuchen, die an Bügel auf Kleiderständern aufgereiht waren. Jana verhielt sich wählerisch und schaut immer wieder kritisch in den Spiegel.

„Größe würde genau passen. Aber mir gefällt nicht diese Blau", kritisierte sie.

„Na prima", bemerkte van Berckh. „Erst brauchst du einen extra Dienstgrad und jetzt wohl noch eine maßgeschneiderte Uniform in der Farbe deines Wunsches", bemerkte van Berckh und zog dabei die Schultern hoch.

„Warum nicht? Ist zu viel verlangt von mir?", fragte Jana charmant und schaute dabei an van Berckh vorbei, hinter dessen Rücken gerade ein Mann mit einem Maßband und hochgekrempelten Ärmeln an einem groß gewachsenen Tibeter Maß nahm. Während Jana mit konzentriertem Blick die beiden Männer beobachtete, schaute van Berckh sie an.

Jana wusste genau, mit welchem speziellen Blick sie van Berckh anschaute. Sie wusste ebenfalls, dass er gerade dabei war, mit seiner besonderen Gabe ihre Gedanken zu lesen. Sie spürte es förmlich und sie wollte es auch, dass van Berckh das aus ihr herauslas, was sie gerade dachte. Natürlich wollte sie auch, dass er genau das umsetzen würde, was sie von ihm wollte. Auch wenn es viel verlangt war.

Van Berckh hatte genug gesehen. Als er dann realisierte, was in Jana vorging, riss er die Augen auf und öffnete den Mund. Er traute sich kaum, sich nach hinten umzudrehen. Doch als er es tat, hatte der die Bestätigung dessen, was er tief in sich drin bereits wusste. Er drehte sich schnell wieder zu Jana um und hob dabei den Zeigefinger wie eine Mutter, die ihr Kind ermahnen würde, nachdem es mit Kartoffeln nach dem Hund geworfen hat.

„Oh, nein. Jana, das geht zu weit. Das sind Dinge, die sich der Führer oder ein Hermann Göring erlauben kann, aber nicht du. Da kann ich nicht zustimmen, das kann großen Ärger geben. Wir lassen das mal ganz schön bleiben. Die blaue Uniform steht dir prima und du kannst sie vielleicht heute noch bekommen. Aber das was du da vorhast, könnte mächtigen Ärger mit dem Chef geben. Denk auch daran, dass du in der Probezeit bist. Also ich würde das nicht riskieren", versuchte van Berckh, Jana von ihrem Vorhaben abzubringen.

„Ernst, was bist du? Kämpfer von Ostfront und mit viele Medaille und Stempel in Pass? Aber mit Angst vor neuer Uniform?"

Jana trat nun dich an van Berckh heran. Leise flüsterte sie ihm ins Ohr. „Wenn General Uniform nicht gefällt, ich gehe zurück nach Karlsbad. Kein Problem. Brauchst du keine Angst haben um mich."

Van Berckh fühlte sich unter Druck gesetzt. Keinesfalls wollte er mit Jana in Streit geraten. Noch weniger war ihm daran gelegen, dass sie den engsten Generalstab wieder verlassen würde. Doch er sah keine Möglichkeit, Jana ihr modisches Vorhaben ausreden zu können und suchte in seinem Kopf bereits krampfhaft nach Argumenten, mit denen er Janas Verlangen seinem Vorgesetzten hätte rechtfertigen können. Auf der anderen Seite wollte er sich aber auch nicht Janas Wunsch verwehren. Schließlich war sie in einer besonderen dienstlich Position, er hatte ihr das vor wenigen Minuten erst selbst bestätigt.

Da es aussichtslos war, Jana umzustimmen, beschloss van Berckh, dass er sie in ihrem Vorhaben nun so gut wie möglich unterstützen wollte. Er hatte nun auch schon einige Argumente parat, die ihm spontan eingefallen waren, die er General Kammler vorbringen konnte, wenn dieser eine Erklärung für Janas Sonderuniform verlangen sollte. Doch noch war es nicht so weit gekommen, als dass van Berckh keine Möglichkeit mehr hatte, auf

Janas Uniformfantasie Einfluss zu nehmen. Er versuchte daher einen Kompromiss zu finden, damit die von Jana gewünschte Uniform möglichst konform ausfiel, um nicht gar zu weit von dem bekannten Kostüm der Blitzmädchen abzuweichen.

Gerade als er Jana auf unveränderbare Attribute des Kostüme hinweisen wollte, kam sie ihm zuvor. Beschwichtigend hob sie ihm die Handflächen entgegen und sagte: „Ich weiß, Farbe kommt nur schwarz in Frage. Abzeichen kommen von SS an Kragen, Dienstgrad habe ich keinen. Aber ich brauche Abzeichen an anderer Seite von Kragen noch. Eichenlaub sieht schön aus, vielleicht erlaubt mir General?"

„Jana, nie und nimmer bekommst du ein Eichenlaub an den Kragenspiegel. Bestenfalls einen Totenkopf, aber auch darauf würde ich nicht wetten. Denk auch daran, dass du öfter mal eine Pistole tragen musst. Die Jacke sollte von der Länge her darauf angepasst sein. Du wirst dann einen Koppelgürtel über der Jacke tragen. Außerdem solltest du daran denken, dass es irgendwann Winter wird und du dann entsprechende Kleidung brauchst. Mit dem Kostüm ist es dann alleine nicht getan. Willst du vielleicht nicht doch lieber die komplette Ausstattung der Blitzmädchen nehmen? Damit wärst du für jedes Wetter gerüstet."

„Mein lieber Ernst, hast du vielleicht schon mal Blitzmädchen mit Pistole gesehen? Uniform von mir wird schon komplett werden. Brauchst du keine Sorge haben. Großer General braucht große Agentin mit schöner Uniform. Das ist doch logisch. Und diese Schuhe von Blitzmädchen ziehe ich auch nicht an. Mein Schumacher Matuschek in Prag wird mir schöne Schuhe für Uniform machen. Nein, besser Stiefel. Ich weiß schon, wie aussehen soll."

Als der Herr mit den hochgekrempelten Ärmeln mit dem Vermessen des Tibeters fertig war und sich gerade noch Notizen in sein Auftragsbuch machte, stand Jana bereits dicht neben ihm. Kaum hatte der Mann sein Buch zugeklappt, redete Jana auch schon auf ihn ein, wobei sie das blaue Blitzmädchenkostüm vor ihm auf den Tisch legte.

Der Herr, er stellte sich als Schneidermeister Koczlav vor, hörte erstaunt Janas Ausführungen zu und starrte daraufhin gebannt zu van Berckh, der ihm nur zunickte. Dies schien für den Schneidermeister das Signal gewesen zu sein, dass er Janas Wunsch zur Sonderanfertigung in Auftrag nehmen sollte. Auch wenn ihm Jana bereits eine Uniform als Muster hingelegt hatte, nahm der Schneidermeister die Maße von Jana.

„Ich kann die Uniform nicht mitnehmen, sie gehört hier zum Fundus. Aber mit Ihren genauen Maßen habe ich ohnehin mehr Möglichkeiten und die Uniform wird dann umso besser sitzen. Wen darf ich denn als Auftragsgeber notieren?"

Jana schaute van Berckh an. Van Berckh schaute Jana an, die ihm jedoch nur liebevoll zublinzelte. Der Schneidermeister schaute zuerst Jana an, dann verharrte er mit seinem Blick auf van Berckh.

„Nehmen Sie die Adresse hier vom Skoda-Werk und vermerken Sie im Anschriftenfeld „Sekretariat Generalmajor Dr. Kammler."

Mit dieser Adressangabe war sichergestellt, dass die Rechnung entweder Theo Knecht oder Willi Kobitzki in die Hände bekam. Sollte es sich herausstellen, dass die für Jana gefertigte Uniform keinesfalls die Akzeptanz des Generals erlangen konnte, so war van Berckh dazu bereit, sie aus eigener Tasche zu bezahlen. Notfalls könnte man in diesem Fall dann immer noch die zur Passbildfertigung vorgehaltene Blitzmädchen-Uniform aus dem Fotolabor für Jana besorgen. So wäre sie zumindest vorläufig im Besitz einer Garnitur, alles Weitere würde sich dann schon zeigen.

„Bis wann wird die Uniform fertig werden?", fragte Jana.

Der Schneidermeister wägte kurz ab. „Bis wann brauchen Sie denn die Uniform?"

„Morgen", legte Jana fest.

Schneidermeister Koczlav zuckte mit den Schultern. „Ich habe schon die Maßanfertigung für den großen Tibeter in Eile zu fertigen. Bin nicht sicher, ob das für morgen reichen wird."

„Es wird sicherlich reichen", zeigte sich van Berckh zuversichtlich, wenn er auch ein wenig verständnislos war. Für seine Begriffe waren die Leute hier in der Tschechei ein wenig zu gemütlich, wenn nicht gar behäbig. Sollten sie doch froh sein, dann ihr Land kriegsverschont geblieben ist. Diese Zivilisten. Denen würde es sicherlich einmal gut tun, wenn sie mal an der Ostfront ein paar Tage und Nächte mit nur ein paar Stunden Schlaf zwischendurch durchhalten müssten. Dann würde ihnen erst einmal bewusst werden, wie schön sie es im ruhigen Hinterland doch haben.

„Wenn Sie unwichtige Dinge zurückstellen und für die zu erledigenden Arbeiten noch kurzfristig weiteres Personal brauchen, dann sagen Sie es jetzt. Ich werde dann dafür sorgen, dass Sie Leute zugeteilt bekommen. Wenn Sie aber meinen, alleine zurechtzukommen, dann ist morgen Abend um zwanzig Uhr unter allen Umständen fixer Liefertermin. Die Uniform können Sie an der Pforte abgeben, wenn Sie uns um diese Zeit nicht persönlich dort antreffen sollten."

Mit dieser Ansage war der Schneidermeister nun instruiert und van Berckh hatte keinen Zweifel daran gelassen, dass ein anderer Liefertermin, als der morgige Tag, nicht in Frage kommt.

„Ich brauche noch Ihren Kopfumfang wegen dem Schiffchen." Mit einem Maßband stellte der Schneidermeister den Kopfumfang von 56,4 Zentimetern bei Jana fest und notierte das Maß in seinem Buch.

„Ich nehme Schiffchen in Schwarz. Aber ich will auch Mütze mit Schirm und Totenkopf haben", forderte Jana.

„Das Schiffchen bekommen Sie von mir, aber die Mütze kann ich Ihnen leider nicht herstellen, die müssen Sie sich aus der Kleiderkammer besorgen. Es bleibt also bei dem Uniformkostüm. Soll vorne auf das Schiffchen ein Reichsadler oder ein Totenkopf drauf?"

„Totenkopf natürlich", bestellte Jana, was der Schneider in sein Auftragsbuch notierte und sich dann verabschiedete.

„Dein Passfoto müssen wir noch machen", bemerkte van Berckh. „Jetzt ziehst du einfach ein weißes Hemd an, eine Krawatte angelegt und Jacke ohne Dienstgradabzeichen drüber. Das muss für das Foto reichen."

Jana willigte widerspruchslos ein. Sie hatte fast alles erreicht, was sie heute erreichen wollte. Fast alles. Für das Passfoto hatte sich Jana schnell zurechtgemacht. Als sie auf dem Stuhl vor der Kamera Platz genommen hatte, musste ihr van Berckh jedoch noch extra den großen Spiegel bringen, damit sie sich darin sah und ihren Blick so kontrollieren konnte, wie sie sich später auf dem Foto sehen wollte.

Es befanden sich noch einige Tibeter im Studio, die noch nicht fotografiert worden waren und sich sehr ehrfurchtsvoll verhielten. Sie standen wortlos an der Wand und beobachten Jana und van Berckh wie Kinder, die vor dem Christbaum das erste Mal den Weihnachtsmann sehen.

„Wenn Sie noch ein Foto mehr machen, dann kann Jana eines ihrer Mutter schicken", meinte van Berckh zu dem Fotografen, der genau in diesem Augenblick auf den Auslöser drückte, als Jana lachend zu van Berckh hinüber schaute.

Dann machte der Fotograf noch ein Bild, als Jana wieder ihre Pose und ihren Blick leicht verändert hatte.

„Wenn die Bilder fertig sind, bekomme ich dann das Negativ?", wollte Jana wissen.

„Das Negativ?", fragte der Fotograf lächelnd, für den die ansehnliche Jana als Motiv eine willkommene Abwechslung war. „Es gibt kein Negativ", sagte der Mann im weißen Kittel und zog ein Blatt in der Größe eines Notizzettels aus der Kamera. „Sie werden gleich staunen, es dauert nur noch einen Moment."

Mit dem Blick auf den Sekundenzeiger hielt der Fotograf das Papier in der Hand und erklärte derweilen, dass es sich um ein neu entwickeltes Sofortbildverfahren handeln würde. Dann zog er das Blatt an einer Ecke auseinander und nahm unter der Kamera zwei weitere Blätter hervor, die er zuvor bereits auseinandergezogen hatte. Auf den Blättern befanden sich jeweils vier Passbilder von Jana. Das zuletzt gemachte Foto lag neben den anderen.

„Das hab ich ja noch nie gesehen", stellte van Berckh erstaunt fest, „aber sehen Sie mal, dass zuletzt gemachte Foto ist ganz blass. Scheint wohl nichts geworden zu sein."

„Das hat im Moment nichts zu bedeuten, die Fotos entwickeln sich selbst und ihr voller Kontrast stellt sich nach ein bis zwei Minuten ein. Diese Zeit brauchen die im Papier befindlichen Chemikalien. Ich schneide nur eben noch die Konturen und dann können Sie die Bilder mitnehmen. Bitte beachten Sie, dass die Fotos nicht in Ausweise mit Klammern geheftet werden, sie müssen geklebt werden."

„Können diese Bilder abgestempelt werden?", fragte van Berckh.

„Wenn Sie stempeln, dann achten Sie bitte darauf, dass Sie die Fotos nur an den Rahmenbereichen abstempeln, denn unter den Fotos befinden sich Chemikalien, die zwar neutralisiert sind, jedoch haben wir noch keine Langzeiterfahrungen und wissen nicht, wie sich Druckstellen auf die Fotos auswirken können."

Jana war mit Ihren Passbildern zufrieden. Van Berckh ebenfalls, denn er bat Jana gleich um eines für sich. Als ihm Jana eines ihrer Passbilder mit einem angedeuteten Kuss überreichte, legte er es sorgfältig in sein Soldbuch, das er in seiner linken Innentasche stets mit sich führte.

Der Fotograf bot Jana an, dass er ein anderes Mal gerne noch weitere Fotos von Jana machen könnte. Er würde dafür die neuesten Farbfilme mit einer brillanten Bildqualität verwenden. Sie würde dann sicher über die guten Aufnahmen staunen.

Van Berckh hatte schnell erkannt, dass der Fotograf Gefallen an Jana gefunden hatte, was er ihm jedoch angesichts ihrer adretten Persönlichkeit nicht für übel nehmen konnte. Jedoch legte er keinen gesteigerten Wert darauf, dass sich Jana von ihm ablichten lässt und so versuchte er von diesem Thema abzulenken.

„Sie haben sicherlich eine interessante Arbeit, mit den ganzen neuen Apparaturen, die sie hier haben", meinte er zu dem Fotografen. „Was ist denn das für eine Apparatur?", fragte van Berckh und zeigte auf ein raumhohes Gerät, das durch eine halboffene Tür in einem Nebenraum zu erkennen war.

„Das ist eine Spezialkamera zur Erstellung von Mikrofilmen. Aber glauben Sie mir, wenn man an diesem Gerät stundenlang Konstruktionspläne und Akten archiviert, dann freut man sich über jede Abwechslung in diesem Labor."

Mit einem Griff in den Papierkorb holte der Fotograf einen kleinen Filmstreifen aus dem Papierkorb.

„Über diesen Film ist versehentlich Säure gelaufen, er ist teilweise unbrauchbar. Aber Sie können mir glauben, dass Sie auf solch einem Filmstreifen alle Informationen finden, um einen Pkw oder einen Panzer zu bauen. Da ist alles fein säuberlich vermerkt", erklärte der Fotograf stolz.

„Sie bringen den Inhalt des Papierkorbs aber nicht in den Müll?", fragte van Berckh bedenklich nach.

„Nein, keine Sorge", lachte der Fotograf. „Alles, was an Ausschuss anfällt, muss verbrannt werden und darf nur als Asche das Labor verlassen. Darauf achten Ihre Kollegen von der SS. Sie haben schon öfters unseren Abfall durchsucht und wir passen daher schon sehr genau auf, dass wir bei denen nicht auffallen."

„Wo gibt es Schuhmacher in Pilsen?" fragte Jana.

Van Berckh zuckte nur mit den Schultern und auch der Fotograf schaute nur ratlos.

„Dann gehe ich zu Hotel. Die wissen bestimmt", beschloss Jana daraufhin.

„Solltest du heute nicht an der Verschlüsselungsmaschine ausgebildet werden? ...und dann noch an der Mobilfunkstation?“, fragte van Berckh verständnislos.

„Ja, aber ohne richtige Schuhe kann ich Uniform nicht tragen und heute habe ich noch ganze Nachmittag Zeit“, erklärte Jana.

Van Berckh war sich klar darüber, dass sich Jana kaum von ihrem Vorhaben abbringen lassen würde.

„Lass dir aber vorher deinen Ausweis fertig machen und abstempeln, damit sie dich wieder ins Werk reinlassen. Wir sehen uns dann spätestens um neunzehn Uhr bei Abendessen. Wir können gemeinsam zum Verwaltungsgebäude gehen, ich zeige dir dann wo du deinen Ausweis bekommst.“

Van Berckh brachte Jana zur Wache des Werkschutzes. Dort wurde sie schon erwartet und es wurden von SS-Untersturmführer Kobitzki vorbereitete Formalitäten erledigt. Er selbst hingegen begab sich zum Sekretariat von Generaldirektor Voss. Im dortigen Empfangsraum servierte die Sekretärin gerade einem Herrn in einem eleganten Anzug einen Kaffee.

„Trinken Sie auch einen Kaffee mit?“, fragte sie van Berckh, der gerade seine Schirmmütze an den Kleiderständer hängte.

„Setzen Sie sich doch zu uns“, lud ihn der Herr mittleren Alters ebenfalls ein, der aufgestanden war und ihm zur Begrüßung die Hand reichte.

Van Berckh kannte den Mann nicht, jedoch konnte er keine unbedeutende Person sein, wenn er sich im Vorzimmer des Generaldirektors aufhielt.

„Direktor Göring, mein Name, Albert Göring“, stellte sich der Herr vor.

„Heil Hitler, Herr Göring. Oberscharführer van Berckh, Sonderstab Kammler“, stellte sich van Berckh ebenfalls vor und stutzte ein wenig, als er versuchte den Namen des Herrn und seine Funktion irgendwie zuzuordnen.

Herr Göring bemerkte dies sofort und es hatte den Anschein, dass der Herr es schon gewohnt war, sich gegenüber Fremden zu erklären.

„Ich weiß, dass ich mit meinem Bruder keine Ähnlichkeit habe“, sagte der Herr mit einem Lächeln, „aber Hermann und ich stehen uns näher, als es den äußeren Anschein hat.“

Van Berckh lächelte und hatte verstanden. „Sie sind ebenfalls hier im Werk tätig?“, fragte er Albert Göring.

„Nein, ich bin nur ab und zu aus dienstlichen Gründen hier", erklärte dieser. „Ich leite den Export der Waffenwerke in Brünn und bin heute mit zwei Ingenieuren angereist. Es gibt mit Herrn Voss einiges zu besprechen. Gehören Sie auch zu der Kammler-Gruppe?"

„Ja, ich bin unter anderem sein Fahrer", antworte van Berckh knapp und war sehr erstaunt darüber, den Bruder des Reichsministers für Luftfahrt vor sich zu haben, der überhaupt keine Gemeinsamkeiten mit ihm zu haben schien. Daher beschloss er, sich in die Gedankenwelt des Albert Göring einzuklinken, um ihn zu ergründen. Hierzu musste er sich selbst jedoch in eine bestimmte Konzentrationsphase bringen, um Zugang zu Albert Görings Innersten zu bekommen. In Situationen, wie sie zum Beispiel während eines Dialogs van Berckhs vollste Aufmerksamkeit forderten, war es ihm nicht möglich, seine übersinnliche Fähigkeit einzusetzen.

Als sich van Berckh gerade am Tisch gegenüber Albert Göring niederließ, erschien plötzlich Jana. Sie erkannte scheinbar sofort die Situation und verhielt sich daher distanziert. Sie wollte gegenüber dem fremden Mann vermeiden, dass dieser einen Eindruck davon bekommen sollte, wie vertraut und nahe sie van Berckh war.

„Ich brauche den Schlüssel von Zimmer", forderte sie von van Berckh, der sofort erkannte, welche Gelegenheit in Janas Erscheinen steckte, als Albert Göring wie von der Tarantel gestochen von seinem Sessel hochgeschnellt war und mit großen Augen und offenem Mund Jana anstarrte.

Immer dasselbe mit diesen Burschen, dachte sich van Berckh und es war ihm sofort klar, dass bei Göring sofort alle Aufmerksamkeit auf Jana gerichtet war. Genau in dieser mentalen Haltung wollte van Berckh ihn aber auch haben.

Während sich Albert Göring mit einem leicht gockelhaften Gehabe, aber dennoch sehr galant vorstellte, musste van Berckh jetzt nur noch dafür sorgen, dass Jana ihn ein wenig ablenkte. Dabei bekam er von Göring unverhofft Unterstützung, als dieser Jana dazu einlud, ebenfalls eine Tasse Kaffee mitzutrinken. Bevor Jana jedoch ablehnen konnte, schaltete sich van Berckh ein.

„Ich fahre Sie nachher gerne in die Stadt, Fräulein Schmidt, dann haben Sie keinen Zeitverlust, um Ihren Auftrag noch durchführen."

Jana hatte sofort verstanden, dass van Berckh irgendetwas plante und sie dabei eine Rolle zu spielen hatte. Sie hatte bereits eine Ahnung, was van

Berckh beabsichtigte und zog daher die ganze Aufmerksamkeit Görings auf sich. Janas Ahnung wurde von van Berckh dadurch bestätigt, dass er den Einwurf brachte, dass „Herr Göring der Bruder des Reichsmarschalls Göring ist". Jana schien sehr interessiert zu sein und fing an, den Direktor der Brünner Waffenfabrik auszufragen. Dieser antworte sehr zuvorkommend und ausführlich.

Van Berckh beobachtete Göring, der von Jana förmlich hypnotisiert war, intensiv, und es dauerte nicht lange, da war er im Bilde. Er hatte nun Göring ergründet und aus dessen Gedanken erfahren, was er wissen wollte. Über diese neuen Erkenntnisse - hinsichtlich der Person Albert Göring - war van Berckh jedoch keineswegs beruhigt, sondern eher schockiert. Er hatte nämlich von Göring den Eindruck erlangt, dass sich dieser auf einem schmalen Grat bewegte und neben viel schauspielerischem Talent auch Anlagen in sich trug, die einem Saboteur genügt hätten.

Jedenfalls handelte es sich nach dem Eindruck van Berckhs bei Göring um einen Mitstreiter, der weder durch seine ideologische Überzeugung noch durch seine berufliche Qualifikation in die Position eines Direktors gekommen war, sondern eindeutig nur durch die Fürsprache seines der Reichsführung angehörenden Bruders. Vielleicht war dies auch gut so, denn dort würde Albert Göring vielleicht am wenigsten anrichten, was seinem Bruder Hermann in seinem Ansehen hätte schaden könnte. Möglicherweise war dies dem Reichsmarschall ebenso bewusst, wie es van Berckh aus dem Innersten Albert Görings herausgelesen hatte, weshalb er seinen Bruder in einem seiner ihm unterstellten Werke untergebracht hatte - weit weg vom politischen Geschehen, tief im drinnen im Reichsprotektorat.

Nachdem der von der Sekretärin servierte Kaffee getrunken war und van Berckh seine von Göring erlangten Eindrücke fürs Erste verarbeitet hatte, kam General Kammler zusammen mit den Adjutanten Knecht und Kobitzki aus dem Büro des Generaldirektor Voss.

Als Kammler Albert Göring erblickte, begrüßte er ihn freundlich, jedoch nicht freundschaftlich. In einem kurzen Gespräch zwischen Tür und Angel verabredeten die beiden, sich beim Abendessen zu treffen. Kammler schien nach seinem Gespräch mit Generaldirektor Voss sehr konzentriert zu sein und als er Jana erblickte, nahm er sie gleich zu einem Diktat in ein zur Verfügung stehendes Büro mit.

Knecht und Kobitzki setzten sich derweilen auch an den Tisch und sortierten Unterlagen. Während ihnen ebenfalls ein Kaffee serviert wurde, verabschiedete sich Albert Göring. Er betonte gegenüber Jana sehr galant, dass er sich sehr auf ein Wiedersehen freuen würde und verschwand dann im Büro des Generaldirektors.

Kapitel 14

Inspektion der geheimen Werkstätten

Es dauerte nur wenige Minuten, bis Jana und Kammler wieder erschienen. Auf einen fragenden Blick von Jana reagierte van Berckh nur mit einem kurzen Kopfschütteln und einem Schulterzucken. Damit war ihr signalisiert, dass sie sich alleine darum kümmern sollte, wie sie nun zum Hotel kam.

„Wenn du nicht laufen möchtest, dann geh doch zur Ausfahrt und lass dich von jemand mitnehmen“, sagte van Berckh und übergab Jana den Schlüssel für das Hotelzimmer, die nur kurz nickte und sich dann auf den Weg machte.

„Vor dem Mittagessen werden wir zwei Werkstätten inspizieren. Die Protokolle der letzten Besprechungen für die optischen und die chemischen Labors haben Sie dabei?“, fragte General Kammler Untersturmführer Kobitzki, der daraufhin kurz nickte.

Dann machten sich die Männer auf den Weg zu den im Herzen des Werks gelegenen Abteilungen. Die abgestellten Wachen des Werkschutzes überprüften genau die Sichtausweise der vier Inspektoren, bevor sie diese einließen. Die Männer wurden von einem ernst wirkenden Forscher begrüßt, dessen Namensschild ihn als Dr. Büdewald auswies. Nach einer kurzen Begrüßung führte er die Besucher in einen großen Raum, in dem sich die Spitze einer A4-Rakete befand. In dem Kopf der Rakete befand sich ein Kabelgewirr, das mehrere Bauteile miteinander verband.

Während van Berckh keine Vorstellung hatte, welche Funktionen diese Gerätschaften hatten, war Willi Kobitzki hingegen relativ gut darüber informiert. Als Spezialist für Nachrichtentechnik erklärte er van Berckh die einzelnen Bauteile, die er während seiner mehrwöchigen Aufenthalte im Skoda-Forschungszentrum zum Teil selbst mit entwickelt hatte.

Es dauerte eine Weile, bis van Berckh verstanden hatte, warum der Kopf einer A4-Rakete denn überhaupt mit einer Kamera bestückt sein musste. Schließlich würde die Rakete ja an ihrem Zielort explodieren und damit wären ja auch die gemachten Aufzeichnungen zerstört. Kobitzki musste daher wegen diesem Einwand van Berckhs kurz lachen, denn er hatte ihm schließlich nur die Funktion der Elemente, jedoch nicht den Grundgedanken der zusammenwirkenden Technik erklärt.

„Das ist ein Versuchsaufbau für eine Fernlenkrakete", klärte er van Berckh auf, der ihn daraufhin noch ungläubiger anschaute. Also erklärte Kobitzki die Bauelemente in ihrem Zusammenwirken, ohne noch mal auf die technische Einzelheiten der Bauteile einzugehen, die van Berckh ohnehin nicht bewerten konnte.

„Wir haben also hier drei neu entwickelte Kameras eingebaut. Zwei haben fest eingestellte Brennweiten, eine Kamera kann in ihrer Brennweite verändert werden. Für die Belichtung wurde eine Blendenautomatik entwickelt, welche durch Impulse aus einem Helligkeitsmesswiderstand geregelt wird. Das Kamerabild wird nicht auf einem Film aufgezeichnet, sondern in ein elektrisches Signal umgewandelt, das zum Kontrollraum gesendet wird. Dort wird das Funksignal an einem Röhrenbildschirm wieder umgewandelt und man kann sehen, was sich unter der Rakete befindet. So können auch Raketenabwehrstellungen, Flugplätze, Kasernen, Truppenaufmärsche, Bahnlinien, Industrieanlagen und so weiter ausgekundschaftet werden, ohne dass ein zusätzlicher Aufklärungsflug gemacht werden muss."

Van Berckh bekam unwillkürlich eine Gänsehaut, als er verinnerlichte, was ihm Kobitzki da gerade erklärt hatte.

„Das ist ja unglaublich", brachte er mit überwältigter Stimme hervor.

„Jetzt halt dich mal fest, mein lieber Ernst, das Beste weißt du ja noch gar nicht. Stell dir vor, eine Rakete startet und hat in ihrer Zielführungseinheit ein bestimmtes Ziel eingespeichert, das aber immer nur ungefähr getroffen werden kann, da verschiedene Einflüsse die präzise Zielfindung beeinträchtigen können. Jetzt ist es so, dass die Rakete ihre wirkungsvollste Zerstörungskraft nur entfalten kann, wenn sie mitten in das Ziel trifft. Schlägt die Rakete zum Beispiel einen Kilometer neben einer anvisierten Industrieanlage ein, wird es vorkommen, dass das Ziel unbeschädigt bleibt oder nur geringe Schäden abbekommt. Um solche teuren Fehlschläge zu vermeiden, kann der Raketenschütze im Kontrollraum den Flug in seiner Endphase, also beim Übergang in den Sturzflug, über eine auf das Leitwerk wirkende Funksteuerung beeinflussen und dadurch die Rakete relativ genau in das Ziel lenken."

Van Berckh schaute nun umso interessierter die aufgebauten Apparaturen und wollte dann mehr zu den Einzelheiten wissen. „Wie weit kann denn die Rakete das Funksignal senden? Wo ist die Antenne an der Rakete? Was ist, wenn sich die Rakete auf den Rücken legt und die Kameras zum Himmel zeigen?", fragte van Berckh interessiert nach.

„Da hast du schon ein paar wichtige Probleme angesprochen, Ernst. Aber mal der Reihe nach. Wir haben in der Tat Probleme mit der Unterbringung der Antenne. Eine Lösung wäre die Unterbringung als Richtantenne unter dem Außengehäuse, oberhalb des Sauerstofftanks. Die Rakete könnte dann das Funksignal nur in Richtung der Abschussrampe senden. Der Feind könnte das Funksignal dann nur unter bestimmten Bedingungen abfangen. Zwar könnte er dann mit dem Signal nicht unbedingt viel anfangen, jedoch könnte er auf die Idee kommen, die Frequenz zukünftig durch Störsender unbrauchbar zu machen.

Das Problem mit innerhalb des Raketengehäuses angebrachten Antennen ist, dass das Außengehäuse der Rakete aus Metall besteht. Das Metallgehäuse würde die Funkstrahlen so stark dämpfen, dass schon bald nach dem Start nichts mehr im Kontrollraum ankommt. Wir haben dann an ein Außengehäuse aus Aramidfasermatten gedacht, welches die Funkstrahlen ungehemmt durchlässt, aber das hat sich als zu aufwendig herausgestellt. Außerdem würde das noch mehr Platz beanspruchen und die Nutzlast weiter einschränken. Wir haben bislang eine Tonne Nutzlast, aber der Führer verlangt fünf bis zehn Tonnen Nutzlast. Jetzt stehen wir auf dem folgenden Standpunkt: Wenn der Feind unser Bildfunksignal sichtbar machen kann, dann haben wir bis dahin sicherlich schon hundert Raketen auf England abgefeuert und sie damit zur Kapitulation gezwungen. Also befestigen wir die Antennen einfach an der Raketenspitze und am Leitwerk. Außerdem gehen wir einfach mal davon aus, dass der Engländer die von uns benutzten Frequenzen nicht überwacht.

Die Tests im Windkanal haben ergeben, dass sich die Antennen im Leitwerk und an der Spitze der Rakete anbringen lassen, ohne dass es dadurch zu nennenswerten Beeinträchtigungen der Flugeigenschaften kommt. Die stabile Fluglage der Rakete ist durch neue Kreiselstabilisatoren mittlerweile auch gewährleistet", erläuterte Kobitzki.

„Was wäre, wenn man die Rakete einfach vergrößern würde?", schlug van Berckh vor.

„Sicherlich wäre es möglich, die Rakete einfach größer zu dimensionieren. Dadurch würde natürlich auch die Nutzlast steigen. Aber dann wäre auch eine größere Brennkammer notwendig, was wieder einen neuen Entwicklungsprozess für solch einen Ofen bedeuten würde und dafür ist einfach keine Zeit vorhanden. Außerdem würde das dazu notwendige Leitwerk vielleicht noch auf einen Eisenbahnwaggon passen, aber der würde dann nicht mehr durch die Eisenbahntunnels bis hin zu den Abschussrampen passen. Also ich setze momentan die Hoffnung auf präzise Zieltreffer durch das Fernlenksystem. Wir vermeiden damit Fehlschüsse, die irgendwo auf der grünen Wiese einschlagen und müssen demnach auch weniger Raketen produzieren. Wenn es uns gelingen sollte, dass eine ferngelenkte A4 bei Churchill im Vorgarten einschlägt, dann wird der alte Kriegstreiber vielleicht am ehesten zur Besinnung kommen.".

Van Berckh nickte Kobitzki zu. „Jetzt habe ich die Problematik erkannt. Wenn die Rakete vergrößert wird, dann steigt zwar die Nutzlast, aber nicht die Reichweite. Ein Abschuss aus dem Hinterland ist daher nicht möglich", rekapitulierte van Berckh.

„Ganz genau, Ernst. Außerdem musst du bedenken, dass wir zur Übertragung des Fernsehsignals geographische Begebenheiten berücksichtigen müssen. Zwischen Rakete und Kontrollraum sollte im Idealfall Sichtverbindung bestehen. Es dürfen keine Berge oder sonstigen Hindernisse dazwischen sein, denn die Reichweite der Funkverbindung ist begrenzt. Wir haben sogar schon überlegt, ob wir einen Ballon mit einer Relaisstation aufsteigen lassen, um den Funkkontakt zu der Rakete sicherzustellen. Natürlich ist ein ferngesteuerter Flug auch nur bei Tageslicht möglich."

„Meinst du, die Engländer könnten mit ihrer Abwehrflak die Rakete im Flug erwischen und runterholen, oder in der Luft zur Explosion bringen?", interessierte sich van Berckh.

„Rein theoretisch wäre das möglich, aber nur in der Steigphase oder wenn der Sprengkopf getroffen wird. Aber die Flakschützen hätten ohnehin nur eine verschwindend geringe Chance, wenn sie die Rakete von vorne erkennen würden. Dann müssten sie mit ihren Geschützen entsprechend vorhalten und dann auch noch treffen. Das ist mehr als unwahrscheinlich. Hinterherschießen würde ebenso erfolglos sein, denn die Rakete fliegt mit ungefähr tausend Metern in der Sekunde jedem Geschoß davon. Wenn die A4 erst einmal abgefeuert ist, dann ist sie nicht mehr zu stoppen.

Du kannst die A4 schließlich nicht mit der Fieseler 103 vergleichen. Es könnte bei den Tommies einige Fliegerasse geben, die es schaffen könnten, dass die mit einer Spitfire neben der Fi 103 herfliegen und sie durch Kontakt mit den Tragflächen aus der Flugbahn bringen, damit sie ihren Kurs ändert oder abstürzt.

Die A4 ist eine ballistische Rakete, die steil aufsteigt, eine bogenförmige Flugbahn beschreibt und dann unbarmherzig und gnadenlos aus den Wolken bricht. Dagegen ist kein Kraut gewachsen, glaub mir. Wir werden in nächster Zeit wieder auf Inspektion im Mittelwerk sein. Dann kannst du mal sehen, wie diese Dinger zusammengebaut werden."

„Ja, darauf bin ich mal gespannt. Du hattest vorhin eine Fasermatte erwähnt. Was hat es mit dieser auf sich?"

„Du meinst die Aramidfasermatte?"

„Ja, die hattest du erwähnt. Was ist das für ein Material?"

„Dir wird das Material heute sicher noch begegnen. Es ist eine geniale Erfindung. Es handelt sich um eine äußerst strapazierfähige Chemiefaser mit einer sehr hohen Zugfestigkeit. Die Faser zu verarbeiten ist recht aufwendig, da sie auch sehr fein ist. Sie wird dadurch produziert, indem der Ausgangsstoff durch feine Düsen geblasen wird. Die Faser wird dann gesponnen und zu einem Gewebe verarbeitet. Es sieht dann ähnlich aus wie ein Stofftuch. Mehr erzähl ich dir mal nicht, du wirst das Material später noch in den Händen halten können. Wirst staunen."

Theo Knecht hatte sich mit General Kammler in einen Büroraum begeben, der durch eine Glasscheibe einsehbar war. Als zwei weitere Männer in diesen Raum gingen, klopfte Kobitzki van Berckh auf die Schulter.

„Kannst dich mal in Ruhe weiter umschauen, ich gehe auch mal zum Chef rein. Wenn Hauptsturmführer Engel und Dr. Teichmann auch an der Besprechung teilnehmen, kann es sein, dass Theo bei der Protokollführung Unterstützung braucht. Jedenfalls werden wir rechtzeitig zum Essen kommen, denn ich glaube nicht, dass die länger als eine halbe Stunde konferieren."

Noch völlig von der modernen Raketentechnik fasziniert, ging van Berckh vor die Tür, um seine frisch gewonnenen Eindrücke erst einmal bei einer Zigarette weiter auf sich wirken zu lassen. Während van Berckh vor der Werkhalle rauchte und in Gedanken verweilte, hatte er plötzlich einen Einfall. Ein Gedanke war plötzlich in ihm und er begann ihn sofort zu sondieren und weiter zu verfolgen. Es handelte sich dabei um eine Idee, bei der es um eine Erhöhung des Wirkungsgrades der Rakete ging.

Er holte sich die Daten der A4-Rakete aus seinem Gedächtnis hervor und erinnerte sich, dass sie ein Startgewicht von circa dreizehn Tonnen hatte und ein Leergewicht von ungefähr sieben Tonnen, wovon auf die Blechteile wie die Außenhülle und das Leitwerk etwas über drei Tonnen entfielen. Könnte es zu einer Steigerung der Nutzlast kommen, wenn man die Rakete verlängern, sie sozusagen mit einem zweiten Antrieb versehen würde, der nach dem Start abgestoßen wird und zur Erde fällt? In diesem Moment würde der zweite Antrieb zünden, der die bereits beschleunigte und durch den Abstoß des Startaggregats leichter gewordene Rakete weiter vorantreibt. Könnte dadurch mehr Nutzlast in Form von Sprengstoff transportiert werden? Wäre es vielleicht dadurch aber auch möglich, eine höhere Reichweite der Rakete zu erzielen, die dadurch aus dem sicheren Hinterland abgeschossen werden könnte?

Van Berckh war sich nicht sicher, ob seine Idee aus technischer Sicht machbar wäre. Jedenfalls war er selbst begeistert davon und je mehr er darüber nachdachte, umso besser gefiel sie ihm. Möglicherweise hatten die Raketeningenieure bereits die gleiche Idee gehabt, vielleicht aber auch nicht. Er musste seine Anregung unbedingt gleich Willi Kobitzki mitteilen, solange er sie noch frisch im Gedächtnis hatte, und begab sich daher wieder in die Werkshalle vor das Büro, in dem die Wissenschaftler sich mit den SS-Leuten besprachen. Er hörte nicht, was in dem Büro besprochen wurde, aber als er davorstand, wurde Theo Knecht auf ihn aufmerksam und sah zu ihm rüber. Van Berckh hatte ein freudig optimistisches Strahlen im Gesicht, was Theo Knecht nicht verborgen blieb und ihn veranlasste, den neben ihm sitzenden Kobitzki auf van Berckh aufmerksam zu machen. Als nun beide Adjutanten auf den in der Halle stehenden Oberscharführer schauten, der ein freudiges Grinsen im Gesicht hatte, als hätte er soeben den Hauptgewinn aus einer Lostrommel gezogen, und den beiden auch noch den erhobenen Daumen zeigte, schauten sie sich nur fragend an. Knecht und Kobitzki tuschelten kurz miteinander und offenbar übermannte dann Willi Kobitzki die Neugier, der nun aufstand und sich vor die Tür zu van Berckh begab.

„Was gibt es, ist was passiert?“, fragte Kobitzki. „Du strahlst ja, als ob die Russen kapituliert hätten.“

„Kein Grund zur Aufregung, Willi. Ich hab nur eben eine verrücke Idee gehabt, die ich dir unbedingt erzählen muss.“ In kurzen Sätzen erklärte van Berckh nun seinem Kameraden Willi seine Idee mit der zweistufigen Rakete.

Offenbar war van Berckhs Idee keineswegs als abwegiges Hirngespinst zu betrachten, was ihm durch Willis aufmerksames Zuhören und sein bestätigendes Nicken signalisiert wurde.

„Ernst, ich kann dir nicht auf Anhieb sagen, ob deine Idee durchsetzbar ist, dafür müssten verschiedene Einflussgrößen neu zusammen gerechnet und wieder auseinanderdividiert werden. Interessant scheint mir dein Vorschlag aber allemal zu sein. Ich werde ihn zunächst mal mit dem Chef besprechen und wenn sie ihm plausibel erscheint, dann kann er sie ja den Raketenforschern vortragen. Ich geh dann mal wieder rein, wir werden in einer halben Stunde zum Mittagstisch gehen, vielleicht kommen die Ingenieure ja mit.“

Während sich Kobitzki wieder in den Besprechungsraum begab, konnte van Berckh von draußen beobachten, wie General Kammler Kobitzki auf dem Weg zu seinem Sitzplatz mit einer Armbewegung abfing und ihn etwas fragte. Kobitzki flüsterte ihm daraufhin etwas ins Ohr, woraufhin Kammler zu van Berckh aufschaute und mit seinem Finger auf den in der Halle stehenden Oberscharführer zeigte. Van Berckh grinste nur zurück und zeigte dem General den erhobenen Daumen.

Für van Berckh war es offensichtlich, was sich nun in dem Besprechungsraum abspielte. Der General hatte Kobitzki anscheinend gefragt, was für van Berckh so wichtig gewesen war, weshalb er ihn aus der Besprechung gelockt hatte, und Kobitzki hatte ihm bei seiner Rückkehr van Berckhs Idee brühwarm mitgeteilt. Kammler schien die kurze Schilderung Kobitzkis ausgereicht zu haben, um sofort das Potential der Idee bewerten zu können, das er offenbar für so plausibel erachtete, dass er es sogleich der versammelten Runde vortrug und dazu sogar aufstand.

Theo Knecht schaute gerade zu ihm herüber und sofort signalisierte van Berckh dem Adjutanten mit einem Fingerzeig zum Ausgang, dass er sich vor die Halle begeben sollte.

Als van Berckh vor die Halle trat, wäre er beinahe vor Schreck wieder hineingegangen, als ihm ein Ungetüm von Panzer entgegen kam, welches er in dieser Dimension noch nicht gesehen hatte. Zwei Lotsen begleiteten den Panzer zu Fuß und liefen zur Absicherung vor ihm her.

Es handelte sich bei dem Panzer um keinen gewöhnlichen Panzer mit einer Kanone im drehbaren Turm. Es handelte sich um einen Panzer mit festem Aufbau ohne Drehturm. An der Stelle, wo sich sonst die Kanone zu sehen war, befand sich ein kurzes Rohr, welches jedoch nicht über den Panzer hinausragte, dafür aber in seiner Dimension eher an eine Betonröhre für einen Abwasserkanal erinnerte. Van Berckh schätzte den Rohrdurchmesser auf mindestens einen halben Meter. Das gewaltige Geschütz konnte anscheinend nur vertikal ausgerichtet werden.

Nachdem van Berckh seinen vor Staunen geöffneten Mund wieder geschlossen hatte, ging er ein Stück weit neben einem vorauslaufenden Lotsen her, um Näheres über diesen seltsamen Panzer zu erfahren. „Besonders sicher sieht mir dieser Panzer aber nicht aus", begann van Berckh seine Unterhaltung mit dem Lotsen.

„Warum denn nicht?", fragte dieser erstaunt.

„Na, weil die Gefahr besteht, dass die Russen durch die Kanone den Panzer erstürmen, wenn die Besatzung drinnen den Verschluss versehentlich offen stehen lässt", erwiderte van Berckh lachend.

„Keine Sorge, Herr Oberscharführer, in dem Mörser befindet sich eine sechshundert Kilo schwere Granate mit Raketenantrieb. Auf der können die Russen dann bis über zehn Kilometer mitfliegen und damit auch noch vier Meter Stahlbeton durchschlagen, oder auch einen ganzen Straßenzug", erklärte der Lotse, der eine Arbeiterkluft trug, aber sicherlich kein Tscheche war.

Van Berckh winkte dem Lotsen noch einmal zu und ging dann einen anderen Weg, der Richtung Speisesaal führte. Er musste angesichts des gewaltigen Mörsers auf dem Panzer noch einmal den Kopf schütteln, denn er war längst nicht so von der Wirksamkeit der Panzer im Feldeinsatz überzeugt, wie es die Reichsführung oder das Heereswaffenamt war. Er erinnerte sich an die Panzerschlacht von Kursk und an die vielen verlorengegangenen Panzer, bei denen es nach einem Treffer durch russische T34 meistens auch für die Besatzung kein Entrinnen gab. Ein Treffer im Bereich der Ketten genügte, um einen noch so gut gepanzerten Tiger oder Panther manövrierunfähig zu machen. Ab diesem Moment war es dann nur noch eine Frage der Zeit, bis eine Granate an einer verwundbaren Stelle des Panzers einschlug.

Schon wieder ereilte van Berckh eine Idee. War es nicht eigentlich ein großer Verlust, wenn ein beschädigter oder zerstörter deutscher Panzer im Feld aufgegeben werden musste? Immerhin mussten damit auch zwischen zehn und sechzig Tonnen Stahl, also wertvolle Rohstoffe, aufgegeben werden, und so ein Panzer konnte immerhin bis zu weit über dreihunderttausend Reichsmark kosten. Wäre es denn nun, nachdem die Panzerübermacht der Russen erkannt wurde, nicht sinnvoller, statt einem schweren Panzer mehrere leichte Kampfwagen zu bauen, welche mit derselben Kanone ausgestattet wären, dafür jedoch nur leicht, und gegen in der Umgebung einschlagende Splittergranaten gepanzert?

Möglicherweise könnten mit demselben Materialaufwand wie für einen Panzer drei bis vier leichte Kampfwagen gebaut werden, die dann auch nicht immer Gefahr liefen, wegen ihres hohen Gewichts im Schlamm zu versinken. Sie wären auch bedeutend schneller, wendiger, würden nur den Bruchteil des Sprits eines Panzers verbrauchen und könnten die Übermacht russischer Panzer beenden. Sicherlich würde es in der Schlacht einen bedeutenden Unterschied machen, wenn den Russen einfach mehr Feuerkraft entgegen gebracht werden könnte.

Von den Panzerkameraden an der Ostfront wusste van Berckh, welche Ängste sie während einer Panzerschlacht in ihrem Panzer auszuhalten hatten. Gerade in den Momenten, wenn die Kameraden förmlich spürten, dass sie von russischen Panzern ins Visier genommen wurden, war die Anspannung der Panzerbesatzung am größten. Es war die Ungewissheit, ob es zu einem Einschlag kommen würde und ob die Panzerung der Granate standhalten würde. In dieser Situation war es auch nicht möglich, blitzartig den Panzer zu verlassen und ein Stück weiter in Deckung zu gehen. Wenn es in dieser Situation nur gelingen würde, einige Meter neben dem auf dem Präsentierteller stehenden Panzer in Deckung zu gehen, dann wäre die Überlebenschance um ein Vielfaches höher als in einem dem Beschuss ausgesetzten Panzer. Der von van Berckh ersonnene Panzerjäger sollte zudem sehr flach sein, kein großes Ziel bieten und die Panzerung müsste nur MG-Feuer und Granatsplittern standhalten. Er war sich sicher, dass ein Verband mit solch schnellen Kampfwagen, mit drei Mann Besatzung, einem kurzen Mörser für raketengetriebene Panzergranaten und mit einer Treffsicherheit von dreitausend Metern den Russen gewaltige Verluste beibringen würde. Beim anstehenden Mittagessen wollte er gleich mit seinen Stabskameraden diesen Vorschlag erörtern.

Wie es van Berckh schon erwartet hatte, erschienen Hauptsturmführer Engel und Dr. Teichmann mit zwei weiteren Ingenieuren ebenfalls zum Mittagessen und führten derweilen ihr Gespräch fort. Zufrieden nahm van Berckh zur Kenntnis, dass seine Idee nun von den Technikern am Tisch weiter diskutiert wurde. Das Konzept in seiner Gesamtheit hatten die Herren eindeutig schon übernommen, denn die Beratungen betrafen bereits Detailfragen zu den einzelnen Raketenstufen, wobei von zwei Antriebsstufen gesprochen wurde. Niemand fragte jedoch, woher van Berckh diese Idee hatte und ob er vielleicht weitere Vorschläge hätte.

Nachdem der Visionär van Berckh die Herren Engel und Teichmann, die beiden Ingenieure sowie General Kammler intensiv beobachtet hatte und dabei wieder seinen besonderen Blick aufsetzte, war ihm schnell klar, dass es nicht gewünscht war, dass die Idee einer mehrstufigen Rakete offiziell auf den Vorschlag eines SS-Oberscharführers zurückgeführt werden sollte. Schließlich waren für Erfindungen die Fachleute zuständig, zu denen er sich nicht zählen durfte, und diese Fachleute waren natürlich erheblich daran interessiert, dass ihr eigener Name mit bedeutenden Entwicklungen in Verbindung gebracht wurde. Diese Umstände störten van Berckh nicht, denn er hatte ohnehin kein Interesse daran, seinen Namen im Zusammenhang mit irgendwelchen Erfindungen erwähnen zu lassen. Aber nun, wo er diese hochkarätigen Fachleute so einträchtig an einem Tisch versammelt hatte, wollte er eine weitere Idee vorbringen. Dass van Berckh von Beruf nur ein einfacher Handwerker war, machte ihm die Sache einfacher. So musste er nicht befürchten, wegen eines mutmaßlich nicht umsetzbaren Vorschlags von den Wissenschaftlern belächelt zu werden. Schließlich war sein Vorschlag, den er nun vorbringen wollte, durchaus sehr kühn und vielleicht sogar lediglich ein Beitrag zur Belustigung der Tischgesellschaft.

Kapitel 15

Der Raketentechniker und der Landser

Längst hatte van Berckh verinnerlicht, was die Entwicklung einer neuen Wunderwaffe bezwecken sollte. Die Aufgabe dieser Waffe lag darin, dem Feind zu demonstrieren, dass das Reich mit einer verheerenden Waffe in der Lage ist, den Feind auf eigenem Gebiet zu vernichten. Wenn diese Erkenntnis sich in den Hirnen der Alliierten ausbreiten würde, dann müssten sie zu der Erkenntnis kommen, dass alles andere als eine Kapitulation reiner Selbstmord wäre. Auf anderem Wege waren wohl keine Friedensverhandlungen möglich, was die Entwicklungen der vergangenen Kriegsjahre gezeigt hatten. Warum sollte also Amerika, das bislang keine Schäden auf eigenem Territorium erleiden musste und dies auch nicht erwartete, nicht ins Visier genommen werden? Ohne den Kriegseintritt Amerikas hätte das Reich die Engländer sicherlich schon besiegt und somit Ruhe an der Westfront. Aber da die Amerikaner ständig neues Kriegsmaterial lieferten, war kein Ende des Konflikts mit den Westalliierten absehbar. Also musste Amerika ins Mark getroffen werden, damit sie erkennen würden, dass auch sie nicht vor der Schlagkraft der deutschen Wehrmacht sicher waren. Gäbe es eine Möglichkeit, eine A4-Rakete in die Stadtmitte von New York zu schießen? Die psychologische Wirkung wäre sicher ungeheuerlich und würde die Amerikaner stark verunsichern. Van Berckh wusste, dass ein Angriff auf New York bereits einmal von Kammler angesprochen wurde und dass ein deutsches U-Boot bereits die Westküste vor New York schon einmal erreicht hatte.

Die Diskussion am Mittagstisch drehte sich um die Zielgenauigkeit, die wichtigste Aufgabenstellung in der Optimierung der A4-Rakete. Wenn die Zielgenauigkeit nur ausreichend präzise wäre, dann wäre die Erhöhung der Nutzlast sicherlich ein untergeordnetes Thema. Auch diesen Aspekt hatte van Berckh bedacht, als er seine neue Idee der Runde vortrug.

„Wenn es eine Möglichkeit gäbe, eine A4 von einem U-Boot aus abzuschießen und diese zielgenau an einem bestimmten Ort in New York einschlagen würde… würde das die Amerikaner nachhaltig beeindrucken?", fragte er.

Hauptsturmführer Engel, der unter anderem dem Reichsforschungsrat angehörte, lachte amüsiert. „Eine prima Idee, Oberscharführer. Wenn die A4 dann noch genau in der Börse an der Wall Street einschlägt, dann hätte das dieselbe Wirkung, als würde man einem Vampir einen Holzpflock durch das Herz treiben."

Alle am Tisch lachten, nur Hans Kammler schaute mit ernstem Blick auf van Berckh. Er hatte zwischenzeitlich sein Gespür für van Berckhs humorvoll klingende Anmerkungen verfeinert. Die Art und Weise, wie van Berckh oftmals unbedarft naiv klingende Aspekte zur Diskussion stellte, kannte Kammler mittlerweile, und die bisherigen Erfahrungen damit hatten in vielen Fällen dazu geführt, dass van Berckh oftmals verblüffende Erkenntnisse und Anregungen provozierte, welche sich letztendlich als bemerkenswert konstruktiv erwiesen. Als diejenigen, die zuvor gelacht hatten, bemerkten, dass Kammler nicht zum Lachen zumute war, wurde es ruhig am Tisch.

„Was haben Sie sich dieses Mal ausgedacht, van Berckh?", fragte Kammler.

„Wie ich schon sagte, ein monumentaler Treffer, mitten ins Herz, präzise gesteuert. Ein Kommandounternehmen verwegenster Art. Wenn es möglich wäre, eine A4 mit einem U-Boot bis fünfzig Kilometer vor die Westküste zu bringen und dort vom Wasser aus zu starten, dann könnte sie mit kleineren Treibstofftanks ausgestattet werden, was Platz für einen Piloten schaffen könnte. Dieser Pilot könnte dann die Rakete bis kurz vor die Wallstreet lenken und rechtzeitig vorher mit einem Fallschirm abspringen. Ein zuvor in die Stadt eingeschleustes Bergungskommando würde das Ziel zuvor mit einem per Fernauslöser gesteuerten Signalfeuer auf dem Dach des Gebäudes für den Piloten markieren und diesen dann nach seiner Fallschirmlandung bergen und in Sicherheit bringen. Anschließend würde das Kommando mit dem Piloten in einem bereitgestellten Boot aus dem Hafen flüchten, wo ein zweites U-Boot die Männer aufnehmen und sich davon machen würde."

Wieder war Ruhe am Tisch, keiner lachte.

„Die Idee hört sich abenteuerlich an, aber die Wirkung auf die Amerikaner wäre sicher fantastisch. Wir haben schon Versuche mit einer bemannten Fieseler FI 103 [18] gemacht, aber die wurde von Land und von einer Startrampe abgeschossen. Die FI 103 ließ sich zwar einigermaßen fliegen, aber wegen der hohen Geschwindigkeit war an ein Aussteigen des Piloten kaum zu denken. Die Gefahr, dass es ihn beim Aussteigen gegen das Leitwerk schlägt, ist hoch, und das schnelle Öffnen der Kanzel ist unter diesen Bedingungen auch nicht gewährleistet. Was meinen Sie zu dem Vorschlag?", forderte Kammler die Stellungnahme von Hauptsturmführer Engel ein.

„Nun, das Ziel ist erstrebenswert. Aber wir müssten die starken Beschleunigungskräfte der Rakete und deren Einwirkung auf den Körper des Piloten berücksichtigen. Er sollte beim Start nicht bewusstlos werden. Außerdem wäre eine Zielanvisierung dann nur im Sinkflug möglich und es bliebe sehr wenig Zeit für einen Ausstieg. Die Gefahren hierbei haben Sie bereits korrekt beschrieben. Um es vorweg zu sagen, der Führer hatte in der Vergangenheit Selbstopfereinsätze kategorisch abgelehnt und wird es wahrscheinlich in diesem Fall ebenfalls ablehnen, selbst wenn sich Freiwillige dafür melden. Ein Start von einer Basis auf einem schwimmenden Ponton, bei ruhiger See, könnte grundsätzlich möglich sein. Ein Transport der Rakete in einem gezogenen Lasten U-Boot wäre ebenfalls denkbar."

„Es bleibt also die Frage nach den verträglichen Belastungswerten für den Piloten beim Start und dessen Ausstieg nach der Zielerfassung offen. Die fliegende Bombe müsste über eine Pilotensteuerung verfügen und idealerweise auch über einen optischen Zielsucher, der die letzte Steuerphase vor dem Einschlag automatisch übernimmt, sobald der Pilot ausgestiegen ist. Das von van Berckh erwähnte Signal auf dem Dach könnte ein Funkleitsender mit einer Richtleuchte sein, der sich zeitgesteuert nach Einsatzende mit einer kleinen Sprengladung selbst zerstört. Wenn die Aktion gelingen würde, und die Amerikaner würden den ausgestiegenen Piloten

---

[18] Fieseler F1 103: Die Fieseler Fi 103 war der erste militärisch eingesetzte Marschflugkörper. Sie wurde als eine der „Wunderwaffen" in der NS-Propaganda des Zweiten Weltkriegs auch V1 (Vergeltungswaffe 1) genannt. Die Entwicklung der Gerhard-Fieseler-Werke in Kassel trug den Tarnnamen FZG 76 für Flakzielgerät 76 und war im Frühjahr 1944 einsatzbereit. Von Juni 1944 bis März 1945 wurden ca. 12.000 Fi 103 von der Wehrmacht hauptsächlich gegen Ziele in England (London) und Belgien (Hafen von Antwerpen) eingesetzt. Das im Auftrag des Reichsluftfahrtministeriums ab Mitte 1942 entwickelte „Ferngeschoß in Flugzeugform" war mit fast einer Tonne Sprengstoff bestückt und wurde daher umgangssprachlich auch „Flügelbombe" genannt. Ouelle: Wikipedia

nicht bemerken, dann könnten sie glauben, dass wir über eine neuartige Technik zur präzisen Zielfindung verfügen. Wenn wir dann noch einen weiteren Schlag gegen das Weiße Haus in Washington androhen, dann könnte sie das an den Verhandlungstisch zwingen. Viel zu schön um wahr zu sein… aber um schlussendlich etwas erfolgreich umsetzen zu können, brauchen wir eben erst einmal die Vorstellung in unseren Köpfen. Ganz aus der Welt ist van Berckhs Idee also nicht. Vielleicht können wir sie eines Tages umsetzen. Wir behalten Sie aber auf jeden Fall mal im Hinterkopf", schloss der General das Thema ab und nickte dabei van Berckh zu, der jedoch noch einen weiteren Vorschlag auf Lager hatte.

„Dass auf den Piloten immense Kräfte beim Start der Rakete einwirken, das kann ich mir vorstellen. Aber wenn der Pilot diese Kräfte aushalten sollte, dann blieben noch die Problematik des schnellen Ausstiegs aus der Kanzel und das schnelle Wegkommen vom Leitwerk übrig. Richtig?"

„Richtig, van Berckh. Aber was wollen Sie uns damit sagen?", fragte nun Reichsforschungsrat Rolf Engel.

„Ich habe natürlich nicht den Einblick in die Materie wie Sie, aber ich frage mich, ob es möglich wäre, den Sitz des Piloten in eine Art Kapsel zu bauen, die mit der Haube der Kanzel verbunden ist. Vielleicht gibt es eine technische Möglichkeit, den Piloten automatisch mitsamt der Haube aus der Rakete zu katapultieren. Dadurch würde er schnell von der Rakete getrennt und würde nicht Gefahr laufen, von dem Leitwerk erfasst zu werden. Der Fallschirm könnte doch dabei ebenfalls automatisch ausgelöst werden", schlug van Berckh vor.

„Eine interessante Idee, Oberscharführer. Man könnte glatt auf den Gedanken kommen, dass Sie sich schon länger mit der Materie befasst haben. Sind Sie Techniker?", fragte Engel anerkennend.

„Nein, ich bin nur ein einfacher Handwerker, aber was ich hier in den Werkstätten so an neuen Gerätschaften vorgestellt bekomme, das inspiriert mich durchaus", legte van Berckh dar.

„Die Haube der Kanzel könnte mit vier Führungsrohren aufgesetzt werden, die auf Knopfdruck des Piloten mit starkem Gasdruck abgesprengt werden könnte. Ebenso könnte mit dem Sitz des Piloten verfahren werden, von dem sich der Pilot nach seinem Ausstieg jedoch selbstständig trennen müsste", bemerkte Willi Kobitzki.

„Anstelle von Gasdruck könnten auch kleine Raketentreibsätze verwendet werden, das wäre noch einfacher umzusetzen. Die Beschleunigung könnte damit besser dosiert werden und wäre für den Piloten erträglicher, im Gegensatz zu Gasdruck“, fügte Hauptsturmführer Engel hinzu.

„In der Theorie hört sich das alles ganz plausibel an und wäre vielleicht umsetzbar“, stellte General Kammler fest, „aber.... Sie kennen ja die langen Wege der Genehmigungsverfahren und wer alles davon erfahren muss. Würde alles unter SS-Regie vonstatten gehen, dann würde die Rakete möglicherweise in sechs Monaten in der Wall Street einschlagen und wir könnten dem Führer eine fulminante Erfolgsmeldung abliefern.

Aber in der Realität sieht es so aus, dass die zwischengeschalteten Instanzen bis hin zu den U-Bootfahrern der Marine über den Dienstweg und wieder zurück ihr Einverständnis und ihre Bedenken mitteilen müssen, und bis es dann zur endgültigen Umsetzung kommt, ist ein Jahr verstrichen. Ich kann es kaum noch mit ansehen, wie ständig neue Fahrzeuge, Kanonen, Panzer und sonstige konventionelle Waffen aufs Neue konstruiert und erprobt werden. Wenn dann alles dem Führer präsentiert wird, dann entscheidet er letztendlich, ob die Gerätschaften in Serie gebaut oder wieder verschrottet werden können.

Es sind Dinge, die zwar nicht in meinen Aufgabenbereich fallen, aber wenn ich hochrechne, wie viele Konstrukteure, Techniker, Arbeiter, Verwaltungsebenen Tag für Tag damit beschäftigt sind, dann stellt sich die Frage, ob es denn Sinn macht, dem Feind, der über beinahe unbegrenzten Nachschub verfügt, mit konventionellen Waffen entgegenzutreten, oder ob mehr Mittel zur Entwicklung neuartiger Waffen investiert werden müssen.

Es ist in der gegenwärtigen Situation schwer vorstellbar, diesen Krieg mit Waffen zu entscheiden, die ihren Ursprung im vorigen Jahrhundert haben. Lange können wir uns diese Materialschlacht nicht mehr leisten. Wir haben die Lufthoheit über dem Reich verloren, das ist nicht nur schlimm, das ist eine Katastrophe! Und warum? Weil ein heringfetter Tanzbär den Mund zu vollgenommen und blauäugig seine Aufgaben auf die leichte Schulter genommen hat. Was an technischen Entwicklungen zu spät erkannt oder bereits verschlafen wurde, das dürfen wir nun aufholen und wieder geradebiegen. Dazu brauchen wir einfach kurze Entscheidungswege und schlanke Strukturen und jede erreichbare Vollmacht. Ich kann nur hoffen, dass wir es schaffen, die A4 im Mittelwerk in ausreichender Stückzahl zu fertigen, und zwar ohne bürokratische Hemmnisse, denn die Zeit läuft uns langsam davon. Außerdem müssen wir die vorhandenen Forschungsabteilungen zentralisieren und die Wege zwischen den Entwicklungsstätten, den Prüfständen und den Fertigungswerkstätten so kurz wie möglich halten. Daher werden wir die Projekte im Bereich des Mittelwerks Dora konzentrieren. Dort kommt der Ausbau der unterirdischen Stollen gut voran und es besteht dort ebenfalls ein perfekter Schutz gegen Luftangriffe", trug General Kammler vor.

„Wie weit sind denn die Arbeiten für das Hauptquartier S III Olga vorangeschritten?", wollte Hauptsturmführer Engel wissen.

„Die Planungen sind abgeschlossen, die geologischen Untersuchungen ebenfalls schon lange. Der Baubeginn kann aus meiner Sicht sofort erfolgen und wird es auch bald. In Kürze werden wir das dafür notwendige Material und vor allem genügend Arbeitskräfte zur Verfügung stehen haben. Wir brauchen hierzu jedoch mehr Spezialisten als beim einfachen Vorantreiben von Stollen, denn wir gehen in diesem Fall auch über Schächte nach unten in den Berg.

Wir werden damit beginnen, die bereits bestehenden unterirdischen Anlagen in Olga weiter auszubauen. Den Ausbau für das Hauptquartier lassen wir unter dem Deckmantel der UV-Verlagerung laufen, sorgen aber dafür, dass keinerlei Informationsaustausch mit den Baustellen im Jonastal stattfinden kann. Das bedeutet, dass alle Arbeitskräfte, Bauleiter und Aufseher fest an der jeweiligen Baustelle eingesetzt bleiben und die anderen Baustellen nie zu Gesicht bekommen. Die Zulieferer werden Baumaterial an einem Sammelplatz abliefern, von wo es dann von unseren Leuten abgeholt wird. Zur Baustelle Olga bekommt also kein unmittelbar Beschäftigter Zutritt. Mit der Absicherung der einzelnen Baustellen werde ich ebenfalls Obersturmbannführer Bischoff beauftragen. Ferner werde ich beim Reichsführer SS anregen, dass wir zur Bewachung ungarische SS-Einheiten zugewiesen bekommen. Deren Sprache dürfte hier eh kaum jemand verstehen.

Die Fragen zur Frischluftversorgung, Ventilation und Entwässerung sind bereits zufriedenstellend geklärt. Das unterzubringende Fernmeldeamt befindet sich mit den neuesten Bauelementen in der Erprobung bei der Reichspostforschungsanstalt und das einzig wichtige Element, was noch nicht endgültig feststeht, ist die Form der Energieversorgung. Die Installation von Dieselgeneratoren können wir wohl angesichts der neuesten Generation von Energiemaschinen vermeiden, sofern diese in absehbarer Zeit zuverlässig funktionieren. Wie weit ist denn Ihre Entwicklung des Energiefeld-Generators gediehen, mein lieber Engel?"

„Sofern ich das in diesem Kreis ansprechen darf, kann ich Ihnen mitteilen, dass die Modelle im Dauerversuch hervorragend arbeiten und dass auch so gut wie keine Leistungsschwankungen feststellbar sind. Für den Einsatz als Kraftwerk stehen jedoch noch einige Fragen an, deren Lösungen derzeit in Arbeit sind. Wenn der Generator erst einmal in Betrieb ist, könnten Sondereffekte auftreten, die wir derzeit nicht berechnen können. Aber diese besonderen Leute meinen, dass keine negativen Auswirkungen zu befürchten sind. Was in dem Hauptquartier jedoch auf jeden Fall installiert werden muss, das ist ein herkömmlicher Diesel-Generator, denn zum Starten des Tachyon-Generators wird einmalig eine starke Spannung benötigt, die nicht aus Batterien heraus abgezogen werden kann."

„Muss der Dieselgenerator so groß dimensioniert werden, dass er ersatzweise die Stromversorgung des Tachyon-Generators übernehmen kann, wenn dieser einmal wegen eines Defekts oder Wartungsarbeiten außer Betrieb genommen werden muss?", fragte Theo Kobitzki interessiert nach.

„Nein, wenn der Tachyon-Generator erst einmal in Betrieb ist, dann kann er nicht mehr ausgeschaltet werden. Er besitzt auch keine Verschleißteile wie Kugellager oder ähnliches, er ist absolut wartungsfrei. Alleine durch mutwillige Zerstörung kann er abgeschaltet werden, und ich gehe davon aus, dass neben dem Generator eine Sprengladung mit Zeitzünder installiert wird, falls das Hauptquartier doch einmal geräumt werden müsste, was wir nicht hoffen wollen", führte Hauptsturmführer Engel weiter aus.
Auch van Berckh war von der Beschreibung des autark laufenden Kraftwerks beeindruckt und hatte ebenfalls Fragen dazu. „Wie viel Leistung kann denn der Tachyon-Generator abgeben und was sind Tachyonen überhaupt?", fragte er den Hauptsturmführer.

„Tachyonen sind kleine, unsichtbare energiegeladene Teilchen, die sich schneller als das Licht bewegen. Mit einem großen Generator kann sich so viel Energie erzeugen lassen, um eine ganze Stadt zu versorgen", antwortete Engel.

Van Berckh hatte längst erkannt, dass Hauptsturmführer Engel nicht so recht mit der Sprache herausrücken wollte, obwohl ihm Kammler hierzu weder ein Redeverbot ausgesprochen hatte noch irgendwelche Anzeichen dafür machte, dass er mit der Befragung Engels nicht einverstanden war. Van Berckh hatte heute das erste Mal Notiz von Engel genommen, er hatte vorher noch nie etwas von ihm gehört. Aber scheinbar schien dieser ganz dicht an den geheimsten Technologien zu arbeiten, mit denen im geheimen Entwicklungszentrum experimentiert wurde. Fast schien es, als würde es dem General sogar gelegen kommen, dass Engel gegenüber van Berckh Auskünfte gab. Schließlich muteten die technologischen Versprechungen Engels doch ziemlich abenteuerlich, wenn man die zeitgenössisch geltenden Maßstäbe des gegenwärtigen Stands der Technik daran anlegte.

Kammler war sich zum gegenwärtigen Zeitpunkt auch nicht abschließend sicher, ob er zur Energieversorgung nicht besser auf herkömmliche Generatoren setzen sollte. Ein schwerwiegender Nachteil hierbei wären die auszuleitenden Abgase der Generatoren und die Geräuschentwicklung gewesen, die Außenstehende auf das unterirdische Bauwerk hätten aufmerksam machen können. Erklärte Zielvorgabe war jedoch, das Hauptquartier Olga und die damit verbundenen Stollen so zu tarnen, dass die Existenz des unterirdischen Komplexes auch niemand vermuten, geschweige denn auffinden konnte, der das darüber liegende Waldgebiet gezielt absucht. Somit war die Funktionsfähigkeit des Hauptquartiers auch für den kaum vorstellbaren Fall sichergestellt, wenn es einmal vom Feind überrannt werden sollte.

Zur Erlangung weiterer Sicherheit wollte Kammler das Urteil van Berckhs mit in diese Entscheidung einfließen lassen. Mit einem kurzen unscheinbaren Nicken, welches von den übrigen Tischgästen nicht wahrgenommen wurde, signalisierte er van Berckh, dass er mit seinen Fragen Hauptsturmführer Engel „auseinandernehmen" durfte.

„Und wie lässt sich mit diesen schnellen Teilchen Energie erzeugen? Treiben die etwa so etwas wie ein Mühlrad an?", bohrte van Berckh nach. Er hatte mittlerweile den Eindruck, dass Engel selbst nicht so genau wusste, von was er redet.

„Ja, so ähnlich können Sie sich das im übertragenen Sinne vorstellen. Die Teilchen werden auf Lichtgeschwindigkeit heruntergebremst und geben dabei sehr viel Energie ab. Weiterhin ergeben sich Effekte im Bereich der

Gravitation, die bislang unbekannt waren“, erklärte Engel und lächelte van Berckh dabei freundlich zu. Dann wandte er sich wieder General Kammler zu und fragte diesen, ob es schon neue Berechnungen zum Bedarf an flüssigem Sauerstoff für die Raketenbetankung gäbe.

Van Berckh war aber noch nicht fertig mit seiner Befragung. „Darf ich Sie noch etwas fragen, Herr Engel?“, meldete sich van Berckh abermals.

Hauptsturmführer Engel schaute daraufhin mit einem etwas gequälten Gesichtsausdruck kurz zu van Berckh, drehte dann aber wortlos seinen Kopf wieder zu Kammler und schaute diesen an. Mit einer gönnerhaften Geste gestattete Kammler diese Frage.

„Bitte, Herr Oberscharführer, Herr Engel wird Ihnen gerne Auskunft geben. Nicht wahr?!“

Noch eine Nuance missmutiger als zuvor, wandte sich Engel wieder van Berckh zu, der nun seine nächste Frage vorbrachte.

„Wenn ich mich richtig entsinne, dann wurde von Einstein die Lichtgeschwindigkeit als das Maß der Dinge festgelegt. Wie haben Sie es denn fertiggebracht, die Theorie des weltberühmten Nobelpreisträgers zum Einsturz zu bringen? Sind Sie ein Genie? Entschuldigung, aber ich bin nur ein einfacher Handwerker und dennoch fasziniert mich die theoretische Physik.“

Die Frage war freundlich, jedoch rasiermesserscharf gestellt, und der provokante Unterton war ebenfalls nicht zu überhören. Hauptsturmführer Engel zuckte kurz mit dem Kopf Richtung General Kammler, besann sich aber im selben Moment als ihm klar wurde, dass er von Kammler keine Unterstützung zu erwarten hatte. Im Gegenteil.

„Ich kann Ihnen im Moment nur so viel sagen, dass die Technologie funktionieren muss. Die Beweise sind erbracht worden, aber wir selbst kennen die wissenschaftlichen Hintergründe noch nicht. Bevor Sie mich nun weiter fragen, mache ich darauf aufmerksam, dass die hierzu bestehenden Informationen direkt und auch nur mündlich über den Reichsführer SS zu laufen haben. Die maßgeblichen Informationen kommen von außerhalb, und möglicherweise ist Generalmajor Dornberger ebenfalls involviert. Aber das dürften Sie bereits von Himmler erfahren haben, Herr Kammler“, stellte Hauptsturmführer Engel klar, der immer noch nicht so richtig mit der Sprache heraus wollte.

„Sicher, mein guter Engel", pflichtete ihm General Kammler bei. „Vom Reichsführer habe ich bereits von dieser Technologie gehört, die beinahe unglaublich klingt. Aber zur Optimierung unserer Arbeit möchten wir noch einige Details aus Ihrem Mund hören. Schließlich sind Sie derjenige, der Genosse Himmler auf die Tachyonen-Geschichte aufmerksam gemacht hat und deren Herkunft kennt. Wir sind hier unter uns und alle sind eingeweiht. Also bitte, reden Sie."

„Wie Sie wissen, ist unsere Abteilung, Sonderbüro U-13 bei Danzig, ebenfalls mit der Weiterentwicklung der Raketentechnik befasst. Ohne andere dabei herabzuwürdigen, so darf ich sagen, dass wir in unserer Abteilung die besten Mathematiker haben und wir durchaus auch in der Lage sind, den Ausgang von Experimenten, vor Versuchen in der Praxis, exakt zu berechnen. Dadurch wird viel Entwicklungsarbeit gespart und somit auch Zeit und Kosten.

Auf Wunsch des Reichsführer SS unterstützen wir seit längerer Zeit ein Unternehmen, die „Antriebstechnischen Werkstätten OHG". Hierbei geht es um die Bewertung derer Versuchsprojekte, denen wir anfangs sehr skeptisch gegenüberstanden. Jedoch ergab es sich, dass sie Gerätschaften bauten, bei denen durchaus Effekte feststellbar waren, für die es bislang nur unzureichende physikalische Erklärungen gab.

Vom Reichsführer SS war jedoch gewünscht, dass wir mit den Leuten wohlwollend und großzügig umgehen sollten und ihnen auch entsprechend Material zur Verfügung stellen oder dieses nach ihren Vorgaben bearbeiten sollten. Wir nahmen die Leute, unter denen sich auch junge Frauen befanden, mit der Zeit nicht sonderlich ernst, obwohl wir mit unseren Berechnungen der genannten Effekte immer noch hinterherhinkten. Die Firma hielt zwar regelmäßig Kontakt, optimierte in unserem Auftrag auch Elektromotoren, dann aber erschienen ihre Vertreter erschienen immer seltener. Scheinbar hatten sie auch eine gute Verbindung zur Abwehr, denn einmal legten sie eine Materialanforderung vor, die von einem Offizier aus dem Stab Admirals Canaris abgezeichnet war. Was sie für die Abwehr jedoch fertigten, kann ich nicht sagen. Jedenfalls waren es aufgeschlossene und sehr innovative Leute, und auch sehr freundlich.

Meine Herren, Sie haben mich gefragt und ich antworte Ihnen. Ich kann nur hoffen, dass Sie das was ich Ihnen nun erzählen werde auch vertragen, denn das ist starker Tobak.

Vor einigen Monaten kündigte die Chefin der „Antriebstechnischen Werkstätten“ wieder eine Materialanforderung. Nichts Ungewöhnliches. Ungewöhnlich war nur, dass ich alleine im Büro sein sollte. Und die Uhrzeit der Abholung. Nachts um zwei. Als ich ihr mitteilte, dass ich nachts meinen Schlaf brauche und sie doch tagsüber kommen sollte, teilte sie mir mit, dass ich nach ihrem Besuch ohnehin für zwei Tage nicht schlafen könne. Nach einigem hin und her hatte sie mich herumgekriegt.“

Hauptsturmführer Engel war anzusehen, dass er schwer atmete. Scheinbar hatte das nächtliche Zusammentreffen, von dem er gleich berichten würde, einen nachhaltigen Eindruck in ihm hinterlassen. Er hatte seinen Blick gesenkt und blickte jedem der am Tisch sitzenden sieben Männer mit verschwörerischem Blick in die Augen. Es hatte den Anschein, dass Hauptsturmführer Engel nun eine höchst wichtige und bedeutsame Nachricht präsentieren würde. In diesem Moment schritt General Kammler ein.

„Meine Herren“, dabei schaute er Dr. Teichmann und die beiden Techniker an, „Sie kennen den Führererlass, was die Weitergabe von geheimem Informationen betrifft. Ich kann momentan nicht erkennen, dass die Nachricht von Kamerad Engel für Ihre Arbeit von Bedeutung ist. Herr Engel, Sie werden uns den Fortgang der Geschichte später erzählen.“

Hauptsturmführer Engel nickte stumm und nahm einen Schluck aus seinem Glas. Er schien sofort ein wenig erleichtert zu sein, als ob ihm Kammler eine Art Galgenfrist eingeräumt hätte.

Während die Männer weiter aßen, erschien eine Gruppe tibetischer Offiziere in SS-Uniformen im Speisesaal und ließ sich an einem großen Tisch nieder.

„Waren Ihnen die Tibeter bei Ihrer Arbeit auch schon behilflich?“, wollte Kammler von Hauptsturmführer Engel wissen.

„Die Frage kann ich weder mit ja noch mit nein beantworten. Möglicherweise vielleicht auf dem Umweg über die Leute aus der „Antriebstechnischen Werkstatt“, denn die hatten starkes Interesse an den Tibetern und setzten sich mehrmals mit ihnen zusammen. Aber das dürfte möglicherweise mit den Dingen zusammenhängen, auf die ich später dann eingehen werde.“

Nachdem die drei Techniker gegessen hatten, verließen sie den Tisch, um sich wieder an ihre Arbeit zu machen.

„Jetzt erzählen Sie mal die Geschichte weiter, Herr Engel", forderte Kammler den Hauptsturmführer auf.

„Ich befand mich dann also nachts um halb zwei im Büro, als das Telefon klingelte. Die Chefin der „Antriebstechnischen Werkstatt" rief mich an und wollte sich vergewissern, dass ich anwesend war. Dann gab sie mir die Anweisung, dass ich mich außerhalb des Orts begeben und auf einer ebenen Fläche ein Lichtsignal einschalten soll. Ich wurde dann verständlicherweise etwas ungehalten und weigerte mich zunächst, so einen Unfug zu veranstalten. Ich hätte nicht wissen wollen, was ich der Ordnungspolizei erzählt hätte, wenn sie mich dabei erwischt hätten, wie ich trotz angeordneter Verdunkelung ein vermeintliches Signal für feindliche Flugzeuge gesetzt hätte. Das hätte sehr schnell eine Angelegenheit für das Kriegsgericht bedeuten können.

Sie beschwor mich daraufhin und sagte mir, dass „ich keine Angst haben solle". Ich lachte sie daraufhin aus und sagte, dass ich nicht das erste Mal alleine bei Nacht unterwegs wäre. Dann lud ich die abzuholende Bestellung in meinen Wagen und begab mich auf ein abgelegenes Feld südlich der Ortschaft. Ich kam mir vor wie ein Dieb in der Nacht.

Als ich dann die Signale mithilfe von vier Taschenlampen gesetzt hatte, kam etwas vom Himmel herab, das leuchtete und von einem summenden Geräusch begleitet wurde, irgendein hell singendes Schwirren lag in der Luft. Ich hatte meinen Wagen absichtlich fünfzig Meter weiter weg geparkt. Auch hatte ich eine Maschinenpistole dabei, man kann ja nie wissen. Etwa zwanzig Meter über dem Boden strahlte das Ding mit einem Scheinwerfer auf den Boden. Ich war regelrecht schockiert, als das Fluggerät herunter kam. Obwohl ich die MP im Anschlag hielt, wäre ich in der Situation wohl nicht mehr in der Lage gewesen, den Finger am Abzug zu krümmen.

Als das Ding dann fast geräuschlos am Boden aufgesetzt hatte, ging unten eine Luke auf und ich sah, dass Licht aus dem Innern der Maschine strahlte. Es kam jemand heraus und sammelte die von mir aufgestellten Taschenlampen ein. Ich ging dann langsam auf die Person zu und leuchtete sie mit meiner Taschenlampe an. Es war eine Frau, ich kannte sie als Fräulein Sigrun. Da wurde mir gleich wohler und ich fand dann auch meine Sprache wieder.

Zwar hatte ich schon einmal von einem Rundflugzeug gehört, aber immer damit einen Antriebsmotor verbunden. Dass dieses Ding eine Art

Senkrechtstarter war und auch keine Landebahn benötigte, war jedoch jenseits meiner Vorstellung und verblüffte mich außerordentlich.

Es dauerte einige Minuten, bis ich wieder einigermaßen gefasst war. Sigrun erklärte mir einige technische Eigenschaften des Geräts, die mich wieder aufs Neue verblüfften. Es war unglaublich. Dann kam eine weitere Person aus dem Fluggerät herausgeklettert. Ich konnte es kaum glauben, aber es war Admiral Canaris. In Uniform."

Ruhe am Tisch.

Ungläubiges Staunen.

Die Adjutanten starrten ihren Vorgesetzten mit aufgerissenen Augen und offenen Mündern an.

Da der Hauptsturmführer davon ausgehen musste, dass seine Tischnachbarn noch eine Weile mit ihren Gedanken beschäftigt sein würden, berichtete er weiter. „Ich habe mir dann das Fluggerät näher erklären lassen. Es besitzt die Form eines Diskus und hat einen Antrieb, der mit keinem Verbrennungs- oder Elektroantrieb vergleichbar ist und auch keine Abwärme erzeugt. Der Antrieb ist für die Fortbewegung und die Gravitation verantwortlich. Außerdem bildet er ein Energiefeld um das Fluggerät, das auch Geschosse ablenken kann. Die Besatzung unterliegt während des Flugs der im Fluggerät herrschenden, eigenen Gravitation. Im Fluggerät ist man auch keiner spürbaren Beschleunigung ausgesetzt. Daher können bislang nicht für möglich gehaltene Flugmanöver geflogen werden, weil das Gerät sekundenschnell abgebremst und beschleunigt werden kann. Es wird bis über viertausend Stundenkilometer schnell und soll auch unter Wasser tauchen können."

Als erster fand Willi Kobitzki die Sprache wieder. „Wie steht es mit der Reichweite des Fluggeräts und der Flughöhe?"

„Die Reichweite ist, soweit mir bekannt, nicht begrenzt. Es gibt auch keine Treibstofftanks oder ähnliches. Die Frage zur Flughöhe hatte ich auch gestellt. Anscheinend soll das Gerät auch im Weltraum fliegen können, da es keinen auf Rückstoß basierenden Antrieb hat und keine Atmosphäre zum Vortrieb benötigt."

General Kammler war anzusehen, dass er mit sich haderte und ihm viele Gedanken durch den Kopf gingen. Wie konnte es nur sein, dass die vereinte wissenschaftliche Intelligenz des Reichs sich mit großem Aufwand damit beschäftigte, zuverlässige Raketen in ausreichender Stückzahl unter schwierigsten Bedingungen zu fertigen, um dann nach Verlust der Lufthoheit von einer Gruppe Außenseiter ein Fluggerät vorgesetzt zu bekommen, dessen Eigenschaften den neuesten Strahljäger ME-262 [19] wie eine lahme Ente erscheinen lassen? Aber dieser Gedanke war nur einer von vielen Aspekten, die er momentan in seinem Kopf sortierte und in eine Prioritäten-Rangliste einordnete.

Nachdem Kammler die unerhörte Information Engels aufgenommen hatte, konnte er die in ihm aufsteigende Wut schwerlich unterdrücken, weshalb seine Reaktion entsprechend zornig ausfiel.

„Was hat eigentlich Admiral Canaris mit technischen Entwicklungen zu tun? Kocht in diesem Land eigentlich immer noch jeder sein eigenes Süppchen und meint, dass er dazu auserkoren ist, das Rad neu zu erfinden? Das ist ja unglaublich, ich kann es kaum fassen. Ich mag mir gar nicht vorstellen, wie viele andere in den Entwicklungsabteilungen von Unternehmen, Forschungsanstalten bis hin zur Reichspost für das eine oder andere Null-Ergebnis einen hundertprozentigen Reibungsverlust verursachen. Da könnte ich platzen, das sind allesamt Fehlleistungen, die an Sabotage grenzen. Es wird Zeit, dass da einmal ein richtiger Zug reingebracht wird. So können und werden wir mit Sicherheit nicht weitermachen. Wer weiß alles von dem Vorgang, Engel?"

„Soweit mir bekannt, dürfte Generalmajor Dornberger darüber informiert sein, da das Fluggerät in Peenemünde gebaut und das erste Mal getestet wurde. Also dürfte es ihm nicht verborgen geblieben sein. Von Braun und einige Ingenieure und Techniker dürften auch davon wissen."

„Die „Antriebstechnischen Werkstätten OHG" lassen also als Privatunternehmen einfach so ein Fluggerät von der SS zusammenbauen, bedanken sich anschließend, fliegen damit Admiral Canaris spazieren und zeigen ihm den Mond mal aus der Nähe. Anschließend wenden sich die Raketenspezialisten wieder dem Bau der A4 zu und benehmen sich so, als hätten sie gerade nur eben einem kleinen Kind die Klingel an die Radelrutsch montiert. Engel, sagen Sie mir bitte, dass ich mich irre!"

„In der Tat, Herr Kammler, so ähnlich könnte es abgelaufen sein. Meinem Kenntnisstand nach dürfte der Vorgang bei der Reichsführung bekannt

---

[19] ME-262: Die Messerschmitt Me 262, eine Entwicklung der Messerschmitt AG, Augsburg, war das erste in Serie gebaute Flugzeug mit Strahltriebwerken. Ouelle: Wikipedia

sein. So hat sich jedenfalls Canaris geäußert. Allerdings könne der Führer keinen ausreichenden militärischen Nutzen sehen und würde weiterhin auf die bereits vorhandenen Waffen setzen."

„Es fällt mir schwer, das alles mit logischem Verstand nachzuvollziehen. Wenn Göring einen Funken Hoffnung hätte, mit solchen Fluggeräten wieder seine Piloten in die Luft zu bringen, dann hätten der Rundfunk und der völkische Beobachter bereits darüber berichtet. Außer natürlich, wenn die Herren mittlerweile dazugelernt hätten. Wenn Goebbels wieder Munition für neue Propaganda erhalten würde, dann würde er sie so verarbeiten, dass wir es mit Sicherheit mitbekommen würden. Stattdessen drehen sich unsere Bemühungen darum, wie wir die ME-262 Jäger in großer Stückzahl produzieren können.

Eines ist jedoch sicher. Wenn die neuen Flugscheiben in Serie gefertigt werden sollten, dann wird dies in bombengeschützen Anlagen unter Tage geschehen. Der allgemeine Führerbefehl liegt bereits vor und die Produktionsstätten fallen in meinen Verantwortungsbereich. Da mir jedoch bis heute nichts bekannt ist, frage ich mich, was zum Henker mit diesen Fluggeräten geschehen soll. Das kann doch alles gar nicht wahr sein, wie hier mit Technik umgegangen wird, von der ich bis heute früh nicht zu träumen wagte", polterte Kammler mit rotem Kopf.

Die ganzen Umstände und deren Umgang damit waren für den General so unerklärlich, so unlogisch, dass er nach einer kurzen Phase der Besinnung begann, Hauptsturmführer Engel anzuzweifeln. Hatte er ihm die Wahrheit gesagt? Wollte er sich einen Spaß erlauben? War er überhaupt zurechnungsfähig oder aufgrund eines unbekannten Ereignisses geistig übergeschnappt? Wie sollte Kammler dies hier und jetzt an Ort und Stelle überprüfen?

Die einzige Möglichkeit, über die Kammler verfügte, war, sich auf das Urteil van Berckhs zu verlassen, der sich zurückgelehnt hatte und Hauptsturmführer Engel mit zusammengekniffenen Augen fixierte. Er würde ihn nachher über seine Eindrücke zu Engel befragen, wenngleich Kammler keine Anzeichen feststellen konnte, weshalb man Engels Aussagen in Zweifel ziehen sollte. Besser wäre es nun, von Engel weitere Informationen zu erlangen und diese in den nächsten Tagen zu überprüfen. Also beschloss Kammler, noch einige Detailfragen an Engel zu richten.

„Was haben Sie denn erfahren, was mit der Flugscheibe weiter geplant ist? Hat sich Canaris darüber geäußert?“

„Er erwähnte, dass das Gerät noch in der Erprobungsphase sei, der Antrieb sei jedoch als ausgereift zu betrachten. Ich war, wie Sie mir sicher nachfühlen können, in der besagten Nacht ziemlich geschockt und daher auch einigermaßen verwirrt, ich zwickte mich mehrmals, um sicher zu sein, dass ich nicht träume.“

In Kammler keimte anlässlich dieser Antwort wieder die Vermutung auf, dass Engel möglicherweise unter Wahnvorstellungen litt und wollte ihn mit seinen Frage daher nicht allzu sehr unter Druck setzen. Vielleicht wäre es besser, ihn für einige Zeit mit Arbeiten an seinen Stab zu binden, bis sich die Gelegenheit bieten würde, Engel von einem Psychologen betrachten zu lassen.

„Ich verstehe. Sie haben sich die Flugscheibe dann noch ein wenig angesehen und dann sind die Frau und der Admiral wieder damit weggeflogen.“

Engel zögerte einen Moment, bis er Kammler antwortete. „Den ersten Teil der Geschichte kennen Sie bereits. Es ging dann aber noch weiter. Ich fuhr dann meinen Wagen ein Stück näher ran, um die bestellten Teile in die Flugscheibe einzuladen. Sie verfügt über einen passablen Laderaum. Dann fragte mich Fräulein Sigrun, ob ich noch ein paar Minuten Zeit hätte. Natürlich hatte ich Zeit. Sie legte dann die Taschenlampen wieder in dieselbe Position und schaltete sie ein, dass sie in den Himmel leuchteten. Sie wies mir in der Flugscheibe einen Sitz zu und schloss die Luke. Für den Fall, dass es mir schlecht werden würde, gab sie mir noch eine Tüte. Sie startete den Antrieb und die Flugscheibe vibrierte dann ein wenig. Als ich durch das Bullauge sah, waren wir schon hoch oben in der Luft. Ich hatte kaum etwas von dem Start bemerkt. Nachdem mir Fräulein Sigrun die Bedienungsinstrumente erklärt hatte, fragte sie mich, ob ich schon mal London gesehen hätte. Als ich dies verneinte, sagte sie mir, ich solle doch mal aus dem Fenster sehen.

Wir befanden uns zu diesem Zeitpunkt über der Themse. Die Stadt war verdunkelt, aber die Tower Bridge konnte ich klar erkennen. Ab diesem Moment blieb ich bis zur Landung am Fenster, die Landschaft unter uns war kaum zu erkennen. Was zu sehen war, war für einen Moment der Verlauf der Küste. Wir müssen verdammt schnell unterwegs gewesen sein, denn kurz darauf setzten wir auch schon wieder zur Landung an. Ich gehe davon aus, dass unser Flug von niemandem bemerkt wurde, es war weder ein Suchscheinwerfer noch irgendein Flakfeuer feststellbar. Es war einfach unbeschreiblich. Wenn ich nur nicht so aufgeregt gewesen wäre, dann hätte ich den Flug so richtig genießen können. Aber immerhin musste ich nicht kotzen."

Kammler saß nun zurückgelehnt auf seinem Stuhl und nickte nur verständnisvoll. Armer Hauptsturmführer Engel. Jetzt war er völlig übergeschnappt.

„Ich muss noch ein Telefonat führen. Van Berckh, Sie kommen mit mir mit. Die Herren können ja zwischenzeitlich das Thema mit der mehrstufigen Rakete vertiefen. Wir sind in Kürze wieder zurück." Mit diesen Worten gab General Kammler van Berckh einen Wink und die beiden Männer verließen den Speisesaal.

Van Berckh fragte seinen Vorgesetzen erst gar nicht danach, welches Thema zu besprechen war und weshalb er ihn mit aus dem Speisesaal beordert hatte, denn er wusste bereits, was nun kommen würde.

„Glauben Sie, dass Engel ein Sicherheitsrisiko darstellt oder zu einem werden könnte?", fragte der General.

„Soweit ich das beurteilen kann, denke ich, dass Sie sich diesbezüglich keine Sorgen machen müssen", antwortete van Berckh.

„Was könnte seine Verfassung denn nur ausgelöst haben? Könnte es mit einem Schockerlebnis zusammenhängen? Ich habe gehört, dass es bei Frontkämpfen schon mal vorkommen kann, dass einem die Sicherung durchbrennt und er dann zu fantasieren beginnt, nicht vorhandene Dinge sieht oder irgendwelche Stimmen hört", machte sich Hans Kammler weitere Gedanken.

„Der Mann ist völlig normal", stellte van Berckh fest. „Weder lügt er noch fantasiert er. Er war nur aufgeregt, das war alles."

„Van Berckh! Sind Sie sich ganz sicher?", fragte der General und schaute den Oberscharführer mit aufgerissenen Augen und entsetztem Gesichtsausdruck an.

„Ich sehe keine Anzeichen in ihm, die verdächtig wären. Außerdem lässt sich die Geschichte ja nachprüfen", legte van Berckh dar.

„Nachprüfen?! Sie meinen, dass ich ja mal bei Admiral Canaris nachfragen könnte, ob er öfters mal bei Nacht über der Themse schwebt und den

Tommies zuwinkt? Van Berckh, ich bitte Sie! Ihre Meinung trägt zu meiner Entscheidung bei, ob ich in drei Minuten Engel die Waffe wegnehme und ins Irrenhaus stecken lasse, oder ob ich möglicherweise eine Verschwörung hinter der Flugscheibengeschichte aufdecke. Was Sie persönlich angeht, so dürfte Ihnen klar sein, dass es nur zwei Möglichkeiten für Ihren weiteren Lebensweg gibt. Die eine ist die Mitarbeit in meinem persönlichen Stab und die andere ist gar keine. Sie wissen, dass Sie zu viel wissen und ich es im Namen des Reichs nicht verantworten kann, dass Sie mit diesem Wissen meinen Dienstbereich verlassen. Also noch mal. Was ist los mit Engel?"

„Ich habe keine Zweifel an der Wahrheit von Engels Erlebnis. Darf ich einen Vorschlag machen?"

„Na dann reden Sie schon. Reden Sie!", drängte Kammler ungeduldig.

„Wir lassen ihn erst einmal unbehelligt und sehen ihn zum Abendessen wieder. Bis dahin ist Jana wieder bei uns. Sie werden dann sehen, dass Jana ähnlicher Meinung sein wird wie ich. Außerdem werden wir Details vom ihm erfahren, die er sich nicht zusammenfantasieren kann. Sie werden sehen."

„Engel wird heute Nachmittag ohnehin das Werk nicht verlassen. Es besteht also bis heute Abend kein sofortiger Handlungsbedarf. Aber wenn ich bis heute Abend nicht vollständig von seiner geistigen Integrität überzeugt bin, dann werde ich wohl einen meiner besten Techniker verlieren. Wir werden ja sehen. Lassen Sie uns wieder reingehen."

Im Speisesaal unterhielten sich Kobitzki und Knecht angeregt mit Hauptsturmführer Engel.

„Es ist doch immer besser, wenn man sich mit den Leuten unterhält, anstatt sich auf Schriftverkehr zu beschränken", bemerkte Willi Kobitzki. „Kamerad Engel hat noch wichtige Anregungen gegeben, die wir beim Bau des A4-Triebwerkprüfstandes „Schlier" miteinfließen lassen sollten. Ich habe soweit alles notiert."

„Dann lassen Sie uns nun die Inspektion weiterführen. Wir sind in mehreren Werkstätten bereits angekündigt, die warten auf uns. Herr Engel, wir sehen uns dann um achtzehn Uhr dreißig beim Abendessen."

Ohne noch einmal am Tisch Platz zu nehmen, drehte sich General Kammler um und signalisierte seinen Adjutanten damit, dass die Mittagspause zu Ende war.

Kapitel 16

Der Maybach wird zur Herausforderung

Was erwartet uns bei der nächsten Besichtigung?", fragte van Berckh interessiert den neben ihm laufenden Theo Knecht, als die Männer die Straße zwischen den Werkshallen entlang liefen.

„Der Chef will in der Entwicklungsabteilung für chemische Textilien prüfen, ob sich die Aramidgewebe zur Verstärkung von Bunkeranlagen eignen. Es bestünde die Möglichkeit, bei Verwendung dieser Tücher viel Beton einzusparen, wenn wir mehrere Lagen davon in Betonarmierungen einlassen könnten."

Als die Männer nach der obligatorischen Überprüfung durch den Sicherheitsdienst in die Werkstätten eingelassen wurden, erfolgte nach einer kurzen Begrüßung die Vorführung von neu entwickelten Verbundmaterialien, die zuvor bereits auf Schießständen mit verschiedenen Waffen beschossen worden waren. Die verschiedenen Musterplatten, die aus verschiedenen Werkstoffen zusammengesetzt waren, ließen erahnen, welchen Geschossen sie jeweils ausgesetzt gewesen sein mussten. Erstaunlicherweise wiesen die beschossenen Platten an den Stellen, an denen die Geschosse auftrafen, starke Einbuchtungen auf, jedoch waren keine Durchschüsse zu erkennen. Selbst in mehreren Schichten zusammengeleimte Holzplatten zeigten sich resistent gegen Gewehrmunition und Granatsplitter. Zwar waren die Hölzer um den Bereich des Einschlags herum zersplittert, jedoch nicht durchschlagen.

Auf die Frage van Berckhs, wie sich das Gewebe bei Hitzeeinwirkung, etwa durch einen Flammenwerfer verhalten würde, meinte der Techniker, der den Schriftzug der „I.G. Farben" auf der Brusttasche seines weißen Kittels eingestickt hatte, dass das Material absolut feuerfest wäre.

Die Männer waren beeindruckt. Die Frage Dr. Kammlers, inwiefern sich Aramid für die Verstärkung von Betonwänden in Bunkeranlagen eignen würde, beantwortete der Techniker damit, dass Aramid hierbei sicherlich beste Dienste leisten würde, jedoch sei an eine Produktion der dafür benötigten Menge an Material nicht zu denken, da die dafür notwendigen Produktionsanlagen auf absehbare Zeit nicht zur Verfügung stehen würden. Man sei lediglich in der Lage, einige Quadratmeter herzustellen und hätte eine Maschine aufwendig umgerüstet, die ursprünglich zur Produktion von Perlon verwendet worden war.

Als alter Frontkämpfer ahnte van Berckh eine mögliche Verwendung von Aramid als Einlage in den Felduniformen, die Schutz vor Granatsplitter und Durchschüssen bieten würde.

Der Techniker erklärte, dass schon das Heereswaffenamt ebenfalls Überlegungen in diese Richtung getätigt hätte und auch schon Versuche mit derart geschützten Schweinen durchgeführt wurden. Als Ergebnis hätte man festgestellt, dass die Schweine zwar nicht durchschossen wurden, dass sich jedoch beim Aufprall des Geschosses im Körper durch die Verformung oftmals schlagartig soviel Druck aufbaute, dass Organe platzen. Es sei auch vorgekommen, dass Rippen durch den Geschossdruck brachen und dadurch Organe verletzten. Anderseits hätte es auch Fälle gegeben, wonach sich getroffene Tiere wieder regenerierten und offenbar keine bleibenden Schäden davongetragen hatten. Das Problem bei der Verwendung der schusssicheren Faser wäre, dass sie den auftretenden Druck an der getroffenen Stelle nicht seitlich ableiten könne.

Van Berckh brachte darauf den Vorschlag ein, man möge doch einmal Beschussversuche machen und die armen Schweine dabei mit in Aramid gehüllte Kokosmatten ausstatten. Vielleicht wäre das ja eine Lösung.

Der Techniker bemerkte hierzu, dass er den Vorschlag beim nächsten Besuch der Herren vom Waffenamt gerne weiterreichen würde.

Etwas enttäuscht darüber, dass die Wunderfaser Aramid nach Kammlers Vorstellung derzeit nicht in der benötigten Menge produziert werden konnte, verabschiedeten sich die Inspektoren. Sie hatten wieder dazu gelernt.

Um den unangenehmen Geruch aus der Nase zu bekommen, der sich in der chemischen Versuchswerkstatt auch in die Kleidung gelegt hatte, zündete sich van Berckh eine Zigarette an. Dieses Mal nahmen auch Knecht und Kobitzki eine Zigarette von ihm an, obwohl sie im Gegensatz zu van Berckh eher selten rauchten. Sogar General Kammler streckte seinen Arm nach der Zigarettenschachtel van Berckhs aus, um ausnahmsweise eine „Zuban" zu rauchen.

Als sie ihre Zigaretten erst zur Hälfte geraucht hatten, waren sie auch schon an ihrer nächsten Station angekommen. Vor einem unscheinbaren Treppenabgang standen zwei Wachposten mit jeweils einer MP.

„Scheint ja ein mächtig wichtiger Bereich zu sein“, bemerkte van Berckh.

„Die Uranium-Werkstatt“, sagte Theo Knecht daraufhin nur, wobei wenig Begeisterung, geschweige denn Euphorie in seiner Stimme lag.

„Wollen Sie dieses Mal draußen bleiben?“, fragte ihn der General. „Nicht dass sie wieder Schüttelfrost kriegen und drei Tage lang nicht vom Topf runterkommen. Das ist die Sache nicht wert.“

Gerade als Theo Knecht etwas verlegen eine Antwort zurechtstammeln wollte, zeigte van Berckh auf einen beinahe geräuschlos vorbeifahrenden Wagen.

„Hey, da ist er wieder! Der Elektro-Skoda. Den würde ich mir nun doch mal gerne aus der Nähe ansehen.“

„Sie wollen auch nicht mit in die Uranium-Werkstatt, van Berckh?“

„Wenn Sie auf mich verzichten können, dann schaue ich mir mit Kamerad Knecht den Elektrowagen an.“

„Dann gehen Sie ruhig mal die Wagen anschauen, sonst entpuppen Sie sich noch als verhinderter Atomforscher“, meinte Dr. Kammler etwas sarkastisch. „Dort unten dürfte es ohnehin nichts geben, was sie nachvollziehen könnten. Wir werden dort unten nur eine knappe Stunde sein und dann zu Ihnen stoßen.“

Nach einem letzten Zug drückten Knecht und van Berckh ihre Zigaretten aus und machten sich auf zu der Halle, in welcher der Skoda verschwunden war. Zu ihrer Verwunderung war die Tür zu der Werkstatt unverschlossen, ein Wachposten war nicht zu sehen.

Als sie die Halle betraten, erschraken sie und zogen instinktiv die Köpfe ein, als ein Fußball an der Wand über ihren Köpfen abprallte. Grölend und lachend vergnügten sich fünf Männer mit einem Ball, wobei einer der Männer anscheinend die Funktion des Torwarts hatte. Auch der Fahrer des Skodas, den sie an der Werkseinfahrt kennengelernt hatten, befand sich unter den Männern. Weiter hinten in der Halle waren in einer zurückgesetzten Bucht mehrere Pkw abgestellt.

Während Theo Knecht verwundert den Männern zuschaute, begab sich van Berckh, ohne diese weiter zu beobachten, zu den abgestellten Autos. Es waren verschiedene Typen, auch ein Lieferwagen befand sich darunter. Als er an dem zuvor fahrend gesehenen Skoda die Fahrertür öffnete, kamen die Männer auf ihn zu gerannt.

„Was machen Sie da? Die Wagen unterliegen strengen Sicherheitsbestimmungen, es dürfen nur eigens dazu ermächtigte Personen mit ihnen umgehen."

„So, so...", sprach van Berckh leise und schloss die Tür des Wagens wieder. Mit den Händen auf dem Rücken und gesenktem Blick lief er an den Männern vorbei in die Halle und drehte sich nach einigen Schritten wieder zu ihnen um. „Eigens ermächtigte Personen also...?", sagte er nun mit festerer Stimme. Dann holte er Luft und brüllte den Männern aufbrausend entgegen. „Und wer sind die „eigens ermächtigten" Personen? Etwa die Fußball-Werksmannschaft der Skoda-Werke Pilsen? Etwa ihr Arschgeigen? Hauptsturmführer Knecht, bitte rufen Sie den Sicherheitsdienst des Werksschutzes an. Sagen Sie, dass es einen sicherheitsrelevanten Vorfall gab, und einer von denen hier in drei Minuten erscheinen soll. Die Halle hier heißt AW 3."

Die fünf Männer, die eben noch sehr selbstsicher waren, fragten nun nach, was denn geschehen sei und was sie falsch gemacht hätten.

„Das wird euch gleich der freundliche Herr vom Sicherheitsdienst möglicherweise zum wiederholten Male erklären. Wer ist von euch der Werkstattvorsteher? Wer ist denn der Kapo von euch?"

„Ich bin das", sagte ein Mann, Anfang dreißig. „Ingenieur Juri Gericzek."

„Das ist ja interessant, Herr Ingenieur. Kennen Sie sich auch im Bergbau aus? Wir brauchen da nämlich noch Fachkräfte im Bergbau. Dort werden sie zwar nur am Sonntagnachmittag Gelegenheit zum Ballspielen finden, aber dafür brauchen Sie sich keine Sorgen machen, dass Ihnen die Arbeit ausgeht, wie das hier der Fall zu sein scheint."

„Hören Sie, Herr Oberscharführer, wir haben heute früh um sieben mit der Arbeit begonnen und waren vor einer halben Stunde damit fertig. Wir haben keinen Auftrag mehr. Die vorgesehenen Wagen sind alle fertig umgerüstet, die vorgesehenen Testkilometer haben wir ebenfalls absolviert und mit dem nächsten Auftrag können wir erst nächste Woche wieder rechnen, denn unser Oberingenieur ist momentan mit Panzerkampfwagen in der Felderprobung."

Aus der Ferne war das Zufallen der stählernen Hallentür zu hören. Ein Wachsoldat näherte sich über der Halle der Gruppe. Es war der Wachgruppenleiter persönlich, der neue, wohlwollend zu Diensten stehende „Freund“ der SS-Inspektoren, der einen Schritt draufhatte, der bei einem Pferderennen bereits als Galopp interpretiert werden konnte.

„Was ist passiert, Herr Oberscharführer?“, fragte der Wachhabende im devoten Ton eines Dienstboten.

„Es ist keine große Sache“, erklärte van Berckh, „jedoch nicht klein genug, um nicht darüber zu reden. Hier in der Halle stehen Fahrzeuge, die mit geheimer Technik ausgestattet sind. Das Hallentor war zwar verschlossen, jedoch war der Personeneingang offen, es stand kein Wachposten davor und die Herren hier kamen mir im Unterhemd entgegen, ohne irgendeinen Ausweis am Körper. Es genügt mir, wenn Sie einen Vermerk darüber im Wachbuch ablegen und die Einhaltung der Vorschrift für diese Abteilung in nächster Zeit verstärkt im Auge behalten. Eine weitere Meldung wird von unserer Seite nicht gefertigt, lassen Sie mir aber eine Mehrfertigung Ihres Vermerks zukommen.“

„Jawohl, Herr Oberscharführer, das machen wir so. Ganz in meinem Sinne“, bestätigte der Wachhabende.

„Nun geben Sie Ihre Ausweise ab, meine Herren, Sie können Sie beim Verlassen des Werks wieder an der Pforte abholen. Ihre Abteilung erhält ebenfalls eine Mehrfertigung über den Vorfall. Welche Konsequenzen das haben wird, kann ich momentan nicht abschätzen.“

Nachdem die fünf Männer kleinlaut ihre Werksausweise dem Wachhabenden überreicht hatten, wandte dieser sich wieder van Berckh zu.

„Sollten Sie weitere Beanstandungen haben, dann rufen Sie einfach wieder bei der Wache an, ich bin jederzeit erreichbar. Ich bedanke mich.“ Mit diesen Worten zog sich der Wachhabende wieder zurück.

Die fünf Männer standen nun wie begossene Pudel da und schienen sich Gedanken über die auf sie zukommenden Konsequenzen zu machen.

„Wenn Sie nach dem Wachhabenden des Werksschutzes auch noch einen schlecht gelaunten SS-Brigadeführer verärgern wollen, der in Kürze hier eintreffen wird, dann kann ich nicht dafür garantieren, dass Sie die Konsequenzen Ihres Verhaltens hier in Pilsen abbüßen dürfen, meine Herren“, verkündete van Berckh bedeutungsschwanger.

„Herr Oberscharführer, meine Frau hat vor drei Wochen unser erstes Kind auf die Welt gebracht“, winselte einer der Männer unterwürfig. Auch die andere vier machten betretene Gesichter, die sich die beiden SS-Männer der Reihe nach anschauten.

„Vielleicht gibt es da eine Möglichkeit, dass wir Sie hier unabkömmlich machen, bis Gras über die Sache gewachsen ist", machte van Berckh den Männern Hoffnung, die ihn daraufhin mit hoffnungsvollen Blicken anschauten. „Es gäbe da einen Auftrag zu erledigen, mit dem Sie den Generalmajor von der Notwendigkeit Ihrer Anwesenheit hier überzeugen könnten", schürte van Berckh die Hoffnung der Männer. „Der Dienstwagen des Generalmajors bedarf aus Sicherheitsgründen eines Umbaus. Sind die Elektrowagen einsatzbereit für längere Strecken?"

Ingenieur Gericzek zuckte mit den Schultern. „Die Wagen sind alle einsatzbereit, wir haben sie in den letzten Wochen stetig verbessert. Sie fahren zuverlässig, auch über weite Strecken. Wir haben alle Bauteile so untergebracht, dass jetzt auch wieder der Gepäckraum nutzbar ist."

„Dann werden wir zwei Fahrzeuge von Ihnen für eine Reise mitnehmen, während Sie den Wagen des Brigadeführers auf Elektroantrieb umbauen. Wie lange brauchen Sie dafür?", fragte van Berckh den Ingenieur.

„Wenn wir dieselben Bauteile wie für den Skoda verwenden können, dann ist das relativ schnell erledigt. Möglicherweise müssen wir nur spezifische Halterungen für die Elektromotoren anfertigen. Die Pufferbatterien kommen anstatt des Benzintanks rein, auch dafür müssen spezielle Halterungen verlegt werden, die Steuerelektrik kommt in den Motorraum, dann müssen noch einige Kabel verlegt werden und eventuell die Federungselemente an das neue Fahrzeuggewicht angepasst werden. Das ist alles. Was für ein Wagen ist es denn?"

„Ein Maybach."

„Oh, das ist aber ein großer Wagen, deutlich größer als unser Skoda und vor allem schwerer. Ich muss mir den Wagen anschauen, vielleicht ist es möglich, dass wir an den Vorderrädern jeweils noch einen Elektromotor anbringen können, dann haben Sie einen Vierradantrieb und wir haben gleichzeitig auch das fehlende Gewicht des Benzinmotors ausgeglichen. Wir haben mittlerweile Erfahrung auf diesem Gebiet. In drei Tagen könnten wir fertig sein."

„Das hört sich bis hierhin ganz gut an, aber damit Sie auch noch länger zu tun haben, werden noch einige Extras eingebaut. Wir reden später darüber. Jetzt weisen Sie uns noch in die Funktionen und die Bedienung der

Skodas ein. Wenn der Brigadeführer nachher kommen sollte, dann sprechen wir nicht mehr über den Maybach, denn der Chef ist heute etwas gereizt und wir wollen ihn nicht ärgern.“

Während sich van Berckh zunächst von Ingenieur Gericzek die technischen Einzelheiten unter der Motorhaube erklären ließ, saß Theo Knecht bereits am Steuer des anderen Skodas und ließ sich die von einem Pkw mit Benzinmotor abweichenden Instrumente und Bedienungselemente erklären. Nach ungefähr fünf Minuten war die Einweisung abgeschlossen und van Berckh war sich sicher, dass auch Jana den Wagen mühelos würde fahren können. Nun wollten van Berckh und Knecht aber selbst eine Probefahrt mit den Skodas machen. Eine Runde auf dem Werksgelände würde fürs Erste genügen. Ein Arbeiter öffnete das Tor und die beiden Wagen fuhren auf die Straße ein.

Ingenieur Gericzek erklärte van Berckh weitere Eigenschaften des Skodas. „Sie können den Wagen auf den böhmischen Straßen nicht ausfahren, dafür sind sie zu schlecht. Als Reisegeschwindigkeit sind achtzig bis neunzig Stundenkilometer empfohlen. Kurzfristig sind auch hundertvierzig Stundenkilometer möglich, was aber die Batterien stark belastet.

Die Bremse hat zwei Stufen, Sie merken es am Widerstand des Bremspedals. Wenn Sie vom Gas gehen, koppelt ein Freilauf die Motoren ab. Bremsen Sie leicht, dann setzt die Bremswirkung der Motoren ein, und dabei können Sie im Bedarfsfall auch die Beschleunigungskondensatoren aufladen. Bei stärkerem Druck auf das Pedal wirkt zusätzlich die Betriebsbremse. Wir haben festgestellt, dass in den meisten Fällen Bremsstufe 1 zum Verzögern ausreicht.

Den Ladezustand der Batterien und der Beschleunigungskondensatoren können Sie an diesem Instrument ablesen, das anstelle der Benzinuhr eingebaut ist. Damit kontrollieren Sie auch die Ladefunktion des Generators. Kritische Zustände signalisiert die rote Warnlampe.

Die Heizung lässt sich wie gewohnt bedienen, über einen elektrisch beheizten Thermobehälter wird Warmwasser produziert. Wenn Sie die Heizung beim Verlassen des Wagens nicht abstellen, dann heizt sie weiter. Sie haben also auf Wunsch immer einen vorgewärmten Wagen, denn der Generator ist ständig in Betrieb und wird auch nie abgeschaltet. Sollte es im Fahrzeug einmal angebrannt riechen oder irgendwo herausqualmen, dann betätigen Sie den roten Notausschaltknopf, der Generator und die Batterien werden dann mechanisch abgetrennt. Bei einem Unfall ist dieser Knopf ebenfalls so schnell wie möglich zu betätigen. Danach können Sie nicht mehr weiterfahren, ähnlich wie bei einem Verbrennungsmotor, dessen Zündspule durchgebrannt ist. Der Wagen muss dann abgeschleppt und hierher gebracht werden.

Mehr ist eigentlich nicht zu sagen. Sie werden sehen, der Wagen fährt sehr angenehm. Dass der Wagen nur von bewaffneten Kräften in der Öffentlichkeit abgestellt und gesichert werden darf und niemand näheres über seine Technik erfahren darf, ist Teil der Fahrvorschrift."

Als van Berckh den Skoda wieder in Richtung Fahrzeughalle fuhr, kamen General Kammler und Untersturmführer Kobitzki gerade aus den Uranium-Werkstätten, wobei sie sich angeregt unterhielten. Sie bemerkten van Berckh erst, als er mit dem Skoda beinahe lautlos neben ihnen anhielt.

„Sie haben sich mit den neuen Antriebssystemen vertraut gemacht, van Berckh?", fragte ihn der General.

„Ja, und ich bin erstaunt darüber, wie gut es sich damit fahren lässt. Wollen Sie eine Runde mitfahren?"

„Es genügt, wenn Sie sich erst einmal ein Urteil über den Wagen bilden. Wo steckt denn Knecht?"

„Der ist mit einem weiteren Skoda auf Testfahrt. Wir rücken aber gleich wieder in die Fahrzeughallen ein. Wo sollen wir anschließend wieder zu Ihnen stoßen?"

„Wir gehen nun in die optischen Entwicklungslabors. Wenn Sie die Wagen abgestellt haben, dann schließen Sie dort zu uns auf. Knecht kennt den Weg dorthin."

Van Berckh nickte mit einem „Jawoll" und rollte mit dem Skoda leise davon.

Das Tor zur Werkstatthalle stand offen, als van Berckh mit dem Skoda hineinfuhr. Langsam passierte er die davorstehenden Soldaten des Werkschutzes, die ihn hinter dem Steuer erkannten und ohne weitere Kontrolle passieren ließen. Der Wagen mit Theo Knecht war bereits wieder eingeparkt. Van Berckh stellte den Skoda daneben und beriet sich anschließend kurz mit seinem Stabskameraden, woraufhin Knecht abermals mit einem Skoda aus Halle fuhr. Diesmal hatte van Berckh jedoch auf dem Beifahrersitz Platz genommen und ließ sich fahren.

Dann beauftragte er Ingenieur Gericzek, sich schreibbereit zu machen. Auf einer Schreibkladde notierte der Ingenieur die von van Berckh vorgetragenen Umbauwünsche für den Maybach, wobei er mehrmals stockte, den Kopf schüttelte und mit den Schultern zuckte. Van Berckh hatte eine genaue Vorstellung darüber, wie die Limousine des Brigadeführers ausgestattet sein musste. Von Gericzek vorgebrachte technische Einwände bügelte van Berckh mit den Worten ab, dass er sich wegen der Materialbeschaffung keine Gedanken machen müsse und er mit der Zuteilung aller benötigten Spezialteile rechnen könne.

Während sich Ingenieur Gericzek die von van Berckh diktierten, technischen Vorgaben notierte, kam auch schon Theo Knecht mit dem Maybach in die Halle gefahren. Gemeinsam mit dem Ingenieur und dessen Mechanikern wurden die festgelegten Umbaumaßnahmen am Objekt besprochen. Van Berckh legte bei der Besprechung Wert darauf, dass das Erscheinungsbild des Wagens nach außen hin gewahrt blieb. Schließlich sollte die Luxuslimousine nicht wie ein zusammengeschusterter Panzer wirken.

Beim Betrachten des Maybachs brachte Ingenieur Gericzek eine weitere technische Antriebsvariante in Spiel. Nach seinen Beschreibungen bestünde auch die Möglichkeit, den Maybach mit einem Wasserantrieb auszustatten. In diesem Fall würde der Motor im Fahrzeug bleiben und könnte dann wahlweise mit Benzin oder mit Wasser betrieben werden.

Als van Berckh diesen Vorschlag hörte, glaubte er zunächst an einen Scherz des Ingenieurs, der ihm daraufhin die Wirkungsweise des Wasserantriebs erklärte. „Wir haben die Funktionsweise bereits an Kübelwagen ausprobiert, die momentan noch im Dauertestbetrieb laufen. Die Funktionsweise der Energieversorgung des Motors ist relativ einfach. Aus einem kleinen Wassertank entnehmen wir chemisch angereichertes Wasser, das wir mit einem speziellen Generator in Gas aufspalten. Dieses Gas wird dann über den Ansaugtrakt in den Motor geleitet und dort wie das übliche Benzin-Luft-Gemisch verbrannt. Als Verbrennungsrückstand entsteht dann wieder Wasser, das kondensiert, aufgefangen und wieder in den Tank geleitet wird. Ein fast geschlossener Kreislauf, bei dem nur sehr wenig Wasser verbraucht wird. Über eine kleine Düse wird noch ein spezielles Additiv mit eingeleitet, welches die Ventile schützt, da diese sich sonst mit der Zeit in den Zylinderkopf einarbeiten."

„Das hört sich ja an, als ob wir bald auf Benzin verzichten können", staunte van Berckh. „Warum wurde diese Technik noch nicht eingeführt? Gibt es da etwa noch technische Hindernisse? So eine Umrüstung eines Benzinmotors dürfte nach Ihrer Schilderung doch keine allzu große Schwierigkeit darstellen."

„Wie gesagt, wir befinden uns noch im Versuchsstadium, es sind noch keine Langzeiterfahrungen vorhanden, das dürfte noch einige Wochen dauern. Anfangs kam es zu diversen Motorschäden, aber mittlerweile kennen wir die Ursachen dafür. Gestartet werden muss der Motor immer erst mit Benzin. Wenn der Motor dann warm ist, nimmt der Gasgenerator seinen Dienst auf. Da hochexplosives Gas produziert wird, muss die automatische Zündungsverstellung des Motors für den Gasbetrieb entsprechend angepasst werden, da das Gas früher zündet. Dies kann dazu führen, dass der Motor klopft und nagelt. Wir prüfen derzeit auch die Ausrüstung von Motoren mit zwei wahlweise umschaltbaren Zündanlagen, aber wie gesagt, wir sind noch in der Erprobung."

„Das hört sich sehr interessant an, aber der Antrieb mit den Elektromotoren scheint mir zuverlässiger zu sein, wir bleiben also bei dem besprochenen Umbau. Am besten, Sie erstellen bis morgen Abend eine Liste der benötigten Materialien, die sie sich nicht selbst beschaffen können. Sie bekommen von uns dann umgehend die notwendigen Anforderungspapiere ausgestellt, damit während des Umbaus Unterbrechungen wegen Materialmangels ausgeschlossen sind. Sie alleine, Gericzek, sind dafür verantwortlich", klärte van Berckh den Ingenieur auf, der seinerseits nur nachdenklich nickte und meinte, dass aus seiner Sicht keine Komplikationen zu erwarten wären.

Jedoch bat Ingenieur Gericzek um einen schriftlichen Arbeitsauftrag, damit er gegenüber seinem Vorgesetzten etwas vorweisen könne, wenn dieser von der Felderprobung auf dem Truppenübungsplatz Böhmen wieder zurückgekehrt war.

„Das erforderliche Schreiben zur Materialbewilligung kann ich Ihnen sofort ausstellen, haben Sie hier eine Schreibmaschine stehen?", fragte Theo Knecht, der sich neben die beiden Männer gesellt hatte.

Ingenieur Gericzek führte die beiden SS-Männer in das der Werkstatthalle angegliederte Büro. Dort spannte Theo Knecht einen Briefbogen mit

Durchschlag ein und tippte routiniert das für die Materialzuweisung erforderliche Schreiben, welches er dem Ingenieur aushändigte.

„Für die jeweiligen Werkstoffe müssen Sie jeweils, zusammen mit diesem Schreiben, einen Materialzettel in doppelter Ausführung bei der entsprechenden Materialausgabe vorlegen. Ein Durchschlag geht zur Kontrolle an unser Sekretariat. Ich habe in dem Schreiben auch verfügt, dass Ihnen gegebenenfalls Spezialisten für besondere Arbeiten kurzfristig zur Verfügung zu stellen sind", sagte er.

Anschließend drückte Knecht noch jeweils einen Stempel „Geheimsache" auf die Schreiben und überreichte sie Gericzek.

„Wir holen die beiden Skodas morgen Vormittag hier ab", sagte van Berckh und zögerte kurz. Dann lachte er. „Beinahe hätte ich Sie darauf hingewiesen, dass sie noch einmal den Ölstand prüfen und volltanken, aber das dürfte sich ja bei diesen beiden Autos erübrigen."

Die Männer lachten, und gut gelaunt verließen Knecht und van Berckh die Werkshalle. Sie begaben sich in die Entwicklungswerkstatt für optoelektrische [20] Entwicklungen, in denen auch neuartige Strahlenwaffen und Nachtsichtgeräte entwickelt wurden. Theo Knecht berichtete seinem Kameraden van Berckh auf dem Weg zu den Werkstätten, dass auch Zielfindungssysteme in der Entwicklung seien, die auf Wärmeabstrahlungen reagieren und dann auf den Steuermechanismus von Kleinraketen einwirken würden, damit diese in das Wärme abstrahlende Ziel gelenkt werden könnten. Damit sollte in Zukunft beispielsweise eine Revolution in der Flakabwehr erreicht werden. Es sollten nicht einmal mehr Luftraumbeobachter benötigt werden, da diese Aufgabe ebenfalls von automatisch arbeitenden Raketenwerfern übernommen werden sollte, die mit diesem System ausgestattet waren.

Van Berckh war mehr als erstaunt über diese von Theo Knecht vorgetragene Zukunftsvision und brachte seine erheblichen Zweifel über die Machbarkeit gegenüber Theo auch deutlich zum Ausdruck.

Für viele neue Entwicklungen, die er in letzter Zeit gesehen hatte, gab es sicherlich physikalische Erklärungen, die er zwar nicht sofort nachvollzie-

[20] Optoelektrisch: Die Optoelektrik befasst sich mit der elektrischen Verarbeitung oder Verstärkung von optischen Signalen. Nachtsichtgeräte, Scanner oder heutige Laserprodukte sind nur Beispiele des breitgefächerten Technikbereichs.

hen konnte, wobei er aber immer Personen um sich versammelt hatte, die sich mit der Materie bestens auskannten und auch Erklärungen zu den Entwicklungen abgeben konnten. Es war zwar nicht immer der Fall, dass van Berckh diese Erklärungen mit seinem technischen Verständnis nachvollziehen konnte, jedoch sah er den jeweiligen Spezialisten an, dass diese genau wussten, wovon sie sprachen, und dass sie ihrer Sache sicher waren. Also musste die jeweilige Technologie oder das entsprechende Gerät auch so funktionieren, wie es erklärt wurde.

Bei der Vorstellung der Wirkungsweise des automatischen Zielfindungssystems versagte van Berckhs abstraktes Vorstellungsvermögen jedoch, denn er konnte sich beim besten Willen nicht vorstellen, wie so etwas funktionieren sollte. Das Vorstellungsvermögen des SS-Oberscharführers war durchaus überproportional ausgeprägt, doch hier war Ende. So fragte er Theo Knecht, wer denn überhaupt auf so eine bizarre Idee kommen sollte, sich solch ein System auszudenken. Wäre es nicht Zeitverschwendung, sich so ein hochtrabendes Ziel auszudenken, ohne zu wissen, wie es jemals in die Praxis umgesetzt werden könnte?

„So wie du habe ich auch einmal gedacht, Ernst", erklärte Theo Knecht. „Aber wenn du erst mal mehrere Monate mit dem Chef durch das Reich zu den einzelnen Baustellen auf Inspektion gefahren bist, wenn du gesehen hast, wie vor Ort Dinge umgesetzt werden, die du zuvor auf dem Plan gesehen hast, dann kannst du erst mal so richtig einschätzen, was der Chef kann.

Er denkt schon bei der Planung an Details, die sehr leicht vergessen werden können, und wenn wir die Projekte besprechen, die erst auf dem Papier vorhanden sind, dann merkst du, wie sehr der Chef bereits in dem Projekt „lebt". Man sieht ihm förmlich an, dass er sie fertigen Projekte bereits in seinem Geiste vor sich sieht, und das fertiggestellte Projekt ist am Ende dann nur die Umsetzung seiner vorangegangenen Vision, die er lange zuvor schon so sah, wie sie schlussendlich verwirklicht wurde. Durch seine präzisen Vorstellungen kann er natürlich auch exakte Planungen erstellen, was den Materialbedarf und die zur Verwirklichung notwendigen Arbeiter anbelangt. Natürlich gibt es immer mal unvorhergesehene Zwischenfälle bei der Umsetzung, aber erst dann läuft der Chef zur Höchstform auf. Du solltest ihn mal sehen, wie er herumtobt und ganze

Stäbe zur Sau macht, wenn er feststellt, dass die an der jeweiligen Baustelle irgendeinen Bockmist gebaut haben."

Van Berckh fasste seinen Kameraden am Ärmel, um seinen Redeschwall zu unterbrechen. „Theo, deine Schwärmereien über den Chef mal in Ehren. Aber was willst du mir eigentlich sagen?", fragte van Berckh ungeduldig nach.

„Dazu wäre ich gleich gekommen. Aber hör mir einfach mal zu, Ernst. Ich sag's dir jetzt einfach mal abgekürzt. Was ich vom Chef gelernt habe, ist der Umstand, dass er vor Beginn des Bauprojekts schon ganz genau weiß, wie es am Ende aussehen soll, obwohl er noch keine Ahnung davon hat, woher und wie schnell er das Baumaterial bekommt, ob die vor Ort eingesetzten Stäbe mit der Bauleitung zurechtkommen oder ob genügend Arbeitskräfte zur Verfügung gestellt werden. Er richtet die Umstände einfach nach seiner Vision aus, was merkwürdigerweise auch immer hinhaut. Das Gegenteil hierzu wäre, wenn er zuerst eine Bestandsaufnahme machen würde, wie viel Arbeitskräfte er bekommen kann, wie viel Material vorhanden ist und dann danach sein Bauprojekt anzupassen. Verglichen mit einem Koch in einem Gasthaus, schreibt Kammler morgens das Mittagsmenü mit Kreide auf die Tafel vor dem Lokal, obwohl er noch nicht alle Zutaten für das Essen in der Küche hat. Aber irgendwie schafft er es immer wieder, pünktlich zum Mittagstisch zu servieren.

Genau so dürfte es sich auch mit dem Zielfindungsmechanismus verhalten. Ein Ingenieur hat die Vorstellung, dass es so etwas geben sollte und macht sich auf die Suche nach den entsprechenden „Zutaten", ohne zu wissen, ob er sie bekommen wird. Allein der feste Glaube an die Sache und an sich selbst ist sein Antrieb zur erfolgreichen Umsetzung. Das ist der Gang der Dinge, dem viele unserer Entwicklungen zugrunde liegen. Erst wird das Ziel festgeschrieben und dann wird erst geschaut, wie es erreicht wird.

Ich glaube, das ist eines der wichtigsten Erfolgsrezepte unsers Chefs wie auch der deutschen Wissenschaftler überhaupt. Wären wir sonst in Sachen Technik den anderen voraus? Oder glaubst du, dass die Russen oder die Amerikaner mit uns gleichziehen könnten? Du hast ja sicherlich auch schon gesehen, was die Polen oder die Tschechen in der Waffenkammer hatten. Alles Technik aus dem letzten Jahrhundert und das in rauen Mengen. Weiterentwicklung? Fehlanzeige! Nicht bei den anderen, bei uns spielt heute die Musik. Weil wir eben neue Wege gehen und auch die vorherrschende Physik neu hinterfragen und damit stellenweise auch auf den Kopf stellen."

„Du hast sicherlich Recht, Theo, es macht möglicherweise keinen Sinn, seinen Geist damit zu beschränken, indem man vor einem kühnen Plan abwägt, ob er umsetzbar ist oder nicht. Allerdings würde ich im Feldeinsatz gegen den Feind meine Entscheidungen nach anderen Gesichtspunkten treffen", stellte van Berckh klar.

Vor den optoelektrischen Werkstätten wachten zwei bekannte Gesichter des Werkssicherheitsdienstes. Die Wachsoldaten schauten demonstrativ auf die an der Brust angebrachten Sichtausweise der SS-Männer und ließen diese dann anstandslos passieren.

Vor einem Versuchsaufbau, der einem liegenden Teleskop ähnlich sah, befanden sich Willi Kobitzki und General Kammler mit fünf Herren in weißen Kitteln, zu denen sich van Berckh und Knecht hinzugesellten. Die Diskussion zwischen den Männern ging kreuz und quer und nach kurzer Zeit war von van Berckh klar, um was es ging. Vor seinen Augen erhielt er eine erstklassige Lektion darüber, wovon Theo Knecht noch vor wenigen Minuten gesprochen hatte.

Die von van Berckh wahrgenommenen Umstände stellten sich so dar, dass Kammler von den Wissenschaftlern vormals gefordert hatte, eine Kraftstrahlkanone, wie sie neben den Männern aufgebaut war, als Maschine für seine Baumaßnahmen umzuändern. General Kammler hatte die Absicht, diese Kraftstrahlen für den Stollenbau in Projekten der Untertage-Verlagerung einzusetzen. Sein Argument hierzu war, dass es doch eine Möglichkeit geben müsste, mit diesen Kraftstrahlen Gestein zu schneiden und somit schnell Stollen in den Berg zu treiben, anstatt hierzu schweres Gerät, Sprengstoff oder Unmengen von Arbeitskräften zu verwenden, wenn die Strahlen doch stark genug seien, um jegliche Materialien förmlich zu pulverisieren. Aber die mit dem Projekt betrauten Ingenieure sahen keine Möglichkeit, aus einer modifizierten Kraftstrahlkanone eine Baumaschine zu machen, denn selbst diese Kanone war momentan nur unter Laborbedingungen einsatzbereit und zur Bedienung waren mehrere Spezialisten nötig. Gewiss wäre der Einsatz dieser Technologie im Bergbau irgendwann einmal möglich, aber unter den herrschenden Umständen war aus verschiedenen Gründen, an eine Verwendung auf einer Baustelle nicht zu denken.

Willi Kobitzki protokollierte fleißig die ausgetauschten Argumente, und van Berckh sah dem entschlossenen Brigadeführer an, dass dieses Thema für ihn längst noch nicht abgehakt war und er ein andermal wieder darauf zurückkommen würde.

Somit neigte sich auch die Inspektion dieser Werkstatt dem Ende entgegen. Nachdem General Kammler und seine Adjutanten sich verabschiedet hatten, vereinbarten sie, sich beim Abendessen wieder zusammenzufinden.

Kapitel 17

Der inszenierte Auftritt der SS-Stabshelferin

Während sich General Kammler in die Telefonzentrale begab, Kobitzki Schreibarbeiten zu erledigen hatte und Knecht den Bericht über die Sicherheitsinspektion in der Kfz-Erprobungswerkstatt fertigte, hatte van Berckh keinen festen Auftrag.

Er setzte sich daher auf eine Bank vor dem Verwaltungsgebäude, von wo aus er Sicht zur Werkseinfahrt und zur Pforte hatte. Seine Gedanken drehten sich um Janas Ausstattung und wie der Chef wohl darauf reagieren würde. Schließlich lagen sowohl Janas Ausstattung als auch deren Ausbildung im militärischen Bereich auch in seiner Verantwortung. Da Jana sich kategorisch geweigert hatte, die Ausstattung der Fernmeldehelferinnen anzunehmen, würde sie nun immer noch ohne Ausstattung dastehen, wenn der General ihr das Tragen ihrer SS-Uniform verbieten würde. Gäbe es denn keine Möglichkeit, auf die Schnelle eine komplette Blitzmädchen-Uniform zu besorgen, damit er gegenüber dem Chef wenigstens bestätigten könnte, dass das von ihm Angeordnete vollzogen wurde? Die Blitzmädchen-Uniform war schließlich die Pflicht und die von Jana ersonnene SS-Uniform wäre dann nur noch die Kür.

Während van Berckh darüber sinnierte, wie der Chef wohl bei Janas Anblick in Uniform reagieren würde, manifestierte sich in ihm ein positives Gefühl. Es dauerte dann nur noch wenige Sekunden und van Berckh hatte seinen Notfallplan ausgearbeitet, sollte ihn dieses Gefühl doch getäuscht haben. In diesem Fall würde Jana eben ein Blitzmädchen-Kostüm tragen und er wusste auch schon, wo er es herbekommen würde. In der Fernmeldezentrale-hielten sich immer junge Damen auf, mit einer ähnlichen Statur wie Jana. Sicherlich hatten diese jeweils auch eine zweite Garnitur im Spind. Er würde sich nun einfach auf den Weg in die Fernmeldezentrale begeben und sich von einer der Damen ein komplettes Kostüm geben lassen. Als Ersatz würde die Dame die ursprünglich für Jana ausgestellte Bedarfsanforderung erhalten, mit der sie sich ein neues Kostüm besorgen könnte. Dann hatte die Dame ein neues Kostüm, wogegen sie sicherlich nichts einzuwenden hätte, und Jana müsste sich dann eben mit einem bereits getragenen Kostüm in Blau zufrieden geben, was dann der Preis für das von ihr heraufbeschworene Risiko wäre.

Da es bereits kurz vor achtzehn Uhr war, musste er sich bald auf den Weg machen, um sein Vorhaben noch erfolgreich vor dem gemeinsamen Abendessen umsetzen zu können. Am besten wäre es, wenn er die Bedarfsanforderung gleich mitnehmen könnte. Er müsste dann nur noch eine Dame mit der passenden Statur fragen, ob sie ihre gebrauchte Uniform gegen eine neue umtauschen wollte. Die naturgesetzliche Antwort auf diese, einer Frau gegenüber gestellten Frage dürfte sich nach van Berckhs Erfahrung in derselben Relation zu der Frage befinden, wenn man ein Kind fragen würde, ob es denn gegen Abend dunkel wird. Eine andere Antwort als „Ja, natürlich!" war somit nicht zu erwarten.

Weiterhin dachte van Berckh darüber nach, wie es wohl aussehen würde, wenn Jana zu ihrer Blitzmädchen-Uniform eine Koppel mit einer Pistolentasche tragen würde. Er kam zu dem Schluss, dass dies nicht sonderlich vorteilhaft aussehen und möglicherweise Janas Widerstand herausfordern würde. Aber es ließe sich sicherlich auch eine handliche Pistole mit einer damenmäßigeren Tragevorrichtung für Jana finden, es musste schließlich nicht zwingend die von den Adjutanten getragene Heerespistole P 38 mit den 9 mm Patronen sein. Es gab auch kleinere Kaliber, die deutlich leichter und handlicher waren.

Da eine große Limousine vor der Schranke der Werkseinfahrt stand und der Fahrer - er trug eine Schirmmütze - gerade mit dem Wachposten sprach, wurde van Berckh aufmerksam. Er spitzte seine Ohren, um zu hören, ob er ein Motorgeräusch von dem Wagen vernehmen konnte oder ob es wieder ein Fahrzeug mit Elektroantrieb war. Dem Anschein nach handelte es sich bei dem Wagen um einen Skoda. Es musste sich aber um ein seltenes Modell handeln, denn solch einen großen Skoda, der von den Maßen beinahe an den Maybach heranreichte, hatte er noch nicht gesehen.

Dann öffnete sich die Schranke und der Wagen rollte auf das Werksgelände. Nach der Pforte hielt der Wagen an. Der Chauffeur stieg aus und öffnete die hintere Tür.

Es war Jana, die aus dem Wagen ausstieg. Von der abgewandten Fahrzeugseite erschien Albert Göring. Van Berckh staunte nicht schlecht darüber, dass die beiden zusammen ins Werk fuhren. Ob sie sich wohl zufällig in der Stadt getroffen hatten?

Van Berckh erhob sich und beobachtete die Szene an der Limousine misstrauisch. Der Chauffeur öffnete den Kofferraum und holte mehrere kleine Kartons heraus, die er zwischen Jana und Albert Göring aufteilte. Als sich die bepackten Personen dem Eingang näherten, lief ihnen van Berckh entgegen.

„Du wirst bald sehen, was ich habe eingekauft", rief Jana gut gelaunt van Berckh entgegen.

„Sie hat wirklich an alles gedacht", bestätigte auch Albert Göring freudestrahlend. „Auch wenn wir gewisse Dinge ein wenig beschleunigen mussten, so ist doch nun alles fertig geworden."

Es konnte sich bei den Beschreibungen der beiden wohl nur um Janas Uniform handeln, mutmaßte van Berckh. Spätestens beim Abendessen würde er die Hintergründe erfahren, dessen war sich van Berckh sicher, der ebenfalls in das Gebäude ging, jedoch nicht den beiden hinterherlief, sondern Richtung Fernmeldevermittlung ging.

Dort herrschte wenig Betrieb und nachdem er sein Tauschangebot vorgetragen hatte, fanden sich sogar zwei junge Damen, die bereit waren, ihre Ausstattung gegen Neuware einzutauschen. Da es kurz vor halb sieben war, riet van Berckh den Damen, dass sie ausknobeln sollten, wessen Ausstattung zum Austausch zur Verfügung gestellt werden sollte, und vereinbarte, dass die Uniform spätestens in einer Stunde abholbereit sein sollte.

Dann begab sich van Berckh in den Speisesaal für Offiziere und Techniker, wo er Hauptsturmführer Engel schon am Tisch sitzen sah. Kaum hatte sich van Berckh hingesetzt, erschien auch schon Jana im Saal. Als sie van Berckh sah, winkte sie ihn zu sich. Van Berckh entschuldigte sich daraufhin bei Rolf Engel und ging zu ihr. Zusammen gingen sie vor die Tür und von dort einige Schritte weiter.

„Warst du heute bei der Einweisung in die Enigma?", fragte van Berckh. Jana senkte nur den Kopf. Dann schaute sie auf und fixierte van Berckh mit energischem Blick.

„Was wirst du dem Chef antworten, wenn er dich ebenfalls fragt, ob du die abgesprochene Einweisung in die Verschlüsselungsmaschine heute absolviert hast?", wollte van Berckh wissen.

„Weißt du, was heute für ein Tag ist, Herr Soldat van Berckh?“, fragte Jana im selben Tonfall zurück.

„Ja, ein Freitag. Ein Freitag im November 1943. Wie mir mein Kalender sagt, ist es sogar möglicherweise einer der letzten Freitage im November“, antwortete van Berckh verständnislos.

„Wir haben heute Morgen Bilder für meine Ausweis gemacht, lieber Ernst. Weißt du was steht in meine neue Ausweis?“

„Da dürfte dein Name drinstehen und dass du Nachrichtenhelferin im Fernmeldedienst bist. Außerdem dürften sich leere Seiten für Einträge der Fortbildungsmaßnahmen darin befinden. Was meinst du, sollte da noch drin stehen?“

„Da steht auch ein Datum drin. Weißt du welches?“

Van Berckh dachte nach und sah Jana dabei an. „Da steht auf jeden Fall mal das Ausstellungsdatum drin, dein Diensteintritt und...“, jetzt war van Berckh plötzlich klar, auf was Jana hinaus wollte.

Sogleich fasste er sie mit der linken Hand am Oberarm, zog Jana näher zu sich hin und streichelte ihr über die Wange. Mit den Worten „Alles Gute zu deinem Geburtstag“, umarmte er sie und drückte ihr einen zärtlichen Kuss auf die Wange. „Wir werden heute feiern. Hat dir denn überhaupt schon jemand gratuliert?“

„Nein, niemand. Es ist auch nicht so wichtig“, entgegnete Jana etwas verlegen.

Van Berckh hatte ein gewinnendes Lächeln aufgesetzt. „Dass du heute Geburtstag hast, dürfte nach dem Abendessen einiges erleichtern, ich habe da schon einen Plan. Du wirst sehen, heute Abend wird noch ein Wunsch von dir in Erfüllung gehen. Wie kam es übrigens dazu, dass du mit Direktor Göring unterwegs warst?“

„Ich bin nach Kaffeetrinken nach unten gegangen und habe Fahrer mit Mütze gesehen. Ich habe gefragt, ob er mich in Stadt fährt. Er hat bei Herr Göring nachgefragt, ob das möglich ist, und dann ist Herr Göring selbst gekommen. Wir sind in Schneiderei gefahren und dann zu Schuhmacher. Wir sind dann auf Schießstand gefahren und Herr Göring hat mir gezeigt, wie man mit Pistole schießt. Ist gar nicht so schwer. Ich habe mit drei verschiedene Pistolen geschossen. Dann sind wir wieder zur Schneiderei und noch mal zu Schuhmacher. Wenn nicht Herr Göring gewesen wäre, dann weiß ich nicht, ob alles fertig gewesen wäre. Er hat gesagt, „Zack zack, macht schneller, die Sachen müssen fertig werden!" und sie haben dann gemacht."

Mit dieser Antwort war van Berckh zufrieden gestellt. Somit konnte er dem Vorgesetzten immerhin melden, dass Jana mit ihrer Schießausbildung begonnen hatte. Dann besprachen die beiden, wie sie das heutige Abendessen erfolgreich gestalten könnten, um Janas neue Uniform zu präsentieren. Weiterhin wies van Berckh Jana in den mit General Kammler abgesprochenen Auftrag ein, bei dem sie ihm durch das geheime Signal mit der Serviette jeweils ausgesprochene Unwahrheiten signalisieren sollte.

Bevor sich van Berckh wieder in den Speisesaal für Offiziere begab, machte er noch eine kurze Visite beim Werks-Sicherheitsdienst, wo er für einen „besonderen Anlass" eine Musikkapelle anforderte. Widerspruchslos nahm der Wachhabende den Auftrag entgegen und versprach, dafür zu sorgen, dass aus einem Hotel in der Stadt die dort beschäftigten Musiker herbeigeschafft werden. Diese sollten sich dann, nach Maßgabe van Berckhs, bis zu ihrem Aufruf in der Wache bereithalten. Weiterhin wurde der Wachhabende damit beauftragt, einen schönen Blumenstrauß zu besorgen, selbst wenn es die Tischdekoration aller umliegenden Hotels kosten sollte. Weiterhin erklärte van Berckh dem Wachhabenden, dass die Musiker vor Ort direkt entlohnt werden sollten, und legte für den Blumenstrauß zehn Pfennige auf den Tisch. Der Wachhabende hatte verstanden und nickte gehorsam. Weitere Rückfragen gab es keine.

Als van Berckh wieder in den Speisesaal für Offiziere zurückkam, hatten sich schon alle Teilnehmer eingefunden, nur Jana fehlte noch. Wortlos setzte sich van Berckh an den Tisch. Das Abendessen war noch nicht serviert und es hätte sich auch kaum Platz für Gedecke auf dem Tisch gefunden, auf dem mehrere Aktenordner mit dem Stempel „Geheime Kommandosache" verteilt lagen.

Der General legte Hauptsturmführer Engel immer wieder neue Papierbögen mit aufgeklebten Fotos vor. Schnell erkannte van Berckh, dass es sich dabei um Dokumentationen von Baufortschritten handelte, die sich der General regelmäßig von den an den einzelnen Bauprojekten eingesetzten Stäben zuschicken ließ. In jeder Mappe befanden sich zudem Aufstellungen noch zu leistender Arbeiten mit dazu vermerkten Fertigstellungsterminen. Für nicht termingerecht ausgeführte Arbeiten verlangte Kammler von seinen örtlichen Stäben stets eine ausführliche Begründung. Minutiös glich der General die Fotos der vorangegangenen Zwischenberichte mit den neuesten Berichten ab und diktierte Untersturmführer Kobitzki Stichworte, die dieser für das jeweilige Inspektionsprotokoll notierte, welches beim nächsten Ortstermin die Besprechungsgrundlage darstellen sollte. Auch Albert Göring nahm einige Fotos in die Hände und äußerte sich sichtlich erstaunt über die gewaltigen Ausmaße der unterirdischen Anlagen, insbesondere was die weitläufigen Stollen des Mittelwerks betraf.

Der Direktor konnte sich kaum vorstellten, mit welchen Fabrikationsanlagen die gesamten Produktionsflächen belegt werden sollten, zumal die für die Raketenfertigung benötigten Flächen ja bereits schon feststanden und dort auch schon Montagearbeiten stattfanden. Daraufhin erklärte ihm der General, dass die Einzelteile der A4-Raketen von vielen Zulieferbetrieben gefertigt wurden, die im gesamten Reichsgebiet verteilt und stets feindlichen Luftangriffen ausgesetzt waren. Um Produktionsausfäll aufgrund nicht verfügbarer Einzelteile ausgleichen zu können, würde zusätzliche Produktionsfläche erschlossen werden. Weiterhin sei davon auszugehen, dass im Rahmen der Rückgewinnung der Lufthoheit mit der Flugzeugproduktion der bald serienreifen Strahljäger zu rechnen sei, wofür ebenfalls bombengeschützte Fertigungsstätten benötigt würden. Auch sei für den Start der Jäger eine Startbahn geplant, deren Piste größtenteils unterirdisch im Berg verlaufen soll und erst ins Freie mündet, wenn die Flugzeuge ihre Startgeschwindigkeit erreicht haben. Hierbei würde dann auch ein Startkatapult zum Einsatz kommen.

Unter gewöhnlichen Umständen hätte sich für Albert Göring vermutlich niemals die Möglichkeit ergeben, einen Einblick in streng geheime Bauprojekte der UV-Verlagerung zu erlangen. In diesem Fall kam es General Kammler jedoch durchaus gelegen, wenn Albert Göring einen Eindruck davon bekam, welch riesige unterirdische Fabriken unter Kammlers Oberaufsicht in kürzester Zeit entstanden und noch im Entstehen waren. Für Kammler bestand kein Zweifel daran, dass die Bauten der UV-Verlagerung bei passender Gelegenheit zum Gesprächsthema zwischen Albert Göring und seinem Bruder, dem Reichsmarschall und Oberbefehlshaber der Luftwaffe werden würden. Damit, so war sich der General sicher, würde er seine unabdingbare Kompetenz sowie seine Bedeutung bei einem wichtigen Mitglied der Reichsregierung ein weiteres Mal manifestieren können. Augenscheinlich hatte Dr. Kammler ein gewisses Interesse daran, gerade auch Hauptsturmführer Engel über seine tatkräftig vorangetrieben Bauprojekte zu informieren. Möglicherweise könnte ihm Engel als verbundener Fürsprecher bei Entscheidungen im Reichsrüstungsrat irgendwann einmal nützlich sein und somit zur Erweiterung seines Einflussbereichs beitragen. Kammler war sich im Klaren darüber, dass er seinen Führungsstab beträchtlich erweitern müsste, wenn man ihm noch mehr Aufgaben übertragen würde. Andererseits würden damit zugleich Entscheidungsprozesse beschleunigt werden, da diese dann innerhalb der SS stattfinden würden.

Mittlerweile hatte Kammler auch wieder sein Vertrauen in Rolf Engel gefunden, da er sich nämlich wieder an einige Jahre zurückliegende Zusammenkünfte mit Personen der damals noch nicht verbotenen „Vril-Gesellschaft“ erinnerte. Kammler war dieser Vereinigung damals beigetreten, da er sich von der Gunst der dort versammelten Mitglieder weitere Impulse für seine Karriere versprach. Mit den dort diskutierten Themen konnte er jedoch weniger anfangen, da sie seinem Geschmack nach oftmals zu sehr mystisch und von theoretischer Natur waren. Aber als er sich wieder an die damals geführten Gespräche erinnerte, die sich darum drehten, wie man die Gravitation und die Zeit manipulieren und beherrschen könnte und dazu Apparaturen gebaut werden könnten, konnte er einige Querverbindungen zu den Berichten Rolf Engels herstellen. Er hatte sich damals innerlich darüber amüsiert, dass bei der Vril-Gesellschaft besonders Frauen mit dieser Thematik beschäftigt waren, die äußerlich keinesfalls den Eindruck machten, als ob sie in der Lage wären, einen Schraubenschlüssel in die Hand zu nehmen, um damit irgendwelche visionäre Maschinen zu bauen. Nach dieser geistigen Rekapitulation Kammlers war Hauptsturmführer Engel und dessen geistige Verfassung im Ansehen des Generals fast wieder vollständig rehabilitiert, jedoch wollte er diesbezüglich die Einschätzung Jana Schmidts abwarten, was sie ihm durch das vereinbarte geheime Zeichen im Laufe des Abends signalisieren sollte.

Als Jana den Raum betrat und sich dem Tisch näherte, schnellte Albert Göring sofort von seinem Stuhl hoch und bot Jana den freien Platz neben ihm an. Jana trug, wie mit van Berckh abgesprochen, immer noch Zivilkleidung und saß Rolf Engel, der direkt neben dem General Platz genommen hatte, gegenüber. Die Ordonnanz hatte gesehen, dass General Kammler nun seine Akten von Tisch geräumt hatte, und das Abendessen wurde serviert. Es gab ein typisches Vesper mit Brot, Gurken, geräuchertem

Schinken, Käse und Schweinswürsten in heißem Wasser. Dazu gab es geriebenen Meerrettich und Senf.

Unauffällig nahm der General Blickkontakt mit Jana auf, die sofort wusste, was Kammler sie fragen wollte. Um ihm ihre Einsatzbereitschaft zu signalisieren, griff sie mit der linken Hand nach der bereitliegenden Serviette und hob diese leicht an, wobei sie Kammler in die Augen schaute. Dieser hatte das Signal verstanden und bediente sich an den Schweinswürsten, zu denen er Senf nahm.

„Sie müssen mit Meerrettich essen, ist sehr gesund“, empfahl Jana, die feststellte, dass keiner der Männer geriebenen Meerrettich auf dem Teller hatte. Aufmunternd nickte sie dem General zu.

„Der Meerrettich wird hier in der Gegend wohl häufiger verwendet als in preußischen Regionen“, stellte Kammler fest, „ich bin daher eher an den Mostrich gewohnt.“

Währenddessen hatte sich Jana bereits ein beachtliches Häufchen des frisch geriebenen Meerrettichs über ihre Würstchen auf dem Teller verteilt.

„Aber nehmen Sie nicht zu viel davon, es ist scharf und ich weiß nicht, ob Sie vertragen. Wir sagen Kren dazu“, sagte sie zu Kammler.

„Sie meinen also, ich müsste mich vor dem Meerrettich in Acht nehmen?“, fragte Kammler selbstsicher zurück und schaute dabei auf Janas Teller.

„Probieren Sie. Sie sind Mann, dann ist vielleicht nicht so schlimm“, vermutete Jana, während sie eine Scheibe Brot mit Käse belegte.

Schon hatte Kammler ebenfalls ein noch größeres Häufchen geriebenen Meerrettichs über seine Würstchen gestreut und führte den ersten Bissen zum Mund. Auch Jana war gerade dabei, den ersten Bissen zu verkosten, jedoch nur mit einem Bruchteil der Menge an Meerrettich im Vergleich zu Kammler. Die Wirkung der ätherischen Dämpfe des Meerrettichs wurde durch die heißen Würstchen noch verstärkt. Sie stiegen Janas Atemwege hoch, und innerhalb weniger Sekunden hatten die aromatisch scharfen Dämpfe dafür gesorgt, dass Jana die Tränen in die Augen schossen und sie beinahe weinen musste.

Um sich nichts anmerken zu lassen, griff sie schnell nach ihrem vorbereiteten Käsebrot und biss herzhaft hinein. Es dauerte einige Atemzüge lang, bis das scharf brennende Gefühl in ihrem Mund und in den Nasenhöhlen nachließ. Niemand schien etwas bemerkt zu haben. Der Meerrettich war deutlich schärfer als sie erwartet hatte. Nachdem sie die vollständige Kontrolle über sich zurückerlangt hatte, war sie wieder in der Lage, einen Teil ihrer Aufmerksamkeit den anderen Personen am Tisch zu widmen und schaute zu General Kammler.

Mit einem Blick erkannte Jana, dass es Kammler genau so erging wie ihr selbst. Nur eben - in Anbetracht der überproportional verspeisten Menge an Meerrettich - viel schlimmer. Kammler war das Entsetzen förmlich ins Gesicht geschrieben. Er hatte die Augen bis zum Anschlag aufgerissen. Die Ellbogen waren auf dem Tisch aufgestützt und er hielt Messer und Gabel so verkrampft in den Fäusten, dass seine Knöchel sich weiß abzeichneten. Auch kaute er nicht mehr, obwohl er den Mund noch voll hatte. Es war für Jana unverkennbar, dass Kammler mit jeder Faser seines Körpers aufs Höchste angespannt war und er es unter allen Umständen vermeiden wollte, dass die Umsitzenden auf sein Dilemma aufmerksam wurden. Nur zu gut wusste er, dass er mit einer heftigen Reaktion über die Wirkung des Meerrettichs schnell zum unfreiwilligen Gegenstand einer spöttischen Anekdote werden würde, wenn die anderen seine Not mit dem scharfen Kraut bemerken würden. Dies galt es unter allen Umständen zu vermeiden. Allerdings konnte der General sein nun rotes Gesicht und die auf seiner Stirn aufkommenden Schweißperlen nicht verheimlichen. Jedoch kam der vorwurfsvolle Blick bei Jana, den er ihr für Sekundenbruchteile zuwarf, deutlich an. Nach einem großen Bissen Brot, den er mit einem großzügigen Schluck Wasser hinunterspülte, widmete er sich wieder seiner Mahlzeit. Den Meerrettich sortierte er dabei unauffällig Richtung Tellerrand.

Mit einem etwas schlechten Gewissen und leichten Schuldgefühlen durfte Jana kurze Zeit später erleichtert feststellen, dass sich der ranghöchste Soldat im Saal offenbar wieder regeneriert hatte. Aber immerhin hatte sie ihn ja vorgewarnt. Es war ja nicht ihre Schuld, dass sich Kammler bei der Bemessung seiner Zutat an der Portion Meerrettich auf ihren Würstchen orientierte. Sogleich nutzte Kammler jedoch seinen kleinen kulinarischen Unfall dazu, ein anderes mutmaßliches Opfer an der äußerst scharfen Erfahrung teilhaben zu lassen.

„Der Meerrettich ist wirklich bemerkenswert", lobte Kammler das geraspelte Wurzelgemüse künstlich, was die anderen Männer fast schon als Aufforderung auffassten, ebenfalls danach zu greifen.

„Probieren kann man ja mal“, meinte Hauptsturmführer Engel, der noch das Drittel eines Würstchens auf dem Teller hatte, das er sogleich großzügig mit Meerrettich bedeckte, bevor er den großen Bissen mit der Gabel in den Mund steckte. Das Verhältnis von Meerrettich zu Würstchen dürfte in etwa demselben entsprochen haben, wie es Kammler zuvor verköstigt hatte. Dann richtete Rolf Engel den Oberkörper auf, holte kurz tief Luft durch die Nase und ließ sie auf demselben Wege langsam wieder ausströmen. Auch er hatte dabei das Kauen kurzfristig eingestellt und für wenige Sekunden einen starren Blick aufgesetzt, was Kammler aus den Augenwinkeln mit einer gewissen Genugtuung registrierte.

„Scharf... sehr scharf“, bemerkte Engel, was Albert Göring sogleich hinterfragte.

„Tatsächlich?“, sagte Göring und griff zeitgleich nach der Schale mit dem Meerrettich. Er hatte zwar keine Würstchen mehr auf dem Teller, dafür belegte er ersatzweise eine halbe Scheibe Brot mit einer Scheibe Schinken, verstrich darauf eine gehörige Portion Meerrettich und klappte die andere Hälfte des Schinkens darüber.

„Seien Sie vorsichtig, das Zeug ist scharf“, warnte ihn Rolf Engel noch, der dabei sein hastig leer getrunkenes Glas wieder auf den Tisch abstellte.

Doch Albert Göring war schon munter am Kauen. Nach ungefähr drei Sekunden legte er das Brot beiseite und begann mit der rechten Hand im Bereich seiner Nase und seines Mundes zu fächeln. Dabei gab er Laute, wie „mhhhhh“ und „hmmmmmh“ von sich. Da er ein leeres Glas vor sich hatte, griff er nach dem auf dem Tisch stehenden Wasserkrug und füllte hastig sein Glas, wobei er vor lauter Eile eine erhebliche Menge verschüttete. Fast schon panikartig leerte er das Glas, ohne abzusetzen. Dann lehnte er sich, wie nach dem Vollbringen einer körperlichen Höchstleistung, erschöpft auf seinem Stuhl zurück, atmete auffällig durch den Mund und drehte dabei immer den Kopf hin und her. „Das Zeug brennt einem ja das Hirn aus“, waren seine ersten Worte. Auf seiner Stirn hatten sich Schweißperlen gebildet.

„Wenn man scharfe Beilagen nicht gewohnt ist, dann kann man diesen Meerrettich durchaus als scharf empfinden“, kommentierte der General sachlich, ohne eine Spur von vermeintlicher Häme.

„Sagen Sie, mein lieber Kammler, habe Sie jemals schon einmal so etwas Scharfes gegessen?“, fragte der Direktor der Skoda-Waffenfabrik.

„Mitunter schon, man muss es aber, wie gesagt, gewohnt sein.“

Jana hatte nun ihre Serviette fest in der Hand und wartete nur darauf, dass Kammler seinen Blick auf sie richtete, was unmittelbar darauf auch geschah. Demonstrativ tupfte sie sich nun den Mund damit ab und signalisierte Kammler damit, dass er ihrer Beobachtung nach, soeben die Unwahrheit gesagt hatte.

Kammler erkannte das Zeichen sofort und es war ihm auch klar, dass Janas Feststellung stimmte. Der Meerrettich war wirklich so höllisch scharf, das alles, was er bislang an scharfen Dingen gegessen hatte, sich unter ihm einordnen musste. Allerdings war sich Kammler nicht darüber im Klaren, ob Jana diese Situation bewusst herbeigeführt hatte, um ihm ihre seherische Fähigkeit zu demonstrieren. War sie selbst den scharfen Meerrettich wirklich gewohnt?

Auch van Berckh hatte die Szene amüsiert beobachtet und in weiser Voraussicht nur eine kleine Menge der weißen Wurzel probiert, die er ebenfalls als sehr scharf empfand. Jedenfalls nahm van Berckh gelassen zur Kenntnis, dass das Ansehen des mutmaßlichen Frauenhelden Göring nun eine kleine Delle bekommen hatte. Da Kammler wohl aufgrund der Gegenwart Albert Görings gegenüber Hauptsturmführer Engel momentan keine Anstalten machte, auf den gemeinsamen Flug mit Admiral Canaris zurückzukommen, hielt van Berckh nun die Zeit für gekommen, um das geplante Programm umzusetzen. Er winkte einen Ordonnanzsoldaten an den Tisch und bestellte jeweils eine Flasche Rotwein und eine Flasche Weißwein. Dann winkte er den neben ihm stehenden Soldaten näher zu sich heran und bat ihn leise darum, dem Wachhabenden auszurichten, dass dieser die Leute nun schicken könne.

Als der Wein serviert wurde, schaute Kammler mit einem fragenden Blick zu van Berckh. Mittlerweile hatte der General begriffen, dass es in den meisten Fällen nicht notwendig war, van Berckh Anordnungen oder Fragen verbal zu übermitteln. Des Generals Erfahrungen mit seinem Chauffeur und Sicherheitsbeauftragten, der auch immer mehr organisatorische Aufgaben übernahm, hatten ihn gelehrt, dass van Berckh mit seinen Gedanken oftmals ein bis zwei Handlungsschritte voraus war. Daher machte er sich als Vorgesetzter immer weniger Gedanken, wenn van Berckh wieder einmal etwas Unerklärliches vollzog, dessen Hintergrund sich dem General erst im Nachhinein eröffnete und der sich dann aber als sinnhaft herausstellte. So war das Vertrauen Kammlers in van Berckh stetig gewachsen und er war mit dessen Erledigung der ihm übertragenen Aufgaben äußerst zufrieden. General Kammler hatte in den letzten Jahren oftmals mit Offizieren zusammengearbeitet, die SS-Oberscharführer Ernst van Berckh in so mancher Beziehung nicht das Wasser reichen konnten.

Jana entschuldigte sich kurzfristig, und kurz nachdem sie den Saal verlassen hatte, erschienen drei Musiker und sahen sich suchend um. Van Berckh erkannte dies sofort und winkte die Herren an den Tisch. Alle Augen am Tisch waren plötzlich auf van Berckh gerichtet, der sich nun von seinem Stuhl erhob und zu der Tischgesellschaft sprach.

„Meine Herren, beinahe ist es auch mir entgangen. Aber wir haben heute ein Geburtstagskind unter uns. Es ist die Kameradin Jana Schmidt, die erst seit Kurzem in den persönlichen Stab von Generalmajor Kammler aufgenommen wurde und nun ebenfalls zum mitreisenden Stammpersonal gehört. Da Frau Schmidts Aufgaben- und Verantwortungsbereich sowie ihre Qualifikationen weit über die von einer Nachrichtenhelferin geforderten Fähigkeiten hinausgehen, haben wir uns darüber Gedanken gemacht, wie sich Frau Schmidt als persönliche Sekretärin an der Seite von Herrn Dr. Kammler standesgemäß einfügen könnte. Um nicht das Gerücht in die Welt zu setzen, dass eine gewöhnliche Nachrichtenhelferin den Anforderungen der persönlichen Sekretärin eines Brigadeführers genügen würde, haben wir die ursprünglich vorgesehene Einkleidung Frau Schmidts mit der Uniform einer Nachrichtenhelferin kategorisch verworfen. Weiterhin zählt Frau Schmidt als Waffenträgerin gleichzeitig auch zu der Leibstandarte des Generalmajors und nimmt damit auch Aufgaben wahr, welche die üblichen Anforderungen einer Stabshelferin übersteigen.

Mit der tatkräftigen Unterstützung örtlicher Bekleidungswerkstätten ist es uns in Rekordzeit gelungen, heute den zweckmäßigen Entwurf der Uniform einer SS-Stabsmelderin vorzustellen. Den Dienstgrad gibt es zwar bislang noch nicht, weshalb aber nicht ausgeschlossen ist, dass er in Zukunft für Tätigkeiten, wie sie Frau Schmidt im täglichen Dienst verrichtet, geschaffen werden kann. Für diesen Fall erklärt sich Frau Schmidt dazu bereit, die neu entworfene Uniform, natürlich nur mit Genehmigung von Herrn Dr. Kammler und erforderlichenfalls von vorgesetzter Stelle, in einem Trageversuch zu erproben. Ich selbst habe die Uniform auch noch nicht gesehen, sie wurde heute erst fertig gestellt, was letztendlich auch der energischen Unterstützung von Herrn Direktor Göring zu verdanken ist. In wenigen Momenten wird unsere Jana Schmidt in einer ersten Premiere die Uniform präsentieren, weshalb wir nun alle gespannt sein dürfen."

Während Albert Göring ausschweifend über die Umstände in der Schneiderwerkstatt berichtete und darlegte, wie er das dortige Personal zur Fertigstellung der Uniform angetrieben hatte, besprach van Berckh mit den Musikanten die musikalische Untermalung des Abends. Die Berufsmusiker - ihre Instrumente waren Kontrabass, Akkordeon und Geige - hatten schnell verstanden und schlugen van Berckh eine Reihe von Liedern vor, die sie nacheinander spielen wollten. Schnell war van Berckh dabei klar geworden, dass er sich auf die Musiker verlassen konnte und sie ihre Sache sicherlich gut machen würden. Es war ihm nur wichtig, dass das erste Lied dem Auftritt Janas angemessen war. Demnach kam als erstes Lied nur ein Marsch in Frage, was auch den dienstlichen Charakter der Vorstellung unterstreichen sollte. Leider konnten die Musiker diesem Wunsch nicht nachkommen, da sie Märsche nicht in ihrem Repertoire hatten. Ersatzweise wollten sie etwas Passendes spielen, wozu sie sich aber erst kurz untereinander beraten mussten. Der Mann am Akkordeon verkündete dann, dass sie das Lied „Hohe Tannen" anstimmen würden, was zwar kein Marsch war, sich aber auch gut zum Mitsingen eignen würde. Hierzu verteilte der Geiger gleichzeitig Liederbücher und die Tischgesellschaft blätterte sogleich die entsprechende Seite auf. Van Berckh legte das Buch ungeöffnet auf dem Tisch vor sich ab. Er kannte den Text auswendig, wie scheinbar auch der General, der sein Liederbuch ebenfalls ablegte, nachdem er für einige Sekunden hineingeschaut hatte.

Das Trio stimmte die Musik an und beim Liedeinsatz begannen die Männer zu singen. Sie hatten sich so aufgestellt, dass sie den Saaleingang im Blickfeld hatten. Nach der ersten Strophe öffnete sich die Tür zum Saal und eine Dame trat ein - es war Jana.

Sie trug ihre neue Uniform und als Kopfbedeckung ein schwarzes Schiffchen, auf dem ein SS-Totenkopf prangte. Ihr blondes Haar hatte sie hinter dem Kopf zusammengebunden. Über der Uniformjacke trug Jana eine Lederkoppel mit einem daran befestigten, körpereng anliegenden Pistolenholster, in dem sich eine relativ kleine Pistole befand. Der Rock endete kurz unter den Knien und hatte seitlich einen langen Schlitz. Die glänzenden

Lederstiefel mit den langen Schäften endeten ebenfalls kurz unter den Knien.

Für einige Momente wurde der Gesang der Männer, die gerade die zweite Strophe absangen, leiser und es waren nur noch die Stimmen van Berckhs und seines Stabschefs zu hören. Die beiden kannten den Text ja auswendig. Der Gesang bis zum Ende der zweiten Stufe unterlag hörbaren Schwankungen, was wohl daran lang, dass einige der Sänger erst mal wieder ins Liederbuch schauen mussten, um dann nochmals den Einstieg in den Liedtext zu finden. Die Musiker hatten diese Verlegenheit erkannt und es trat dann der Geiger hervor und improvisierte nach dem Ende der zweiten Strophe gekonnt ein Instrumental, in welches der Bassist und der Akkordeonspieler gefühlvoll einstimmten. Die Musik hatte zwar nichts mehr mit „Hohe Tannen" zu tun, war Janas Auftritt jedoch sehr angemessen.

Nach ihrem Eintritt in den Saal war Jana zunächst stehen geblieben und wartete in einer eleganten Pose, bis sie sich sicher war, alle Aufmerksamkeit im Saal auf sich gezogen zu haben. Hierbei stützte sie ihren rechten Arm lässig in der Hüfte ab, um sich dann mit langsamen Schritten auf die staunenden Männer zuzubewegen. Dabei lief sie nicht gerade auf die Männer zu, sondern in einer Zickzacklinie. Bei jeder Richtungsänderung gab sie kurze Einblicke auf ihre Beine frei, wirkte dabei aber in ihrer Gesamterscheinung dienstlich, distanziert und durchaus auch autoritär. Die von ihr ausgehende Energie zog die am Tisch stehenden Männer vollständig in ihren Bann, von denen jeder einzelne tief in sich selbst bereits entschieden hatte, dass Janas Erscheinung die Superlative dessen darstellte, was er jemals an Weiblichkeit in einer Uniform erblickt hatte. Gleichzeitig wagte es keiner der Männer, seine individuelle Begeisterung spontan kund zu tun, denn eine erste Bewertung dieser Uniform stand keinem anderen als General Kammler zu.

Als Jana dann mit einem gewinnenden Lächeln vor den Männern stand, ließ die Kapelle das Instrumental ausklingen und alle schauten Jana an. Mit verstohlenen Blicken fixierten die Männer General Kammler, der zuerst beinahe unmerklich nickte und dann Beifall klatschte. Nun brach es auch aus Albert Göring heraus, der mit „Bravo, Bravo"- Rufen um Jana herumlief, während die anderen Männer ebenfalls begeistert klatschten.

Dann ergriff der General das Wort. „Liebe Frau Schmidt, ich darf Ihnen zunächst im Namen meines persönlichen Stabs die besten Glückwünsche zum heutigen Geburtstag aussprechen. Das schönste Geschenk haben Sie sich mit der adretten Uniform sicherlich selbst gemacht, und wenn wir früher von Ihrem Geburtstag erfahren hätten, dann wäre uns sicherlich ebenfalls noch eine passende Überraschung eingefallen. Der Tag ist jedoch noch nicht zu Ende und wir werden im Hotel sicherlich noch die Gelegenheit zu einem kleinen Umtrunk haben.

Nun noch etwas zum morgigen Dienstablauf. Wie Sie wissen, werden wir morgen in die Ostmark weiterreisen. Die Abfahrt wird nach dem Mittagessen um dreizehn Uhr erfolgen. Ich habe in den Morgenstunden noch einige Telefonate zu führen, Kamerad Kobitzki wird Frau Schmidt noch einige Schriftsätze diktieren. Knecht und van Berckh treffen die erforderlichen Reisevorbereitungen.

Ich vermute, dass es morgen ein entspannter Tag werden wird, den Sie nicht zu früh beginnen müssen. Wir haben für den morgigen Samstag nur den Reiseweg und sonst keine festen Termine geplant. Unser Ziel wird Vöcklabruck in der Ostmark sein. Auf dem Programm für die nächsten Tage stehen die Projekte „Zement“, „Schlier“. Wir werden auf der morgigen Reise Zivilkleidung tragen und uns nun ins Hotel begeben. Von Herrn Direktor Göring möchte ich mich an dieser Stelle verabschieden, er hat heute noch einen Termin in Prag, Kamerad Engel gastiert ebenfalls im „Böhmischen Hof“, er wird uns dorthin begleiten.“

Während sich van Berckh sogleich zum Telefon begab, um über den Werkssicherheitsdienst einen Bus der Fahrbereitschaft für die Fahrt zum Hotel anzufordern, ergriff Albert Göring das Wort.

„Sehr geehrte Frau Schmidt, meine Herren, es war mir ein außerordentliches Vergnügen, mich mit Ihnen austauschen zu dürfen. Auch wurde mir anlässlich unseres Zusammentreffens bewusst, mit welch großen Aufgaben Sie, Herr Dr. Kammler, betraut sind. Die Dimensionen im Zusammenhang mit Ihren Bauprojekten sind überwältigend und es gibt mir ein gutes Gefühl, dass gerade Sie diese wichtigen Aufgaben für das Reich vorantreiben. Leider bin auch ich mit leeren Händen vom Geburtstag von Frau Schmidt überrascht worden, aber ich habe glücklicherweise noch etwas, was ich Frau Schmidt und auch Ihnen mit auf den Weg geben darf.“

Dann griff Albert Göring in seine Aktentasche und holte einen ledernen Gürtel hervor, der um das dazugehörende Koppelschloss gewickelt war. Niemand konnte sich erklären, was Albert Göring damit nun zeigen oder bezwecken wollte. Dann löste er das Gürtelschloss vom Riemen und legte es auf die Handfläche. Stolz zeigte der das Gürtelschloss den Umstehenden.

„Wissen Sie was das ist?“

Niemand verstand die Frage so richtig. Dass er den Verschluss seines Gürtels in der Hand hielt, der zum Zusammenhalten eines Lederriemens bestimmt war, war ja eindeutig.

„Stellen Sie sich vor, Sie würden vom Feind entwaffnet werden, hätten bei Feindkontakt ihre Pistole verloren oder wären in geheimer Mission in Zivil unterwegs“, suggerierte Albert Göring geheimnisvoll.

„Sie meinen, dann könnte man das Koppelschloss dem Feind immer noch an den Kopf werfen?“, fragte Theo Knecht etwas irritiert.

„Das wäre dann die dritte und letzte Variante von zwei besseren Möglichkeiten“, erklärte Albert Göring amüsiert und öffnete mit einem Klick das Koppelschloss.

„Das ist ja eine Gürtelkanone“, stellte Theo Knecht beim Anblick der doppelläufigen Waffe mit Erstaunen fest.

„Das haben Sie richtig erkannt, ein Meisterwerk der Feinmechanik, entwickelt in unserer Waffenakademie. Sie können damit zwei Schuss Einzelfeuer vom Kaliber 9 mm abschießen. Der Abzug erfolgt wahlweise per Fingerdruck oder über eine Zugschnur, die im Nacken oder in einem Ärmel fixiert wird. Es empfiehlt sich, beim Abfeuern die Bauchmuskeln anzuspannen, denn der Rückstoß ist mit einem Schlag in den Unterleib zu vergleichen. Sie sollten auch eine möglichst kurze Schussdistanz wählen. Weiter als drei Meter sollte der Gegner nicht entfernt sein, alles darüber hinaus wäre ein Zufallstreffer.“

Mit diesen Worten überreichte Albert Göring die Koppelschlosspistole an Jana und wandte sich dann dem General zu.

„Ich habe noch ein paar Exemplare im Tresor bei Direktor Voss deponiert. Sie sind für den geheimen Sicherheitsdienst vorgesehen. Ich werde dafür sorgen, dass Ihrem Stab morgen vier Exemplare bereitgestellt werden. Dann bekommt der SD seine Exemplare eben in ein paar Tagen als Nachlieferung aus Brünn und Sie haben für den Fall der Fälle immer noch ein letztes As im Ärmel. Im wahrsten Sinne des Wortes.“

Hans Kammler bedankte sich für die unerwarteten Geschenke bei Direktor Göring und erklärte diesem, dass er bei passender Gelegenheit gerne zu einem Besucht in Brünn vorbeikommen wolle. Jana wollte anlässlich dieser Aussage Kammlers eine Serviette vom Tisch nehmen. Da jedoch bereits abgeräumt war, nahm sie ersatzweise ein Taschentuch und tupfte sich damit leicht den Mund ab. In dem Moment, als der General sie kurz anschaute, sah sie ihm tief in die Augen. Kammler hatte die Geste verstanden und er wusste auch, dass Jana ihm das geheime Signal aus gegebenem Anlass zeigte. Ja, es stimmte, dass er Albert Göring den Besuch in Brünn nur aus Höflichkeit in Aussicht gestellt hatte. In Wirklichkeit hatte er bei diesem schließlich die Aufmerksamkeit und die Anerkennung erlangt, welche ihm vielleicht einmal nützlich sein könnte.

Die Fahrt ins Hotel war im Nu vorbei, denn der Akkordeonspieler verkürzte die gefühlte Fahrzeit durch eine flott gespielte Melodie. Zuvor hatte der Musiker mit dem Kontrabass für Heiterkeit gesorgt, da er sichtliche Probleme damit hatte, sein großes Instrument, welches in einen formgerechten Koffer verpackt war, durch die Tür des Busses in den Fahrgastraum zu schaffen.

Im „Böhmischen Hof" begab sich die Gesellschaft in die Pianobar. Bereits in der Eingangshalle hatte General Kammler die Stabshelferin Jana Schmidt unauffällig beiseite genommen, um von ihr erste Ergebnisse über ihre Erkenntnisse bezüglich Hauptsturmführer Engel zu erfahren. Jana konnte aber hierzu nur mitteilen, dass ihr an Engel bislang nichts Ungewöhnliches oder gar Negatives aufgefallen war. Sie charakterisierte ihn als sehr intelligenten und verlässlichen Patrioten, der leidenschaftlich seinen Aufgaben nachging und über jegliche Zweifel an seinem Geisteszustand erhaben war.

Dafür hatte Jana insbesondere bei Kammler selbst als auch bei Albert Göring geringfügige Unaufrichtigkeiten - oder besser gesagt kleine Schwindeleien - in deren Aura feststellen können. Es gehörte jedoch nicht zu der ihr zugewiesenen Aufgabe, ungefragt darüber zu sprechen, und schließlich hatte sie Kammler bereits durch das Zeichen darauf aufmerksam gemacht, dass sie eine mutmaßliche Unwahrheit aufgespürt hatte.

Jana war durchaus daran gelegen, gegenüber Kammler ihre Fähigkeit zu demonstrieren, dass sie Lügen und andere Umstände schnell bei Gesprächen heraussehen konnte. Sie wusste genau, dass sie von Kammler in dieser Hinsicht auch beobachtet wurde. Der Anlass, bei dem sie Kammler ihre übersinnliche Fähigkeit jedoch mit aller Macht hätte demonstrieren können, stand aber noch aus. Jedoch war sich Jana sicher, dass sie für General

Kammler bald unverzichtbar sein würde – wenn er von ihrer Fähigkeit, mit einem Blick in die Aura eines Menschen wertvolle Informationen liefern zu können, überzeugt sein würde.

General Kammler nahm Janas Einschätzung bezüglich Hauptsturmführer Engel mit einer gewissen Erleichterung zur Kenntnis. Die Aussagen Janas spiegelten zwar nur dieselbe Einschätzung Kammlers wieder, die er selbst von Engel hatte, jedoch war er darüber erstaunt, dass Jana dies so treffend feststellen konnte, wo sie doch bislang kaum ein Wort mit Engel gewechselt hatte.

Um zu vermeiden, dass Hauptsturmführer Engel das Gefühl beschleichen könnte, Kammler würde ihn in Gegenwart von Jana verhören, beschloss General Kammler, den Raketentechniker in den nächsten fünfzehn Minuten - an einem gesonderten Tisch und abseits der Feiernden - noch einmal zu den Umständen des nächtlichen Zusammentreffens mit Admiral Canaris zu befragen. Jana sollte während dieser Zeit weiterhin Rolf Engel beobachten. Dass sie dabei nichts von dem Gesprochenen hören würde und ihr Rolf Engel dabei den Rücken zuwandte, war für ihre Beobachtung ohne Bedeutung. Als Alarmzeichen für den Fall, dass Rolf Engels Aura eine von ihm ausgesprochene Unwahrheit signalisieren würde, war vereinbart, ein Feuerzeug – für Kammler sichtbar - anzuzünden.

In der Pianobar nahm Jana auf einem Hocker an der Bar Platz. Es befanden sich noch weitere Hotelgäste in der Bar, dem Anschein nach Privatleute, jedoch niemand von den Tibetern, die seit der Begegnung im Fotostudio nicht mehr gesehen wurden. Kurz darauf gesellte sich van Berckh zu Jana, die konzentriert zu dem Tisch schaute, wo sich der General mit Hauptsturmführer Engel besprach. Van Berckh war guter Laune und wollte mit Jana einen feuchtfröhlichen Abend verbringen. Als er vor ihr stand, schob sie ihn ein Stück zur Seite.

„So stehst du gut Ernst. Dann fällt nicht so auf. Ich muss schauen, bin noch im Dienst. Gib mir bitte Zigarette und Feuerzeug", bat ihn Jana.

„Du beobachtest Kamerad Engel und gibst nun Zeichen mit dem Feuerzeug?", erkannte van Berckh die Situation auf Anhieb.

„Ja, Ernst, aber ich glaube nicht, dass ich heute noch Signal geben muss und wenn, dann nicht wegen Herr Engel."

„Wenn du die Geschichte gehört hättest, die Engel erlebt hat, dann wüsstest du, weshalb der Chef so beunruhigt ist und in dieser Sache absolute Klarheit haben möchte“, erläuterte van Berckh.

„Ja, ich sehe, dass Sache sehr, sehr wichtig ist. Man sieht nicht in seinem Gesicht, aber Chef ist sehr aufgeregt. Um was sie sprechen kann ich nicht sagen“, berichtete Jana fest.

„Was ist mit den Anzügen, die du für uns in der Schneiderei in Auftrag geben solltest?“, wollte van Berckh von Jana wissen.

„Alle sind in einer Woche fertig. Sie werden dann nach Skoda-Werk geliefert. Aber mit Einlagen von Aramid gibt es in Schneiderei Probleme. Sie können Stoff nicht mit Schere schneiden, das muss in Skoda-Werk gemacht werden. Schere geht bei Schneider immer kaputt. Außerdem brauche ich noch Wintersachen für meine Uniform. Mindestens eine warme Jacke.“

„Wegen den Wintersachen brauchst du dir ab heute wohl keine Sorgen mehr zu machen. Du brauchst auch noch eine zweite Garnitur deiner Uniform zum Wechseln. Nach deiner Vorstellung heute Abend wird dir der Chef bestimmt noch ein SS-Abendkleid mit Stola bewilligen“, scherzte van Berckh. „Jedenfalls hast du mit der Uniform bei den Kameraden einen interessanten Effekt erzeugt und das war der Moment, in dem du Kammlers Zustimmung gewonnen hast. Ich bin mal gespannt, was das in Berlin für Wellen schlagen wird, wenn Himmler davon erfährt.“

„Wir werden nach Berlin fahren? Ich kenne Berlin von Wochenschau und Himmler habe ich auch schon in Film gesehen. Was ist für ein Mensch?“, wollte Jana wissen, die in letzter Zeit einiges über Organisation und Hierarchie innerhalb der SS gelernt hatte.

„Himmler ist unter dem Führer angesiedelt und Reichsführer der SS, wie du bereits weißt. Zwischen ihm und Kammler steht noch General Pohl. Ich kann dir aber nicht sagen, was für ein Mensch Himmler ist, aber ich habe so das Gefühl, dass du das noch vor mir herausfinden wirst. Ich habe dir übrigens eine Blitzmädchen-Uniform in deiner Größe besorgt.“

„Ernst, ich will nicht Blitzmädchen-Uniform. Du kannst bitte behalten, ich trage auf keinen Fall. Besser du besorgst schöne Handtasche. Wenn wir in normale Kleidung unterwegs sind, kann ich keine Pistole an Kleid tragen, da brauche ich Tasche. Außerdem braucht Frau immer Tasche dabei. Schreibsachen müssen auch reinpassen. Chef will immer gleich diktieren, wenn ihm was einfällt. Egal wo wir sind. Ihn interessiert nicht, ob wir in Büro sind oder nicht."

„Solange du nicht neben seinem Bett warten muss, um zu notieren, was er im Schlaf murmelt, soll es mir recht sein. Du wirst deine Tasche bekommen. Sie wird so gefertigt sein, dass sie sowohl zu deiner Zivilkleidung als auch zu deiner Uniform passen wird. Sie wird dir gefallen", versprach van Berckh.

Jana strahlte nach diesem Versprechen van Berckhs. Zärtlich strich sie ihm über die Hand. „Danke Ernst, großes Kusschen kriegst du heute Nacht. Aber ich muss nun weiter schauen. Bleib so vor mir stehen, ich schaue über deine Schulter."

Während sich Theo Knecht und Willi Kobitzki mit der attraktiven Tschechin unterhielten, welche hinter der Bar ihre Arbeit verrichtete, betraten zwei weitere junge Damen die Bar und gesellten sich ebenfalls an den Tresen. Kurz darauf stellte es sich heraus, dass es Nachrichtenhelferinnen waren, die sich nach Dienstende an einem der wenigen Orten in Pilsen vergnügen wollten, wo deutsche Soldaten verkehrten. So waren sie sicher, dass sie keinen unerwünschten Belästigungen ausgeliefert waren, was in den von Tschechen bevorzugten Schankhäusern nicht garantiert war.

Während Jana Hauptsturmführer Engel und General Kammler stets mit einem Auge im Blickfeld behielt, prostete ihr van Berckh mit seinem Bier zu. Aber Jana griff daraufhin nicht zu ihrem Glas Weißwein, um es ihrem Geliebten gleich zu tun.

„Ich kann nicht Wein trinken, sonst geht es weg. Bestellst du mir bitte Wasser?"

„Du meinst, du kannst das Licht der Männer nicht mehr sehen, wenn du Wein trinkst?", fragte van Berckh.

„Wenn Alkohol, dann sehe ich nicht mehr, du hast recht. Aber gerade ist sehr interessant. Ich glaube, sie sprechen von Frauen", antwortete Jana und nahm nun das vor ihr liegende Feuerzeug am unteren Ende zwischen Daumen und Zeigefinger. Sie hatte dabei ein mitleidiges Grinsen im Gesicht und hielt das Feuerzeug so mit den zwei Fingern, dass Kammler es sehen konnte. Als Kammler wieder einmal zu ihr aufschaute, löste sie ihren Druck mit den Fingern, woraufhin das Feuerzeug mit der Spitze nach unten zu ihrer Handfläche hin abkippte. Damit hatte sie Kammler signalisiert, dass er es wieder war, der die Wahrheit zurechtgebogen hatte.

In diesem Moment betrat ein unbekannter Offizier die Bar und winkte Kammler freundlich zu, als er ihn erblickte. Kammler winkte den Offizier an den Tisch, von dem er sich nun erhob. Nachdem Kammler den Herrn begrüßt hatte, ging er die wenigen Schritte auf Jana zu und teilte ihr sachlich mit, dass ihr heutiger Auftrag nun beendet sei und sie bis Dienstbeginn nun Freizeit hätte. Jana nickte nur kurz und Hans Kammler begab sich wieder an seinen Tisch.

Mit einem Ohr hörte van Berckh dem Gespräch der Blitzmädchen zu. Er wollte sich davon vergewissern, dass es nicht um dienstliche Angelegenheiten in den Gesprächen ging. Schließlich waren die Blitzmädchen eine potentielle Schwachstelle in der Nachrichtenkette. Immerhin hatten sie die technischen Möglichkeiten, sich von ihrem Vermittlungsplatz in der Nachrichtenzentrale in jedes beliebige Telefongespräch einzuklinken und dieses mitzuhören. Außerdem wurde der geheime und verschlüsselte Fernschreibverkehr über die Blitzmädchen abgearbeitet. Somit war ein Blitzmädchen für jeden feindlichen Spion ein begehrtes Objekt, um über sie an geheime Informationen kommen zu können.

Daher beschloss van Berckh, eine entsprechende Nachricht an den von General Kammler erwähnten Obersturmbannführer Bischoff vom Sicherheitsdienst zu verfassen, mit der Empfehlung, die von Blitzmädchen und sonstigem weiblichen Personal frequentierten Lokale durch Observationen auf mögliche Spione überprüfen zu lassen. Die entsprechenden Damen waren alle bereits auf absolute Verschwiegenheit eingeschworen worden und sollten nicht noch intensiver auf ihre Verschwiegenheit in der Freizeit hingewiesen werden. Vielleicht war es zur Enttarnung von Spionen sogar hilfreich, wenn sich die Mädchen eher freizügig verhielten, anstatt hinter jedem Mann einen verkappten Agenten zu vermuten. Van Berckh war sich sicher, dass es auch in Pilsen für den Feind agierende Verräter gab, die an exponierten Stellen den Kontakt mit Angehörigen der Wehrmacht oder gar der SS suchten.

Mittlerweile war im ganzen Lokal bekannt, dass die adrette Blondine in dem eleganten SS-Kostüm heute Geburtstag hatte, und alle wollten mit ihr anstoßen, auch die drei Musikanten. So war Janas Weinglas rasch leer, doch van Berckh hatte bei der aufmerksamen Barfrau vorsorglich gleich eine Flasche Wein geordert. Er selbst trank das süffige tschechische Bier, für das er schwärmte und das er als „das beste Bier zwischen Atlantik und der Oder“ bezeichnete.

Als die Kapelle auf Wunsch der Blitzmädchen das „Funkerlied“ spielte, kam so richtig Stimmung auf und es wurde kräftig mitgesungen. Van Berckh war der Text nicht geläufig, und Jana las den Text aus einem Liederbuch, das ihr ein Mädchen gegeben hatte. Nach seinem nun dritten Bier war van Berckh jetzt durchaus entspannt und freute sich auf die morgige Reise, auf den Ortswechsel, auf die angeblich so schöne Ostmark. Gedankenverloren schaute er der jungen Dame hinter der Bar bei ihrer Arbeit zu, dann schaute er an den Tisch, an dem sich der General und die beiden Offiziere befanden. In diesem Moment drehte sich der hinzugekommene Offizier um und schaute van Berckh direkt an.

Dies war kein zufälliger Blick gewesen, weshalb van Berckh sich auf die in dem unbekannten Offizier ablaufenden, geistigen Vorgänge konzentrierte. Dabei wurde ihm schnell klar, dass dieser Mann eine sehr entschlossene Persönlichkeit war, mit dem im Zweifelsfall nicht gut Kirschen essen war. Zwar war dieser äußerlich eher unauffällig, jedoch schien er in seinem Innern brutal und skrupellos zu sein. Es hatte den Anschein, als unterhielte er sich sehr vertraut mit Kammler, bei dem Gespräch ging es um dienstliche Angelegenheiten. Wer war dieser Mann?

Auch die hübsche Bardame schien sich sehr für die Herren am Tisch zu interessieren. Van Berckh wurde auf ihr Verhalten aufmerksam, als er zusah, wie sie zuvor unauffällig einen Knopf an ihrer Bluse geöffnet hatte, als sie den Männern Getränke am Tisch servierte und sich dabei unnötig tief hinunterbeugte, um so freien Blick auf den prall gefüllten Inhalt ihres weißen Oberteils zu gewähren. Scheinbar schien sie sich damit das Interesse der sitzenden Männer sichern zu wollen. An den jüngeren, an der Bar sitzenden Soldaten und den zivilen Gästen schien sie hingegen kein gesteigertes Interesse zu haben.

Auch wenn van Berckh mittlerweile leicht angetrunken war, so konnte er sich dennoch auf seine übersinnliche Fähigkeit verlassen. Wenn er getrunken hatte, kostete ihn der Einsatz seiner spirituellen Kräfte jedoch deutlich mehr Energie als in nüchternem Zustand, weshalb er sich in diesem Zustand doch auch gerne mal treiben ließ. Wenn er sich in einem, von Gedanken losgelösten Zustand befand, an nichts denken musste, sich auch mal lustvoll der Muße oder gar dem Alkohol hingeben konnte, dann waren dies oftmals die Momente für spontane Eingaben, die ihn dann aber auch von einer Sekunde auf die nächste aufwühlen konnten und sowohl sofortige Energie als auch Aktion von ihm erforderten. Seine Versuche, sich diese geistigen Eingaben bis zum nächsten Tag zu merken, schlugen jedoch regelmäßig fehl, da er sich am nächsten Tag nicht mehr daran erinnern konnte. Deshalb hatte er es sich zur Angewohnheit gemacht, diese spontanen Eingaben stets in Stichworten aufzuschreiben. Damit war sichergestellt, dass er sich die Umstände auch noch am nächsten Tag zusammenreimen konnte.

Aber da die Beweggründe der blonden Bardame nun sein Interesse geweckt hatten, beschloss er, sich auf sie zu konzentrieren. Er war sich sicher, dass er in wenigen Minuten mehr über die Dame wissen würde, die sich für hochrangige Soldaten interessierte, die ihr unbekannt waren, und die möglicherweise kein zweites Mal ihre Bar betreten oder viel versprechende Stammgäste werden würden. Ob sie sich etwa mit SS-Dienstgradabzeichen auskannte?

Die Dame schien förmlich zur Höchstform aufzulaufen. Einen ersten Erfolg konnte sie bereits verbuchen, da die bislang ernst und geschäftsmäßig konferierenden Soldaten innerhalb weniger Sekunden deutlich fröhlicher wirkten und sich zuprosteten.

Jana war zu van Berckh zurückgekommen und zog ihn leicht am Ärmel.

„Ernst, kommst du mit rüber, ist so lustig da. Komm..."

Schon war seine Konzentration in Bezug auf die Bardame weg. Jana hatte jedoch schon beobachtet, wie er diese fixiert hatte.

„Gefällt dir Frau? Agatha ist ihr Name. Ist schöner als ich?!"

Schon befand sich van Berckh in einer Situation, in der schon die falsche Betonung eines Wortes über den zu erwartenden Grad der zwischenmenschlichen Annäherung in der vorausliegenden Nacht entscheiden konnte. Nicht Janas Worte, sondern der Tonfall hatten ihm suggeriert, dass er in der momentanen Situation weitaus mehr verlieren als gewinnen konnte. Es blieb ihm daher nichts anderes übrig, als Jana durch Schilderung seiner schlimmsten Vermutung einen triftigen dienstlichen Grund für seine Blicke zu nennen und sie damit in die Lage einzuweisen. Auch wenn ihm seine mittlerweile angetrunkene Gefährtin mit ihrer temporär alkoholbedingt lahm gelegten seherischen Gabe keine aufgrund übersinnlichen Fähigkeiten erlangte Rückmeldung geben konnte, so konnte sie immerhin noch auf ihre weibliche Intuition zurückgreifen. Und obwohl van Berckhs Urteil in Bezug auf die Bardame noch kein abschließendes Urteil erlaubte, so wollte er doch seinen Anfangsverdacht weiter verfolgen.

„Sei ein Schatz und lass mich die Agatha noch ein paar Minuten beobachten, es kann wichtig sein", bat van Berckh.

„Fünf Minuten, keine Sekunde länger, mein großer Soldat", gestand ihm Jana zu und kniff ihm dabei leicht in die Hüfte. Dann ging sie wieder auf die andere Seite der Bar.

Als van Berckh wieder zum Tisch hinüber sah, schien es ihm, als hätte der General gerade seine Aufmerksamkeit erwartet. Mit einem kurzen Wink holte er van Berckh zu sich an den Tisch.

„Kamerad van Berckh, ich möchte Ihnen Obersturmbannführer Bischoff vorstellen. Er leitet den Sicherheitsdienst für „Sonderelbe Jasmin" und übernimmt meine Vertretung, sollte ich irgendwann aus irgendwelchen Gründen verhindert sein."

Der Obersturmbannführer hatte sich erhoben und die Männer gaben sich die Hand, wobei er das von van Berckh gesprochene, bei Begrüßungen innerhalb der SS obligatorische „Heil Hitler" postwendend wiederholte. Dann setzten sich die Männer, während sich Rolf Engel erhob und anmerkte, dass er sich einstweilen mal an die Theke begeben würde.

Kapitel 18

Auf Tuchfühlung mit der Spionin

Obersturmbannführer Bischoff ergriff das Wort und erklärte van Berckh, dass er für die Sicherheit im Zusammenhang mit den von Generalmajor Kammler betreuten Produktionsstätten zuständig sei und zählte hierzu einige Objekte auf. Weiterhin erwähnte er die damit verbundenen Arbeitslager für Gefangene und Fremdkräfte, die ebenfalls in seinen Zuständigkeitsbereich fallen würden. Berichte und Beanstandungen in Sicherheitsfragen seien zukünftig direkt an ihn zu übersenden. Auch würde der Sicherheitsdienst im Skoda-Werk neu aufgestellt und der geheime Sicherheitsdienst weiter vergrößert werden.

Während van Berckh von der drallen Bardame ein frisches Bier vorgesetzt wurde, das er sich jedoch gar nicht bestellt hatte, wechselte van Berckh auf den Stuhl, auf dem bis soeben Rolf Engel gesessen hatte. Nun saß er seinem Vorgesetzten direkt gegenüber.

Anstatt mit dem Bierglas neben den Stuhl zu gehen, auf dem van Berckh saß, und das Glas vor diesem einfach auf dem Tisch abzustellen, hatte sich die Bardame abermals tief über den Tisch gebeugt, um das Glas zu servieren. In gebeugter Position fragte sie die Männer, ob sie noch einen anderen Wunsch hätten. Während sie die Frage an Obersturmbannführer Bischoff richtete, konnte van Berckh feststellen, dass sich Kammler einen tiefen Einblick in die weibliche Anatomie gönnte. Auch Hauptsturmführer Bischoff sah sich für einige Momente satt, als Agatha ihren Kopf zu Kammler drehte. Während sich die Dame wieder vom Tisch abwandte, war sie bei den Herren auch schon im Gespräch.

„Sicherlich hat sie als Frau einiges zu bieten", brachte van Berckh hervor. „Sie interessiert sich nicht für einfache Soldaten und ich würde sie mit Argwohn betrachten."

„Sie meinen, dass sie eine Spionin sein könnte, die sich uns anbiedert?", fragte der General. „Ich habe übrigens Obersturmbannführer Bischoff von Ihren Fähigkeiten und Ihren Erfolgen berichtet."

„Sie könnten möglicherweise mit Ihrer Vermutung richtig liegen, Oberscharführer. Wir könnten ja die Lockvögel spielen, und wenn sie uns ausfragt oder sie in eine ihr gestellte Falle tappt, dann würden wir ihr schon einen Strich durch die Rechnung machen", deutete der Obersturmbannführer an. „Ich werde den äußersten Abschirmungsring für das Skoda-Werk weit außerhalb des Werksgeländes ziehen und die geheime Aufklärung durch zivile Personen organisieren. Lokale wie dieses hier sind aus feindlicher Sicht hervorragend dazu geeignet, sich Geheimnisträgern anzunähern. Dass Frauen hierzu ideale Voraussetzungen haben, um sich das Vertrauen von Soldaten zu erschleichen, die hier fern der Heimat ihren Dienst tun, dürfte klar sein. Wenn aber die Dame hinter der Bar eine mutmaßliche Spionin ist, dann wird sich das schnell herausstellen. Die hätte hier dann schnell ausgedient."

„Das glaube ich Ihnen gerne", bestätigte van Berckh. „Meiner Einschätzung nach hat sie sich aber nicht selbst zur Spionin erklärt, die auf eigene Rechnung arbeitet, sofern sie eine sein sollte. Ich müsste sie noch länger beobachten, um Klarheit zu erlangen. Wenn meine Vermutung jedoch zutrifft und die Dame gezielt mit Falschinformationen gefüttert wird, könnte man die hinter ihr stehenden Personen vielleicht in eine Falle locken und somit das Unkraut mitsamt der Wurzel entfernen", schlug van Berckh vor.

Die beiden anderen Soldaten nickten zustimmend.

„Ich geh dann mal wieder an die Bar, während Sie die Dame ihr Schauspiel weiter aufführen lassen. Ich werde sie dabei beobachten. Es ist gerade eine weitere Bedienung eingetroffen, die Dame dürfte nun mehr Zeit für ihre Mission haben, sofern sie etwas im Schilde führen sollte. Haben Sie noch eine Frage an mich?"

Die beiden Männer verneinten dankend und schienen sich für den Abend lieber auf das Spiel mit der verdächtigen Bardame einlassen zu wollen. Dann erhob sich van Berckh und begab sich zu Jana. Er hatte die ihm von Jana gewährte fünf-Minuten-Frist nicht überzogen.

Als sich van Berckh wieder an der Bar bei Jana einfand, musste er sogleich mit ihr und den Blitzmädchen anstoßen. Auch Theo Knecht und Willi Kobitzki waren schon deutlich angeheitert und schienen sich mit den jungen Frauen gut zu verstehen.

„Und? Was hat geheimer Agent Ernst über Agatha herausgefunden?", fragte Jana interessiert. „Sie hat Knopf von Bluse aufgemacht, ich hab gesehen."

„Sie scheint sich nur einen höheren Soldaten anlachen zu wollen. Dass sie eine Spionin ist, kann ich ausschließen", berichtete van Berckh.

„Du meinst, sie ist Kurva?"[21], fragte Jana.

„Nein, das glaube ich nicht. Sie weiß jedoch, dass sie gut aussieht und dass von einem Offizier wertvollere Geschenke zu erwarten sind als von einem einfachen Landser, das ist alles."

Die Bardame Agatha hatte sich nun zu Obersturmbannführer Bischoff und General Kammler an den Tisch gesetzt, nachdem ihr Kammler den Platz angeboten hatte.

„Warum lässt Chef die Frau an seinen Tisch sitzen?", wunderte sich Jana.

„Weil er sie für eine mögliche Spionin hält und sie in eine Falle locken möchte, damit ihre Hintermänner enttarnt werden können", erklärte van Berckh.

„Aber du hast doch gesagt, sie ist keine Spionin?!"

„Dann will ich mal hoffen, dass der Chef zu derselben Erkenntnis kommt", schmunzelte van Berckh.

„Aber Ernst, Chef ist verheiratet. Warum sagst du nicht, dass Agatha einfaches Mädchen ist?"

„Der Chef ist weit weg von zuhause und niemand kann sagen, wann er seine Familie und seine Frau wieder sieht. Es würde nicht gut aussehen, wenn man den Chef in einem Bordell sehen würde. Ich denke, dass er mit der Überprüfung von Agatha eine ihm angemessene Aufgabe übernimmt und damit auch einen Beitrag zur Sicherheit des Skoda-Werks leistet. Zumindest wird er sich in diesem Glauben mit Agatha beschäftigen."

„Ernst, du bist Bandit! Männer sind alle gleich! Du hast Chef Falle gestellt, und wenn seine Frau erfährt und Glück von Familie geht kaputt, dann alle können Soldat van Berckh danke sagen!", fauchte Jana.

„Moment Jana, trete mal ein wenig auf die Bremse, bevor dir die Gäule durchgehen. Was ist dir lieber? Einen Chef, der stets geladen ist, dass ihm beinahe der Hemdkragen platzt, oder einen Chef, der mehr entspannt ist und nicht gleich dienstlich wird, wenn sich Adjutant Ernst und Agentin

[21] Kurva: Tschechisches Wort für Dirne, Hure oder Prostituierte.

Jana mal ein Küsschen zuwerfen? Glaubst du, dass der Chef da lange zusehen wird, wenn wir beide morgens stets mit einem Grinsen im Gesicht am Frühstückstisch sitzen, während die anderen neidisch darauf warten müssen, bis sie in einigen Wochen wieder daheim bei der Frau oder der Geliebten sind? Wenn wir den Krieg so komfortabel wie möglich überstehen und beide zusammen bleiben wollen, dann müssen wir uns auch ein wenig um das Glück der anderen kümmern. Verstehst du das?"

Jana dachte kurz nach. Dann fasste sie ihn an den Handgelenken und hauchte ihm zu: „Ach Ernst, du bist so ein kluger Mann. Du hast es für uns gemacht, du bist mein großer Held. Lass uns auf Zimmer gehen, ich will dir Kuss geben."

„Und du hast immer zur rechten Zeit die richtigen Ideen", schmeichelte van Berckh. „Geh schon mal vor, ich regle das noch mit den Getränken. Bestimmt kommt es dem Chef auch gelegen, wenn wir ihn heute nicht länger beobachten. Ich komm dann gleich nach."

Jana winkte den Feiernden noch kurz zu und verließ dann die Bar, während van Berckh seinem Kameraden Knecht eine Mark in die Hand drückte, womit sich der größte Teil der durch die Festgemeinde konsumierten Getränke wohl begleichen ließ. Knecht sollte am Ende des Abends die Aufgabe des Zahlmeisters übernehmen. Hauptsturmführer Bischoff hatte sich zwischenzeitlich zu Rolf Engel an die Bar gesetzt und die beiden besprachen wohl dienstliche Angelegenheiten. Hans Kammler saß mit Agatha nun alleine am Tisch und wirkte amüsiert und entspannt. Als van Berckh dann ebenfalls die Bar verließ, nickte er Kammler kurz zu. Die von ihm einfädelte Affäre schien nach Plan zu verlaufen.

Es war am nächsten Tag noch früh am Morgen, als sich van Berckh in den Frühstücksraum begab. Außer ihm war wohl noch niemand aus dem persönlichen Stab des Generals auf den Beinen zu sehen. Nach einem kurzen Frühstück begab sich van Berckh zu Fuß in das Skoda-Werk. Sein Ziel war die Fahrzeughalle, in welcher der Maybach umgerüstet werden sollte. Das Tor zur Halle war geschlossen, aber als er sich an einem Nebeneingang bemerkbar machte, öffnete ihm ein Arbeiter, der ihn durch ein Fenster erkannt hatte.

„Ingenieur Gericzek wird gleich hier sein, ich habe ihn vorhin schon auf dem Gelände gesehen", erklärte der Arbeiter.

Der Maybach stand noch unberührt in der Halle, wie ihn Theo Knecht dort abgestellt hatte. Van Berckh war erleichtert über diesen Umstand. Schließlich befanden sich im Maybach noch die Kiste mit den Handgranaten, die Maschinenpistolen sowie mehrere hundert Schuss Munition. Es hätte möglicherweise seiner Autorität geschadet, wenn die Arbeiter die Kriegswaffen aus Sicherheitsgründen durch den Werkssicherheitsdienst hätten abholen lassen. Das frühe Aufstehen hatte sich somit gelohnt, wenngleich er noch gerne bei Jana etwas im Bett geblieben wäre.

Aber nun machte sich van Berckh über die zukünftige Unterbringung der Waffen Gedanken. Bei den zukünftigen Reisen durch das Reich war in den wenigsten Fällen damit zu rechnen, dass zur Unterstellung der Kraftwagen eine abschließbare Bunkergarage, wie hier im Skoda-Werk, zur Verfügung stand. Auch war nicht damit zu rechnen, dass in jeder Unterkunft ein ausreichend großer Tresor oder Waffenschrank zur sicheren Unterbringung der Waffen zur Verfügung stand.

Da kam ihm eine Idee. Er öffnete die Motorhaube der beiden reisefertigen Skoda-Limousinen und sah, was er sehen wollte. Durch die tief, auf Höhe der Räder angebrachten Elektromotoren war der Motorraum zwar nicht leer, aber die darin montierten Apparaturen ließen noch ausreichend Platz zur Umsetzung seiner Idee. Jedoch musste diese schnell umgesetzt werden, da zur Abfahrt um dreizehn Uhr beide Wagen voll einsatzbereit sein mussten.

Während van Berckh einen Maßstab von einer Werkbank genommen hatte und bereits anfing, die zur Verfügung stehenden Maße festzustellen, erschien Ingenieur Gericzek. Mit wenigen Worten erläuterte van Berckh die Anforderung, dass zumindest in einen der beiden Skodas ein abschließbarer Waffenbehälter eingebaut werden müsse, und zwar noch vor der heutigen Abfahrt. Außerdem müssten die Motorklappen, hinter denen sich das Waffendepot befand, noch besonders gegen unbefugtes Öffnen gesichert werden. Ingenieur Gericzek dachte kurz nach, sah sich die von van Berckh notierten Maße an und meinte dann, dass die Einrichtung bis zwölf Uhr auf jeden Fall zu schaffen sei. Van Berckh war mit dieser Auskunft zufrieden und verwies darauf, dass sich im Gepäckraum des Maybach die entsprechenden Waffen befinden würden. Diese dürften jedoch nur von Gericzek selbst, zum Zwecke des Maßnehmens, aus dem verschlossenen Gepäckraum entnommen werden. Dann entlud van Berckh die Maschinenpistolen und verstaute die Munition in einer Kiste.

Anschließend begab sich van Berckh in die Wache des Werkssicherheitsdienstes, um sich dort über die aktuelle Sicherheitslage für das zu bereisende Gebiet zu erkundigen. Als er diesbezüglich die Auskunft erhielt, dass keine besonderen Vorkommnisse bekannt waren, begab er sich wieder in die Werkstatt, um dort einen der Skodas abzuholen. Die Arbeiten an dem Skoda, in welchem der Waffenbehälter montiert werden sollte, waren bereits in vollem Gange, und er war sich sicher, dass der Einbau rechtzeitig fertig sein würde.

Als van Berckh zum Hotel zurückkam, hatten der General und seine Adjutanten gerade mit dem Frühstück begonnen. Nachdem sich van Berckh ebenfalls am Tisch niedergelassen hatte, erschien kurz darauf auch Jana mit einen geheimnisvollen Lächeln im Gesicht. Natürlich war van Berckh daran interessiert, ob dieses Lächeln der zurückliegenden gemeinsamen Nacht zuzurechnen war, oder ob es andere Gründe dafür gab. Nach einer kurzen Phase der Konzentration auf Janas Gedanken, wusste van Berckh dann rasch Bescheid darüber, was Jana so heimlich amüsierte. Sie hatte Agatha auf dem Stockwerk gesehen, die aus der Richtung von General Kammlers Zimmer gekommen war. Sie trug dabei dieselbe Kleidung wie am Vorabend. Offenbar hatte Kammler noch in der Nacht die Ermittlungen über Agathas mutmaßliche Spionagetätigkeit aufgenommen.

Ohne jedoch ein einziges Wort darüber zu verlieren, gab der General bereits am Frühstückstisch sachlich die ersten Anweisungen an Theo Knecht und Willi Kobitzki. Sie sollten noch am Vormittag telefonisch Erkundigungen beim jeweiligen Bauleiter der Projekte Einschätzungen darüber einholen, ob die laufenden Baustellen ausreichend mit Baustahl, Zement, Werkzeugen und Rüstzeug versorgt waren. Ebenso sollten etwaige, nicht benötigte Baustoffe katalogisiert und bis Mitte der nächsten Woche gemeldet werden, damit sie in Umverteilungspläne miteinbezogen werden konnten. Auch seien im Gegenzug sowohl benötigte Materialien als auch voraussehbare Engpässe bei den Arbeitskräften zu melden. Jana sollte sich mit den Männern in die Fernmeldezentrale im Skoda-Werk begeben, um dort jemanden zu finden, der sie in die Verschlüsselungsmaschine Enigma einweisen sollte.

Nach dem Frühstück wurde das Reisegepäck in den Skoda geladen und Willi Kobitzki, der für das Rechnungswesen zuständig war, beglich an der Rezeption die Kosten für Übernachtung und Verpflegung.

Als van Berckh bei der Ankunft im Skoda-Werk die Fahrgäste aussteigen ließ, war es erst kurz vor neun Uhr. Da er keinen konkreten Auftrag hatte, begab er sich wieder in die Werkstatt, um das Gepäck gleichmäßig auf beide Autos zu verteilen. Das Tor der Werkstatthalle stand offen und er fuhr an dem Wachposten vorbei direkt hinein. Während er ausstieg, fiel ihm eine emsige Geschäftigkeit auf. Drei Monteure schienen mit den Arbeiten an dem Skoda beschäftigt zu sein.

Als er aber nach dem Maybach schaute, erschrak er für einen Moment.

Seit er den Maybach zuletzt gesehen hatte, waren kaum zwei Stunden vergangen, aber nun war der Wagen kaum mehr als Maybach zu erkennen. Der Wagen hatte keine Räder mehr und war aufgebockt. Die Türen waren abmontiert, der Fahrersitz war ausgebaut und soeben waren vier Mechaniker damit beschäftigt, die Kotflügel abzumontieren. Der Kofferraumdeckel, worunter sich die Waffen befanden, war jedoch noch vorhanden und auch verschlossen.

Erstaunt teilte van Berckh dem Leiter des Umbauprojekts, Ingenieur Gericzek, sein Erstaunen darüber mit, wie zügig die Arbeiten vorangehen würden. Aber Ingenieur Gericzek wiegelte ab.

„Das Auseinanderbauen geht schnell und dürfte heute Abend erledigt sein. Wir müssen den Wagen komplett auseinanderbauen. Die Schwierigkeiten werden sich dann bei der Fertigung der Details ergeben. Wir hatten gestern eine Besprechung über die durchzuführenden Umbauarbeiten. Die Männer, die hier arbeiten, sind allesamt Spezialisten auf ihrem Gebiet und freuen sich richtig über das Projekt. Sie haben sehr gute Ideen mit eingebracht und arbeiten freiwillig über das Wochenende. Wenn das Auto fertig ist, bekommen sie dafür nächsten Samstag frei, sowie einen halben Tag Urlaub zusätzlich. Bei dem kalten Novemberwetter war es auch nicht schwierig, die Männer zur Aufopferung des Sonntags zu bewegen. Es macht ihnen sogar Spaß, an dem Wagen zu arbeiten. Bis in einer Woche ist der Wagen fertig, das verspreche ich Ihnen."

Bis zum Mittagessen war es noch lange hin, weshalb van Berckh beschloss, alle noch zu erledigenden Dinge möglichst rasch hinter sich zu bringen. Daher begab er sich ins Verwaltungsgebäude zum Büro von Generaldirektor Voss, um die dort von Albert Göring deponierten Koppelschlosspistolen abzuholen. Beim Betreten des Vorzimmers wurde er von der Sekretärin freundlich begrüßt.

„Herr Voss hat schon angerufen und angekündigt, dass Sie ein Päckchen aus dem Tresor haben wollen. Ich weiß zwar nicht, was darin sein soll, aber sie werden es sicher erkennen."

Gemeinsam gingen die Beiden in das Büro des abwesenden Generaldirektors, wo die Sekretärin mit einem langen Schlüssel, den sie aus einem versiegelten Umschlag entnahm, den Tresor öffnete. Jetzt sah van Berckh erstmals, was sich in dem Tresor befand, und dieser Einblick war sehr interessant für ihn. In dem großen Tresor befanden sich einige Aktenordner, ein größeres Paket, auf dem ein Totenkopf und die Aufschrift „Gift" prangte, sowie Kartons, in denen sich vermutlich Devisen befanden. Diese waren mit Dollar, Schweizer Franken und Englische Pfund beschriftet. Auf dem Boden des Tresors stand eine kleine Kiste, ungefähr halb so groß wie eine Bierkiste, in welcher van Berckh die Waffen vermutete. Als er die Kiste herausnehmen wollte, glitt sie ihm direkt aus den Händen, da sie um ein Vielfaches schwerer war als er vermutet hatte. Was war in der Kiste drin, dass diese so schwer war? Waren es etwa Goldbarren?

Bevor er die Sekretärin dazu befragte, hatte ihn die Neugier überwältigt und er öffnete den Deckel der Kiste. In der Holzkiste befand sich ein offenbar massiver und damit sehr schwerer Metallbehälter, auf dem mit gelber Farbe die Aufschrift „ -Gefahr - Nicht öffnen" und darunter „U 235" prangte. Van Berckh konnte sich keinen Reim darauf machen, was es mit dem Metallbehälter auf sich hatte. Ob sich darin Teile für ein U-Boot befanden? Nach Goldbarren sah die Verpackung jedenfalls nicht aus, und er beschloss, dass er bei passender Gelegenheit Willi Kobitzki danach fragen würde.

Willi war als Techniker schließlich bestens in so gut wie alle geheimen Entwicklungen eingewiesen, und es war eine seiner Aufgaben, den General ständig darüber auf dem Laufenden zu halten und ihm technische Neuerungen zu erklären. Die gemeinsamen Reisen boten hierzu immer eine gute Gelegenheit für solche Unterhaltungen und führten zu dem Effekt, dass sich Dr. Kammler auch sehr gut in technischen Bereichen auskannte, in denen er keine förmliche Ausbildung genossen hatte. Dadurch war er in der Lage, den Ausführungen der Wissenschaftler in den jeweiligen Abteilungen zu folgen und konnte oftmals auch Querverweise auf Entwicklungen in anderen Abteilungen geben, die für manches Projekt verwendet werden konnten. Es war schließlich nicht so, dass sich die Wissenschaftler der einzelnen Fachgebiete miteinander austauschen konnten, da die einzelnen Projekte strengster Geheimhaltung unterlagen. Daher übernahm Dr. Kammler diese Aufgabe, und auch Generaldirektor Voss konnte oftmals als Bindeglied zwischen den einzelnen Forschungsbereichen wertvolle Hinweise über projektkompatible Neuerfindungen an die einzelnen Entwicklungsstätten innerhalb der sogenannten „Kammler-Gruppe" weitergeben, beziehungsweise die entsprechenden Wissenschaftler aneinander verweisen.

Van Berckh nahm eine kleine Kiste aus dem Tresor, auf der „SS-Waffenakademie Brünn" eingebrannt war. Als er die Kiste öffnete, erkannte er sofort die in Wachspapier eingewickelten Koppelschlosspistolen. Er entnahm vier Exemplare sowie eine Packung Munition und stellte die Kiste wieder zurück. Damit alles seine Ordnung hatte, tippte die Sekretärin noch eine Empfangsbescheinigung, die van Berckh unterzeichnete.

Da van Berckh noch über ausreichend Zeit verfügte, nahm er das obligatorische Angebot der Sekretärin an und ließ sich eine Tasse Kaffee servieren. Bei dem Kaffee handelte es sich um echten Bohnenkaffee von sehr guter Qualität, was in den Kriegsjahren ein seltener und schwer zu erlangender Genuss war. Überhaupt kein Vergleich dazu, was sonst unter dem Namen „Kaffee" zu bekommenen war und bei dem es sich in der Regel um ein Gemisch aus geröstetem Getreide und Zichorie handelte. Zwar war dieser „Muckefuck" überall erhältlich, jedoch kein wirklicher Ersatz zu echtem Bohnenkaffee. Van Berckh erinnerte sich daran, dass die den Soldaten täglich zugebilligten Rationen von acht Gramm Bohnenkaffee und zehn Gramm Ersatzkaffee vom Feldkoch immer zusammen für die komplette Einheit aufgebrüht wurde und es nur an Sonntagen reinen Bohnenkaffee gab, für den die Bohnen aus den anderen Tagesrationen abgespart werden mussten.

Entspannt genoss van Berckh seinen Kaffee und blätterte dabei im „Völkischen Beobachter", als er auf dem Flur die Stimmen von Jana und Willi Kobitzki näherkommen hörte. Dann gingen sie in ein Büro und kurz darauf war auch schon das intensive Klappern zweier Schreibmaschinen zu hören.

Die Informationen aus der Zeitung hatte van Berckh schnell überflogen. Ihm war klar, dass viele Artikel der Rubrik „Kriegspropaganda" zuzuordnen waren und hatte kein gesteigertes Interesse an Nachrichten, die er nicht ändern konnte oder die er ohnehin in der Wochenschau präsentiert bekommen würde. Er vermied es auch, irgendwelchen Hoffnungen hinterherzuhängen, um später vielleicht von diesen enttäuscht zu werden. Viel zu oft hatte er hautnah die Schicksale von Kameraden mitbekommen, welche beim Erhalt von schlechten Nachrichten innerlich zerbrachen. Oftmals hatte er an der Ostfront nach dem Verteilen der Feldpost beobachtet, dass manch ein Kamerad die eigentlich sehnsüchtig erwartete Post nicht voller Ungeduld geöffnet und gelesen, sondern den Brief nur stumm eingesteckt hatte. Wenn der jeweilige Kamerad in den nächsten Tagen kaum gesprochen und dann auch seine Einsatzbereitschaft deutlich nachgelassen hatte, hatten seine Kameraden nur erahnen können, welch schlimme Nachricht in dem Brief wohl gestanden haben musste.

Van Berckh hatte hierzu eine pragmatische Haltung entwickelt. Nachdem ihn letztes Jahr an der Ostfront die Nachricht erreicht hatte, dass sein Wohnhaus, in dem er mit seiner Gattin lebte, bei einem Bombenangriff völlig zerstört worden war, lebte er seither ohne jegliche Illusionen und wusste, dass er nach Beendigung des Krieges erst einmal vor dem „Nichts" stehen würde. Natürlich vermisste er seine Frau, aber eine innere Stimme sagte ihm, dass es ihr gut gehen würde. So hinterfragte er diese innere Stimme auch nicht und ließ es dabei bewenden. Van Berckh war jedoch keineswegs hoffnungslos, sondern spürte tief in sich drinnen, dass er eine erstrebenswerte Zukunft vor sich haben würde und es einen Engel gibt, der täglich seine schützende Hand über ihn hält und seine Wege leitet. Nicht regelmäßig, dafür aber immer wieder, dankte er seinem persönlichen „Himmlischen Führer" mit einem kurzen Gebet dafür. Van Berckh war sich sicher, dass die Begegnung mit Jana ebenfalls kein Zufall, sondern von seinem persönlichen Engel arrangiert worden war.

Was die nächsten Wochen bringen würden, war selbst für van Berckh mit seiner seherischen Gabe unmöglich vorauszusagen. Eines war jedoch sicher - es war kein Friede in Sicht und auf seinen Schutzengel würde noch eine Menge Arbeit warten...

Eine Macht aus dem Unbekannten

€ 19,95

Hardcover, 340 Seiten

ISBN 978-3-9815662-1-5

Zu bestellen bei:

All-Stern-Verlag
Wolf 8
D-88430 Ellwangen

Tel.: 0 75 68 - 29 89 98 2
Fax: 0 75 68 - 29 89 98 1

info@all-stern-verlag.com
www.all-stern-verlag.com

Begleiten Sie das Autorenteam Reiner Elmar Feistle und Sigrun Donner auf ihrem beschwerlichen Weg der Suche nach der „roten Linie" der Wahrheit. Gehen Sie mit den Autoren auf eine antizyklische Fährtensuche, gepaart mit kriminalistischem Spürsinn für das Undenkbare, das in unserer Menschenwelt geschieht, um sich im Dunst von Wahrheit, Halbwahrheit und Lüge zu orientieren.

Werfen Sie einen Blick auf die Spuren geheimer deutscher Geschichte. Warum geheim? Geheim deshalb, weil schon weit vor 1945 die Grundlagen für ein scheinbares Mysterium gelegt wurden, welches heute unter der „Macht aus dem Unbekannten" oder der „Dritten Macht" bekannt ist.

Seit 1945 bzw. wohl schon während des Zweiten Weltkrieges wird dem Wissen deutscher Hochtechnologie nachgejagt. Wie sieht unsere Realität in der Gegenwart tatsächlich aus? Besitzen wir heute eine moralische Überlegenheit oder müssen wir uns kollektiv Asche aufs Haupt streuen? War der Zweite Weltkrieg das Ende aller Kriege oder der ultimative Startschuss für weitere brutale Eroberungskriege?

Ist die Menschheit bereits durch Aliens unterwandert und existiert hierfür eine Langzeitstrategie? Und was erwartet die Menschheit folglich diesbezüglich in naher Zukunft? Wird diese Unterwanderung zum finalen Abschluss gebracht oder gibt es hierbei eine „Unbekannte" im bösen Spiel gegen die junge Menschheit, die genau das zu verhindern weiß? Eine ketzerische Arbeitshypothese verbindet hierzu Erkenntnisse der „verbotenen Archäologie", Präastronautik und Altertumsforschung mit den heutigen Sichtungen von „UFOs"?

Wenn Sie bereit sind, antizyklisch zu denken, werden sich Ihnen Abläufe erschließen, die nur in größeren Zusammenhängen erfasst werden können, und die von der offiziellen Meinung abweichen. Dieses Buch wird Ihnen auf viele Fragen neue Denkanstöße geben, die Sie in dieser Form nicht erwartet hätten.

Wagen Sie mit uns den Schritt in die Realität, die scheinbar noch im Verborgenen liegt, indem Sie Ihren Blick für die alte Welt schärfen. Lassen Sie uns gemeinsam hinter die Masken der Manipulation schauen und mit diesen Erkenntnissen der Erde und unserem Dasein ein neues Angesicht geben: Freiheit für die junge Menschheit! Wahrheit statt Lügen!

Aldebaran
Das Vermächtnis unserer Ahnen

€ 21,00

Hardcover, 327 Seiten

ISBN 978-3-00-036716-8

Zu bestellen bei:

All-Stern-Verlag
Wolf 8
D-88430 Ellwangen

Tel.: 0 75 68 - 29 89 98 2
Fax: 0 75 68 - 29 89 98 1

info@all-stern-verlag.com
www.all-stern-verlag.com

Mit einem Vorwort von Dan Davis

Sind Sie sich bewusst darüber, dass unsere Ahnen bereits seit einem längeren Zeitraum wieder auf der Erde agieren und viele Menschen kontaktieren? Können Sie sich vorstellen, dass die Alten zum Teil unter uns weilen, uns studieren, analysieren und oft genug auch unsere Dummheiten korrigieren?

Die Menschheit steht wieder einmal mehr vor der eigenen Selbstvernichtung, einem irdischen Drama, das nachweislich schon einmal geschah.Wie konnte es geschehen, dass wir uns über Jahr-zehnte wie die Lemminge zu menschlichen Abgrün-den auch nach 1945 führen ließen?

Weil es so bequem war, nicht zu denken und sich der Herde anzuschließen? Ist Ihnen in diesem Zusammenhang bewusst, mit welch subtilen Methoden unser Verstand beeinflusst und programmiert wurde?

Haben Sie sich jemals gefragt, ob Zeitreisen existieren und durchführbar sind? Welche Rolle nehmen die „Schläfer" („Kontakler") am „Tag X" ein, und wo sind sie zu finden? Gibt es ein übergeordnetes Programm der Ahnen, welches die „Kontaktler" koordiniert? Die Zeichen der Zeit sind klar zu erkennen! Der Weckruf unserer Ahnen erreicht immer mehr Menschen.

Alle mir zugetragenen Informationen sind nicht ohne Grund jetzt in dieser Intensität eingeflossen, es sind Hinweise darauf, dass sich die Welt, wie wir sie bis jetzt kennen, verändern wird. Wir sehen es tagtäglich: in den weltweiten Umwälzungen, Katastrophen und Kriegen, Aufruhr im Bewusstsein der Menschen.

Dieses Buch wird Ihnen auf viele Fragen Antworten geben, die Sie vielleicht in dieser Form nicht erwartet hätten. Seien Sie offen, wagen Sie den Schritt in eine neue und höhere Dimension. Finden Sie die Wahrheit hinter der Wahrheit, die sich wie ein Schleier lüften wird! Zerreißen Sie den künstlich geschaffenen grauen Schleier aus Angst und Ohnmacht, der Sie von den Quellen alten Wissens fernhalten sollte.

„Die Alten kommen, die Jungen zu bewahren"

Aldebaran
Die Rückkehr unserer Ahnen

€ 19,95

Hardcover, 294 Seiten

ISBN 978-3-00-031974-7

Zu bestellen bei:

All-Stern-Verlag
Wolf 8
D-88430 Ellwangen

Tel.: 0 75 68 - 29 89 98 2
Fax: 0 75 68 - 29 89 98 1

info@all-stern-verlag.com
www.all-stern-verlag.com

3. Auflage komplett überarbeitet und erweitert.

In diesem Buch kommen verschiedene Autoren mit sehr brisanten Themen zu Wort und gehen einige Schritte weiter als Herr Däniken.

Was wäre, wenn die Pyramiden mit dem Mars in Verbindung stehen, wenn dieser und auch der Mond unter der Kontrolle einer irdischen Achsenmacht steht, unbesiegt, im Bündnis mit unseren Ahnen.

Ist die Serie "Stargate" nur Fantasie oder steckt mehr dahinter, als wir auch nur erahnen können?

Es gibt bestätigte Beweise für eine Hochtechnologie vor vielen zehntausend Jahren, hat Darwin bezüglich der Evolution der Menschheit also bewusst gelogen?

Was wäre, wenn Außerirdische uns als Arbeitssklaven geschaffen haben? Es gab eine Rebellion, es wurde eine Schlacht gewonnen; aber der Preis dafür war hoch, unsere geistige Anbindung ging verloren.

Sind nun unsere galaktischen Brüder heute wieder da, um die Rebellion in einem letzten Kampf zu gewinnen?

Die Erde wird sich dramatisch verändern. Der wissenschaftlich bewiesene Synchronstrahl hat schon mit der Transformation der Erde und der Menschheit zum Goldenen Zeitalter begonnen. Gehören Sie dazu, sehen oder spüren Sie an sich oder bei an-deren Menschen und der Umwelt die Veränderungen?

Werden Sie selbst in der nächsten Zeit AKTIVIERT? Ahnen Sie, dass Ihr Leben bis heute eine Lüge ist, seit 1945 eine falsche Realität für die Menschheit?

Sie suchen Antworten auf viele gegenwärtige "Merkwürdigkeiten" und Probleme? Dieses Buch wird Ihnen Antworten geben, die Sie so nicht erwartet hätten. Doch am Ende werden Sie der Wahrheit zustimmen.

Die Fakten im Buch lassen keinen anderen Schluss zu.

Projekt Aldebaran

€ 22,00

Hardcover, 328 Seiten

ISBN 978-3-000398-72-8

Zu bestellen bei:

All-Stern-Verlag
Wolf 8
D-88430 Ellwangen

Tel.: 0 75 68 - 29 89 98 2
Fax: 0 75 68 - 29 89 98 1

info@all-stern-verlag.com
www.all-stern-verlag.com

2. Auflage komplett überarbeitet und erweitert.

Haben Sie sich jemals gefragt, ob in der Unendlichkeit des Universums anderes, hochentwickeltes Leben existiert? Haben Sie sich jemals auch nur im Ansatz vorzustellen gewagt, dass diese fremden Lebensformen bereits auf diese Erde reisen und Menschen mit sich nehmen, um sie zu diversen Forschungszwecken zu verwenden? Absurd, meinen Sie? Dann haben Sie offensichtlich noch nichts von Reiner und Karin Feistle, selbst Opfer und Augenzeugen dieses Entführungsphänomens, und ihrem Buch „Unternehmen Aldebaran" gehört, indem die Autoren bereits vor geraumer Zeit ihre Erlebnisse detailliert schilderten. Zehn Jahre sind seit Erscheinen des ersten Buches vergangen. Jetzt, nach langen, akribischen Recherchen, melden sich die Autoren zurück.

In eindrucksvoller Weise schildern sie, welches außergewöhnliche Schicksal sie seit diesem Zeitpunkt ereilt hat, es wer-den Ihnen viele neue Erkenntnisse zugeführt werden, Ereignisse und Begebenheiten, die noch in keinem anderen Buch so erklärt und beschrieben wurden. Aufgrund neuester Beweise werden die Autoren Ihnen offenbaren, dass die Kontaktierungen seit jener Zeit nicht stagniert sind, sondern im Gegenteil, in weitaus größerem Umfang fortgesetzt werden. Anhand etlicher Erfahrungsberichte, vermehrt junger Menschen, wissen sie zu belegen, dass nun mehr die nächste Generation Auserwählte für diese Kontakte und Entführungen sind. Aber nicht nur das.

Werfen Sie einen Blick auf sensationelle Fotografien und weitere exklusive Neuigkeiten. Wussten Sie z. B. schon, dass 13 Eingangsportale über unsere Erde verteilt sind? Können Sie sich vorstellen, welche Konsequenzen das für die Regierungen und die gesamte Menschheit haben könnte? Haben Sie jemals darüber nachgegrübelt, ob mehr Negative oder Positive Außerirdische existieren? Welche Rolle spielen Reptilien dabei? Wer sind die Aldebaraner, was haben sie mit unseren Genen zu tun?

Wagen Sie den Sprung in die Tiefe dieses Buches und finden Sie Antworten, die für Sie zunächst verblüffend sein werden, aber bei genauerer Betrachtung keineswegs abwegig zu sein scheinen. Wagen Sie den Schritt in die andere Dimension! Finden Sie die Wahrheit hinter der Wahrheit!